Kate S. Stark

SCHATTEN DER HEXE

Grey's Halfway House – Band 7

Bibliografische Information der Deutschen
Nationalbibliothek:
Die Deutsche Nationalbibliothek verzeichnet diese
Publikation in der Deutschen Nationalbibliografie; detaillierte
bibliografische Daten sind im Internet über
http://dnb.dnb.de abrufbar.

Coverdesign unter Verwendung von Unsplash
Verlag: BoD · Books on Demand GmbH, In de Tarpen 42,
22848 Norderstedt, bod@bod.de
Druck: Libri Plureos GmbH, Friedensallee 273,
22763 Hamburg
ISBN: 978-3-7693-5127-9

Für alle meine wunderbaren Leserinnen und Leser.

TRIGGERWARNUNG

dieses Buch enthält Szenen, die möglicherweise negative Gefühle, Erinnerungen oder Flashbacks triggern könnten. Eine Auflistung findet ihr am Ende der Seite. Achtung, diese enthält Spoiler für das gesamte Buch!
Berücksichtigt das bitte bei eurer Entscheidung, ob ihr dieses Buch lesen möchtet oder nicht. Ich habe vollstes Verständnis dafür und wünsche mir für alle meine Leserinnen und Leser ein positives Leseerlebnis.

EURE KATE

seelische und körperliche Gewalt, Beleidigung, Fesseln, Blut, Spritzen/Nadeln, Gefangenschaft, Entführung

PROLOG
AUS MEINEM
TRAUM

GIANA

Knapp drei Wochen sind seit unserer Ankunft im Halfway House der Greys vergangen und ich habe Louise noch nie so glücklich und zufrieden gesehen. Ich wünschte, ich könnte ihr sagen, wie stolz ich auf sie bin, dass sie sich der Wölfin in ihr gestellt hat. Oder wie sehr ich mich für sie und Markos freue.

Schon als ich ihn damals dabei erwischt habe, wie er unsere Schränke nach etwas Essbarem durchwühlt hat, um Louise zu besänftigen, wusste ich, dass die beiden füreinander bestimmt sind. Ich habe es in seiner Seele gelesen.

Ich will ihm dafür danken, dass er und sein Rudel Louise so bedingungslos aufgenommen und ihr das gegeben haben, was sie sich immer gewünscht hat: eine Familie.

Aber die Worte wollen mir einfach nicht über die Lippen.

Es gibt noch so viel mehr, was ich sagen will. Dass ich Louise nicht die Schuld für das gebe, was uns passiert ist. Oder dass ich Agent van Zicht gerne bei der Suche nach El Rojo geholfen hätte. Oder wie dankbar ich Selena und den Greys bin, dass sie sich seit unserer Befreiung um uns kümmern.

Aber ich kann einfach nicht, denke ich frustriert und unterdrücke ein Schniefen, um Lou nicht auf den Kampf aufmerksam zu machen, den ich täglich gegen mich selbst austrage.

Louise sitzt mir gegenüber, Agent van Zicht neben ihr, und lässt mich keine Sekunde aus den Augen. Seit sie begriffen hat, dass meine Stimme nicht so schnell zurückkehren wird, sucht sie in meinem Gesicht nach Antworten, die ich ihr mit Worten nicht geben kann.

Und sie ist gut geworden, denke ich und schlucke. *Zu gut.*

Es ist unser zweites Treffen mit Agent van Zicht. Nachdem wir uns jetzt etwas erholt haben, ist sie gekommen, um mit uns über El Rojo zu sprechen.

Wohl eher mit Louise, denke ich und balle meine Hände unterm Tisch zu Fäusten, weil ich zu mehr nichts nutze bin. Nicht, solange ich nicht sprechen kann, oder mich die Erinnerungen an damals so eisern im Griff haben.

»Und du bist dir sicher, dass du das tun möchtest, Louise?«, fragt Agent van Zicht sie gerade, eine Mischung aus Besorgnis und Freude in ihren graublauen Augen.

»Ich muss«, sagt Lou und nickt mir zu. »Für all die Frauen, denen er vor uns wehgetan hat. Und die, die dazukommen, wenn wir ihn nicht stoppen.«

Ihre Stimme zittert leicht und verrät, wie schwer es auch ihr noch fällt, über die letzten zwei Jahre zu sprechen. Aber die Entschlossenheit steht ihr ins Gesicht geschrieben. Das ist die Louise, die ich kenne. Stark und mutig, bis zur letzten Sekunde.

Und genau das hätte dich fast umgebracht, du Dummkopf, denke ich und verziehe das Gesicht, als ich mich an diesen Moment erinnere. Den Moment, als sie bei ihrem Fluchtversuch geschnappt und vor El Rojo geschleift wurde. Ich glaube, Louise erinnert sich kaum daran. Durch das magische Koma, in das dieses Monster sie versetzt hat, sind ihre Erinnerungen an die Gefangenschaft verschleiert, zum Teil ganz verblasst. Aber ich erinnere mich noch genau daran.

An jede furchtbare Sekunde, denke ich und schaffe es nicht, das Wimmern zu unterdrücken, als ich gegen die dunklen Erinnerungen ankämpfe, die in mir aufsteigen.

Im Halfway House ist es mir gelungen, sie in einen tiefen Abgrund zu stoßen, um nicht mehr daran denken zu müssen, aber ab und an haben sie es doch an die Oberfläche geschafft.

»Keine Sorge, Gia. Ich schaffe das«, sagt Louise und streckt ihre Hand nach mir aus. Sie weiß nicht, mit welchen Dämonen ich noch immer zu kämpfen habe.

Und das ist auch besser so, denke ich und nicke zaghaft. Lou würde sich sonst umso mehr die Schuld geben und das, obwohl sie doch gar nichts dafür kann. Sie hat ja nicht darum gebeten, Charles Bellards Tochter zu werden. Wenn einer das schlechte Gewissen verdient, dann Louises Vater.

Wenn er denn noch lebt …

»Damit würdest du uns sehr helfen, ihr beide«, sagt Agent van Zicht und schenkt uns ein Lächeln. Innerlich sieht es aber anders bei ihr aus. Schwere Vorwürfe lasten auf ihrer Seele und dimmen deren Leuchten. Seit vielen Jahren schon versucht sie, El Rojo zu stoppen, und kommt doch immer zu spät.

Aber sie kämpft weiter und dafür bin ich ihr dankbar.

»Ich möchte nicht, dass ihr beide euch zu schnell zu viel vornehmt, hört ihr?« Agent van Zichts Blick wandert von mir zu Louise. »Ich weiß, ihr möchtet ihn aufhalten, aber opfert dafür nicht das, was ihr hier gewonnen habt.«

»Werden wir nicht, stimmt's, Giana?«, sagt Louise, aber ich kenne meine beste Freundin. Wenn sie sich erstmal etwas in den Kopf gesetzt hat, vor allem wenn es darum geht, jemandem zu helfen, nimmt Lou keine Rücksicht auf sich.

Aber das ist eine Diskussion, die warten muss, bis ich meine Stimme wiedergefunden habe.

Also zwinge ich mich dazu, zu nicken und drücke kurz Lous Hand. Hoffentlich weiß sie, dass ich bei ihr bleiben werde. Ich mag nicht selbst aussagen können, aber ich werde ihre Stütze sein, so wie sie meine ist.

»Haben Sie etwas von den anderen gehört?«, fragt Louise, nachdem sie an ihrem Tee genippt hat. »Die anderen Frauen, meine ich.«

Ich schlucke und presse meine Augenlider aufeinander, um die Bilder auszusperren, die sich mir nun aufdrängen wollen. Louises und Agent van Zichts Stimmen verhallen, werden von meinen Erinnerungen einfach verdrängt. Erinnerungen daran, was ich im Inneren des *Infiernos* erlebt habe.

El Rojo hat Lou und mich zwar nie in seinen Harem aufgenommen, aber ich habe gesehen, was er mit den Frauen anstellt. Ich war diejenige, die das Blut aufgewischt hat, wenn er seinen Ärger an einer von ihnen ausgelassen hat. Die Schweiß und Tränen von den ledernen Sitzlandschaften geschrubbt hat, manchmal auch noch andere Substanzen, über die ich lieber nicht nachdenke. *Und ich konnte ihnen nicht helfen.*

»Gia? Was hast du?«, fragt Louise und drückt meine Hand.

Ich schlucke und dränge diese Gedanken beiseite, brauche aber einen Moment, bevor ich die Augen öffne und ihrem Blick begegnen kann. Zur Antwort zucke ich mit den Schultern und zwinge mich zu einem Lächeln, aber sowohl Lou als auch Agent van Zicht sehen, dass etwas nicht stimmt.

Glücklicherweise erklingen in diesem Augenblick Schritte hinter uns, sodass sie mich nicht danach fragen können.

Je eher ich das alles vergesse ..., denke ich und drehe mich zu meinem Retter um.

Es ist Dorian Grey, der über die Terrasse des Gasthauses auf unseren Tisch zuhält. Sein schulterlanges dunkelblondes Haar weht dabei durch die Luft und wirkt ganz zerzaust. Farbe ist über seine Wangen verteilt und befleckt auch seine Hände und Klamotten. Seit einigen Tagen geht das nun schon so. Erst hat er sich tagelang in seinem Atelier eingesperrt und dann kaum gesprochen. Damit hat er Galina solch große Sorgen eingejagt, dass es schwer war, überhaupt noch in ihrer Nähe zu bleiben. Die Qualen, die ihre Seele dabei empfunden hat ...

»Dorian? Ist alles in Ordnung?«, fragt Agent van Zicht und mustert ihn besorgt. Durch Louise weiß ich, dass sie Dorians Mutter ist und wie verworren der Stammbaum der Greys sein kann. Hätte ich mehr Zeit mit den beiden verbracht, hätte ich die Ähnlichkeit wahrscheinlich in ihren Seelen lesen können. Wenn man weiß, worauf man achten muss, sieht man die Verknüpfungen dazwischen. Mit etwas Übung können sie einem sogar mehr über seine Mitwesen verraten, als deren Gedanken oder Gefühle.

»Mom ... Es ...«, keucht Dorian und stützt die Hände auf die Knie, als er unseren Tisch erreicht. »Es ist so weit.«

»Was?«, presst Agent van Zicht erschrocken hervor und springt von ihrem Platz auf. »Jetzt?«

»Wirklich?«, fragt auch Louise entsetzt, was mich verwirrt die Stirn runzeln lässt. Worüber reden sie?

Als Dorian schwer atmend nickt, geht plötzlich ein Beben durch Louises Körper. In den letzten Tagen habe ich sie beobachtet, wie sie sich in die Wölfin verwandelt, die sie all die Jahre unterdrückt hat. Mittlerweile weiß ich, wie ich die ersten Anzeichen einer Wandlung erkennen kann.

»Gia!«, ruft Louise und sofort schnellt mein Blick zu ihr auf. »Renn sofort hoch in den dritten Stock und versteck dich da!«

Was? Was soll ich denn in der Bibliothek?

»Gute Idee, da kann ihr nichts passieren. Der Zauber wird sie schützen«, sagt die Agentin und nickt ihr zu. »Alarmierst du die Wölfe?«

Ich sehe, wie Louise nickt, bevor sie auf dem Boden zusammenbricht. Stoff reißt, als die Wölfin die Kontrolle übernimmt und im nächsten Moment nicht länger meine beste Freundin vor mir sitzt, sondern ein sandfarbener Riesenwolf.

Sie knurrt mich an und nickt mit der Schnauze in Richtung des Gasthauses, ehe sie ein lautes Heulen ausstößt und dann auf den Garten zuhält.

»Tu, was sie dir gesagt hat, Giana«, sagt Agent van Zicht und geht dann mit dem Handy am Ohr zum Rand der Terrasse.

Ich sehe, wie sie aufgeregt mit jemandem telefoniert und wild gestikuliert, doch steht sie zu weit weg, um zu verstehen, was sie sagt. Eines ist aber sicher: Die Seelen der drei sind in Aufruhr.

Panisch drehe ich mich zu Dorian um und zupfe ihn am Ärmel. Er ist der Einzige, der mir verraten kann, was hier los ist. Warum sie alle so panisch wirken und das Heulen der Wölfe das sonst so durchdringende Zirpen der Grillen überdeckt. Zu Louises Rufen gesellen sich mehr und mehr dazu, untermalt vom Donnern ihrer Pranken auf dem verwilderten Rasen der Greys.

Dorian sagt kein Wort, sondern starrt mit leerem Blick in die Ferne. Ich muss ihm fast den Arm ausreißen, bis er sich endlich zu mir umdreht und er mich bemerkt.

Was ist hier los?, will ich schreien, aber es kommt nicht einmal ein Wispern über meine Lippen.

Dorians Augen weiten sich und seine Seele bebt vor Aufregung, nicht aber vor Angst wie die von Louise oder Agent van Zicht. Nein, er wirkt fast schon glücklich. Als wäre das, was auch immer gerade geschieht, ein Grund zur Freude.

Sah aber nicht so aus, denke ich, als ich mich nach Agent van Zicht umdrehe. Sie eilt gerade zusammen mit den Greys über die Terrasse.

»Galina, bring die beiden hoch in die Bibliothek«, höre ich Ash rufen, ehe auch er sich in einen Wolf verwandelt und vor den Greys davonprescht.

»Dorian? Komm, wir müssen gehen«, sagt Galina, als sie uns erreicht, und zupft an seinem Ärmel.

»Er kommt«, wispert Dorian und ein Lächeln umspielt seine Lippen.

»Fuck, Do! Das ist kein Grund zur Freude«, zischt Galina und reißt ihn mit sich. »Los jetzt, Giana!«

Verwirrt stolpere ich hinter den beiden her. Mein Herz rast in meiner Brust, während zwei Gefühle in mir miteinander ringen: die Angst, die Galina und die anderen ausstrahlen; aber auch die Freude, die Dorians Seele gleich ein bisschen heller strahlen lässt.

»Sie haben uns gefunden«, wispert der Jüngste der Grey-Brüder und dreht sich im Gehen zum Garten um. Sein Blick geht in die Richtung, in der sich der Rift befindet. Markos hat Louise und mir vor ein paar Tagen diesen Riss im Gefüge der Welten gezeigt.

Auch wenn mir niemand direkt davon erzählt hat, kenne ich die Geschichte über den Dämon, der vor einigen Jahren durch den Rift gekommen ist und für so viel Leid unter den Greys gesorgt hat. Alles, was ich für dieses Wissen tun musste, war, Ash Grey gegenüberzutreten. Es war kein bisschen schwer, diese Geschichte in seiner geschundenen Seele zu lesen. Ein Teil des Dämons steckt noch immer darin, wie ein vergessener Glassplitter in einer längst verheilten Wunde.

Jetzt sehe ich, wie sämtliche Bewohner des Halfway House und der Segona-Siedlung auf genau diese Stelle im Garten der Greys zuhalten: den Rift.

»Los, jetzt, Giana! Wir müssen euch hier wegbringen«, ruft Galina und zerrt an meinem Arm.

Ein Blick aus meinen dunklen Augen lässt sie augenblicklich vor mir zurückweichen. Wie El Rojo und die meisten Nachtwesen fürchtet sie sich deswegen insgeheim vor mir. Als Hexe spürt Galina genau, welche dunkle Magie in mir schlummert. Eine Magie, die nicht von dieser Welt ist, wenn Daddys Geschichten über unsere Familie wahr sind.

»Louise würde nicht wollen, dass du ...«, setzt Galina an. Ihr Überredungsversuch geht in einen erschrockenen Schrei über, als sich eine Druckwelle über den Ländereien der Greys entlädt und uns von den Füßen reißt.

»Er ist da«, wispert Dorian und stößt ein Kichern aus, das mir eine Gänsehaut bereitet.

Stöhnend richten Galina und ich uns auf und wenden uns in die Richtung, in der sich nun ein gleißendes Leuchten in den Himmel erstreckt. Es schillert in den Farben des Regenbogens und wäre so schön, wüsste ich nicht, was es bedeutet: Der Rift ist aktiv und etwas versucht, zu uns hindurchzukommen.

»Gia? Was hast du vor?«, ruft Lina, als ich mich aufrappele und auf den Garten zusteuere. »Louise hat gesagt, dass du ...«

Wieder erschüttert eine Druckwelle das Grundstück, doch kann ich mich diesmal an der Stützmauer festhalten, die die Terrasse umgibt. Galina und Dorian dagegen werden wieder auf den Boden gerissen.

Ich höre, wie Galina mir noch etwas zuruft, wie sie mich zu überreden versucht, mit ihr und Dorian zu kommen, aber ich denke nicht daran. Wenn es wieder geschieht, wenn wieder ein solches Wesen durch den Rift kommt, bin ich die Einzige, die es aufhalten kann. Weder Louise und die Segona-Wölfe noch Agent van Zicht und die Greys können ein Wesen wie dieses aufhalten. Bisher kenne ich es nur aus Daddys Geschichten und den Büchern, die bei den Alcari-Hexen von Generation zu Generation weitergegeben werden, aber ich weiß, wie ich es aufhalten kann.

So schnell ich kann eile ich über die Wiese und steuere auf die hohen Hecken zu, hinter denen der Rift verborgen liegt. Die nächsten Druckwellen sind schwächer, aber dafür zahlreicher, doch mit der Magie in meinem Inneren halte ich mich auf den Beinen. Nun, da sie nicht mehr von El Rojos magischen Fesseln unterdrückt wird, kann sie wieder frei fließen und ist nach all den Schrecken, die ich in den letzten Jahren erlebt habe, umso stärker geworden.

Wird sie reichen, um es aufzuhalten?, denke ich, als ich die Hecke passiere und beinahe mit einem silbernen Wolf zusammenstoße. Sams Seele ist genauso sehr in Aufruhr wie die der anderen, aber davon lasse ich mich jetzt nicht aufhalten. Stattdessen dränge ich mich durch die Ränge der Wölfe und Greys hindurch, bis ich in der ersten Reihe stehe, halb blind durch das Gleißen, das nun vom Rift ausgeht.

»Giana? Du ... Was machst du hier?«, höre ich Selena neben mir fragen. Sie will mich am Arm packen, vermutlich um mich wegzuziehen, kommt aber nicht dazu. Ein hohes Kreischen ertönt, das uns stöhnend in die Knie zwingt.

»Fuck! Was ist das?«, ruft Kitty irgendwo links von mir über den Lärm hinweg. Niemand antwortet ihr, wir alle starren wie gebannt auf das Leuchten, das schwächer und schwächer wird, bis der Rift fast auf seine ursprüngliche Größe geschrumpft ist. Doch das, was nun aus dem Gleißen tritt, ist kein gefährlicher Dämon. Je mehr ich mich an die Helligkeit gewöhne, umso deutlicher erkenne ich die Umrisse eines Mannes, eines sehr großen, muskelbepackten Mannes.

»Macht euch bereit, Leute!«, dröhnt Earls Stimme über die Freifläche vor dem Rift. Neben mir gehen Kitty und Selena in Angriffsposition. Die Wölfe rücken auf, bis ich Lou dicht hinter mir spüre. Sie stößt ein Knurren aus, als wäre sie wütend auf mich, weil ich nicht auf sie gehört habe. Ich ignoriere sie, starre wie gebannt auf den Mann, der aus dem Leuchten tritt, bis ich seine Seele sehen kann.

Das ist ..., schießt es mir durch den Kopf und ein erschrockenes Keuchen kommt mir über die Lippen. Denn ich kenne diese Seele. Sie ist mir fast so vertraut wie meine eigene, auch wenn ich sie bisher immer nur im Traum gesehen habe.

Lou wollte mir nicht glauben, als ich ihr von dem Mann von einem anderen Stern erzählt habe, der mir seit dem Erwachen meiner Kräfte im Schlaf erscheint.

Es gibt keine anderen Planeten mit Leben, hat sie immer behauptet, aber als Alcari-Hexe weiß ich es besser. Auch meine Familie ist nicht von diesem Stern. Das durfte ich ihr nur nie verraten.

Mit einer letzten schwachen Druckwelle gibt der Rift den Fremden frei und das gleißende Leuchten erstirbt. Wäre der Mann in seiner fremdländischen Lederkluft nicht, hätte man denken können, es wäre nie etwas geschehen.

»Seid gegrüßt«, sagt der Mann in rauem Englisch und seine tiefe, dröhnende Stimme geht mir durch Mark und Bein. Seit ich das erste Mal von ihm geträumt habe, habe ich mich gefragt, wie er klingen würde, denn gesprochen hat er nie.

Dafür haben wir aber andere Sachen getan, denke ich und senke beschämt den Blick.

Um mich herum machen die Greys und ihre Verbündeten einen kollektiven Schritt nach vorn. Sofort hebt der Mann die Hände und geht demütig vor uns in die Knie.

»Bitte, ich komme in Frieden«, versichert er und berührt eine Kette, die um seinen Hals hängt. »Storm schickt mich.«

»S... Storm?«, fragt Earl Grey, der dicht neben Kitty steht. Seine Stimme zittert. Das Entsetzen ist ihm nicht nur deutlich anzusehen, es erschüttert auch seine Seele zutiefst.

»Sagt Euch der Name etwas?«, fragt der Mann mit großen Augen. »Storm Grey?«

»*Holy fucking shit*«, flüstert Kitty neben mir und rüttelt den käsebleichen Earl am Arm. »Das ist doch ... Das ist ...«

»Unsere Schwester«, wispert Rose und drängt sich an uns vorbei, bis sie ganz allein dem Fremden gegenübersteht. Aldyr folgt dicht hinter ihr, scheint aber zu spüren, dass von dem Fremden aus dem Rift keine Gefahr ausgeht, nur grenzenlose Erleichterung, die seine Seele zum Strahlen bringt.

»Dann ist das hier wirklich Grey's Halfway House?«, fragt er und klingt so, als könne er es selbst kaum fassen. In seiner Seele macht sich ein solches Glücksgefühl breit, dass es auf mich abfärbt und ich ein gelöstes Lachen ausstoße.

Rose ist zu schockiert, um etwas zu sagen. Sie nickt bloß und sinkt vor ihm auf die Knie. Eine ganze Welle der Gefühle stürzt über ihr und ihren Geschwistern zusammen. Freude, Unglauben und tiefster Schmerz, weil sie ihre verschollene Schwester schon so lange vermissen.

»Dann habe ich es endlich gefunden«, wispert der Fremde und kommt schwankend auf die Füße. Erst will er Rose aufhelfen, doch ruckt sein Kopf plötzlich zu mir herum.

»Du ...?«, wispert er und starrt mich überrascht aus seinen himmelblauen Augen an. Augen, die ich so oft gezeichnet habe, weil sie sich mir in mein Gedächtnis eingebrannt haben.

Was er dann sagt, lässt mich erschaudern und wie Rose auf dem Boden zusammensacken: »Du bist aus meinem Traum.«

KAPITEL 1
TRAUMFRAU

TARRON

Die Abende vor einer Reise durch das Gleißen, oder den Rift, wie es die Königin nennt, sind immer die schwierigsten. Wie immer haben die Könige für mich und meine Waffenbrüder ein wahres Festmahl auffahren lassen. Ich habe mich jedoch überwinden müssen, überhaupt etwas zu essen.

Zugeben würde ich es nie, ganz besonders nicht vor meiner Königin, aber diese Reisen machen mir genauso sehr Angst, wie sie mich jedes Mal aufs Neue faszinieren.

Das Schlimmste ist nicht die Ungewissheit, die mir nach dem chaotischen Fall durch diesen magischen Riss bevorsteht. Schon früh habe ich gelernt mit wenig auszukommen. Zur Not kann ich eine Weile hungern, oder mich gegen die gefährlichen Bewohner fremder Welten verteidigen. Schon so manches Mal habe ich bei meinen Reisen dem Tod ins Auge gesehen, aber auch einige sehr freundliche Fremde getroffen, die mich eine Weile bei sich aufgenommen haben.

Das Schlimmste ist die Tatsache, dass ich nie weiß, ob ich wieder nach Castya, meiner Heimat, zurückkehren werde. Ob ich meine Kameraden wiedersehen werde, oder die Könige, die mich aufgenommen haben wie ihren verlorenen Bruder.

Aber ich darf die Königin nicht enttäuschen, rufe ich mir in Erinnerung, als ich mich nun auf meinem Bett ausstrecke. Ein letztes Mal schließe ich in dieser Welt die Augen, bevor ich sie morgen verlassen muss.

Seit über zwei Jahren versuche ich im Auftrag der Königin einen Weg zurück in ihre Heimat zu finden. Ein gefährliches, aber auch ehrbares Unterfangen, denn ohne sie gäbe es Castya vermutlich nicht mehr. Dann wäre dieser einst so florierende Stadtstaat endgültig zu Staub zerfallen.

Dafür werden wir für immer in ihrer Schuld stehen.

Es ist jedoch nicht der einzige Grund, weshalb ich mein Leben aufs Spiel setze. Was mich am meisten antreibt, ist eine persönliche Schuld, die ich nie werde zurückzahlen können. Ihre Majestät betont, sie hätte all das längst vergessen, mein schlechtes Gewissen lässt mich jedoch nicht ruhen. Wenn ich einen Weg zurück in die Heimat der Königin finde, wird es vielleicht besser.

»Schlaf jetzt, Tarr«, befehle ich mir in der dunklen Kammer und rolle mich auf die Seite. Wenn man in eine fremde Welt aufbricht, ohne zu wissen, was einen dort erwartet, sollte man ausgeruht sein.

Früher einmal habe ich mich auf die Nächte gefreut, auf den Schlaf und die Träume, die dieser mir bringt. In ihnen bin ich vor vielen Jahren zum ersten Mal dieser Frau begegnet, die mir seitdem nicht mehr aus dem Kopf will.

Denk nicht an sie, rede ich mir ein und wälze mich auf die andere Seite. *Du wirst sie nie wieder sehen.*

Seit Langem sind meine Nächte traumlos. Die Frau, nach der ich mich sehne, ist nicht mehr zurückgekehrt. Allmählich vergesse ich ihr Gesicht. In meinen Erinnerungen ist es längst zu verwischt und ich wünschte, ich wäre ein so guter Künstler wie Larken, um es auf Papier festzuhalten und für immer an meinem Herzen zu tragen.

Sie ist nicht real. Sie hat niemals existiert, rede ich mir ein, während ich mich auf meiner Pritsche winde. *Und selbst wenn sie es wäre, hättest du keinerlei Ansprüche auf sie.*

Dieser Gedanke schmerzt, aber so sind die Gesetze von Castya. Es ist das Einzige, was mich dazu bringt, meine Sehnsucht loszulassen und mich in die Dunkelheit zu stürzen, bis ich mich dem Schlaf ergebe.

Als ich wieder zu mir komme, liege ich nicht länger in der fensterlosen, stickigen Kammer der Kaserne. Stattdessen spüre ich feuchtes, weiches Moos unter mir und dünne Grashalme, die durch meine Finger gleiten. Innerhalb weniger Sekunden sind meine Kleider durchnässt.

Überrascht sauge ich die Luft ein. So viel Feuchtigkeit gibt es in Castya höchstens, wenn die Königin einen ihrer Stürme heraufbeschwört. Moos wächst hier schon lange nicht mehr. Mittlerweile haben wir genug Wasserwege geschaffen, um ein paar größere Felder bewirtschaften zu können, aber das hier ...

Staunend richte ich mich auf und blicke mich um. Grün. Nichts als Grün um mich herum, so kräftig und voller Leben, dass es mir die Tränen in die Augen treibt.

Wald, denke ich. *Das ist ein Wald.*

Zwar bin ich schon häufiger bei meinen Reisen an solchen Orten gewesen, aber für jemanden, der nur karge Steppe und sengende Hitze gewohnt ist, ist es schwer sich an all das Leben zu gewöhnen, das sich hier ausgebreitet hat.

Rings um mich herum ragen Bäume hoch in den Himmel. Ihre großen Blätter sind noch schwer vom Regen. Gewächse wie zerschlissene Vorhänge hängen von ihren Ästen herab und wehen in einer lauen Brise umher. Vögel zwitschern überall. In weiter Ferne kann ich sogar Wasser rauschen hören. Ein Bach? Oder vielleicht sogar ein Fluss?

Voller Aufregung komme ich auf die Füße. Für mich ist es immer etwas Besonderes, so viel Wasser auf einmal zu sehen. Und darin zu schwimmen ... *Einfach herrlich!*

Gerade will ich auf das Rauschen zugehen, als ich im Augenwinkel eine Bewegung ausmache. Schnell wirbele ich herum, immer auf der Hut, ob sich dieser schöne Traum nicht doch als Albtraum entpuppt. In meinen fünfundzwanzig Jahren habe ich schon so mancher Gefahr ins Auge geblickt. Manche davon sind mir tatsächlich bis in meine Träume gefolgt, auch wenn ich das vor meinen Waffenbrüder nie zugeben würde.

Es ist jedoch kein feindlicher Einheimischer, auch kein gefährliches Tier mit messerscharfen Klauen oder Reißzähnen.

Es ist eine Frau in einem langen weißen Kleid, die mir den Rücken zugewendet hat. Ihre dunklen Haare fallen in leichten Wellen über ihre Schultern und wehen sanft im Wind.

Mein ganzer Körper versteift sich. Obwohl ich das Gesicht dieser Frau nicht sehen kann, weiß ich dennoch sofort, wer sie ist. Mein Herz trommelt wie wild in meiner Brust. Meine Knie werden weich und fast wäre ich auf dem Waldboden zusammengebrochen.

Mehrmals presse ich die Lider zusammen und öffne sie wieder, aus Angst, ich könnte mir die Anwesenheit der Frau bloß einbilden.

Zwei Jahre, denke ich und sauge die Luft ein. Seit meiner schweren Kopfverletzung habe ich sie nicht mehr gesehen, habe angenommen, mein Hirn wäre dabei so stark in Mitleidenschaft gezogen worden, dass ich nicht mehr träumen kann, aber jetzt ...

Ohne darüber nachzudenken, gehe ich auf die Frau zu und hebe die Hand. Meine Finger zittern heftig, aber ich muss sie berühren. Ich muss mich vergewissern, dass sie wirklich hier bei mir ist. Dabei bin ich unvorsichtig und trete auf einen Ast. Er zerbricht mit einem leisen Knacken, was die Frau zu mir herumfahren lässt.

Die Augen meiner Traumfrau, diese dunklen Brunnen voller Geheimnisse, weiten sich erschrocken, als sie mich inmitten des Waldes stehen sieht. Die Hand habe ich noch immer nach ihr ausgestreckt, bin aber zu weit weg, um sie zu berühren. Wie erstarrt stehen wir unter dem saftig grünen Dach der Bäume und können unsere Blicke nicht mehr voneinander lösen.

Sie ist es!, schießt es mir durch den Kopf, als sich ihre Züge von Erschrecken zu Erstaunen wandeln. *Sie ist endlich zu mir zurückgekehrt.*

Und sie ist so schön wie eh und je, wenn auch magerer, als ich sie in Erinnerung habe. Ihr Haar ist durchzogen von grauen Strähnen, wirkt matter als bei unserem letzten Treffen. Aber sie ist eindeutig die Frau aus meinen Träumen.

Ein schwaches Lächeln erscheint auf meinen Lippen, wenn ich daran denke, mit welchen ... *Aktivitäten* sie früher meine Traumzeit gefüllt hat. Da war sie bei weitem nicht so zurückhaltend und schüchtern wie in diesem Moment.

Erinnerungen, die ich für verloren geglaubt habe, brechen über mir herein und lassen mich erschaudern vor Lust und Sehnsucht. Am liebsten würde ich mich auf meine Traumfrau stürzen und all die Dinge mit ihr anstellen, die uns in den letzten zwei Jahren verwehrt geblieben sind.

Als sie jedoch vor mir zurückweicht, die Hände abwehrend erhoben, verdränge ich diesen Gedanken sofort. Ihr meinen Willen aufzuzwingen, ist das Letzte, was ich tun will, obwohl das alles nur ein Traum ist.

Ich komme ihr dennoch näher, muss sie endlich berühren. Wenn ich nur kurz über ihre Wange streichen, ihren herrlichen Duft einatmen kann, ist das mehr als genug.

Fürs Erste.

Sie weicht vor mir zurück, bis sie gegen den Stamm eines dicken Baums stößt und nicht weiterkommt. Die Augen hat sie aufgerissen. Wenn ich nicht vorsichtig bin, ertrinke ich noch in deren unergründlichen Dunkelheit.

Ganz langsam, um die Frau nicht zu erschrecken, hebe ich die Hand und lege sie an ihre blasse Wange. Mehr aber nicht. Kurz schließe ich die Augen. Ihr vertrauter Duft nach Wasserlilien, der sie schon damals umgeben hat, überwältigt mich. Eine Träne rinnt mir herunter, weil ich mein Glück in diesem Moment nicht fassen kann.

Endlich habe ich dich wieder, denke ich und schenke dieser wunderschönen Frau ein Lächeln. Sprechen kann ich in diesen Träumen nicht. Ich konnte der Frau nie sagen, wie viel sie mir bedeutet. Manchmal wäre ich am liebsten gar nicht mehr aufgewacht, um für immer bei ihr bleiben zu können.

Mit klopfendem Herzen warte ich ihre Reaktion ab. Eine halbe Ewigkeit vergeht, bis sie sich unter meiner Berührung entspannt. Dann drückt sie sogar ihr hübsches Gesicht gegen meine Hand. Keinen Moment lässt sie mich aus den Augen, senkt nun aber scheu ihren Blick, bis er auf meinen Lippen zu ruhen kommt.

Obwohl ich es vor Verlangen kaum in meiner Haut aushalte, zügele ich mich. Die Angst, sie erneut zu verlieren, ist stärker. Sie klärt den Nebel der Lust, der seit dem Auftauchen der Frau in meinem Hirn aufgezogen ist.

Wie in Zeitlupe kommt meine Traumfrau näher. Sie muss sich auf Zehenspitzen stellen, um ihre Hände auf meine Schultern legen zu können. Als sie mich berührt, bleibt mir die Luft weg. Ich wage es nicht, zu atmen oder zu blinzeln, damit der Traum nicht plötzlich endet und sie für immer verschwindet.

Mit dem Hauch eines Lächelns reckt sie sich mir entgegen und drückt ihre Lippen auf meine, ganz sanft, kein bisschen so leidenschaftlich wie früher. Aber es ist besser, so viel besser, als ich je zu hoffen gewagt habe. Und es kostet mich alles an Selbstbeherrschung, den Kuss nicht sofort zu vertiefen, bis mehr daraus wird. So viel mehr, um den Hunger zu stillen, mit dem sie mich zurückgelassen hat.

Als sie sich von mir löst und ein Stück zurückweicht, hat meine Traumfrau Tränen in den Augen, aber ein Lächeln auf den Lippen. Sie hebt die Hand, um mir eine Strähne meines dunklen Haars aus dem Gesicht zu streichen. Neugierig mustert sie mich, wie man es bei einem Freund tut, den man lange nicht gesehen hat. Bei Blicken bleibt es jedoch nicht lange.

Sanft streicht sie über die Narben an meinen Armen und entlockt mir damit ein Stöhnen. Während ihrer Abwesenheit habe ich einige neue hinzubekommen. Ihr scheint das nicht zu gefallen, denn sie verzieht das Gesicht und wirft mir einen vorwurfsvollen Blick zu. Ob sie wütend ist, dass ich mich so oft in Gefahr gebracht habe?

Ich zucke lächelnd mit den Schultern und wische ihr dann mit den Daumen die Tränen von den Wangen. *Mir geht es gut. Vor allem jetzt, da du wieder bei mir bist.*

Als hätte sie es gehört, kehrt ihr Lächeln zurück, doch hat es seine Strahlkraft verloren. Es erreicht nicht mehr ihre Augen, bringt sie nicht länger zum Funkeln, als hätte man den Nachthimmel über Castyas Steppe darin eingefangen.

Was ist nur mit dir geschehen?, denke ich, obwohl es unsinnig ist. Die Frau ist nur ein Traum, ein Produkt meiner Vorstellungskraft, und doch fühlt sich die Zeit, die ich hier mit ihr verbracht habe, viel realer an als mein ganzes Leben in Castya.

Wo warst du nur all die Jahre?

Eine Antwort auf meine Fragen erhalte ich nicht, erwarte es auch gar nicht, stattdessen spüre ich wieder ihre Lippen auf meinen. Diesmal weicht sie nicht zurück, auch dann nicht, als ich ihr rundes Gesicht mit beiden Händen umfasse, sie am liebsten gar nicht mehr loslassen würde.

Langsam, mahne ich mich. Ihre zarten Berührungen und das Gefühl ihrer Lippen auf meinen lassen mich sofort hart werden. Am liebsten hätte ich meine Traumfrau hier und jetzt verschlungen. Den Kuss hinauszuzögern kommt mir wie eine Qual vor, aber ich will dieses Wiedersehen genießen. Ich will davon zehren können, wenn ich morgen in einer fremden Welt lande und um mein Überleben kämpfen muss. Der Gedanke an diesen Moment aus meinen Träumen wird mich antreiben, mich schützen, bis ich einen sicheren Ort gefunden und zu ihr zurückkehren kann an diesen unwirklichen Ort voller Leben.

Meine Traumfrau scheint zu spüren, dass ich heute ihr die Zügel überlasse. Dass ich sie zu nichts drängen möchte, was sie nicht bereit ist, zu geben.

Kurz unterbricht sie den Kuss und saugt geräuschvoll den Atem ein. Die dunklen Augen hat sie geschlossen, ihre Stirn gegen meine gedrückt. Ihre dünnen Arme legt sie um meinen Hals und presst sich fest an mich, dass ich für einen kurzen Moment meine guten Vorsätze vergesse.

Als sie mich erneut küsst und nun sogar den Mund für mich öffnet, wird mir ganz schwindelig. Ich kann mein Glück kaum fassen und stöhne laut auf, als sie mir mit ihrer Zunge plötzlich über die Unterlippe streicht.

Würde ich bei meiner Reise morgen sterben, wäre ich der glücklichste Mann in allen Welten.

Meine Traumfrau löst sich von mir und mustert mich, als wüsste sie nicht, ob sie weitermachen soll. Sie wirkt unsicher, ganz anders als früher.

Wenn du wüsstest, wie sehr ich mich nach dir gesehnt habe, denke ich und fahre ihr durchs dunkle Haar. Meine Traumfrau beißt sich auf die Lippe und sieht mich an.

Ich wünschte, ich wüsste, was du denkst ...

Mit scheuem Blick hebt sie ihre Hand und streicht mir über die Lippen. Zitternd atme ich aus und warte darauf, dass sie den nächsten Schritt tut.

Verdammte Scheiße! Wenn sie mich nicht schnell erlöst, sterbe ich, denke ich und bebe vor Verlangen. Es steigert sich, als sich unsere Lippen erneut treffen. Eine Hand noch an ihrer Wange drücke ich sie mit der anderen fest gegen mich. Sie zögert kurz, als sie spürt, wie sehr mich dieses Wiedersehen mit ihr aufwühlt.

Ein leises Kichern ist zu hören, dann streifen ihre Finger plötzlich über meine Erektion. Überrascht stöhne ich auf und habe das Gefühl, ich müsste vergehen, als sie nun auch ihre Lippen für mich öffnet und meiner Zunge Einlass gewährt.

Hitze rauscht durch meinen Körper und lässt mich meinen Anstand vergessen. Mit einem hungrigen Knurren presse ich meine Traumfrau gegen den Baumstamm und erkunde mit meiner Zunge ihren Mund. Meine Finger krallen sich in ihre schmalen Hüften, damit sie mir ja nicht mehr entkommt.

Aber sie scheint gar nicht fliehen zu wollen. Im Gegenteil. Meine Traumfrau drückt sich mir entgegen, wirkt genauso ausgehungert wie ich. Mit einer Hand greift sie grob in mein Haar, die andere streicht mir mit ihren langen Fingernägeln über den Rücken. Wäre das die Realität, hätte ich dort tiefe Kratzspuren, aber so in diesem leidenschaftlichen Kuss versunken merke ich es kaum.

Ein lautes Scheppern ertönt und reißt mich von ihr fort. Mit einem erschrockenen Keuchen erwache ich verschwitzt und erregt in meinem Bett, eine Hand am Dolch, den ich immer unter meinem Kissen liegen habe.

Vor meiner Tür brüllt jemand etwas Unverständliches. Eine überschwängliche Entschuldigung folgt. Ein Rekrut muss auf dem Gang etwas fallen gelassen und nicht nur mich geweckt haben.

Seufzend richte ich mich auf und wische mit der Decke über mein verschwitztes Gesicht. Zu gern hätte ich diesen Traum fortgesetzt, aber für den Anfang war der Kuss mehr als genug.

Wenn sie nur morgen zu mir zurückkehrt ..., denke ich und taste nach meinem Wasserbecher. Nach diesem leidenschaftlichen Traum ist mein Mund ganz trocken, aber mein Herz von Glück erfüllt.

Das ist ein gutes Omen für meine Reise, sage ich mir, als ich zurück auf das Kissen sinke und den Rest der Nacht in einen traumlosen Schlaf versinke.

»Wie fühlst du dich, Tarr?«, fragt die Königin, als ich am Vormittag ihre Gemächer betrete.

»Gut, sehr gut«, sage ich und muss meine Freude zügeln. Es gehört sich nicht für eine königliche Wache, zu lächeln. Und doch kann ich es einfach nicht verhindern.

»Du ... Etwas ist anders an dir«, bemerkt die Königin und mustert mich neugierig. Ihre sturmgrauen Augen leuchten auf.

»Sie ist ... Sie ist zurück«, presse ich hervor und senke den Blick. Hitze wallt in meinen Wangen auf. Meine Königin ist die einzige, der ich je von der Frau aus meinen Träumen erzählt habe. Sie hat miterlebt, wie sehr ich unter ihrem Verschwinden gelitten habe.

»Die Frau aus deinen Träumen?«, fragt sie atemlos.

Ich nicke und wage einen kurzen Blick auf meine Königin. Wie immer trägt sie helles Blau, das mit ihrer dunklen Haut kontrastiert. Eine Hautfarbe wie ihre habe ich in ganz Castya noch nie gesehen, dafür aber in Nachbarstaaten und während meiner Reisen durch die Welten.

»Tarr, das ist wunderbar!«, ruft die Königin und zieht mich urplötzlich in eine Umarmung.

Sofort versteife ich mich. Einer Frau so nah zu sein, noch dazu unserer Königin, gehört sich nicht.

Würden mich die Könige so sehen ...

»Ach, entspann dich, Tarr«, sagt sie lachend und tritt einen Schritt zurück. »So macht man das in meiner Welt, wenn ein Freund gute Nachrichten mitbringt.«

»Dann werde ich mir das merken«, sage ich, trete dennoch einen Schritt zurück. Es mag sein, dass es auf dem Planeten namens *Erde* so Brauch ist, aber in Castya könnte es jemandem wie mir nur allzu schnell den Kopf kosten.

»Aber jetzt kann ich dich nicht mehr wegschicken«, sagt die Königin und beißt sich auf die Lippe. »Nicht, wenn du ...«

»Warum nicht?«, frage ich ein bisschen ungehalten. So sehr ich auch fürchte, meine Heimat nicht mehr wiederzusehen, freue ich mich trotzdem jedes Mal auf diese Reisen.

»Wenn auch nur eine kleine Chance besteht, dass die Frau existiert ... Da kann ich nicht zulassen, dass dir etwas zustößt«, presst die Königin hervor und krallt ihre Finger in den weiten Stoff ihres Kleids. »Ich darf ihr nicht im Weg stehen.«

»Aber ... Vielleicht gibt es sie gar nicht«, halte ich dagegen.

Während meine Königin fest davon überzeugt ist, dass diese Träume etwas bedeuten müssen, dass die Frau und ich ein Schicksal teilen und uns eines Tages auch im Wachleben begegnen werden, bleibe ich realistisch. Die Königin ist nicht in Castya aufgewachsen. Sie kennt die Gesetze zwar, versteht aber nicht immer ihre Notwendigkeit. Egal, ob unsere Schicksale nun verwoben sind oder nicht, ich könnte nicht einfach mit dieser Frau zusammen sein.

Es wäre zu egoistisch, denke ich und schüttle den Kopf. *Und es verstößt gegen meinen Eid als Wache.*

»Ich werde gehen«, beharre ich und drehe mich zur Tür um. »Der Traum ist ein gutes Omen für die Reise, mehr nicht. Und ich habe eine Schuld zu begleichen.«

»Tarr ...«, will meine Königin protestieren, doch habe ich da schon die Tür aufgezogen und bin auf den Gang getreten.

»Warte!«, ruft sie mir hinterher. Ihre Stimme ist plötzlich härter. Es ist die der Königin, nicht die der guten Freundin, zu der sie trotz der Standesunterschiede geworden ist.

»Wollt Ihr Eure Familie nicht wiedersehen?«, frage ich sie, als sie mich am Arm zurückhält.

»Natürlich.« Tränen blitzen in ihren Augen auf. »Mehr als alles andere.«

»Dann lasst mich gehen«, entgegne ich und löse sanft ihre Finger von meinem Arm. »Die Frau ist ein Traum und ich kann nichts tun, um sie zu finden. Aber Eure Familie ist real und ich werde einen Weg zurück suchen, das habe ich geschworen.«

»Ich weiß«, sagt die Königin und zwingt sich zu lächeln. »Und ich weiß auch, dass ich dich nicht aufhalten kann. Sogar die Könige könnten das nicht, wie ich dich kenne, Tarr.«

»Ganz recht«, sage ich und nehme Haltung an.

Seufzend zieht die Königin eine Kette aus ihrem Ausschnitt hervor und betrachtet den Anhänger daran. Es ist eine kleine mit Wachs versiegelte Phiole, in die dunkle Erde gefüllt wurde.

»Nimm sie«, sagt die Königin und reicht mir die Kette mit forderndem Blick.

»Was? Aber ...«, stammele ich und schüttle den Kopf. »Ist sie nicht von Eurer Schwester?«

Als sich die Königin um mich und meine Verletzungen gekümmert hat, hat sie mir von ihrer Familie erzählt, vor allem von ihrer jüngsten Schwester.

»Vielleicht führt sie dich zu ihnen«, sagt die Königin mit einem Schulterzucken, ehe sie mir die Kette umhängt.

»Königin Storm ... Das ... Das kann ich nicht annehmen«, stammele ich. Einer königlichen Wache ist nicht nur die Ehe versagt, sondern auch der Besitz sämtlicher Güter. Nur unsere Kleidung, die Rüstung und Waffen, die wir für den Schutz der königlichen Familie brauchen, sind erlaubt, aber ganz sicher kein Schmuck. Selbst wenn er ein Geschenk der Königin ist.

Außerdem ist es ihr wertvollster Besitz, erinnere ich mich. Wenn ich meine Augen schließe, sehe ich Königin Storm an meinem Krankenbett sitzen und verstohlen weinen, während sie mir von ihren vier Geschwistern erzählt.

»Es ist ein Befehl, Tarr«, sagt die Königin und reckt trotzig ihr Kinn vor. »Sieh es als Werkzeug an, das dir bei der Reise helfen könnte. Dann ist es auch nicht verboten.«

»Ja, aber ...« Schwere Schritte in unserer Nähe lassen mich verstummen.

»Versuch lieber nicht, dich mit ihr anzulegen, Tarr«, rät mir eine amüsierte Stimme. Kurz darauf erscheinen die Könige in ihren besten Festtagsgewändern auf dem Gang. König Korren schenkt mir ein schiefes Grinsen. Sein Brudergemahl, König Razyn, mustert den Anhänger, der vor meiner Brust baumelt, dagegen voller Unmut.

»Bist du dir sicher, Liebste?«, fragt er und berührt Königin Storm sanft am Arm. Er weiß, wie viel ihr diese Kette bedeutet.

Die Königin saugt geräuschvoll die Luft ein und nickt. »Ich habe ein gutes Gefühl dabei.«

»Auf dein Gefühl ist immer Verlass«, wendet König Korren ein und lächelt seine Gemahlin liebevoll an, ehe er sich mir zuwendet. »Nimm ihn an, Tarr. Wir werden dich deswegen schon nicht köpfen.«

»Solange du in einem Stück wieder zurückkehrst und den Anhänger mitbringst«, fügt König Razyn hinzu. Anders als sein Brudergemahl klingt er ernst.

»Wie Ihr befehlt«, sage ich und neige das Haupt. So gern ich den Anhänger auch zurückgegeben hätte, weil es mir einfach nicht richtig vorkommt, Königin Storms einzige Verbindung zu ihrer Familie bei mir zu tragen, habe ich längst gelernt, wann es Zeit ist, aufzugeben. Die Könige sind genauso starrköpfig wie ihre Gemahlin.

»Sollen wir?«, fragt König Korren und hält seiner Gemahlin den Arm hin.

»Ist denn schon alles bereit?«, fragt sie und wir tauschen einen kurzen Blick. Sie wirkt so nervös, wie ich mich fühle. Für uns beide steht am meisten auf dem Spiel.

»Wären wir sonst hier?«, entgegnet König Razyn und hakt sich auf ihrer anderen Seite unter.

»An deinem Ton müssen wir wirklich noch arbeiten, mein Lieber«, sagt Königin Storm lachend, ehe sie sich auf den Weg machen.

Ich folge ihnen mit einigem Abstand und konzentriere mich auf meine Atmung und darauf, mein wildschlagendes Herz zu beruhigen. Das Geplänkel zwischen den Königen und ihrer Gemahlin blende ich gänzlich aus, nicht nur, weil ich gleich in einen Riss aus purer Magie springen und in eine fremde Welt reisen werde.

Ich gebe es nicht gern zu, aber sie zusammen zu sehen, löst Neid in mir aus. Ich wünschte, ich hätte das Recht, jemanden so zu berühren, wie die Könige es können. Oder von einer Frau so angelächelt zu werden, wie Königin Storm es nur bei König Korren und König Razyn tut.

Aber dieses Recht wurde mir vor langer Zeit genommen, als Plünderer mein Dorf angegriffen und meinen Brudergemahl getötet haben. Allein ist es mir nicht vergönnt, eine Frau zu beanspruchen, egal wie sehr ich mich danach sehne.

Vor allem, wenn die Frau aus meinen Träumen tatsächlich real ist, denke ich traurig.

KAPITEL 2
CHAOS UND ANGST

GIANA

Du bist aus meinem Traum, hallt die Stimme des Fremden aus dem Rift wieder und wieder durch meine Gedanken. Tränen verschleiern mir den Blick und mein Herz schlägt so laut, dass ich gar nicht mitbekomme, was um mich herum geschieht.

Stampfende Schritte, laute Stimmen und immer wieder das Knistern und Knacken des Rifts, der diesen Teil des Gartens in ein unheimliches Gleißen hüllt.

Du bist aus meinem Traum.

Schniefend richte ich mich auf und wische mir die Tränen weg. Die Ankunft des Fremden hat mich so durcheinandergebracht, dass ich stark schwanke. Beinahe verliere ich mein Gleichgewicht, hätte sich mir nicht ein großer Wolfskörper in den Weg gestellt. Louises helles Fell ist weich und warm unter meinen Fingern, als ich mich auf sie abstütze und auf die Stelle gucke, an der eben noch der Fremde gestanden hat. Jetzt ist er umringt von den Grey-Geschwistern, aber auch von Agenten. Dorians Mutter muss Verstärkung angefordert haben.

Die Anwesenheit seiner Seele spüre ich trotzdem, deutlicher noch als in dem Traum, in dem er mir heute Nacht zum ersten Mal seit Jahren wieder erschienen ist. Als ich aufgewacht bin, konnte ich mich kaum daran erinnern, nur an die Lust und Sehnsucht, die er bei jeder Begegnung in mir erweckt. Jetzt kommen die Erinnerungen an letzte Nacht zu mir zurück.

Die Überraschung auf seinem Gesicht, als hätte er genau wie ich nicht mehr damit gerechnet, dass wir uns je wiedersehen. Und dann dieses heftige Verlangen, das er ausgestrahlt hat, als er mich berührt hat. Ich dachte, er würde über mich herfallen wie früher, aber er hat sich zurückgehalten und mir die Zügel überlassen.

Während ich in die Menge starre, halb in meinen Erinnerungen verloren, streiche ich über meine Lippen. Es ist, als könnte ich seine Küsse noch spüren, obwohl seitdem Stunden vergangen sind.

Louise stößt einen fragenden Laut aus und schiebt mich mit ihrer Schnauze zurück in Richtung Halfway House.

»Ich muss mit ihr sprechen, bitte, lasst mich …«, hallt die tiefe Stimme des Fremden zu uns herüber.

Ich erschaudere. Seit meine Magie in mir erwacht ist und ich von diesem Mann träume, habe ich mich gefragt, wie seine Stimme wohl klingen würde, aber ihm jemals zu begegnen …

Wie kann das sein? Was hat das alles zu bedeuten? Mein Herz schlägt Purzelbäume vor Aufregung, aber auch vor Angst. Denn der Fremde klingt wütend. So wie er mich gemustert hat, mit zusammengekniffenen Augen und finsterem Blick …

Ich sehe es deutlich vor mir, doch wandelt sich sein kantiges Gesicht mit der Narbe über der rechten Augenbraue mehr und mehr in das eines anderen.

Blutrote Augen, schwarzes Haar und eine diabolische Grimasse, dass mir das Blut in den Adern gefriert.

El Rojo.

Ich stoße ein ersticktes Keuchen aus und stolpere zurück. Selbst nach meiner Befreiung aus seiner Gefangenschaft kann ich ihm nicht entkommen. Er wird mich bis an mein Lebensende heimsuchen, egal wie sehr ich versuche, die furchtbaren Erinnerungen an meine Zeit bei ihm zu verdrängen.

Louise stößt ein Winseln aus. Sie scheint zu merken, wie die Angst mich plötzlich überkommt, bis ich es nicht länger aushalte. Ich renne, strauchele, falle und rappele mich wieder auf. Ich will bloß weg von hier, weg von dem Mann, nach dem ich mich so lange gesehnt habe. Dem Mann, der nun das Gesicht meines größten Albtraums angenommen hat.

Atemlos erreiche ich Grey's Halfway House und stolpere die Treppen hinauf. Erst als ich mein Zimmer betrete und nach Luft schnappe, fühle ich mich einigermaßen sicher. Trotzdem verstecke ich mich unter meiner nach Lavendel duftenden Bettdecke. Sie hilft mir, mich in der Gegenwart zu verankern, kann mich aber nicht vor ihm beschützen. Niemand kann das, sollte El Rojo es noch auf Louise und mich abgesehen haben.

Zu gut erinnere ich mich daran, wie viel Freude es diesem Monster bereitet hat, sich an meinem Entsetzen zu laben, wann immer er mich in seine Folterkammer gezerrt hat. Nicht, um mir wehzutun, sondern um mich dazu zu zwingen, das zu beseitigen, was von seinen Opfern noch übrig ist.

Denk nicht mehr an ihn, Gia, rede ich mir ein und mache mich unter der Bettdecke ganz klein. *Agent van Zicht sucht nach ihm. Das ganze Institut sucht nach ihm. Er kann dir nicht mehr wehtun …*

All das weiß ich, aber es kann die Angst nicht vertreiben oder das Grauen ausmerzen, das sich in mir eingenistet hat. In den letzten Tagen habe ich es erstaunlich gut verdrängt, nur manchmal sind diese Erinnerungen in mir hochgekommen wie vorhin bei meinem Gespräch mit Lou und Agent van Zicht.

Aber nie so stark wie bei ihm, denke ich und kann nicht verhindern, dass sein Gesicht in meinen Gedanken auftaucht. Die olivfarbene Haut, die himmelblauen Augen und schulterlangen Haare, in denen ich vor Stunden noch meine Finger vergraben habe.

Wie kann er real sein? Und warum taucht er ausgerechnet jetzt hier auf?

Bevor mir eine Antwort darauf einfällt, klopft es leise gegen meine Tür. Erschrocken rücke ich bis ans Kopfende meines Betts zurück, die Decke noch immer fest um mich geschlungen.

»Gia? Ich bin's«, dringt Louises Stimme von jenseits meiner Zimmertür zu mir durch. »Darf ich reinkommen.«

Ich sage nichts, traue mich nicht einmal unter meiner Decke hervor, weil mich die Ankunft des Fremden so mitnimmt. Die Tür öffnet sich mit einem leisen Quietschen. Lou kommt auf mein Bett zu. Ihre Seele ist in Aufruhr. Sie macht sich Sorgen um mich. Schon wieder.

»Ist alles in Ordnung?«, fragt meine beste Freundin, als sie sich neben mich setzt und sanft über meine Seite streicht.

»Mhm«, bringe ich hervor, bevor meine Stimme blockiert. Einen Moment lang habe ich das Gefühl, zu ersticken.

»Deswegen wollte ich, dass du hier bleibst. Ich dachte, es könnte gefährlich werden oder dich erschrecken«, sagt Louise und drückt meinen Arm. »Magst du nicht rauskommen? Da drunter ist es bestimmt viel zu warm.«

Vorsichtig zupft sie an meiner Decke, zieht sie aber nicht weg. Sie weiß, dass das mein Safe Space ist. Und wenn jemand versteht, wie wichtig das ist, dann Louise. Auch sie war eine von El Rojos Gefangenen.

»Er hat dich bestimmt sehr erschreckt, was?«, fragt sie.

Ja, denke ich. *Viel zu sehr, aber nicht so, wie du glaubst, Lou.*

»Kann ich mir gut vorstellen. Er sieht schon recht brutal aus mit den Narben und den ganzen Waffen«, sagt Louise seufzend und schüttelt sich. »Wie irgend so ein Söldner oder Bandit aus *Game of Thrones* oder so.«

Oder Conan der Barbar, füge ich in Gedanken hinzu und krieche ein Stück nach oben, bis mein Kopf unter der Decke hervorlugt.

Lou streicht mir mit besorgtem Blick die verstrubbelten Haare aus dem Gesicht. »Aber er scheint doch nicht gefährlich zu sein, wie wir nach Dorians Visionen erst gedacht haben.«

Dorians Visionen? Verwundert reiße ich die Augen auf.

Hat er sich deshalb die ganze Zeit in seinem Atelier eingesperrt? Weil er die Ankunft des Fremden vorausgesehen hat?

»Earl und die anderen hatten befürchtet, es könnte wieder so ein … Dämon oder was auch immer sein. Du weißt schon«, erzählt Louise und zuckt mit den Schultern. »Wie damals …«

Ich nicke. Genau das habe ich ja auch gedacht, als ich mit ihnen zum Rift gerannt bin.

Was hat dich da nur getrieben, Gia?, denke ich nun und bin sprachlos über mein eigenes Verhalten. *War das die Macht in mir, die eine Chance gewittert hat, freigelassen zu werden?*

Ich erschaudere und wende mich von Louise ab. Sie soll sich nicht noch mehr Sorgen um mich machen. Oder die Angst in meinem Blick missverstehen.

Ja, der Fremde hat eben fast für eine Panikattacke gesorgt, aber die Angst, die ich empfinde, wann immer ich an meine Magie denke oder spüre, wie sie sich einen Weg nach draußen sucht … Die geht weit tiefer als alles andere. Tiefer noch als meine Furcht vor El Rojo.

»Ich wollte dich nicht damit belasten. Deswegen hab' ich dir nichts davon erzählt«, sagt Louise und lenkt mich damit glücklicherweise von dem Brodeln in meinem Inneren ab. »Bist du mir böse?«

Langsam schüttle ich den Kopf. Ich verstehe ja, warum sie das getan hat. Um mich zu schützen. Aber es macht mich wütend, dass ich das überhaupt brauche. Dass ich noch immer so ängstlich und schwach bin, mich lieber unter meiner Decke verkrieche, statt aufzustehen und zu kämpfen.

»Zum Glück ist ja nochmal alles gut gegangen«, sagt Lou mit einem Seufzen und drückt meine Schulter. »Und die Greys werden diesen Alientypen sicher erstmal mit Fragen löchern.«

Zögerlich drehe ich mich zu ihr um. *Alientypen? Fragen?*

»Du hast es vor Schock gar nicht mitbekommen, hm?«, sagt Louise und wirkt selbst durcheinander. »Der Kerl aus dem Rift kennt wohl ihre Schwester. Du weißt schon, die, die durch den Rift gefallen ist. Storm.«

Überrascht reiße ich die Augen auf. Ich war so mit meinen eigenen Dämonen beschäftigt, dass ich die traurige Geschichte der Greys schon ganz vergessen habe.

Das heißt also, Storm Grey lebt? Das ist eine Frage, die die Greys, aber auch Markos schwer belastet. Von Storm auf so furchtbare Weise getrennt worden zu sein, hat ihnen sehr zugesetzt.

»Aber siehst du: Sel hatte recht. Am Ende wird hier immer alles gut«, sagt Lou und tippt mir mit einem fröhlichen Grinsen auf die Nasenspitze. »Bei mir hat's ja auch geklappt und bei dir ganz bestimmt auch. Da bin ich mir sicher.«

Ich mir aber nicht, denke ich verdrossen. Ich weiß doch, wie es in meinem Inneren aussieht, wie viel Chaos und Angst dort herrscht, aufgewühlt durch die Ankunft des Fremden.

Hoffentlich verschwindet er bald wieder.

KAPITEL 3
EINE PERSÖNLICHE MISSION

TARRON

»Du ...? Du bist aus meinem Traum.«

Dass ich Königin Storms Familie finden würde, habe ich immer gehofft, aber nie auch nur zu träumen gewagt, dass meine Traumfrau bei ihnen sein könnte. Dass sie überhaupt im Wachleben existiert und nicht bloß in meiner Fantasie.

Und doch entdecke ich sie mitten unter all den Menschen, die sich auf dieser Seite des Rifts versammelt haben. Grimmig starren sie mich an. Unzählige Riesenwölfe stoßen ein bedrohliches Knurren aus. Ihre scharfen Reißzähne könnten mich mit Leichtigkeit in Stücke zerfetzen, und doch habe ich nur Augen für die Frau mit den langen schwarzen Haaren, die ich immer nur für Einbildung gehalten habe.

Gerade will ich einen Schritt auf sie zugehen, als sich mir ein Wolf in den Weg stellt. Erschrocken weiche ich zurück, als sich seine Konturen verzerren, bis vor mir ein hochgewachsener Mann steht. Ein nackter, hochgewachsener Mann.

»Unsere Schwester? Du ... Du kennst unsere Schwester?«, fragt er und blickt mich aus weit aufgerissenen Augen an.

»Wolfshexer«, wispere ich, als ich mich an die Geschichten der Königin über ihre vier Geschwister erinnere. Blondes Haar, groß und muskulös ... »Du musst Ash sein.«

»Ja, aber ...« Langsam schüttelt er den Kopf, als könne er es nicht fassen. Ich ja auch nicht, aber ich habe eine Mission zu erfüllen.

Kurz springt mein Blick zu meiner Traumfrau. Sie lehnt gegen einen der Wölfe, ihre schmalen Schultern beben.

Hat sie etwa Angst? Vor mir?

Ich wünschte, ich könnte zu ihr, könnte mit ihr sprechen, endlich ihre Stimme hören. Mein Pflichtbewusstsein Königin Storm gegenüber und die misstrauischen Gesichter der Umstehenden halten mich jedoch davon ab.

»Woher kommen Sie? Was tun Sie hier?«, ruft eine Stimme. Jemand packt mich an meinen Armen und zerrt sie mir auf den Rücken. Eiskaltes Metall schließt sich um meine Handgelenke, doch spüre ich es kaum.

»Ich muss mit ihr sprechen, bitte, lasst mich ...«, presse ich hervor und versuche mich von den Fremden loszumachen, die sich um mich sammeln. Königin Storms Geschwister, aber auch Leute in schlichten, dunklen Uniformen.

Verzweifelt recke ich den Kopf, um noch einmal einen Blick auf die Frau zu erhaschen, doch ist sie verschwunden. Ich sehe gerade noch, wie sie auf das Gebäude in einiger Entfernung zu rennt, dann wird sie von den Hecken verdeckt.

»Antworten Sie mir! Wo kommen Sie her? Was machen Sie hier?«, donnert die wütende Stimme. Ein Mann in Uniform packt mich an den Schultern und schüttelt mich. Kurz bin ich versucht, ihm dafür eine Kopfnuss zu verpassen, lasse es aber lieber bleiben.

Während mich Ash Grey und die junge Frau, die nur seine Schwester Rosaleen sein kann, vor lauter Unglauben mustern, wirken die Uniformträger verärgert, manche auch ängstlich. Sie sehen nicht aus wie Krieger, tragen nicht einmal Waffen bei sich anders als ich. Dennoch scheinen sie hergekommen zu sein, um diese Welt zu verteidigen.

Keine Waffen muss noch nichts bedeuten, denke ich und erinnere mich an Königin Storms Erzählungen über Magie. Während ihre Gabe, Stürme zu kontrollieren, in Castya absolut einmalig ist, soll es auf der Erde nur so vor magischen Wesen mit ähnlichen Fähigkeiten wimmeln.

»Bitte, ich will wirklich nicht …«, setze ich an. Der Rest geht jedoch in einen Schmerzenslaut über, als der Uniformierte fest an meinen Armen zerrt.

Will er mich denn gar nicht ausreden lassen?

»Ist das wirklich nötig, Grant?«, fragt eine scharfe Frauenstimme, bevor ich einen zweiten Erklärungsversuch starten kann. Die Menge teilt sich vor mir und macht einer Frau in Uniform Platz. Eine Frau, die diesen Ort beschützt!

Du bist eben nicht mehr in Castya, erinnere ich mich und suche in ihrem Gesicht nach Anzeichen, ob ich ihr trauen kann.

Sie drängt sich zu uns durch und schiebt ihren Kameraden mit finsterem Blick von mir weg. »Haben Sie nicht gehört, was er gesagt hat? Er kommt in Frieden.«

»Das soll ich so einfach glauben?«, knurrt der Mann hinter mir, ohne mich loszulassen. »Dieser Typ ist gerade aus einem verfluchten Rift gestiegen. Haben Sie das schon mal irgendwo gehört, Agent van Zicht? Am Ende legt der nicht bloß das verdammte Halfway House in Schutt und Asche, sondern auch noch den Rest …«

»Ich bürge für ihn, also lassen Sie ihn frei, Grant«, faucht die Frau und baut sich vor dem Mann auf. In Castya hätten sich die Frauen das gar nicht getraut, aber von Königin Storm weiß ich, dass es hier auf der Erde oft ganz anders ist.

Agent ... Er hat sie Agent genannt, denke ich. Dieses merkwürdige Wort kommt mir bekannt vor, aber ich erinnere mich nicht mehr daran, was mir die Königin darüber erzählt hat.

»Lassen Sie ihn gehen, Grant«, wiederholt die Frau mit fester Stimme und mustert ihren Kameraden mit zu Schlitzen verengten Augen. »Das ist ein Befehl.«

»Aber ...«, setzt Grant an und wendet sich mir mit hochrotem Gesicht zu.

»Ich komme in Frieden. Man hat mich ausgeschickt, um jemanden zu finden«, beteuere ich und zwinge mich trotz der Erschöpfung und meines stetig wachsenden Ärgers zu einem freundlichen Ton. »Ich habe den Auftrag Ashton, Earl, Dorian und Rosaleen Grey zu finden.«

»Das ...«, wispert die junge Frau, die von ihren drei Brüdern und einem Mann mit hellem Haar umringt wird. Schniefend wischt sie sich die Tränen von den Wangen. »... sind wir.«

»Na, also, da haben Sie's, Grant«, sagt die uniformierte Frau und drängt ihn beiseite. »Lassen Sie ihn schon los.«

»Wehe, du machst Ärger«, raunt die Frau mir zu, als sie mir die Fesseln abnimmt und dann beiseite tritt.

»Hatte ich nicht vor«, entgegne ich und massiere mir die Handgelenke. Ich hasse es, gefesselt zu werden, aber auch das gehört zu den Reisen durch den Rift dazu. Nicht jeder vertraut einem Fremden, der durch einen magischen Riss ihre Welt betreten hat. Ich hätte an Grants Stelle ähnlich gehandelt.

»Lasst uns ihnen etwas Raum geben. Für eine Befragung ist später noch Zeit«, sagt die Frau an die Uniformierten gewandt und zieht Grant dann hinter sich her. »Ich glaube nicht, dass das Halfway House ihn gehen lassen würde, sollte er doch gefährlich sein.«

»Danke ... Grace«, presst einer der vier Grey-Geschwister hervor. Er hat blasse Haut und sehr ordentliches kurzes Haar im Vergleich zu seinen beiden Brüdern.

»Earl, richtig?«, frage ich ihn und lächle, als er überrascht die Augen aufreißt. Spitze Eckzähne kommen zum Vorschein, als er den Mund öffnet und doch keinen Ton herausbringt.

Er ist ein Vampir. Was auch immer das bedeutet ..., denke ich und versuche, nicht allzu beunruhigt dreinzuschauen.

»Seht ihr, ich hab' doch gesagt, dass der Mann aus meiner Vision gute Nachrichten bringt und nicht hier ist, um die Welt zu zerstören«, sagt der jüngste der drei Brüder. Ihn erkenne ich sofort. Genau wie in Königin Storms Geschichten hat er Farbe im Gesicht, sogar in seinen schulterlangen Haaren.

»Dorian«, wispere ich und meine Hand fährt zum Anhänger der Königin. Während ich durch den Rift gefallen bin, habe ich die kleine Glasphiole festgehalten und gebetet, dass sie mich zu ihnen bringen würde. Jetzt hier bei ihnen zu stehen ... Dass ich damit meine Mission fast erfüllt habe, will mein Hirn noch nicht wahrhaben.

»Vielleicht sollten wir an einen ungestörteren Ort gehen«, schlägt Ash vor. Misstrauisch blickt er auf den Rift hinter uns. Er ist kleiner geworden und hat an Strahlkraft verloren. Es wird einige Tage dauern, bis ich nach Castya zurückkehren und Königin Storm von meinem Erfolg berichten kann. Genug Zeit, um mich von den Strapazen der Reise auszuruhen.

»Mhm«, macht Rosaleen Grey und weicht taumelnd vor mir zurück. Der blonde Riese fängt sie auf und stützt sie auf dem Weg zurück zum riesigen Haus jenseits der Hecken.

Die Wölfe sind verschwunden, ebenso all die anderen Leute, die hier zusammengekommen sind. Benommen folge ich den Greys. Zwar hätte ich mich gern einen Moment ausgeruht, oder noch viel lieber nach meiner Traumfrau gesucht, doch ist mein Auftrag noch nicht erfüllt.

Sie werden eine Menge Fragen an mich haben, denke ich und kratze meine letzten Kraftreserven zusammen, um nicht hier und jetzt zusammenzubrechen. Wie sehr mich eine Reise durch den Rift mitnimmt, vergesse ich jedes Mal aufs Neue vor lauter Aufregung und Neugier. Normalerweise bin ich ein bis zwei Tage lang zu kaum etwas zu gebrauchen, aber heute muss ich durchhalten.

»Lasst euch nicht stören«, sagt eine freundliche Stimme, als ich mich auf einem bequemen Stuhl in einem großen Raum wiederfinde. Er erinnert mich an den Speisesaal der Kaserne. Dieser hier ist aber weit schöner gestaltet. Mehrere Tische sind im Raum verteilt, nicht aus grob gezimmertem Holz, sondern glatt geschliffen und mit Läufern aus buntem Stoff bedeckt. Überall stehen frische Blumen in kunstvollen Glasvasen und kleine bunte Kerzen. Wir sitzen an einem Tisch direkt neben einer geöffneten Fenstertür, die auf einen großen gepflasterten Platz hinterm Haus führt.

Eine zierliche Frau mit langem Haar wirbelt durch den Saal und verteilt in Windeseile Teller, Tassen und Gläser vor uns.

»Ich dachte, du bist nach dieser ... ähm ... Reise vielleicht hungrig«, sagt sie, als sie eine Platte mit Essen vor mir abstellt. Eine zweite steht zwischen Ash und Dorian am Ende des Tischs. »Willkommen im Halfway House.«

»Danke, Sel«, wispert Ash und haucht ihr einen Kuss auf die Wange.

Das Gesicht der zierlichen Frau erstrahlt und sie drückt ihm kurz die Schulter. »Alles für unsere Gäste.«

Bevor ich mich bei ihr bedanken kann, ist sie verschwunden und lässt mich mit den Grey-Geschwistern zurück. Sprachlos starren sie mich an.

Earl findet als Erster seine Stimme wieder: »Erzählen Sie uns genau, wer Sie sind und was Sie mit unserer Schwester zu schaffen haben.«

Ich kann mir ein Lachen nicht verkneifen. Genau so hat Königin Storm ihren Bruder beschrieben: wissbegierig und doch sehr misstrauisch. *Und etwas steif.*

»Mein Name ist Tarron, aber Freunde nennen mich Tarr«, stelle ich mich vor und neige respektvoll das Haupt. Sie sind immerhin Königin Storms Geschwister und damit Teil der königlichen Familie Castyas, wissen davon aber noch nichts. »Ich gehöre zur Leibwache der Könige von Castya und war mit dem Schutz ihrer Königin betraut.«

Noch heute erfüllt es mich mit Stolz, wie weit ich es schon geschafft habe. Ich, ein Junge aus einem zerstörten Dorf, das nicht einmal einen Namen hatte, bevor es von Plünderern dem Erdboden gleich gemacht wurde.

Und jetzt bin ich sogar in fremde Welten gereist, um eine persönliche Mission der Königin zu erfüllen, denke ich und schüttle langsam den Kopf. Selbst jetzt noch hört sich das unwirklich an.

»Und was hat das mit unserer Schwester zu tun?«, fragt Earl und klingt kein bisschen beeindruckt, eher verärgert.

»Königin Storm hat meiner Heimat neues Leben geschenkt und dafür werden mein Volk und ich immer in ihrer Schuld stehen«, erzähle ich und spüre nichts als tiefste Dankbarkeit und Ehrfurcht für die Schwester der Greys.

»Und diese Heimat? Da spricht man auch unsere Sprache? Auf einem fremden Planeten?«, bohrt Earl Grey weiter nach. Er klingt skeptisch. Von ihm habe ich nichts anderes erwartet.

»Alter, hast du nicht gehört, wie der unsere Schwester genannt hat? Königin! Was interessiert es uns da, welche Sprache man wo spricht?«, ruft Dorian und zerrt Earl am Arm zurück.

»Du kannst ihn ja später noch mit Fragen löchern, Earl«, stimmt ihm Rosaleen zu und schiebt mir die Platte mit Essen hin. »Iss erstmal was, Tarr. War bestimmt nicht leicht, oder?«

Obwohl ich nichts lieber getan hätte, als mich über das Essen herzumachen, halte ich mich zurück. Es wäre nicht fair, mich damit vollzustopfen, während die Grey-Geschwister darauf warten müssen, mehr über das Schicksal ihrer Schwester zu erfahren.

»Wie können wir dir glauben? Nur weil du unsere Namen kennst, heißt das ja noch nicht, dass du die Wahrheit sagst«, entgegnet Earl. Ich muss die Lippen aufeinanderpressen, um nicht laut zu lachen.

Earl ist wirklich so, wie sie ihn beschrieben hat. Wenigstens lässt er jetzt die Förmlichkeiten weg, denke ich und überlege, wie ich ihn und seine Geschwister überzeugen kann. Wie automatisch wandert meine Hand dabei zu dem Anhänger, den mir die Königin vor meiner Reise übergeben hat.

»Hilft das?«, frage ich und ziehe die Kette unter meinem Hemd hervor, wage es aber nicht, sie aus der Hand zu geben. König Razyns Worte sind mir im Gedächtnis geblieben: Wenn ich ohne diese Kette zurückkehre, wird er mich köpfen.

Vielleicht.

So streng, wie er immer tut, ist er eigentlich nicht.

»Das ist ... O mein Gott!«, ruft Rosaleen aus, als sie die kleine Phiole voller Erde in meiner Hand wiedererkennt. »Die habe ich Storm geschenkt.«

»Als sie das Halfway House verlassen hat, um ... Wie hieß das Wort nochmal? Studium? Stud...«, stammele ich und kann mich doch nicht an das richtige Wort erinnern.

»Um zu studieren, genau«, sagt Rosaleen Grey und streicht vorsichtig über die Phiole in meinen Händen. »Dass sie die immer noch hat ...«

»Als sie in unserer Welt gelandet ist, hat man sie ihr abgenommen«, erzähle ich zögerlich. Es erfüllt mich heute noch mit Grauen, wenn ich daran denke, was Königin Storm während ihrer ersten Wochen in meiner Welt erlebt hat.

»Ihre Gemahlen haben aber keine Mühen gescheut, um es für sie zurückzuholen«, füge ich hinzu und erinnere mich noch genau daran. Seite an Seite bin ich mit den Königen ausgeritten, um bei den Sklavenhändlern von Tazur den wertvollsten Besitz unserer Retterin zurückzufordern.

»Gemahlen? Mehrzahl? Hat sie denn ... Wäh! Hat die mehr als einen, oder was?«, fragt Dorian Grey mit weit aufgerissenen Augen.

Ich muss lachen. So ähnlich hat Königin Storm damals auch reagiert, als Korren und Razyn gemeinsam um ihre Hand angehalten haben.

»In meiner Welt ist das so Brauch. Es gibt mehr Männer als Frauen. So war es schon immer«, sage ich mit einem Schulterzucken. Was in Castya noch viel Sinn ergeben hat, erscheint mir hier in dieser Welt, in der scheinbar jeder frei ist, zu lieben, doch ein bisschen überraschend.

»Aha«, macht Earl und räuspert sich. »Und Storm? Ähm ... Die war damit einverstanden?«

Wieder muss ich lachen. »Am Anfang nicht so sehr, aber ... Die Könige können sehr überzeugend sein.«

»Was soll das denn heißen?«, knurrt Earl.

»Mann, ist doch Wurst«, entgegnet Dorian und zieht ihn wieder zurück. Earl hat sich gefährlich weit über den Tisch gelehnt, als wolle er mir deswegen an den Kragen.

»Das sehe ich auch so«, meldet sich Ash zum ersten Mal zu Wort. »Wenn Storm glücklich ist, ist der Rest nebensächlich.«

Seine dunklen Augen richten sich fragend auf mich. »Sie ist doch glücklich dort, oder nicht?«

Schnell nicke ich. »Sehr sogar, aber sie hat ihre Familie nie vergessen und sucht seit Langem nach einem Weg zurück.«

»Seit Langem?«, fragt Rosaleen mit einem Schluchzen und verbirgt ihr Gesicht in den Händen. »Wirklich?«

»Aber natürlich«, sage ich und ziehe meine Umhängetasche auf den Schoß. »Sie wollte, dass ihr wisst, dass es ihr gutgeht. Dass sie überlebt hat.«

»Dann weißt du davon?«, fragt Ash mit erstickter Stimme.

»Von dem ... Äh ... Dämon?«, frage ich und nicke. »Königin Storm hat mir alles über ihr Leben hier erzählt. Über euch, aber auch über den Grund, warum sie durch den Rift gefallen ist.«

Ich seufze und sehe die Königin neben mir sitzen. Wie sie mit stockender Stimme vom schlimmsten Tag ihres Lebens berichtet und mir dabei mit einem feuchten Lappen über meine schweißbedeckte Stirn tupft. »Sie hatte Angst, dass ihr ...«

Meine Stimme bebt, weil sich die Trauer meiner Königin auch in mir festgesetzt hat. Ich weiß, wie es sich anfühlt, urplötzlich alles zu verlieren, was einem lieb und teuer ist. Wie machtlos und schwach man sich in einem solchen Moment fühlt. Tief atme ich durch und versuche, mich trotz der Müdigkeit und meinen eigenen Erinnerungen zusammenzureißen.

»Nach allem, was sie mir erzählt hat, hatte ich Sorge, diese Welt zerstört vorzufinden und euch ...«, setze ich an, kann aber nicht weitersprechen.

»Tot?«, fragt Rosaleen mit brüchiger Stimme, lächelt mich jedoch an. »War ich auch. Eine Weile zumindest. Aber so leicht werden mich die Chaoten hier nicht los.«

»Rose, dass du darüber Scherze machen kannst«, brummt Earl und schüttelt tadelnd den Kopf.

»Ist doch meine Sache, nicht? Wäre es dir lieber, wenn ich jedes Mal heule, wenn ich daran denke, oder was?«, blafft sie und funkelt ihren älteren Bruder an.

»Du bist wirklich ihre Schwester ...«, murmele ich und kann mir ein Lächeln nicht verkneifen. Von allen erinnert mich Rosaleen am meisten an die Königin.

»'Türlich«, entgegnet sie grinsend. »Und die sind wirklich unsere Brüder. Leider.«

Sie deutet auf die drei Männer und verdreht die Augen, ganz wie es auch Königin Storm getan hätte.

Eine Welle der Erleichterung überrollt mich und droht, mich mit sich zu reißen. Ich klammere mich in das harte Leder meiner Umhängetasche und erinnere mich daran, weshalb ich sie bei mir trage. Zwischen einigen haltbaren Vorräten, Feuersteinen und weiteren Waffen, stecken mehrere Briefe. Einer für jeden von Königin Storms Geschwistern.

»Hier«, sage ich, als ich sie verteile und Earl dabei nicht aus den Augen lasse. »Die hat sie schon vor einer Weile für euch geschrieben. Vielleicht findet ihr darin Bestätigung, dass ihr mir trauen könnt.«

»Krass, sogar mit Wachssiegel!«, ruft Dorian aus, als er seinen Brief betrachtet. »Die ist echt 'ne Königin und lebt in Saus und Braus und wir machen uns hier die ganze Zeit Sorgen um sie. Typisch!«

»In Castya lebt man nicht in Saus und Braus«, entfährt es mir wütend, bevor ich über meine Worte nachdenken kann. Ich räuspere mich und senke den Blick. »Ohne Königin Storm und ihre Sturmmagie hätten wir nicht überleben können.«

»Na, dann solltest du dir Sels Essen umso mehr schmecken lassen«, sagt Rosaleen mit einem sanften Lächeln und schiebt mir nun auch noch die zweite Platte mit Essen hin.

»Darf ich wirklich?«, frage ich zaghaft. So viel Essen, vor allem so viel Fleisch, gibt es bei uns nur selten. »Alles?«

»Klaro«, sagt Rosaleen lachend und zumindest Dorian und Ash nicken. Earl dagegen starrt auf seinen Brief, als wäre es das größte Mysterium, das er noch entschlüsseln muss.

KAPITEL 4
TARR

GIANA

»Magst du mit runter zum Abendessen kommen?«, fragt mich Lou einige Stunden später, nachdem ich eine lange Dusche genossen und mich vergewissert habe, dass der Fremde beschäftigt ist.

Ich zucke die Schultern und lasse meine Sinne wandern, bis ich ganz schwach in einem entfernten Teil des Hauses seine Seele wahrnehme. Sie wirkt nun ruhiger, entspannt. Nicht mehr so aufgewühlt und erschöpft wie bei seiner Ankunft.

Er schläft, denke ich erleichtert und folge Louise hinunter in die geräumige Küche des Gasthauses. Galina, Rose und Sel tragen Töpfe voller Gemüsenudeln und große Schüsseln mit selbstgezüchtetem Salat zum alten Esstisch hinüber. Die restlichen Greys und Bewohner des Gasthauses sitzen dort bereits zusammen. Markos hat Louise begleitet und klopft auf den freien Stuhl neben sich. Seine Lippen haben sich zu einem liebevollen Lächeln verzogen, als er uns entdeckt hat.

Die beiden sind wirklich glücklich, denke ich und bin so froh, dass Louise endlich jemanden gefunden hat.

»Na, hast du dich von deinem Schrecken erholt?«, fragt mich Selena, als ich hinter Louise die Küche betrete.

Ich nicke zögerlich. Noch immer kann ich es nicht glauben, dass der Mann aus meinen Träumen real ist. *Und dann ist er auch noch hier im Halfway House!*

Was mir vorhin noch so große Angst bereitet hat, schließlich habe ich keine Ahnung, was das bedeuten soll, ist mir jetzt eher peinlich. Wenn ich daran denke, *wovon* ich geträumt habe ...

Schnell verdränge ich diese Erinnerungen, bevor man mir das noch ansieht. Meine Wangen werden trotzdem heiß. Zum Glück sind die anderen viel zu sehr damit beschäftigt, sich über diesen ereignisreichen Nachmittag zu unterhalten.

»Voll cool, wie deine Mom diesen Agenten zurechtgewiesen hat, Do«, sagt Kitty gerade, als ich mich zu ihnen setze.

»Bei dem hätte nicht viel gefehlt, dann hätte sie ihn am Ohr weggezogen«, stimmt Galina lachend hinzu.

Agent van Zichts Souveränität ist wirklich beeindruckend. Ich bin froh, dass sie mit der Suche nach El Rojo betraut wurde.

Sie wird ihn finden, sage ich mir und nicke entschlossen. *Und Lou und ich werden ihr dabei helfen.*

»Und Storm geht es echt gut?«, fragt Kitty, als ich mich wieder dem Gespräch zuwende.

Rose und Dorian nicken. Seit sie mit dem Fremden gesprochen haben, strahlen sie förmlich vor Erleichterung.

»Ja, und sie ist da sogar 'ne Königin. Ist das nicht krass?« Ungläubig schüttelt Rose den Kopf und wischt sich die Freudentränen aus den Augen.

»Und mir wollte wieder niemand glauben, als ich gesagt hab', dass der Typ aus dem Rift uns nix Böses will«, grummelt Dorian beleidigt.

»Ganz ehrlich, so wie du dich in den letzten Tagen verhalten hast, wundert mich das nicht, Freundchen«, mischt sich Galina ein und lässt sich neben ihm nieder. »Du hast mir echt einen ziemlichen Schrecken eingejagt. Und den anderen auch.«

»Sorry, Lina«, sagt Dorian kleinlaut und streicht ihr mit einem Seufzen durch die wirren blonden Locken. »Wenn Panik angesagt ist, werdet ihr das schon merken.«

»Na, wenn du meinst ...«, murmelt sie und fragt dann nach dem Fremden.

»Sein Name ist Tarron, aber wir dürfen ihn Tarr nennen«, erzählt Rose und ihre grünen Augen leuchten aufgeregt. »Er sagt, er wäre Storms Leibwächter oder so.«

»Ihr Leibwächter, hm?«, fragt Kitty und zieht die Augenbrauen hoch. »Na, dann braucht ihr euch um sie keine Sorgen zu machen.«

»Hä? Wieso denn nicht?«, fragt Dorian und blickt sich verwirrt in der Runde um.

»Hallo? Hast du mal seine Muskeln gesehen?«, fragt Rose mit einem Augenrollen. »Da können ja sogar Markos und Ash noch was von ihm lernen.«

»Oder Tony«, wendet Louise lachend ein und spannt ihren Bizeps an. »Wobei, der kommt schon ziemlich nah an ihn ran.«

Er ist also ein Leibwächter, denke ich, während sich die anderen über den Tag unterhalten und wir darauf warten, dass wir mit dem Essen loslegen können. *Dann kann er doch kein so schlechter Mensch sein, oder? Sein Job ist es doch, andere zu beschützen ...*

Obwohl ich keine Angst vor ihm zu haben brauche, beginnt mein Herz trotzdem gleich wieder zu rasen, wenn ich an ihn denke.

Tarr ...

Der Name passt zu ihm, zu seiner rauen Stimme und dem kantigen Gesicht, den vielen Narben überall auf seinem durchtrainierten Körper. Ein Schauder rinnt mir über die Arme, als die Erinnerungen an meine Träume auf mich einstürzen. Glücklicherweise fragt mich Louise da, ob ich ihr die Salatschüssel geben kann, bevor ich zu sehr in ihren Bann gerate.

»Aber eure Schwester ist da auch glücklich, oder?«, fragt Kitty, nachdem wir die ersten Bissen gegessen haben. Earl, der neben ihr hockt, ist heute recht schweigsam. Er starrt auf seinen Teller oder kritzelt irgendetwas in sein Notizbuch.

»Scheint so, ja«, sagt Ash mit einem Nicken und tauscht einen kurzen Blick mit Selena. Sie beide wirken unglaublich erleichtert über diese guten Neuigkeiten. Ashs Seele strahlt dadurch so hell, dass man den dunklen Splitter darin kaum noch sehen kann. Als existierte der Dämon nicht länger.

»Also, wenn es stimmt, was Storm über ihre zwei Könige schreibt …«, sagt Rose grinsend und tippt auf einen gefalteten Papierbogen, der vor ihr liegt. »Dann geht's ihr mehr als gut.«

»Ja, wäh! Was schreibt ihr euch denn für Zeugs?«, ruft Dorian und verzieht das Gesicht. »Das will doch kein Mensch wissen.«

»Ach, wieso? Ich finde das schon interessant«, entgegnet Kitty und streckt ihm die Zunge raus, als er entsetzt die Augen aufreißt.

»Ich auch«, sagt Selena lachend.

Kitty kichert. »Seht ihr? «

»Du findest das *interessant*? Sag bloß, du willst …«, mischt sich Earl ein und mustert seine Freundin entgeistert.

»Mach mal halblang, Early. Du bist und bleibst der Einzige für mich«, sagt Kitty und tippt ihm grinsend auf die Nasenspitze.

Während Rose, Sel und Lou diese Aussage mit einem lauten *Awww* kommentieren, läuft Earl knallrot an und räuspert sich verlegen. »Gut zu wissen.«

»Hat unser Alienbarbar auch erzählt, ob und wann er zurückreisen will? Ich meine ... Kann er das überhaupt oder wie funktioniert das mit dem Rift?«, fragt Kitty neugierig. Dabei fixiert sie nun Aldyr. Normalerweise sitzt er wie ein schweigsamer Riese neben Rose und beteiligt sich selten am Gespräch, aber wenn es stimmt, was ich so über ihn gehört habe, war er auch schon einmal in einer fremden Welt.

»Ich weiß es nicht. Ich habe immer andere Wege für meine Reisen gefunden«, sagt er mit seiner tiefen Stimme und zuckt mit den Schultern.

»*Andere Wege?* Geht's auch weniger mysteriös?«, fragt Do und zieht die Augenbrauen hoch. »Oder ist das auch wieder sowas, was du uns von denen da oben nicht erzählen darfst?«

Dorian zeigt Richtung Decke und meint damit sicher die Wesen, die über uns wachen. Aldyr redet nicht viel darüber, darf es wohl auch nicht, aber offenbar gibt es tatsächlich mehr zwischen Himmel und Erde, als wir wissen. Ganze Welten und sogar das Jenseits.

»Du hast es erfasst«, sagt Aldyr mit einem Lächeln, was nicht nur Dorian ein frustriertes Knurren entlockt. Auch Earl wirkt enttäuscht, dass er uns nicht mehr erzählen wird.

Ist mir lieber so, denke ich. So genau möchte ich eigentlich gar nicht wissen, was da draußen noch so alles existiert. Oder was mit uns passiert, wenn wir sterben.

Hoffentlich verschwindet der Typ bald wieder, denke ich, während Dorian versucht, Aldyr noch mehr Informationen zu entlocken. Mit der Suche nach El Rojo habe ich schon genug Probleme. Da brauche ich nicht auch noch einen Alienbarbaren, wie Kitty ihn genannt hat, der mir jetzt auch noch im Wachleben den Kopf verdreht.

»Tarr hat noch nichts von einer Rückreise gesagt«, unterbricht Ash Dorians vergebliche Versuche, Aldyr zum Reden zu bringen.

»Er sah ziemlich fertig aus, wenn ihr mich fragt«, erzählt Rose besorgt und seufzt. »Scheint so, als wäre so eine Reise echt kein Zuckerschlecken.«

»Und ausgehungert war der!«, fügt Dorian mit einem ungläubigen Kopfschütteln hinzu. »Der hat fast alle Sandwiches aufgefuttert, die Sel für uns gemacht hat. Zwei volle Teller!«

»Und der Rift? Wie sieht's da aus?«, erkundigt sich Earl.

»Er wirkt ziemlich klein und schwach«, sagt Aldyr tonlos. Ich habe keine Ahnung, ob das nun gut oder schlecht ist.

»Die Agents wollen ihn weiter im Auge behalten«, fügt Markos hinzu, der sich zusammen mit seinem Cousin Ash um die Wachpläne für den Rift kümmert. Neben den Greys und den Werwölfen des Segona-Rudels helfen seit ein paar Tagen auch einige Agenten des Instituts bei der Sicherung dieses magischen Phänomens. »Sam und Tony sind gerade mit einem Agenten dort und passen auf.«

Lou schnaubt belustigt. »Der arme Agent. Wahrscheinlich fühlt er sich bei den beiden wie das fünfte Rad am Wagen.«

»Tja, da muss er wohl durch«, sagt Markos lachend und schaufelt sich einen großen Löffel mit Nudeln in den Mund.

»Tony und Sam, hm?«, fragt Selena mit einem Grinsen. »Na, das hat ja niemand kommen sehen.«

Ich lächle. Offenbar bin ich nicht die Einzige, der nicht entgangen ist, dass zumindest Tony starke Gefühle für Sam hat.

»Jetzt muss sie's nur noch merken«, sagt Lou nachdenklich und wirft uns Mädels dann einen fragenden Blick zu. »Meint ihr, wir sollten etwas nachhelfen?«

»Nachhelfen?«, fragt Dorian und ist sofort Ohr.

»Untersteh dich, Do! Wenn du dabei bist, kann es ja nur schiefgehen«, ruft Rose und zerrt ihren Bruder zurück.

»Gar nicht wahr!«

»O Mann, sogar nach so einem Tag könnt ihr zwei einfach nicht aufhören, euch zu streiten«, brummt Ash und schüttelt tadelnd den Kopf.

»Nö. Ich habe ja noch ein paar Jahre aufzuholen«, entgegnet Rose und kann gerade noch so ausweichen, als Dorian ihr gegen die Stirn schnippen will.

»Das war wirklich ein ... aufregender Tag«, murmelt Earl.

»Was kritzelst du da eigentlich die ganze Zeit? Ich dachte, wir hätten uns gut für die Interviews vorbereitet.« Kitty beugt sich über ihn, um einen Blick in sein Notizbuch zu werfen. Bestimmt meint sie die Vorträge und Interviews, die sie über die Heilung der Rogues halten sollen. Die beiden haben nämlich entdeckt, dass man wildgewordene Vampire mit viel Fürsorge und Geduld wieder zu ihrem alten Ich verhelfen kann, anstatt sie aufzugeben und zur Sicherheit aller hinzurichten.

Earl zuckt mit den Schultern. »Fragen an Tarron. Sehr viele Fragen ...«

Die hätte ich auch, denke ich, bin mir aber nicht sicher, ob ich die Antworten hören möchte.

»Jetzt lass ihn erstmal ankommen und ausruhen. Morgen ist doch auch noch ein Tag«, sagt Selena mit bedeutungsvollem Blick.

»Mhm«, macht Earl bloß und notiert sich gleich wieder was.

»Typisch«, murmelt Kitty mit einem Seufzen, ehe sie sich wie wir anderen wieder dem Essen widmet.

»Ich finde, das müssen wir irgendwie feiern«, sagt Selena, als sie nach dem Essen mit uns den Tisch abräumt. »Das sind doch tolle Neuigkeiten.«

»Schon wieder feiern?«, fragt Galina zweifelnd.

»Was heißt hier schon wieder?« Sel verschränkt die Arme vor der Brust und mustert sie mit schief gelegtem Kopf. »Die

Party für Dale, Cora und die restlichen *Eternal Survivors* ist doch schon Wochen her.«

»Und was ist mit den Grillabenden bei den Segonas?«, fragt Kitty mit hochgezogenen Brauen.

»Na, die waren doch in der Siedlung und nicht hier«, sagt Selena mit einem Grinsen und zwinkert Louise zu.

»Du feierst echt gern, oder?«, fragt meine beste Freundin und stellt einen Geschirrstapel neben der Spüle ab.

»Früher hatte ich einfach nie Grund dazu, also irgendwie schon, ja«, sagt Selena mit einem Schulterzucken. Sie bemüht sich um ein Lächeln, aber ich spüre, dass alte, schmerzhafte Erinnerungen an ihr nagen. Am liebsten wäre ich zu ihr gegangen und hätte sie umarmt, aber ich traue mich nicht.

»Tu, was du nicht lassen kannst«, sagt Ash, als er gleich zwei große Töpfe zu uns herüberträgt. »Ich kann dich sowieso nicht aufhalten.«

»Du kennst mich einfach zu gut«, erwidert Selena und ihr Lächeln strahlt wie eh und je, vor allem als Ash ihr einen Kuss gibt.

Schnell wende ich den Blick ab. Bei den beiden wird daraus nur allzu schnell mehr und manchmal vergessen sie dabei, dass sie nicht allein sind.

»Du könntest deine Familie einladen, Giana«, schlägt Sel vor, als sie neben mich tritt, um mir beim Abwasch zu helfen. »Deine Mutter kommt bestimmt gerne nochmal her.«

Ich nicke zögerlich.

Obwohl ich es nicht zugeben möchte, vermisse ich meine Familie sehr. Vor meiner Entführung haben wir uns zwar nicht oft gesehen, aber wir waren doch immer füreinander da.

Trotzdem ... Nachdem ich den besorgten Blick meiner Mom gesehen habe, als sie mich und Lou neulich hier besucht hat, wollte ich nicht, dass sie so bald hierher zurückkehren. Es wird noch lange dauern, bis ich wieder ich selbst bin. Bis ich mich von den Schrecken aus El Rojos *Infierno* erholt habe. Wenn das überhaupt möglich ist.

Ich will nicht, dass sie mich so sehen. So schwach, denke ich und beiße mir auf die Lippe, um die Tränen zurückzuhalten.

Nachdem auch der Abwasch erledigt ist und die Küche wieder blitzt und blinkt, ziehe ich mich zurück. Sel und Louise wollten die Willkommensparty für Tarr planen, die anderen plaudern oder spielen Karten. Mir ist das heute zu viel.

Müde steige ich die Treppen hinauf und folge dem langen Gang mit all seinen Türen zu leerstehenden Gästezimmern. Seit Lous und meiner Ankunft ist kein neues magisches Wesen in Not dazugekommen.

Nur Tarr, denke ich und erschaudere.

Das Geräusch von Schritten hinter mir lässt mich herumfahren. Suchend blicke ich mich um, aber da ist niemand. *War vielleicht in einem anderen Teil des Hauses.*

Kurz bevor ich mein Zimmer erreiche, kann ich ein Gähnen nicht länger zurückhalten. Der Tag hat mich mehr gefordert, als ich gedacht habe.

Hinter mir lacht jemand. Ganz leise nur, aber es war da. Ganz sicher.

Erschrocken wirbele ich herum, sehe aber nichts. Und doch stellen sich mir die Nackenhaare auf. Mir kommt es so vor, als würde mich jemand beobachten. So sehr ich mich auch anstrenge, kann ich jedoch nichts entdecken.

Gibt es noch mehr Geister im Gasthaus?, frage ich mich, als ich die Tür öffne und schnell in mein Zimmer trete. Rose hat von diesen merkwürdigen Erscheinungen erzählt. Einmal habe ich die Plärrende Patty sogar selbst auf dem Gang gesehen, aber ein Geist war sie nicht. Höchstens der Splitter einer Seele, der nach ihrem Scheiden aus dieser Welt zurückgeblieben ist.

Sorgsam schließe ich die Tür ab und verkrieche mich dann gleich wieder unter meiner Bettdecke. Eine verschlossene Tür könnte einen Geist nicht abhalten, aber vielleicht ...

Vielleicht war es ja auch ein Mensch?

Ich schlucke und rolle mich unter der Decke zusammen.

Nicht mehr darüber nachdenken. War bestimmt nur Einbildung, rede ich mir ein, aber die Angst bleibt bestehen. Wenn sie sich einmal eingenistet hat, es sich schön bequem gemacht hat, wird man sie so schnell nicht mehr los.

Genau das scheint auch mit Tarr der Fall zu sein. Als ich heute Nacht tiefer und tiefer in den Schlaf sinke, finde ich mich bald schon in diesem lebendig grünen Wald wieder, Tarr mir direkt gegenüber.

Er sitzt auf einem umgefallenen Baumstamm, der mit Moos bewachsen ist. Es sieht so aus, als wäre der Mann aus meinen Träumen schon eine Weile hier. Er hat die Augen geschlossen und lässt sich die Sonne ins Gesicht scheinen. Ein schwaches Lächeln umspielt seine Lippen und lässt seine kantigen Züge weicher wirken.

Ein Seufzen entweicht mir.

Sofort schlägt Tarr die Augen auf. Er wirkt überrascht, wie gestern Nacht, als wir uns nach knapp zwei Jahren zum ersten Mal wieder hier begegnet sind. Langsam gleitet er vom Baumstamm und kommt auf mich zu.

Ein Teil von mir will wegrennen, erinnert sich zu gut daran, welche Erinnerungen sein Anblick vorhin in mir wachgerufen hat. Aber da gibt es auch etwas, tief im Innersten meiner Seele, das sich am liebsten in seine starken Arme geworfen hätte.

Also bleibe ich, wo ich bin, nicht in der Lage, mich auch nur einen Millimeter zu rühren oder auszuweichen, als Tarrs Hand über meine Wange streicht und dann auf meiner Schulter zum Ruhen kommt.

Wie immer sagt der Mann aus meinen Träumen kein Wort, dafür sprechen seine blauen Augen Bände. Prüfend mustert er mich, scheint sich erst davon überzeugen zu müssen, dass ich tatsächlich hier bin.

Aber was soll das alles bedeuten?, frage ich mich nicht zum ersten Mal, seit er im Halfway House aufgetaucht ist. Eigentlich beschäftigt mich dieser Gedanke schon, seit ich gemerkt habe, dass er immer wieder in meinen Träumen erscheint. Über die Jahre hinweg hat er sich verändert, ist muskulöser und älter geworden. Neue Narben haben seinen Körper gezeichnet und doch konnte ich ihn nie fragen, wo er sie herhatte.

Seit wir uns vor zwei Jahren das letzte Mal gesehen haben, in jener Nacht, in der El Rojo Louise und mich entführt hat, sind weitere hinzugekommen. Das ist mir schon gestern aufgefallen, aber heute trägt Tarr das weite Hemd offen, sodass seine muskulöse Brust darunter zu sehen ist.

Mit zitternden Fingern streiche ich über die vielen wulstigen Striemen, die seine olivfarbene Haut überziehen. Tarr stößt ein tiefes Knurren aus, und plötzlich höre ich seine Stimme wieder in meinen Gedanken.

Du bist aus meinem Traum.

Erschrocken weiche ich zurück, als mir klar wird, was das bedeutet.

Heißt das etwa, er weiß hiervon? Ist das nicht bloß Einbildung, sondern ...?

Kopfschüttelnd wende ich mich ab, weil mir vor Scham die Hitze in die Wangen schießt. In diesen Träumen habe ich all die Dinge getan, für die ich im Wachleben zu feige gewesen bin. Hier gab es keine Grenzen, keine Hemmungen, nur Tarr und mich in dieser wilden, wunderschönen Natur.

Aber wenn er auch von mir geträumt hat, könnten wir diese unzähligen Stunden dann geteilt haben? Ist das überhaupt möglich?

Ein Ast zerbricht, als Tarr hinter mich tritt und vorsichtig seine Arme um mich legt. Die Hitze, die von ihm ausgeht, der Duft nach fremdländischen Gewürzen und Leder, den er stets ausstrahlt, lassen mich beinahe durchdrehen. Lassen mich vergessen, was mich überhaupt erst dazu gebracht hat, mich von Tarr abzuwenden. Aber nur fast.

Scheiße, Gia! Hättest du nicht mal eher drüber nachdenken können?, schießt es mir durch den Kopf.

Ich wage es kaum, Tarr in die Augen zu sehen, als er mich zu sich umdreht. Instinktiv spüre ich, dass er wissen will, was los ist. Aber wie soll ich ihm das sagen? Wie kann ich ihm im Wachleben je wieder unter die Augen treten?

O Gott, das ist so verdammt peinlich!

Mit klopfendem Herzen mache ich mich von ihm los und weiche zurück.

Tarr starrt mich an, eine Mischung aus Verwirrung und Verletzung im Blick. Aber er folgt mir nicht, scheint zu spüren, dass ich Abstand will. Als ich über eine Wurzel stolpere, stürzt Tarr nach vorn, wie um mich aufzufangen, doch kommt er zu spät. Im nächsten Moment schrecke ich schweißgebadet und mit keuchendem Atem aus dem Schlaf.

Scheiße, Scheiße, Scheiße!, schießt es mir durch den Kopf, während ich nach dem Schalter der Nachttischlampe taste und sie anschalte. Sanftes Licht flutet diese Ecke des Gästezimmers und lässt mich blinzeln.

Was mache ich denn jetzt, wenn es wirklich wahr ist? Wenn er mit mir in diesen Träumen ist?

Abrupt springe ich aus dem Bett und erschaudere, weil es ohne meine Decke so kalt im Zimmer ist.

Einfach nicht mehr schlafen, zumindest heute Nacht nicht.

KAPITEL 5
DAS WUNDER DER TECHNIK

TARRON

Am Morgen werde ich vom Geräusch klappernden Geschirrs und dem Zwitschern der Vögel geweckt. Das Gästezimmer, das Ash mir gestern gezeigt hat, ist durchflutet von hellem Sonnenschein, als ich blinzelnd die Augen aufschlage und mich auf dem Bett ausstrecke. So gut habe ich noch nie geschlafen, auch wenn ich mich erst an die weiche Matratze und die vielen Kissen und Decken gewöhnen musste.

»Oh, entschuldige. Ich wollte dich nicht wecken«, sagt eine freundliche Frauenstimme.

Erschrocken fahre ich hoch und blicke mich um. Eine junge Frau mit langen schwarzen Haaren und tiefblauen Augen steht direkt neben der Tür, ein leeres Tablett in der Hand. Es ist die gleiche Frau, die die Greys und mich gestern Nachmittag mit Essen versorgt hat.

»Du hast so lange geschlafen, da dachte ich, du könntest hungrig werden, wenn du zwischendurch aufwachst«, sagt sie und deutet auf die Kommode neben sich. Ich entdecke darauf einen riesigen Teller beladen mit diesen weichen Broten, die mit Schinken, Salat und anderen mir fremden Zutaten belegt sind. Genau das, was sie uns gestern schon serviert hat, als ich den Grey-Geschwistern von Königin Storm erzählt habe.

»Ich bin übrigens Selena«, sagt sie und nickt mir lächelnd zu. »Aber jetzt lasse ich dich weiterschlafen.«

Selena winkt mir zu und will die Tür öffnen, als ich meine Stimme wiederfinde. »Warte!«

»Brauchst du noch was?«

»Nein, aber ...«, murmele ich und reibe mir über die Augen. Tief in mir weiß ich, dass ich heute Nacht wieder von der Frau geträumt habe. Und sie ist viel zu schnell verschwunden.

Selena muss sie kennen. Vielleicht ... Vielleicht kann ich sie nach ihr fragen, denke ich und räuspere mich.

»Bin ich eigentlich der einzige ... Gast hier?«, frage ich, weil ich mich nicht traue, Selena direkt nach ihr zu fragen.

»Nein, nicht ganz. Wir haben noch einen Gast hier: Giana«, erzählt Selena und seufzt. Das Lächeln verschwindet von ihren vollen Lippen. Stattdessen wirkt sie nun besorgt.

»Giana ...«, wispere ich und erschaudere. Endlich kenne ich ihren Namen!

Und trotzdem kommt mir das alles noch immer wie ein Traum vor, denke ich kopfschüttelnd.

»Es wäre gut, wenn du ...«, murmelt Selena und kommt ein paar Schritte auf mich zu. Ihre Hände umklammern das Tablett fester. »Wenn du ihr aus dem Weg gehst.«

»Ihr aus dem Weg gehen?«, frage ich entrüstet. Das ist das genaue Gegenteil von dem, was ich tun wollte. Wann trifft man schon mal die Frau, von der man jahrelang geträumt hat?

»Ich weiß nicht, wie viel dir Storm über das Gasthaus erzählt hat.« Nervös presst Selena das Tablett gegen ihre Brust.

»Sie sagte, es wäre ein sicherer Zufluchtsort für Leute in Not«, murmele ich und begreife allmählich, wieso mich Selena um Abstand gebeten hat. »Ist sie in Not? Geht's ihr nicht gut?«

»Es kommt mir nicht richtig vor, dir davon zu erzählen, tut mir leid, aber ...« Selena seufzt und hebt den Blick, sieht mir fest in die Augen. »Giana hat ein tiefes Trauma erlitten und hat noch immer sehr mit den Auswirkungen zu kämpfen.«

»Trauma?« Verwirrt runzele ich die Stirn. »Ich habe dieses Wort noch nie gehört. Was bedeutet das?«

»Oh, stimmt ja. Du sprichst unsere Sprache so gut, da vergisst man fast, dass du nicht von hier bist.« Verlegen kratzt sich Selena am Kopf.

Ihr Kompliment zaubert mir ein Lächeln auf die Lippen, auch wenn die Sorge um meine Traumfrau wächst.

»Es bedeutet, dass Giana etwas sehr Schlimmes passiert ist, das sie noch immer beeinflusst«, erklärt Selena und klingt so, als könnte sie das nachempfinden.

Hat auch sie ein Trauma erlitten?

»Ist sie verletzt?«, frage ich. Als ich sie vor dem Rift gesehen habe, hat Giana gesund gewirkt. Das waren aber nur ein paar Sekunden, chaotisch und wirr durch die wilde Reise und die Leute, die plötzlich auf mich zugekommen sind.

»Äußerlich nicht.« Selena schnieft leise. »Aber innerlich ... Sie hat noch immer große Angst, vor allem vor Männern.«

Ich schlucke hart. *Was ist ihr nur geschehen, dass sie sich so sehr fürchtet? Dass sie überhaupt erst hier im Halfway House gelandet ist?*

»Ich hoffe, du kannst das verstehen«, sagt Selena und wirft mir einen flehenden Blick zu. »Giana braucht Zeit, um sich an neue Leute zu gewöhnen.«

»Ich habe nichts als Zeit«, sage ich und nicke, bin mir aber nicht sicher, ob ich die nötige Geduld aufbringen kann, mich noch länger von ihr fernzuhalten. Alles, was ich gerade tun möchte, ist, sie in den Arm zu nehmen und zu trösten. Sie vor den Gefahren zu schützen, die sie erst hierhergebracht haben.

Wäre sie mein, müsste sie nie wieder Angst haben, schießt es mir durch den Kopf.

»Dann gehe ich mal, damit du dich ausruhen kannst«, sagt Selena und dreht sich zur Tür um. »Tut mir wirklich leid, dass ich dich geweckt habe.«

»Nein, nein, ist schon gut. Ich habe genug geschlafen«, sage ich, als ich aufstehe und an das Fenster trete. Die Sonne steht hoch am Himmel. Ich muss den halben Tag im Bett verbracht haben.

»Heute Abend wollen wir die guten Neuigkeiten feiern«, erzählt Selena und klingt nun wieder voller Freude, nicht mehr so traurig und niedergeschlagen. »Und natürlich auch deren Überbringer.«

Überrascht wirbele ich zu ihr herum. »Meinst du mich?«

»Natürlich. Wen denn sonst?«

Mein Herz schwillt an vor Freude. Es kommt selten vor, dass ich für meine Arbeit gelobt werde, aber eine Feier, um mir zu danken … Damit habe ich nun wirklich nicht gerechnet, als ich gestern in den Rift gesprungen bin. Normalerweise sind die Leute, denen ich auf meinen Reisen begegne, alles andere als freundlich.

Eher tödlich, denke ich und streiche über eine besonders lange Narbe am Bauch.

»Ich habe dir frische Klamotten ins Badezimmer gelegt. Da kannst du duschen. 'Ne Zahnbürste liegt auch bereit«, sagt sie und deutet auf eine Tür links zwischen uns. Sie ist mir gestern gar nicht aufgefallen, weil ich so müde gewesen bin.

»Duschen? Zahnbürste?« All das sind neue Wörter, deren Bedeutung ich nicht kenne.

»Ähm … Soll ich es dir zeigen?«, fragt Selena und nickt in Richtung der Tür.

»Wir sollten nicht so lange allein bleiben«, murmele ich und kratze mich verlegen am Kinn. Es hat mich sowieso gewundert, dass sie ohne Begleitung mein Zimmer betreten hat.

Selena lacht leise, als sie die Tür zum Nebenraum öffnet. »Keine Sorge, ich gehe dir schon nicht an die Wäsche.«

»Meine Wäsche?«, frage ich und habe keine Ahnung, was das bedeuten soll. »Die wasche ich selbst.«

Von Selena ist nur ein schallendes Lachen zu hören, ehe sie mich zu sich hereinruft. Ich entdecke eine Wanne, wie wir sie auch bei uns haben. Doch statt mit einem Zuber füllt Selena sie, indem sie einen goldenen Hebel hochdrückt.

»Du kannst baden«, sagt sie, während ich voller Erstaunen dabei zusehe, wie heißer Wasserdampf von dem Wasserstrahl aufsteigt. »Oder duschen.«

Sie drückt einen kleinen Knopf über dem Hebel und plötzlich kommt das Wasser nicht mehr aus dem Rohr über der Wanne, sondern fällt von der Decke wie Regen.

»Ist das ... Ist das Magie?«, frage ich atemlos, weil ich so etwas noch nie gesehen habe.

Grinsend schüttelt Selena den Kopf und stellt das Wasser ab. »Nein, aber das Wunder der Technik.«

»Technik ...«

»Wenn du's genauer wissen willst, solltest du Galina fragen. Die kennt sich mit dem ganzen Kram aus«, sagt Selena und macht eine wegwerfende Geste. »Mir reicht es zu wissen, wie ich das Wasser warm oder kalt bekomme. Mehr braucht man eigentlich auch nicht.«

Sie zeigt es mir und öffnet dann einen kunstvoll verzierten Schrank, der in die Wand neben der Wanne eingebaut ist. »Handtücher und Seife findest du hier drin. Und das sind die Klamotten.«

Selena deutet auf ein Stoffbündel, das auf dem Waschtisch neben einem kleinen Becken liegt. »Die müssten dir eigentlich passen. Sie sind von Ash.«

»Von Ash?«, frage ich und schlucke. Mit so viel Großzügigkeit habe ich nun wirklich nicht gerechnet.

»Ihr seid euch von der Statur her noch am ähnlichsten. Do ist zu schlaksig und Earls Anzüge sehen immer so unbequem und steif aus«, sagt Selena mit einem Schulterzucken.

»Mhm«, mache ich, weil ich gerade mal die Hälfte von ihren Worten verstanden habe. Dafür bin ich noch zu sehr mit dem fließenden Wasser beschäftigt. Zuhause ist es rar gewesen, bis Königin Storm uns ihren Regen geschenkt hat. Und selbst jetzt reicht es gerade so, um die Stadt zu versorgen. Ein bisschen mehr und unsere Königin würde sich zu sehr verausgaben.

»Kommst du zurecht?«, fragt Selena und kehrt ins Schlafzimmer zurück.

»Äh ... Was ist eine Zahnbürste?«, frage ich, weil mir dieses Wort nicht geläufig ist.

Selena lugt durch die Tür und deutet auf ein Glas auf dem Waschtisch. »Das hier. Habt ihr das bei euch nicht?«

»Ah, doch«, sage ich, als ich die Borsten erkenne und endlich begreife, wozu es genutzt wird. »Ich kannte das Wort nur nicht.«

»Na, dann lasse ich dich mal allein«, sagt Selena, ehe sie mein Zimmer verlässt.

Seufzend betrachte ich mich im Spiegel über dem Wasserbecken. Die Strapazen der Reise sieht man mir vor allem an den dunklen Ringen unter meinen Augen an. Schlafen könnte ich aber nicht mehr, nicht nach allem, was ich durch Selena über Gianas Schicksal erfahren habe.

Meiner Traumfrau ist etwas Schlimmes passiert. Sie leidet darunter und ich kann nichts tun, um ihr zu helfen.

Aber ich kann doch nicht einfach tatenlos zusehen ...

KAPITEL 6
FAMILIE

GIANA

Seit ich in den frühen Morgenstunden aus meinem Traum mit Tarr aufgewacht bin, bin ich auf den Beinen. Erst habe ich die verlassene Bibliothek im dritten Stock des Halfway House besucht, um dort nach Büchern über Traummagie zu suchen. Nun sitze ich mit einem vielversprechenden Exemplar draußen im Garten auf einer der gepolsterten Holzliegen. Es geht auf Mittag zu und so langsam meldet sich mein Magen mit einen verärgerten Knurren bei mir. Das Frühstück habe ich nämlich ausfallen lassen, einerseits weil ich zu große Angst hatte, Tarr im Wachleben über den Weg zu laufen, andererseits weil ich mich ein bisschen in meiner Recherche verloren habe.

Aber etwas Hilfreiches habe ich noch nicht gefunden, denke ich frustriert und lege das Buch einen Moment weg.

Traummagie ist ein sehr spannendes Thema, aber meine Gedanken schweifen alle paar Sätze ab und landen dann bei dem mysteriösen Fremden aus dem Rift, den ich immer nur für Einbildung gehalten habe.

Wie kann er real sein?, frage ich mich zum tausendsten Mal, als ich hinter mir Schritte höre. Ich recke den Kopf, bereit, wegzurennen, sollte es Tarr sein. Sehr zu meiner Erleichterung sehe ich stattdessen Louise und Cassie auf mich zu kommen.

»Na, genießt du die Wärme?«, fragt Lou und lässt sich auf meine Liege nieder. Ich nicke und winke Markos' Schwester zu, als sie mich mit einem fröhlichen Lächeln begrüßt.

Das war's dann wohl mit Recherche, denke ich und lege das Buch nun ganz beiseite.

Louise nimmt es neugierig in die Hand und blättert darin. »Traummagie? Hast du so schlimme Albträume?«

Schnell schüttle ich den Kopf. Eher das Gegenteil davon ist der Fall und doch bin ich nicht sicher, ob ich weiter von Tarr träumen will. Es kommt mir einfach nicht richtig vor. Nicht solange ich nicht weiß, was das alles zu bedeuten hat.

»Liest du das einfach aus Neugier?«, fragt Cassie und hebt zweifelnd eine Augenbraue.

Ich zucke mit den Schultern und nicke dann. Wie soll ich es ihnen anders erklären, wenn mich meine Stimme weiterhin im Stich lässt?

»Nerd«, sagt Cassie mit einem Grinsen, das ich nur zu gern erwidere. Seit unserer Ankunft hier ist sie mir sehr ans Herz gewachsen. Ihre Freude und kleine Sticheleien sind einfach ansteckend und helfen, die dunklen Gedanken zu vertreiben, die mich ab und an noch überkommen.

Ich deute auf die beiden und ziehe die Augenbrauen zusammen. Das ist seit meiner Gefangenschaft meine Art zu fragen, was sie vorhaben. Lou versteht mich sofort und wieder mal bin ich dankbar, dass sie schon so lange meine beste Freundin ist.

»Wir wollten Selena in der Küche helfen«, erklärt Louise, was mich verwundert. Sonst schmeißt uns Sel immer aus der Küche, wenn wir ihr zur Hand gehen wollen.

Außer Dorian, wenn er wieder was angestellt hat, und zum Spüldienst verdonnert wurde, denke ich und muss lächeln.

»Schon vergessen? Die Greys wollten die Neuigkeiten über Storm feiern«, erinnert mich Cassie und verdreht die Augen. »Wenn's so weitergeht, haben wir jeden Tag was zu feiern.«

»Na, jetzt übertreib's mal nicht, Cass«, sagt Louise lachend. »Aber solche Nachrichten müssen gefeiert werden, findest du nicht, Gia?«

Ich zucke mit den Schultern. Tarr wird zweifelsohne auch dabei sein, wenn sie das zum Anlass nehmen. Ich bin mir nicht sicher, ob ich ihm im Wachleben unter die Augen treten kann, ohne rot anzulaufen. Oder mir zu wünschen, der Boden würde sich unter mir auftun und mich verschlucken. So sehr beschämen mich meine eigenen Taten in diesen verrückten Träumen.

»Magst du mitkommen und helfen?«, fragt Lou und dreht sich zum Haus um. In der Mittagssonne erstrahlt es regelrecht, sodass man sich kaum vorstellen kann, wie kaputt es nach dem Dämonenangriff gewesen sein muss.

»Oder willst du lieber weiterlesen, du Nerd?«, fügt Cassie grinsend hinzu.

Ich schnaube leise und rappele mich auf. Auch wenn ich noch keine Antwort auf meine Fragen gefunden habe, brauche ich dringend eine Pause. Da kommt mir der Küchendienst wie gerufen. Außerdem nutze ich gerne jede Gelegenheit, um den Grey-Geschwistern ihre Großzügigkeit und Gastfreundschaft zurückzuzahlen. Sie haben mich ohne Wenn und Aber bei sich aufgenommen und betonen immer wieder, dass ich so lange bleiben kann, wie ich es brauche.

Wenn es so weitergeht, werde ich ihnen wohl bis an mein Lebensende auf der Tasche liegen, denke ich verdrossen, als ich Cass und Lou zum Gasthaus folge. Ich wünschte, ich würde endlich Fortschritte machen. Wenigstens meine Stimme hätte ich gerne zurück, ersticke aber jedes Mal an meinen Worten, wenn ich doch zu sprechen versuche.

Was werden Mom und Daddy sagen, wenn sie heute zu Besuch kommen?, denke ich. Mir wäre es lieber, Selena hätte sie und meinen älteren Bruder nicht eingeladen. So sehr ich sie auch vermisse, will ich doch nicht, dass die drei sich wegen mir solche Sorgen machen.

»Nicht so viel Nachdenken, rühren, Giana«, sagt Selena, als sie mir eine halbe Stunde später meine kreisenden Gedanken ansieht. Lächelnd streicht sie mir über die Stirn, wie um die tiefen Sorgenfalten zu glätten. Sie bilden sich immer dann, wenn ich an meine Familie denke.

»Lass den Frust am Teig aus, dann wird er schön locker«, rät sie mir und klopft mir aufmunternd auf die Schulter, ehe sie die Erdbeeren aus Roses Garten putzt.

Lou und Cassie dagegen sind damit beauftragt, Kartoffeln zu schälen und Gemüse für die Salate zu schnippeln, die Selena für das Festmahl auftischen möchte. Die ganze Küche duftet so nach Essen, dass mir schon jetzt das Wasser im Mund zusammenläuft, wenn ich an den Abend denke.

Das hält aber nicht lange an, weil meine Gedanken dann unweigerlich zu Tarr springen, den Grund für diese Feierlichkeiten. All die Fragen, die ich mir seit seinem Erscheinen in meinen Träumen stelle, kommen wieder hoch. Ich muss mich dazu zwingen, mich auf den Kuchenteig zu konzentrieren, um mich nicht in dem Gedanken- und Gefühlschaos zu verlieren.

»Gute Arbeit, Mädels!«, lobt uns Selena, als wir einige Stunden später vor einer bunten Sammlung Salatschüsseln, Brotkörben und Reinen voller mariniertem Fleisch und Gemüse für den Grill stehen. Sel reicht uns allen ein Stück Erdbeerkuchen mit einem dicken Klacks Schlagsahne. Dazu gibt es ein Glas selbstgemachten Eistee, der bei der sommerlichen Wärme wirklich erfrischend ist.

»Besuch!«, schallt Dorians Stimme zu uns in die Küche hinunter. Ich zucke vor Schreck so heftig zusammen, dass mir beinahe mein Teller aus der Hand fällt.

»Schrei nicht immer so!«, ruft Selena verärgert zurück und geht dann zum Durchgang, um zu gucken, wer das sein könnte.

»Gianas Eltern«, sagt Louise, die angestrengt gelauscht hat. Mit ihren Werwolfsohren hört sie weit besser als ich.

»Milo ist auch dabei«, fügt sie an mich gewandt hinzu und nimmt dann meine Hand, um mich nach oben zu begleiten.

Zögerlich folge ich ihr. Als meine Mutter mich vor einigen Tagen besucht hat, ist Louise auch dabeigewesen. Dafür bin ich ihr wirklich dankbar. Ich weiß nicht, wie ich sonst mit Mom hätte kommunizieren sollen. Meine beste Freundin an meiner Seite zu haben, die fast das gleiche durchgemacht hat wie ich, hat mir Sicherheit gegeben. Und Louise konnte meiner Mutter erklären, was passiert ist, oder wieso ich nicht spreche.

Das hat Mom das Herz gebrochen, denke ich und sehe noch ihr Gesicht vor mir. Die zusammengepressten Lippen und die Tränen in ihren Augen, während sie trotzdem versucht hat, mir zuliebe zu lächeln.

Wie wird dann erst Daddy reagieren?, denke ich, als ich hinter Louise die Treppen ins Erdgeschoss hinaufsteige. Sie führen direkt ins Foyer, wo meine Familie auf mich wartet. Dorian steht bei ihnen und erzählt atemlos von Tarrs Ankunft aus dem Rift. Ihn scheint das schwer beeindruckt zu haben, mich auch, wenn ich ehrlich bin. Etwas so Schönes und doch so Furchteinflößendes habe ich noch nie erlebt. Tarr plötzlich vor mir stehen zu sehen, in Fleisch und Blut, wo er doch immer nur in meinen Träumen und Gedanken war ...

»O meine Kleine!«, ruft Daddy, als er mich entdeckt und stürmt auf mich zu.

Mein erster Instinkt ist es, mich zu verstecken, vor allem, als sich Daddys Gesicht wandelt und seine dunklen Augen rot aufleuchten. Nun ist es nicht mehr mein Vater, sondern El Rojo, der sich mir nähert.

Bitte nicht jetzt, nicht bei ihm, denke ich und schließe die Augen. Mein Herz rast so schnell und laut in meiner Brust, dass Louise mir stützend einen Arm um die Schultern legt.

»Alles okay?«, flüstert sie mir zu.

Ich kann kaum nicken, konzentriere mich einzig auf meine Atmung. So hat es Selena mir geraten, als sie zusammen mit Kitty und mir über meine Vergangenheit gesprochen hat. Die beiden haben mir in den letzten Wochen sehr geholfen, so sehr, dass ich es jetzt tatsächlich schaffe, die Erinnerungen an meine Zeit im *Infierno* abzuschütteln.

Als ich die Augen mit einem tiefen Atemzug wieder öffne, steht mein Vater vor mir, nicht mehr dieses Monster, das mein Leben in den letzten zwei Jahren zur Hölle gemacht hat.

»Giana ...« Daddys Lippe bebt. Tränen stehen ihm in seinen dunklen Augen, als er mich in den Arm nimmt. Ihm ist nicht entgangen, dass bei mir noch lange nicht alles in Ordnung ist. Vielleicht hat er es in meiner Seele gelesen oder in meinem Gesicht. Das ist für ihn immer wie ein offenes Buch gewesen.

Sanft drückt er mich an sich und zum ersten Mal seit Jahren atme ich Daddys vertrauten Geruch nach Seife und Pfefferminz ein. Es fühlt sich gut an, von ihm gehalten zu werden, seine Wärme zu spüren.

Ich bin schon immer eher ein Papa-Kind gewesen und habe ihn in der Zeit bei El Rojo unglaublich vermisst. Die meisten Leute würden es komisch finden, dass eine erwachsene Frau ihren Vater *Daddy* nennt, aber dieser Name gehört einfach zu ihm dazu, genau wie die dunklen Haare und Augen, die er mir und meinem Bruder Milo vererbt hat.

»Endlich haben wir dich wieder«, flüstert Daddy und drückt mich so fest, dass ich kaum Luft bekomme. So sehr ich ihn auch vermisst habe, versteife ich mich nun doch in seinen Armen.

Es ist zu viel, denke ich. Mit einem leisen Wimmern mache ich mich von ihm los und verfluche mich selbst dafür, mich nicht besser unter Kontrolle zu haben. Ich war noch nie eine gute Schauspielerin und Daddy weiß das.

»Zwing dich nicht dazu, wenn du noch nicht bereit bist, meine Kleine«, flüstert er und tritt zurück.

Ich wage es nicht, ihm in die Augen zu blicken, habe zu große Angst, Enttäuschung darin stehen zu sehen.

»Schön, Sie wiederzusehen, Mister Alcari«, begrüßt Louise meinen Vater und winkt dann meinem älteren Bruder zu.

»Finde ich auch, Louise«, sagt mein Vater und wischt sich verstohlen über die Augen. »Und für dich bin ich immer noch Carter und nicht Mister Alcari.«

Mein Bruder Milo steht neben Mom und mustert mich mit undurchdringlicher Miene. Vor meiner Entführung haben wir uns sehr nahgestanden, auch wenn Milo für seinen Job beim Institut ans andere Ende des Landes gezogen ist. Dass er jetzt hier ist, um mich zu besuchen ... Das bedeutet mir die Welt, aber sagen kann ich es nicht. Als ich es versuche, habe ich das Gefühl, an den Worten ersticken zu müssen.

»Tief durchatmen, Giana«, flüstert mir Sel zu. Sanft streicht sie über meine Schultern und schon entspanne ich mich. Aber nur ein bisschen.

»Willkommen in Grey's Halfway House«, sagt sie an meine Familie gewandt und stellt sich ihnen vor, bevor sie sich zu mir umdreht. »Ich habe für euch einen Tisch vorbereitet. Es gibt Kaffee und Kuchen, oder Tee, wenn Ihnen das lieber ist.«

Selena deutet in Richtung des Speisesaals, wo die großen Glastüren zur Terrasse geöffnet sind und die Sommerluft von einigen Ventilatoren an der Decke gekühlt wird.

»Sehr gern«, sagt mein Vater nach einem Räuspern und folgt ihr zusammen mit Mom und Milo durch das Gasthaus.

Die beiden bleiben heute auf Abstand. Mom scheint noch mit sich zu hadern. Ihr letzter Besuch steckt ihr sicher noch in den Knochen. Mich so zu sehen, darauf ist sie nicht vorbereitet gewesen.

»Soll ich mitkommen?«, fragt Louise, als Selena mit meiner Familie schon fast den gesamten Speisesaal durchquert hat.

Erst zucke ich mit den Schultern, schüttle dann den Kopf. Lou an meiner Seite zu haben, würde ihnen nur zeigen, dass ich keine Fortschritte gemacht habe. Dass ich noch immer so schwach und verängstigt bin wie bei meiner Ankunft.

Ich bin noch lange nicht wieder die alte Gia, denke ich, als ich ihnen auf die Terrasse folge, *aber ganz hilflos bin ich nun auch nicht mehr.*

Dabei muss ich an den Moment denken, als sich der Rift durch Tarrs Ankunft aktiviert hat. Wie entschlossen ich plötzlich gewesen bin, das Halfway House und dessen Bewohner zu verteidigen, sollte einer dieser Dämonen hindurchkommen. Im Nachhinein bin ich selbst von mir überrascht. Das hat mir gezeigt, dass die alte Gia noch irgendwo in mir steckt.

»Du siehst schon viel, viel besser aus, Liebling«, sagt Mom, nachdem Selena davongeeilt ist, um ihnen Kuchen und Kaffee zu bringen. Mit einem schwachen Lächeln schließt sie mich in die Arme und streicht mir sanft über den Rücken.

»Es tut mir leid, dass ich beim letzten Mal so ...«, stammelt Mom, als sie sich ein Stück von mir löst, um mir in die Augen sehen zu können.

Ich nicke und streiche ihr eine verirrte Haarsträhne hinters Ohr, um ihr zu zeigen, dass ich sie verstehe. Ich an ihrer Stelle wäre vermutlich genauso überfordert mit mir gewesen.

»Ich bin so froh, dass du hier gelandet bist, Gigi«, sagt Milo, als er mich in die Arme schließt und an sich drückt. Es ist das erste Mal seit fast drei Jahren. Erst haben uns hunderte Meilen voneinander getrennt, dann El Rojos Hölle. Trotzdem fühlt es sich fast so an, als wäre all das nicht geschehen. Als gäbe es diese drei Jahre nicht.

Zumindest, bis ich versuche, ihm zu sagen, wie sehr ich ihn vermisst habe.

»Giana?«, fragt Daddy erschrocken, als ich ein Röcheln ausstoße und mir an den Hals fasse. Er fühlt sich wie zugeschnürt an. Als würden El Rojos Hände noch immer um meine Kehle liegen. Als hätte er mich nie losgelassen.

Abwehrend hebe ich die Hand und drehe mich von meiner Familie weg, während ich mit diesen Gefühlen kämpfe, aber auch mit Frustration, wie immer, wenn es mir nicht gelingt, einen Ton herauszubekommen.

Hör auf, hör auf!, schreie ich in Gedanken, während ich nach Atem ringe und es endlich schaffe, meine Lungen mit Luft zu füllen. Rasselnd sauge ich sie ein und stütze die Hände auf meinen Knien auf.

Eine Gänsehaut überzieht plötzlich meinen ganzen Körper. Mein Kopf ruckt hoch.

Da ist etwas, denke ich und drehe mich in die Richtung, aus der ich diese merkwürdige Energie spüre. Je mehr ich mich darauf konzentriere, desto mehr entzieht sie sich mir jedoch.

Was ...? Was zum Teufel ist das?

Es ist genau das gleiche Gefühl wie gestern Abend, als ich allein zu meinem Zimmer zurückgegangen bin. Als würde mich jemand beobachten, aber da ist nichts. Nur meine Familie und der verwilderte Garten des Gasthauses.

»Geht's dir nicht gut, Giana?«, fragt Mom und berührt mich vorsichtig an der Schulter.

Langsam drehe ich mich zu ihr um, wende dieser fremden Energie trotz meiner Angst den Rücken zu. Sind es vielleicht El

Rojos Männer, die doch einen Weg ins ach so sichere Halfway House gefunden haben?

»Du brauchst keine Angst mehr zu haben, Gigi«, sagt Milo und drückt meine Hand wie früher als Kinder, wenn ich nachts in sein Bett gekrochen bin, weil ich mich zu sehr vor der Dunkelheit gefürchtet habe. Nicht die, die nachts unseren Planeten überzieht, sondern die, die tief in unseren Seelen verborgen liegt. Wir alle haben sie, mal mehr, mal weniger, meistens ohne es zu wissen. Aber wenn wir sie nicht kontrollieren können …

Ich erschaudere und schüttele energisch den Kopf, um die Angst vor meinen Kräften zu vertreiben. Als ich die besorgten Blicke meiner Familie auf mir spüre, reiße ich mich zusammen und zwinge mich zu einem Lächeln.

»Wir sind immer für dich da und passen auf dich auf, versprochen«, versichert Daddy mit brüchiger Stimme und führt mich zusammen mit Milo zu unserem Tisch in einer Ecke der Terrasse. Er steht unter einem großen Sonnenschirm und ist für vier Personen eingedeckt.

Selena kommt gerade mit Louise aus dem Speisesaal. Sie bringen uns eine Kaffeekanne und Erdbeerkuchen, lassen uns dann aber allein. Bevor sie geht, wirft Lou mir einen fragenden Blick zu: *Sicher, dass du okay bist?*

Ich nicke und bringe sogar ein schwaches Lächeln zustande, obwohl mich meine Furcht heute schon zweimal fast überwältigen konnte.

Lou runzelt die Stirn, als würde sie mir nicht glauben. Meine beste Freundin kennt mich einfach zu gut.

Erst als ich eine scheuchende Handbewegung mache, nickt sie und kehrt ins Halfway House zurück, um Selena und den anderen bei den restlichen Vorbereitungen zu helfen.

»Es ist gut, dass ihr beide einander habt«, sagt Mom. Ihr ist die stille Unterhaltung zwischen Lou und mir nicht entgangen. »Wenn man euch so sieht … Das ist fast wie früher.«

Milo lacht leise. »Stimmt. Da habt ihr euch auch schon blind verstanden. War fast ein bisschen unheimlich, Gigi.«

Auch ich muss lächeln. Die Jungs an unserer Schule fanden Lou und mich sehr merkwürdig. Die Bewohner unserer kleinen Heimatstadt auch. Viele von ihnen sind sterblich und haben keine Ahnung, welche Gaben in Lou und mir schlummern.

Aber uns war das immer egal, denke ich und bin so froh, dass ich Lou damals getroffen habe. *Ohne sie hätte ich all das nicht durchstehen können.*

»Wird sie noch länger hier bleiben?«, fragt Daddy, während er uns allen Kaffee einschenkt.

Langsam schüttle ich den Kopf und deute auf den Wald. Ein paar Tage, nachdem Lou ihre Werwolfsseite angenommen hat, ist sie zu den Wölfen in die Segona-Siedlung gezogen. Earl und Galina meinen, es wäre zu schnell. Lou und Markos haben ja gerade erst wieder zueinander gefunden.

Wenn sie sehen könnten, was ich sehe, wann immer Louise und Markos sich nahe sind, wüssten auch sie, dass das die einzig richtige Entscheidung für sie war. Ihre Seelen strahlen praktisch, wenn sie zusammen sind, mehr noch als vor zwei Jahren, als sich Markos morgens zerzaust aus Louises Zimmer geschlichen hat.

»Ach, das kann sie uns später noch alles erzählen, Carter«, sagt Mom, als Daddy mich mit weiteren Fragen über die beiden löchert. Seit Louise und ich uns angefreundet haben, ist sie ein Teil unserer Familie. Ich glaube, mein Vater hat sich auch um sie große Sorgen gemacht.

»Stimmt«, sagt Daddy und trinkt einen Schluck Kaffee. Vermutlich weiß er nicht, wie er mit mir reden soll.

Auch Mom schweigt. Es ist Milo, der das Wort ergreift und über den Tisch meine Hände in seine nimmt.

»Wir haben gehört, was du und Louise tun wollt«, sagt Milo und sofort versteife ich mich. Er meint sicher die Suche nach

El Rojo, bei der wir mithelfen wollen, vor allem Louise. Ich dagegen bin nicht für eine Vernehmung zu gebrauchen. *Aber zur emotionalen Unterstützung vielleicht?*

»Deswegen bin ich zurückgekommen. Um die Taskforce zu unterstützen«, erzählt Milo. Das überrascht nicht nur mich. Unsere Eltern scheinen heute zum ersten Mal davon zu hören.

»Du bleibst in Arcania?«, fragt Mom und klingt einerseits froh, andererseits auch besorgt.

»Bin in den Wohnungen für die Deputys untergekommen, aber nur vorrübergehend«, sagt Milo und lächelt. »Auf Dauer sind mir die ein bisschen zu ... vollgestopft.«

»Und weit unter deinem Rang, Sohn«, fügt Daddy hinzu und klopft ihm auf die Schulter. Obwohl er anfangs dagegen gewesen ist, ist Daddy mächtig stolz auf Milo, seit er als einer der besten Deputys Nord-Americas zum vollwertigen Agenten befördert worden ist. Milo wollte schon immer beim Institut arbeiten genau wie unser Onkel.

Nur hoffentlich endet es für ihn nicht wie für Onkel Bram, denke ich und erschaudere.

Ich will Milo die Hände entziehen, doch lässt er mich nicht. Sanft drückt er sie und lächelt. »Ich werde euch unterstützen, egal wie lange es dauert. Nimm dir die Zeit, die du brauchst.«

Seine Worte rühren mich. Diesen Luxus kann ich mir jedoch nicht leisten. Während wir hier sitzen, ist El Rojo auf freiem Fuß und die Nachtwelt in großer Gefahr. Wer weiß, wie viele unschuldige Frauen er sich schon als Geiseln genommen hat, um seinen unersättlichen Hunger als Incubus zu stillen?

Je eher ich meine Stimme wiederfinde, desto besser. Ich atme tief durch, um die Welle der Frustration und Wut zurückzudrängen, die sich schon wieder in mir aufstaut.

»Wir unterstützen euch natürlich auch«, sagt Daddy und legt mir einen Arm um die Schulter.

Mom nickt. »Wir sind immer für dich da, Liebling. Immer.«

Ich wünschte, ich könnte ihnen sagen, wie viel mir das bedeutet, aber die Worte wollen einfach nicht hinaus. Sie stecken in meiner Kehle fest, sodass ich wieder um Atem ringe.

»Zwing dich zu nichts, Giana«, sagt Daddy und streicht mir beruhigend über den Rücken. »Du musst nichts sagen, wenn es dir schwerfällt. Wir verstehen dich auch so.«

»Vielleicht nicht so gut wie Louise, aber wir bekommen das auch ohne Worte hin«, stimmt Milo zu.

»Und es ist mehr als genug, hier mit dir sitzen zu können, zu wissen, dass du lebst und in Sicherheit bist ...«, presst Mom hervor und kann die Tränen nun doch nicht zurückhalten.

Ich auch nicht. Schluchzend schließe ich sie in meine Arme.

Es tut gut, euch bei mir zu haben, denke ich und hoffe, dass Daddy und Milo es wenigstens in meiner Seele lesen können. Dass sie sehen, wie sehr ihre Anwesenheit und ihr Verständnis dabei helfen, sie zu heilen.

Denn das tut sie. Sie heilt, wenn auch langsam.

KAPITEL 7
UNSER EHRENGAST

TARRON

»Danke, dass ihr gekommen seid, um mit uns diese wunderbaren Neuigkeiten zu feiern!«, begrüßt Ash die Gäste, die teils schon am Nachmittag im Halfway House eingetroffen sind.

»Gestern haben wir erfahren, dass unsere Schwester Storm den Fall durch den Rift überlebt hat«, fährt Ash fort, was Jubel und viel Beifall unter den Gästen auslöst.

Obwohl ich direkt neben den Grey-Geschwistern stehe und die neugierigen Blicke der Anwesenden auf mir spüre, habe ich nur Augen für eine einzige Person.

Giana steht abseits vom Rest am Rand der Terrasse. Sie hält kein Getränk in den Händen, hat kein fröhliches Lächeln auf ihren Lippen wie all die anderen. Nein, sie wirkt so, als würde sie am liebsten verschwinden.

Ich würde so gerne zu ihr und sie in den Arm nehmen, denke ich, *aber das ist falsch, aus so vielen Gründen.*

»Ein Hoch auf Storm und ihre Könige!«, ruft Dorian neben mir und die Gäste trinken gemeinsam einen großen Schluck auf ihr Wohl. Schnell beeile ich mich, es ihnen gleich zu tun. Das scheint hier eine wichtige Tradition zu sein.

»Und auf Tarr, den Überbringer dieser Nachrichten!«, fügt Ash hinzu und dreht sich mit einem dankbaren Lächeln zu mir um, um mir zuzuprosten.

»Auf ... mich?«, stammele ich und mein Herz macht vor Freude einen Hüpfer.

»Natürlich. Du bist doch unser Ehrengast«, sagt Rosaleen und nickt mir zu, bevor sie sich zur Menge umdreht und ruft: »Ein Hoch auf Tarron!«

Die Gäste der Grey-Geschwister antworten ihr, indem sie ihre Worte wiederholen und lautstark Beifall klatschen. Ein paar Leute pfeifen sogar.

»Ohne dich würden wir uns schließlich immer noch Sorgen um sie machen«, sagt Earl, als der Jubel nachlässt. »Danke, dass du diesen weiten Weg auf dich genommen hast.«

»Nein, nein ...«, will ich sie abwimmeln. So viel Dankbarkeit habe ich gar nicht verdient. Nicht nach allem, was Königin Storm für mich getan hat. »Ich habe nur meine Miss...«

»Ist doch Wurst, ob's nur eine Mission war, Tarr«, meldet sich Dorian zu Wort und klopft mir auf den Rücken. »Genieß deine fünf Minuten Ruhm einfach, ja?«

Auch wenn es mir unangenehm ist, ich all dem nicht würdig bin, halte ich meine Klappe. Die Greys stehen ihrer Schwester in nichts nach. Sie hätte mir meine Verlegenheit vermutlich auch auszureden versucht.

»Komm, es gibt viele Leute, die unseren Alienbarbaren kennenlernen wollen«, sagt Dorian und führt mich auf die Menge zu. Ash hat die Gäste unterdessen zum Buffet geschickt und ihnen aufgetragen, die Sau rauszulassen, was auch immer das zu bedeuten hat.

Muss eine Redewendung sein, denke ich. Ein Schwein sehe ich hier jedenfalls nicht.

»Was ist denn ein Alienbabadings?«, frage ich Dorian, als er mich auf zwei Fremde zuschiebt, die sich in einer Ecke mit Kitty unterhalten. Mittlerweile habe ich herausgefunden, dass sie Earls Freundin ist. In Castya entspricht das dem Status von Gefährten: zusammen, aber noch nicht vermählt.

»Na, du«, sagt Dorian und knufft mich in die Seite, wie es sonst höchstens ein paar meiner Waffenbrüder tun würden.

»Das sind Dale und Cora«, stellt Kitty mir die beiden Gäste vor, als wir sie erreicht haben. »Dale ist mein Bruder.«

»Sieht man«, sage ich, weil sie beide die gleichen Sommersprossen und roten Haare haben. Zur Begrüßung neige ich das Haupt, was mir verwirrte Blicke von ihnen einbringt.

Du hättest ihnen die Hände schütteln oder einfach nicken sollen, Tarr, erinnere ich mich, aber jetzt ist es zu spät.

»Die sind auch Vampire, also Vorsicht, dass sie dich nicht beißen. Vor allem vor Dale musst du dich in Acht nehmen. Der kann sich noch nicht so gut kontrollieren«, raunt mir Dorian grinsend zu.

Für einen Moment sieht es so aus, als würde Kittys Bruder auf Dorian losgehen wollen.

»Au! Mann! Was soll das denn?«, ruft er aufgebracht, als ich ihn, ohne nachzudenken, in den Schwitzkasten nehme. »Ich wollte ihm doch nicht wehtun. Nur ärgern.«

»Das hast du nun davon, wenn du so frech bist«, sagt seine Begleiterin und bricht zusammen mit Kitty in schallendes Gelächter aus.

»O … ähm …«, murmele ich und lasse Dale widerwillig los, aber erst nachdem ich mich bei Dorian vergewissert habe, dass es in Ordnung ist. »Bitte entschuldige.«

»Alter, du bist ja sogar schneller als ein Vampir!«, ruft der jüngste von Königin Storms Brüdern und klopft mir anerkennend auf den Rücken. »Da müssen wir uns echt keine Sorgen um Storms Sicherheit machen.«

»Ich würde sie mit meinem Leben verteidigen«, sage ich ernst, ohne Dale aus den Augen zu lassen. »Das gilt auch für ihre Geschwister.«

»Schon verstanden«, brummt Kittys Bruder und reibt sich den Nacken. »Aber ich würde ihnen kein Haar krümmen. Ohne sie wäre ich nicht mehr hier.«

»Hm?« Überrascht mustere ich erst diesen Dale, dann Kitty und Dorian.

»Ist 'ne lange Geschichte, aber es gibt noch viele Leute, die wir dir vorstellen müssen. Also weiter!« Ohne dass ich mich bei Dale entschuldigen oder mich von ihm und seiner Begleiterin verabschieden kann, zerrt Dorian mich am Arm mit sich. Er führt mich zu einer Sitzgruppe, auf der Rosaleen mit einigen Frauen zusammensitzt, die ihr sehr ähneln. Sie alle haben die gleiche dunkle Haut und grüne Augen wie sie.

»Ich übergebe dich mal«, sagt Dorian und schiebt mich auf die Gruppe zu, ehe er sich einfach so vom Acker macht.

»Hey, Tarr, setz dich zu uns!«, fordert mich Rosaleen auf und deutet auf den einzig freien Platz. »Do hat dich hoffentlich nicht zu sehr geärgert?«

»Geärgert?«, frage ich und schüttle den Kopf, als ich mich auf meinem Sessel niederlasse. »Überhaupt nicht.«

Rosaleen schnaubt und rollt mit den Augen. »Du bist viel zu nett, um es zu merken.«

»Zu nett?« Ich bin schon Vieles genannt worden, aber das ist definitiv nicht dabei gewesen.

»Und der ist wirklich durch den Rift gekommen?«, fragt eine der jüngeren Frauen, die auf dem Sofa zusammensitzen.

»Aza! Sei doch nicht immer so unhöflich!«, ruft die ältere Frau neben Rosaleen und schüttelt tadelnd den Kopf. »Er ist schließlich genau hier.«

Mit einem verlegenen Lächeln wendet sie sich mir zu. »Entschuldigen Sie bitte die Manieren meiner Tochter. Aza redet manchmal schneller, als sie denkt.«

»Mom!«, ruft Aza wütend. »Ich bin auch genau hier!«

»Siehst du mein Problem, Tarr?«, fragt mich Rosaleen und stößt ein frustriertes Seufzen aus. »Egal, wohin ich gehe, ich habe immer nur nervige Geschwister um mich rum.«

»Ge... Geschwister?«, frage ich überrascht. Natürlich ist mir nicht entgangen, wie ähnlich sich die Frauen sehen, aber ich hatte nicht damit gerechnet, dass Rosaleen neben den Greys noch mehr Geschwister haben könnte.

»Meine älteren Schwestern«, erklärt Rosaleen und deutet dann auf die drei. »Leider.«

»Halbschwestern«, korrigiert Aza sie und verschränkt die Arme vor der Brust.

»Ist doch scheißegal, Mann«, knurrt die mittlere der drei und lächelt mich dann freundlich an. »Ich bin Lia.«

»Und ich bin Iris, freut mich wirklich sehr«, stellt sich die Älteste vor und nickt mir lächelnd zu.

»Und das ist unsere Mom, Veera«, sagt Rosaleen und umarmt die Frau neben sich. »Schön, dass ihr gekommen seid.«

»'Ne Party bei den Greys darf man sich doch nicht entgehen lassen«, sagt Lia und hebt lachend ihr Glas. Es ist fast leer.

»Sehe ich auch so«, mischt sich eine fremde Stimme ein. Ein Mann in vollkommen weißer Kleidung tritt neben mich. »Ian Benning. Ich bin ein guter Freund von Earl.«

»Freut mich«, sage ich und schüttle ihm die Hand.

»Und mich erst. Es ist unglaublich, dass das alles passiert ist«, sagt Ian und lässt sich kopfschüttelnd auf der Armlehne des Sofas nieder.

Iris, die neben ihm sitzt, macht große Augen. Mir entgeht nicht, wie sie schluckt und ein Stück von ihm abrückt. *Fühlt sie sich in seiner Gegenwart nicht wohl? Muss ich ihn entfernen?*

»Hast du Hunger, Tarr?«, fragt mich Rosaleen und springt von ihrem Platz auf. »Bestimmt hast du das. Lass uns gehen, bevor dich Iris und Ian gleich mit Fragen zu Heilpflanzen aus deiner Welt löchern.«

»Hey! So schlimm sind wir nicht, dass ihr gleich abhauen müsst«, ruft Ian uns hinterher, als mich Rosaleen auf die vollbeladenen Tische am anderen Ende der Terrasse zuzieht.

»Das glaubt aber auch nur ihr«, höre ich Lia sagen, dann sind wir zu weit weg, um den Rest ihres Gesprächs mitzubekommen.

»Iris studiert magische Botanik an der Academy, und Ian ist Arzt ... äh ... Heiler? Wie nennt man das denn bei euch?«, sagt Rosaleen, während sie mich durch die Menge zieht. Wie selbstverständlich teilt sie sich für uns.

Ich spüre die neugierigen Blicke der Gäste auf mir. Einige habe ich am Nachmittag schon kennengelernt. Die Gefährten der Grey-Geschwister wie Selena und Kitty, aber auch gute Freunde wie Markos und sein Werwolfsrudel. So ganz will ich ihm und diesem Tony noch nicht glauben, dass sie sich tatsächlich alle in Wölfe verwandeln können. So etwas gibt es daheim in Castya nämlich nicht. Magie dagegen schon, auch wenn sie anders zu sein scheint als die hier auf der Erde, weniger stark und ausgeprägt. Die meisten von uns verfügen nur über eine besondere Gabe wie ich mit meiner Fähigkeit, mich vor den Augen anderer zu verbergen.

Giana scheint mich trotzdem bemerkt zu haben, denke ich und suche in der Menge nach ihr, kann sie aber nirgends entdecken. *Vorhin hat sie sich in meine Richtung umgedreht, als ich ihr und ihrer Familie auf die Terrasse gefolgt bin.*

»Ah, schau mal, hier sind unsere anderen Mütter«, reißt mich Rosaleens Stimme aus meinen Erinnerungen.

Als ich aufblicke deutet sie auf zwei Frauen, die beim Buffet zusammenstehen und sich unterhalten. Eine von ihnen kommt mir bekannt vor. Heute trägt sie keine dunkle Uniform, sondern ein langes Kleid. Es ist die Frau, die für meine Freiheit gesorgt hat, als ich nach dem Fall durch den Rift fast verhaftet worden bin.

»Andere Mütter?«, frage ich verwirrt. Obwohl mir Königin Storm so viel über ihr Leben auf der Erde erzählt hat, kommt es mir so vor, als hätte ich überhaupt keine Ahnung davon.

»Siehst du gleich«, sagt Rosaleen lächelnd und tippt dann den beiden Frauen am Buffet auf die Schulter.

»Grace, Alexia, seid ihr bereit unseren Gast offiziell kennenzulernen?«, fragt sie sie und deutet mit dem Daumen in meine Richtung.

»Aber natürlich«, sagt die Frau, die ich bisher noch nicht getroffen habe. Sie hat blondes Haar, durchzogen von grauen Strähnen. Es ist zu einer kunstvollen Flechtfrisur auf ihrem Kopf aufgetürmt, wie es vor Königin Storms Ankunft Mode in Castya gewesen ist.

»Ich bin Alexia, Ashs Mutter«, sagt sie und schließt mich sehr zu meiner Überraschung fest in die Arme. »Danke, dass du uns diese tollen Nachrichten überbracht hast, Tarron.«

»Ähm ... gern«, nuschele ich, als ich mich von Alexia löse und gleich darauf von der zweiten Frau in die Arme gezogen werde.

»Wie ich sehe hast du noch nichts angestellt. Gut so«, raunt sie mir zu und klopft mir fest auf die Schulter, bevor sie mich loslässt. »Ich bin Grace, Dorians Mutter.«

Und Veera ist Rosaleens Mutter ..., denke ich und brauche einen Moment, bis ich begreife, was direkt vor mir ist. Jedes der Grey-Geschwister hat den gleichen Vater, aber eine andere Mutter.

Das ist ... Das ist unglaublich, denke ich kopfschüttelnd.

»Alles okay?«, fragt mich Rosaleen.

»Fünf Frauen ...«, entfährt es mir, was bei Rosaleen und den anderen beiden verhaltenes Lachen auslöst.

»Du guckst so, als wäre das eine absolute Todsünde«, bemerkt Königin Storms Schwester glucksend.

Verlegen zucke ich mit den Schultern. »In Castya wäre das undenkbar. Man würde ihn für egoistisch halten, oder für sehr mächtig ...«

»Wenn du mich fragst, ist Kieran beides«, sagt Grace und Alexia stimmt ihr lachend zu: »Und dann hat der alte Idiot uns auch noch allein gelassen mit diesem wilden Haufen.«

»Vielleicht hat er den Sturz durch den Rift auch überlebt wie Storm«, murmelt Grace und klingt plötzlich nachdenklich. Als ich zu ihr hinübersehe, geht ihr Blick ins Leere. Sie wirkt abwesend, als hätte sie das Fest um uns herum vergessen.

»Siehst du was?«, fragt Alexia und berührt sie am Arm.

»Nein.« Grace schüttelt den Kopf und stößt taumelnd gegen den Buffettisch. Ihre Stimme ist ganz schwach, ihr eben noch so freundliches Gesicht vor Anstrengung verzogen.

»Kann ich etwas für Sie tun?«, frage ich und strecke meine Hand aus, um sie zu stützen.

»Grace!« Ein Mann eilt durch die Menge auf uns zu. Auch er trägt diese Uniform, ein Anzug, wie mir Rosaleen erklärt hat.

»Ich übernehme das«, erklärt er, als er uns erreicht. Mit besorgtem Blick schlingt er Grace einen Arm um die Hüften.

»Ich hole euch etwas Wasser«, bietet Alexia an, während er Dorians Mutter zu einer Sitzgruppe bringt.

»Was hat sie denn?«, frage ich beunruhigt.

Rosaleen hat sich inzwischen dem Buffet zugewendet und belädt einen Teller mit Essen, als wäre das keine große Sache. Kurz fliegt ihr Blick zu Grace, Alexia und dem Mann hinüber, dann zuckt sie die Schultern. »Grace kann die Zukunft sehen, Dorian auch. Ich glaube, manchmal versucht sie noch herauszufinden, was mit unserem Vater passiert ist. Meistens endet es dann so.«

»Oh«, mache ich und versuche, Grace nicht zu sehr anzustarren. Das ist eine außergewöhnliche Fähigkeit, und offenbar nicht ganz ohne Nebenwirkungen.

»Ihre Gabe kann sie sehr mitnehmen«, erzählt Rosaleen, als hätte sie meine Bedenken bemerkt. »Dorian war in den Tagen vor deiner Ankunft auch total von der Rolle.«

»Von der Rolle?« Diesen Ausdruck kenne ich nicht.

»Gaga. Mischugge. Durchgeknallt, so was eben«, sagt Rosaleen, was nicht wirklich dabei hilft, sie zu verstehen. »Er hat sich in seinem Zimmer eingeschlossen und dich von früh bis spät gemalt.«

»Er hat mich gemalt?«, frage ich überrascht. Das hat bisher noch nie jemand getan. Bilder sind selten in Castya. Die Farben sind sehr teuer und somit nur der wohlhabenden Oberschicht zugänglich. Einen einfachen Wachmann wie mich hätte sich kein Künstler zum Motiv genommen.

Nicht, wenn er Essen auf den Tisch bringen will, denke ich und mein Magen knurrt beim Anblick all der Speisen, die die Greys unter Selenas Anweisung aufgetragen haben.

»Wenn Do Visionen hat, muss er sie zeichnen, um nicht irr im Kopf zu werden. Na ja, zumindest nicht irrer, als er es eh schon ist«, sagt Rosaleen mit einem Schulterzucken und tippt sich gegen die Stirn. »Und deine Ankunft hat ihn nicht mehr losgelassen.«

»O nein«, wispere ich und suche die Menge nach Dorian ab. »Das wollte ich nicht.«

Als Königin Storm mir aufgetragen hat, nach ihren Geschwistern zu suchen, habe ich mir geschworen, auch sie mit allem zu beschützen, was ich habe. Zu erfahren, dass ich einem von ihnen so sehr zugesetzt habe …

»Keine Sorge, Do ist begeistert von seinen Bildern«, sagt Rosaleen, als ich meine Bedenken ausspreche. »Er sagt, etwas Besseres hätte er noch nie gemalt, außer vielleicht Galina.«

»Wirklich?«

Rosaleen verdreht die Augen und reicht mir den Teller. »Ja, wirklich. Und jetzt iss.«

Das Essen, das die Greys zur Feier meiner Ankunft aufgefahren haben, schmeckt zwar fremd, aber unglaublich gut. Und es ist so viel da, dass am Ende eine ganze Menge übrig bleibt.

In Castya wäre das nicht passiert, denke ich mit einem schwachen Lächeln. Meine Waffenbrüder hätten sich nur zu gern bedient und sich die Bäuche vollgeschlagen.

Ihnen würde es hier gefallen.

Mein Blick wandert durch die Menge. Ab und an winkt mir jemand zu oder klopft mir freundschaftlich auf die Schulter. Ich entdecke Ash und Selena, die sich eng umschlungen zum Takt irdischer Musik wiegen. Earl, Kitty und dieser Ian sitzen zusammen und unterhalten sich angeregt. Dabei werfen sich Ian und Iris immer wieder Blicke zu. Die beiden scheinen sich gut zu kennen, aber irgendetwas ist da zwischen ihnen.

Nur was?

Rosaleen sitzt mit dem weißblonden Riesen, der sich mir am Vormittag als Aldyr vorgestellt hat, auf einer Decke auf der Wiese. Zusammen mit Markos und dessen Gefährtin blicken sie hinauf in die Sterne. Bisher habe ich Aldyr nicht viel reden gehört, doch jetzt scheint er eine spannende Geschichte zu erzählen, so wie die anderen an seinen Lippen hängen.

Immer nur ein Partner, denke ich, als mein Blick zu Dorian und Galina abschweift.

Durch Königin Storms Erzählungen weiß ich, dass das in weiten Teilen der Erde der Fall ist. Es selbst zu sehen, ist trotzdem seltsam. Es passt nicht zu dem Bild, das ich nach zwanzig

Jahren in Castya von der Beziehung zwischen Männern und Frauen habe.

Seufzend wende ich mich ab und entdecke Grace in den Armen des Fremden, der ihr zur Hilfe geeilt ist. Als hätte sie den Schwächeanfall längst vergessen, unterhält sie sich mit den Leuten, die am Nachmittag Giana besucht haben.

Gianas Familie, denke ich und wende schnell den Blick ab, bevor sie bemerken, dass ich sie beobachte.

Sie haben die gleichen dunklen Haare und Augen wie die Frau aus meinen Träumen, zumindest ihr Vater und Bruder. Beiden haftet das gleiche Gefühl von Macht an, das ich auch in Gianas Gegenwart verspüre.

Seit die Feier begonnen hat, suche ich nach ihr. Ich will es eigentlich nicht. Die Sorge, Gianas Trauma zu verschlimmern, ist groß. Aber es passiert einfach. Sie zieht mich an, wie Licht die Motten.

Fühlt sich auch so an, als hätte sie einen Schwarm Motten in meinem Bauch freigesetzt, denke ich und erschaudere.

Bei meinen Beobachtungen ist mir aufgefallen, dass Giana auch im Wachleben nicht spricht. Sie schüttelt höchstens den Kopf oder nickt, um Antwort zu geben.

Hat das auch mit dem Trauma zu tun? Oder kann sie einfach nicht sprechen? Diese Fragen beschäftigen mich schon, seit es mir vorhin aufgefallen ist.

Ob ihre Stimme zurückkehrt, wenn ich Giana zum Lächeln bringe?, denke ich und seufze. Seit ich ihr auch im Wachleben begegnet bin, sehe ich in ihrem Gesicht nur Furcht oder Überforderung. Kein einziges Mal war da dieses strahlende Lächeln von früher dabei.

Was ist nur mit Giana passiert? Und welches Monster hat ihr das angetan?

KAPITEL 8
NICHT VON DIESER WELT

GIANA

Meine Bedenken, ich könnte Tarr über den Weg laufen und ihm nicht entkommen, lösen sich spätestens dann in Luft auf, als ich sehe, wie viele Gäste zur Feier im Gasthaus eingetroffen sind. Neben den Greys, dem Großteil des Segona-Rudels und Roses Schwestern, sind auch einige Agenten vom Institut gekommen und natürlich meine Familie.

Durch Milo lernen wir ein paar Agenten kennen, mit denen er zusammenarbeiten wird. Nach einer Weile gesellen sich Ash und Selena zu uns, und natürlich kann sich mein Vater mit seiner Neugier nicht lange zurückhalten. Wie ich muss Daddy gespürt haben, dass ein Teil von Ashs Seele fremd ist. Wie ein Splitter, der sich tiefer und tiefer in das hellblaue Leuchten von Ashs Seele bohrt.

Als Daddy Ash darauf anspricht, schüttle ich energisch den Kopf und will ihn und Milo abhalten, weitere Fragen zu stellen. Nur zu gut spüre ich, wie sehr Ash die Ereignisse von damals noch immer zusetzen, obwohl er nun weiß, dass seine älteste Schwester nicht verloren oder tot ist.

»Schon in Ordnung, Giana«, sagt Ash und nickt mir dankbar zu. Er braucht einige tiefe Atemzüge, um sich zu sammeln. Als Selena nach seiner Hand greift und sie drückt, findet Ash den Mut, meiner Familie vom Angriff des Dämons zu erzählen.

»All diese Jahre damit eingesperrt ...«, wispert Mom, nachdem Ash danach in Schweigen verfallen ist. Sie kann gerade noch so ein sorgenvolles Wimmern zurückhalten.

»Selena kann ihn gut in Schach halten«, sagt Ash und dreht sich mit einem liebevollen Lächeln zu ihr um. »Trotzdem ...«

»Es nagt an dir«, stellt mein Bruder mit ernster Stimme fest, was Ash mit einem zögerlichen Nicken bestätigt.

Daddy und Milo tauschen einen langen Blick. Ich kenne sie gut genug, um zu wissen, was in ihnen vorgeht: Sie wägen ab, ob sie Ash mit unserer ganz speziellen Magie helfen können.

Tut es nicht!, denke ich und schüttle wieder den Kopf. So sehr Ash es auch verdient hat, von dieser schrecklichen Bürde befreit zu werden, sind Daddy und Milo nicht stark genug. Was sich da auch in Ashs Seele eingenistet hat ...

Es ist abgrundtief böse.

»Vielleicht ...«, setzt Milo an und wirft unserem Vater einen drängenden Blick zu. Meinen Protest ignorieren sie entweder oder bemerken ihn nicht.

Tja, kein Wunder, wenn du den Mund einfach nicht aufbekommst, Gia!, schelte ich mich.

»Vielleicht was?«, fragt Selena misstrauisch. Als Sukkubus kann sie spüren, was in ihren Mitwesen vorgeht. Wahrscheinlich ahnt sie, dass Daddy und Milo mehr über den Dämon in Ash wissen, als sie normalerweise zugeben würden.

Erzähle niemandem von unserer Magie, Giana, höre ich noch heute Daddys Stimme. Das hat er mir eingeschärft, kurz nachdem sich meine Macht zum ersten Mal gezeigt hat. *Auch nicht Louise. Sie würden es nicht verstehen und uns fürchten.*

»Ihr solltet es versuchen«, sagt Mom und legt meinem Vater eine Hand auf den Arm. »Zum Dank, dass sie sich so sehr um unsere Kleine kümmern.«

Mom ist die Einzige, der Daddy von unserer Magie erzählt hat. Sie ist wie wir eine Hexe, aber nicht mit der Gabe gesegnet, Seelen, oder vielmehr die Dunkelheit darin, zu beeinflussen.

Es hat meinen Vater viel Überwindung gekostet, Mom in die Geheimnisse unserer Familie einzuweihen. Und Mom war anfänglich sehr verängstigt deswegen. *Am Ende war die Liebe zu Daddy stärker als ihre Furcht.*

»Was sollen sie versuchen?«, reißt mich Ashs Stimme aus meinen Erinnerungen. Da liegt so viel Hoffnung in ihr, dass mir fast das Herz bricht.

Daddy und Milo rücken auf ihren Stühlen vor, bis sie ganz nah bei Ash sind. Als wollten sie nicht, dass noch jemand davon hört.

»Meine Familie ...«, setzt Daddy an und vergewissert sich, dass die anderen Gäste auch ja mit ihren Gesprächen oder mit dem Essen beschäftigt sind. »... verfügt über eine besondere Form der Magie. Wie Tarron sind wir nicht von dieser Welt.«

»Wie jetzt?«, fragt Selena mit weit aufgerissenen Augen und starrt mich fragend an. »Du bist nicht ...?«

Ich zucke mit den Schultern. Ganz so leicht ist es nun doch nicht zu erklären, aber Daddy versucht es trotzdem.

»Unsere Vorfahren sind vor langer Zeit hierher geflohen und haben dieses Wissen mitgenommen«, erzählt Daddy und wie Selena und Ash hängen auch Milo, Mom und ich an seinen Lippen. Obwohl ich diese Geschichte schon so oft gehört habe, schlägt mein Herz dabei jedes Mal aufs Neue schneller.

»Sie wurden vertrieben, weil sie dieses Wissen eingesetzt haben, um Gutes zu tun. Um Seelen wie deiner zu helfen«, sagt Daddy und deutet auf Ashs Brust. »Wir können sie heilen.«

»Wirklich?«, fragen Ash und Sel gleichzeitig und tauschen einen kurzen Blick. Ihre Seelen strahlen nach dieser Offenbarung gleich ein bisschen heller.

Aber wir können Seelen genauso gut zerstören, wenn wir die Kontrolle verlieren, denke ich und muss mich zusammenreißen, um nicht in Tränen auszubrechen. Ich bin die Einzige hier, die es gesehen hat. Die miterlebt hat, zu was wir mit dieser Macht noch fähig sind, wenn wir uns in ihrem Rausch verlieren. Deshalb habe ich mir geschworen, sie nur im äußersten Notfall einzusetzen. Als ich dachte, dass der Rift gleich wieder eines dieser Dämonenwesen ausspucken könnte zum Beispiel.

Ash kann mit dem Dämon leben. Es ist nicht einfach, aber mit Selenas Hilfe kann er es kontrollieren, denke ich und werfe Daddy einen durchdringenden Blick zu. Er bemerkt es nicht, scheint selbst ganz eingenommen zu sein von der Idee, Ash zu helfen.

»Es wird sicher nicht einfach werden«, sagt Daddy.

»Ziemlich anstrengend und auch nicht schmerzfrei«, fügt mein Bruder mit einem Nicken hinzu. »Aber es wäre möglich.«

Ash saugt zitternd die Luft ein und lehnt sich auf seinem Stuhl zurück. Der bodenständige Gasthausbesitzer, der sonst durch nichts aus der Ruhe zu bringen ist, sieht aus, als würde er gleich in Tränen ausbrechen. »Es ist möglich ...«

Sanft streicht Selena ihm über den Arm und nickt Daddy und Milo dankbar zu. Auch in ihren Augen glänzen Tränen. »Das wäre wirklich ...«

»... wunderbar«, beendet Ash ihren Satz und lacht verlegen, als er sich über die Augen wischt.

»Es wird eine Weile dauern, es vorzubereiten«, sagt Milo.

Daddy nickt ernst. »Wir müssen vorsichtig sein, um deine Seele dabei nicht zu verletzen.«

»Aber es ist möglich«, wiederholt Ash voller Ehrfurcht und stößt ein befreites Lachen aus. »Ich dachte nicht, dass der Tag noch besser werden könnte. Erst erfahren wir, dass es Storm gut geht und jetzt auch das ...«

»Hier findet eben jeder sein Happy End«, sagt Selena und haucht ihm einen Kuss auf die Wange. »Auch du.«

»Dann werde ich in den nächsten Tagen die alten Grimoires unserer Vorfahren durchgehen und nach einem Weg suchen«, verspricht Daddy und klingt ganz aufgeregt. »Aber wir werden es schaffen.«

Langsam stoße ich die Luft aus, denn so sehr ich es auch will, kann ich seinen Enthusiasmus und Optimismus einfach nicht teilen. Selbst für Daddy und Milo zusammen wird es ein schweres Unterfangen. Die beiden kennen die Seelen der Greys nicht so gut wie ich. Seit meiner Ankunft hier habe ich viel Zeit damit verbracht, in ihnen zu lesen. Ich habe gesehen, wie viel Zerstörung dieses Wesen aus dem Rift darin hinterlassen hat. Manches ist sofort sichtbar wie der fremde Splitter in Ashs Seele, anderes offenbart sich einem erst nach und nach.

Hoffentlich machen wir damit keinen Fehler, denke ich. Ich will mir gar nicht vorstellen, was geschehen könnte, sollten sie dabei dieses Wesen freilassen. *Noch ist es durch Sels Kräfte geschwächt, aber wenn es uns entwischt ...*

»Dürfen wir uns zu euch setzen oder stören wir?«, fragt eine freundliche Männerstimme. Agent Howard steht Arm in Arm mit Agent van Zicht vor uns und lächelt uns an.

»Nein, gar nicht. Setzt euch ruhig«, sagt Ash und deutet auf zwei freie Stühle in unserer Runde. »Ich denke, das Wichtigste haben wir besprochen, richtig?«

Er wirft meinem Vater und Milo einen fragenden Blick zu. Beide nicken und ich werde mal wieder ignoriert.

»Das sind Special-Agent Howard und van Zicht«, stellt Milo die beiden Neuankömmlinge unseren Eltern vor. »Sie leiten die Taskforce zur Suche nach El Rojo.«

»Ah, freut mich. Wir haben durch Louise schon einiges über Sie gehört«, sagt Daddy und schüttelt den beiden die Hände.

»Und wir haben gute Neuigkeiten«, sagt Agent van Zicht mit Blick auf mich. »Wir kommen ihm immer näher.«

Die Freude, die sie nach dieser Nachricht wohl bei mir erwartet hat, bleibt aus. Stattdessen wird mir übel. Sie dachten schon einmal, dass sie El Rojo erwischen würden, als sie das *Infierno* gestürmt und mich zusammen mit Lou und seinen anderen Geiseln befreit haben.

Und er ist ihnen trotzdem entwischt, denke ich nicht zum ersten Mal. Als Agent van Zicht uns im Krankenhaus besucht hat, hat sie mir und Louise von ihrer langjährigen Suche nach El Rojo erzählt. Auch von der Tatsache, dass er ihr trotz ihrer Gabe als Seherin immer einen Schritt voraus ist.

»Giana, was meinst du? Seid Louise und du schon in der Lage, morgen zu uns zu kommen und uns ein paar Fragen zu beantworten?«, fragt Agent van Zicht mich vorsichtig.

»Wir hoffen, dass ihr uns einen entscheidenden Hinweis liefern könnt, wo genau er sich aufhält. Oder vielmehr was uns dort erwartet«, fügt ihr Kollege hinzu. »Nicht nur eine grobe Richtung, wie wir sie aktuell haben, sondern … mehr.«

Frustriert stößt er die Luft aus und schüttelt den Kopf. Agent van Zicht legt ihm einen Arm um die Schulter und zeigt damit, dass sie sich in letzter Zeit näher gekommen sind. Mich überrascht es kein bisschen. Dass sie sich zueinander hingezogen fühlen, habe ich von Anfang an in ihren Seelen gelesen.

»Giana? Was denkst du? Schaffst du das, Mäuschen?«, fragt Mom und greift sanft nach meiner Hand. »Ich kann euch auch begleiten.«

Schnell schüttle ich den Kopf und mache mich von ihr los. Über meine Zeit bei El Rojo sprechen zu müssen, oder wohl eher Lou dabei zuzuhören, wird den Schmerz zurückbringen.

Ich will nicht, dass du mich so siehst, Mom, denke ich und blinzele heftig gegen die Tränen an. Als ich wieder klar sehen kann, drehe ich mich zu den Agents um.

Wir tun es, denke ich mit einem energischen Nicken und Agent van Zicht scheint zu verstehen.

»Vielleicht solltest du sie begleiten, Selena«, schlägt sie vor. »Um ihnen zu helfen, wenn es zu viel wird.«

Ich nicke. Das können Louise und ich dringend gebrauchen.

»Ihnen zu helfen?«, fragt Mom mit bebender Stimme. Sie wirkt verärgert, weil sie ihr Selena als Begleitung vorziehe.

»Ich bin ein Sukkubus«, erklärt Selena und rückt auf ihrem Stuhl ein Stück vor.

Daddy saugt überrascht die Luft ein und Milo nickt Ash anerkennend zu. Die üblichen Reaktionen, wenn Selena erzählt, welches magische Erbe sie in sich trägt.

»Ich dachte, Sukkuben sind gefährlich ...«, murmelt Daddy und mustert Sel mit zusammengekniffenen Augen, als würde er ihr nicht so recht glauben.

»Hab' ich auch gehört, aber ich bin noch keiner begegnet«, sagt Selena mit einem Schulterzucken.

Daddy runzelt die Stirn. »Sehr ungewöhnlich.«

»Earl glaubt, dass sie kein normaler Sukkubus ist«, fügt Ash hinzu und streicht Selena eine dunkle Haarsträhne zurück.

Wirklich?, denke ich. *Das höre ich heute zum ersten Mal.*

»Ihr wisst sicher, wie wir uns ... ähm ... ernähren«, setzt Sel an und wird ein bisschen rot. »Andere Gefühle außer Lust sind zwar nicht so nahrhaft, aber ich kann sie auch aufnehmen.«

»Aha«, macht Daddy und nickt langsam, scheint aber noch immer nicht überzeugt zu sein.

»Es ist anstrengender und dauert, bis ich sie zu Energie umgewandelt habe, aber … Ich kann ihnen Angst und Schmerz nehmen, wenn es zu viel für sie wird.«

»Das ist …«, wispert Mom und sieht erst mich, dann Selena an. »Dann solltest du die beiden wirklich begleiten, wenn es nicht zu große Umstände bereitet.«

Schnell schüttelt Selena den Kopf. »Kein bisschen. Ich helfe gern, und wenn wir dieses Monster in die Finger kriegen … Da bekomme ich sicher ein Stück von ihm ab, oder, Grace?«

Agent van Zicht und Agent Howard tauschen einen kurzen Blick. Wahrscheinlich sind sie genauso überrascht wie ich, wie wütend Selena sich gerade anhört. Das bin ich von der guten Seele des Gasthauses gar nicht gewöhnt.

»Lass uns das klären, wenn es soweit ist«, sagt Agent van Zicht. »Jetzt müssen wir ihn erst einmal finden.«

Mit entschlossener Miene wendet sich Agent van Zicht mir zu und hebt eine Augenbraue: »Bereit?«

Ich nicke, obwohl mein Magen rumort und sich die Furcht in mir regt.

Selena scheint es zu spüren und greift nach meiner Hand. »Zusammen schaffen wir das. Wir sind für euch da.«

KAPITEL 9
IN IHRER SCHULD

TARRON

Teil dieser Feier zu sein ist wundervoll und anstrengend zugleich. Die Sonne ist schon vor Stunden untergegangen und ich habe so viel geredet, dass meine Stimme ganz heiser ist.

Bin ich einfach nicht gewöhnt, denke ich. Sonst stehe ich nur am Rand und beobachte Feierlichkeiten wie diese nur, ständig auf der Hut vor möglichen Gefahren, die den Königen oder ihrer Gemahlin schaden könnten.

Im Halfway House bin ich zum ersten Mal in meinem Leben der Mittelpunkt der Feier. Die Greys und ihre Gäste stellen mir so viele Fragen, dass ich komplett die Zeit vergesse, nur nicht meine Sorge um Giana.

»Alles okay bei dir, Tarr?«, fragt Dorian, als ich mir einen Moment Ruhe auf einer der Sitzgruppen gönne. Er setzt sich zu mir und reicht mir ein Glas mit einem bunten Getränk.

»Ist nur Saft«, sagt er, als er meinen zweifelnden Blick bemerkt. »Ich hab's aufgegeben, dich abfüllen zu wollen.«

»Gut«, sage ich, schnuppere trotzdem am Glas, bevor ich einen Schluck trinke. Dorian ist es seit Beginn der Feier nicht müde geworden, mir alkoholische Getränke vorzusetzen. Von herbem Bier, das weit süßer riecht als das in Castya, bis hin zu grellblauen Flüssigkeiten, die er *Cocktails* nennt.

Aber als Wache ist es meine Pflicht, in allen Situationen einen klaren Kopf zu behalten, erinnere ich mich. Es gab eine Zeit, da hätte ich zu ein oder zwei Krügen Bier nicht nein gesagt und auch einen klaren Schnaps mit Dorian getrunken. Das hat sich jedoch in dem Moment geändert, als ich Königin Storm damit in Gefahr gebracht habe. Es hat mich langsam gemacht, unfähig sie vor den Feinden der Könige zu retten.

»Hallo? Hörst du mich, Tarr?«, fragt Dorian laut. Mit der Hand wedelt er vor meinem Gesicht herum, um sich wieder meine Aufmerksamkeit zu sichern.

»Entschuldige. Was hast du gesagt?«, presse ich hervor und verdränge die Erinnerungen an den schlimmsten Tag meines Lebens. Der Tag, an dem ich auch Giana zum letzten Mal in meinen Träumen gesehen habe, bevor sie vor meiner Reise so plötzlich wieder darin aufgetaucht ist.

»Ich hab' gefragt, ob du wirklich den halben Tag verschlafen hast. Oder dachtest du, du kannst einfach mal rumgammeln, wenn du meine Schwester nicht beschützen musst?«, plappert Dorian mit einem breiten Grinsen auf den Lippen. »Ich an deiner Stelle würde die ganze Zeit nur faulenzen, bis der Rift wieder stark genug ist, oder warum auch immer du nicht sofort zurückkannst.«

»Rumgammeln?«, frage ich verwirrt und schüttle den Kopf. »Ich weiß nicht, was du meinst.«

»Hm, scheint so, als hätte Storm dir bewusst diese Worte nicht beigebracht«, sagt Dorian und will mir gerade erklären, was sie zu bedeuten haben, als Earl sich zu uns gesellt. Aldyr taucht hinter ihm auf wie ein riesiger Schatten und setzt sich schweigsam zwischen die Brüder.

»Hast du dich denn erholen können, Tarron?«, fragt Earl und mustert mich mit schief gelegtem Kopf. Er misstraut mir noch immer, aber darauf war ich durch Storms Erzählungen vorbereitet.

»Es tut mir leid, dass ich euch solche Umstände gemacht habe. Die Reisen durch den Rift verkrafte ich noch immer nicht gut«, sage ich und wünschte, mein Körper hätte sich mittlerweile daran gewöhnt.

»Klingt ja so, als hättest du schon viel Erfahrung damit«, merkt Dorian an und lehnt sich neugierig vor.

»Nicht wirklich«, sage ich und zucke mit den Schultern. »Das müsste erst das sechste, nein … Das siebte Mal gewesen sein.«

»Schon siebenmal?«, fragt Earl überrascht. »Und du hast immer zurückgefunden? Nach … Castya, richtig?«

»Castya, genau«, bestätige ich und sehe meine Heimat vor mir. Den riesigen Felsbrocken, in den große Teile dieser wunderbaren Stadt geschlagen wurden. Die dürren Bäume überall und die grünen Felder, die dank Königin Storm stetig mehr Ertrag liefern und sich in die wüste Landschaft ausbreiten.

»Zurück habe ich es immer geschafft«, sage ich mit einem Schulterzucken. »Keine Ahnung, woran es lag, aber das war nie das Problem.«

»Sondern uns zu erreichen«, sagt Earl. Eine Feststellung, keine Frage.

Ich nicke und meine Hand wandert zur Kette, die ich unter meinem geliehenem Hemd trage. »Ich weiß nicht, warum es ausgerechnet dieses Mal geklappt hat.«

Dorian schnaubt belustigt. »Na, weil's das verflixte siebte Mal war.«

»So ein Quatsch«, murrt Earl und wendet sich dann dem schweigsamen Aldyr zu. »Hast du dafür eine Erklärung? So, wie ich es verstanden habe, warst du auch schon in anderen Welten, oder nicht?«

Aldyr stößt ein tiefes Seufzen aus und erst denke ich, er könnte gleich verschwinden, weil er keine Lust hat darüber zu sprechen. Von allen Greys und ihren Gefährten kann ich ihn bisher am wenigsten einschätzen.

»Ich weiß es nicht«, gibt er schließlich zu und lehnt sich auf seinem Sessel zurück. Mehr als diese vier Worte bringt er jedoch nicht hervor, was Dorian sichtlich zu ärgern scheint.

»Mann! Musst du immer so kurz angebunden sein?«, fährt er Aldyr an, doch lässt sich dieser dadurch nicht aus der Ruhe bringen. Er zuckt lediglich mit den Schultern.

»Es reicht schon, wenn wir einen Kasper haben, der um den heißen Brei herumredet und sich wichtigmacht«, wirft Earl ein und wendet sich dann an mich: »Sind die nicht gefährlich, die Reisen? Erschöpfung ist sicher nicht die einzige Konsequenz.«

»In manchen Welten wird man nicht so nett aufgenommen wie hier, das stimmt.«

»So freundlich war das auch nicht gerade«, murrt Dorian und rollt mit den Augen. »Dieser Agenten-Futzi hätte dich am liebsten gleich nach Silverlock verschleppt.«

»Wohin?«, frage ich irritiert.

»Hat er aber nicht«, wirft Earl ein und bombardiert mich gleich mit der nächsten Frage: »Waren denn alle Welten, die du bereist hast, von Menschen bevölkert?«

Earls Stimme ist ganz aufgeregt, seine Augen leuchten, als er sich nach vorn beugt und auf meine Antwort wartet.

»Nicht alle, soweit ich das einschätzen kann«, sage ich mit einem Schulterzucken. »Oder ich war einfach zu weit von der nächsten Siedlung entfernt.«

»Sag mal, stehst du auf unsere Schwester, oder warum hast du dir das jetzt schon so oft angetan?«, fragt Dorian rundheraus und kassiert einen finsteren Blick von Earl.

»Auf ihr stehen?«, frage ich verwirrt und starre auf meine Füße. *Was soll das denn nun bedeuten?*

»Na, dass du sie magst. Gefühle für sie hast«, sagt Dorian und fasst sich mit einem herzhaften Seufzer an die Brust.

»Das ...«, stammele ich und schüttle vehement den Kopf. »Ich wäre ihrer gar nicht würdig.«

Dorian zuckt mit den Schultern. »Ja, aber das heißt ja noch nicht, dass du nicht in sie verknallt wärst und ...«

»Das reicht jetzt, Do«, weist Earl ihn zurecht, während ich noch zu verstehen versuche, was *verknallt* zu bedeuten hat. Die Sprache hier ist doch weit ausgeprägter und komplizierter als das, was Königin Storm mir beigebracht hat.

»Was denn? Ich will doch nur wissen, warum der sein Leben für sie riskiert«, entgegnet Dorian und streckt seinem älteren Bruder die Zunge heraus. »Oder bist du so ein irrer Adrenalin-Junkie, der diesen Kick braucht?«

»Ich stehe in ihrer Schuld«, gestehe ich. Bei dem Gedanken daran, regt sich die Wut auf mich selbst in mir.

»Die Diplomaten aus Qualtya haben alles genau geplant. Sie haben die Könige zu einer Jagd eingeladen und ihren Wein vergiftet«, erzähle ich und balle die Hände zu Fäusten. »Königin Storm sollte sich um die Gesandten in Castya kümmern, aber sie ...«

Ich bekomme es kaum über die Lippen, was damals passiert ist. Dass sie unsere Königin vergiftet haben und sie auch noch verschleppen wollten. »Ich konnte sie nicht alle aufhalten. Es waren zu viele und dann ... Als ich wieder zu mir gekommen bin, waren einige Tage vergangen. Königin Storm hat sich allein befreien können und sich nach ihrer Rückkehr um mich gekümmert.«

»Warst du arg verletzt?«, fragt Dorian besorgt.

Ich nicke und streiche mir durch das dichte, dunkle Haar. Selbst jetzt spüre ich noch die wulstige Narbe unter meinen Fingern. »Es ist ein Wunder, dass ich überhaupt in der Lage bin, zu sprechen. Dass ich überhaupt lebe.«

»Aua«, macht Dorian und reibt sich den Nacken, als könnte er es am eigenen Leib spüren.

Seufzend zucke ich mit den Schultern. »Ohne die Hilfe eurer Schwester und meinem Entschluss, ihr bei der Suche zu helfen, wäre ich nicht durchgekommen. Ich hätte einfach aufgegeben und ...«

»Hoffentlich habt ihr Hackfleisch aus diesen Diplomaten-ärschen gemacht«, grummelt Dorian und reckt die Fäuste.

So sehr diese Erinnerungen an mein Versagen schmerzen, muss ich bei seinem Anblick lachen. »Die Könige haben ihnen keine Gnade gezeigt. Für Königin Storm würden sie durch Eis und Feuer gehen.«

»Na, das ist doch gut zu hören, oder Early?«, wendet sich Dorian an seinen Bruder, der in Schweigen verfallen ist.

»Mhm«, macht er bloß und starrt mit gerunzelter Stirn auf den Boden. Vermutlich fällt es ihm schwer zu akzeptieren, dass es jenseits dieser Welt noch weitere gibt. Königin Storm hatte am Anfang auch ihre Probleme damit. König Korren hat mir anvertraut, dass sie am Anfang dachte, sie wäre gestorben oder würde einfach nur träumen.

»Weil ich Königin Storm mein Leben verdanke, wollte ich ihr diese Schuld zurückzahlen, indem ich euch finde«, sage ich nach einer Weile in die Stille hinein. »Dass es so schnell gehen würde, damit habe ich nicht gerechnet.«

»Was uns wieder zu der Frage bringt, wie du überhaupt hier gelandet bist ... Und warum ausgerechnet jetzt?«, murmelt Earl und setzt sich auf seinem Stuhl auf. Sein Blick ist fordernd.

»Denk nach, Tarr. Hast du bei dieser Reise irgendetwas anders gemacht als bei den vorherigen?«

»Etwas anders gemacht?«, frage ich und kratze mich nachdenklich am Kopf. »Ich weiß nicht.«

Ratlos zucke ich mit den Schultern und fasse mir wieder an die Brust. Als ich Königin Storms Kette unter meinen Fingern spüre, reiße ich überrascht die Augen auf.

»Das! Das ist anders«, rufe ich so laut, dass sich auch die umstehenden Gäste zu uns umdrehen.

»Ihre Kette?«, fragt Earl, als ich die kleine Glasphiole unter dem Hemd hervorhole.

»Sie hat sie mir als Talisman mitgegeben«, sage ich und schüttle den Anhänger mit der dunklen Erde. »Erst wollte ich es gar nicht annehmen, weil ich weiß, wie viel es ihr bedeutet, aber ...«

»Was ist das da drin?«, unterbricht mich Aldyr. Er rückt vor, um einen besseren Blick darauf werfen zu können.

»Es ist Erde. Aus unserem Garten«, sagt Rosaleen in diesem Moment und lässt sich auf der Lehne von Aldyrs Stuhl nieder. »Aus der Ecke, in der mein Grab war.«

»Grab?«, frage ich verwirrt.

»Ach, nicht so wichtig.« Earl winkt ab und dreht sich zum Gefährten seiner Schwester um. »Aldyr, könnte ihn das hergeführt haben? Die Erde von hier? Oder die Magie darin?«

»Möglich«, sagt er mit einem Schulterzucken, mehr nicht. Diesmal stößt nicht nur Dorian ein frustriertes Seufzen aus.

Wenn ich wüsste, wie ich es zum Halfway House geschafft habe, dann könnte ich eines Tages vielleicht hierher zurückkehren. Zurück zu Giana. Dann würde eines Tages aus meinen Träumen Realität werden.

KAPITEL 10
VERLANGEN

GIANA

Weil bei der Feier so viel los ist, bekomme ich es tatsächlich erfolgreich hin, Tarr aus dem Weg zu gehen. Die meiste Zeit bin ich bei meinen Eltern oder mit Lou bei den Segona-Wölfen. Wenn ich merke, dass Tarr im Anmarsch ist, mache ich mich schnell aus dem Staub. Mal gehe ich zum Buffet oder zur Toilette, wobei ich mir immer Mühe gebe, meine Familie nicht in Alarmbereitschaft zu versetzen.

Obwohl ich mich viel vor ihm verstecke, entgeht mir nicht, dass Tarr die ganze Zeit nach mir Ausschau hält. Jedes Mal tue ich mein Möglichstes, um in der Menge zu verschwinden. Zu groß ist meine Angst, dass er von meinen Träumen weiß. Dass er mir deswegen böse ist, weil ich das so schamlos ausgenutzt habe.

Und bei meinen Recherchen bin ich keinen Schritt weiter-gekommen, denke ich nun, da ich mich von Mom, Daddy und Milo verabschiedet habe und mich auf mein Zimmer zurück-ziehe. In den letzten Stunden hat sich die Terrasse der Greys zunehmend geleert, aber ich wollte noch etwas Zeit mit meiner Familie verbringen. Um ihnen zu beweisen, dass es mir schon besser geht, auch wenn das nicht immer stimmt. Ich will nicht, dass sie sich meinetwegen noch immer solche Sorgen machen.

Und vielleicht kann ich mir so selbst einreden, dass alles wieder in Ordnung kommt. Irgendwann.

Durch die Feier komme ich viel zu spät ins Bett und verfalle in einen unruhigen Schlaf, der mich genau dorthin bringt, wo ich nicht sein will: in meine Träume mit Tarr.

Wieder scheint er auf mich gewartet zu haben und ist diesmal so schnell bei mir, dass ich mich gar nicht abwenden oder irgendwie aus diesem verdammten Traum befreien kann.

Ich will das nicht, denke ich wütend, aber eigentlich ist das gelogen. Tarr plötzlich so nah zu sein, seine Wärme zu spüren, lässt mein Herz rasen. Verlangen lodert in mir auf und bringt meinen Körper zum Beben. Als mir Tarrs durchdringender Blick begegnet, ist es um mich geschehen. Bevor ich weiß, was ich tue, habe ich meine Hand gehoben und nach ihm ausgestreckt.

Wenn ich wissen will, was das hier ist, sollte ich so viel wie möglich rausfinden, denke ich und berühre seine Wange.

Fühlt sich echt an. Ich kann sogar die Bartstoppel fühlen, die sich seit seiner Ankunft im Halfway House darauf gebildet haben. Die wulstigen Narben, die seinen Körper überziehen. Stumme Zeugen für seinen gefährlichen Job als Leibwächter.

Hört sich auch echt an, denke ich, als Tarr ein tiefes Seufzen ausstößt und sanft nach meiner Hand greift. Fragend blickt er mich aus seinen himmelblauen Augen an.

Ich rege mich nicht, weiß nicht, was er gleich mit mir tun wird. Ein schwaches Lächeln ziert seine Lippen, dann haucht er mir einen Kuss auf meinen Handballen.

Mein Herz macht einen gewaltigen Satz, vor allem als er sich meinen Arm hinaufküsst, bis er meine Halsbeuge erreicht hat.

So echt. Es fühlt sich an, als wäre es real, denke ich und ringe um Atem. Und um Kontrolle. Noch weiß ich nicht, was das zu bedeuten hat, ob das nur meine Fantasie ist, die mit mir durchgeht, oder ...

Scheiß drauf, sage ich mir, als Tarrs große, raue Hände über meinen Körper wandern und mich an seinen drücken. Hitze durchflutet mich. Wie von selbst finden meine Hände hinunter zu seiner Erektion. Diesmal trägt er Jeans, keine Stoffhosen.

Tarr stößt ein erregtes Stöhnen aus, das alle Gedanken in mir zum Verstummen bringt. Einzig das Verlangen bleibt übrig und treibt mich dazu, den Gürtel seiner Jeans zu lösen.

Als Tarr meine Handgelenke umfasst und mich wegdrückt, zucke ich vor Schreck zusammen. Überrascht blicke ich zu ihm auf. Will er denn nicht, dass ...?

Langsam schüttelt er den Kopf und lächelt mich an. Diesmal ist es kein sanftes Lächeln, sondern ein verschmitztes. Seine Augen leuchten auf, als er mich packt und ohne Vorwarnung über seine Schulter wirft.

Erschrocken schreie ich auf und winde mich in seinem Griff, doch Tarr ist stärker als ich. So viel stärker.

Sollte mir das nicht Angst machen?, schießt es mir durch den Kopf. Ich weiß, dass im Wachleben etwas Schlimmes geschieht, wenn mir Männer wie Tarr zu nahe kommen.

Rote Augen ..., schießt es mir durch den lustvernebelten Verstand. *Irgendetwas mit roten Augen ...*

Aber hier in meinem Traum kann ich mich absolut nicht daran erinnern, was das zu bedeuten hat, wovor ich mich so sehr fürchte. Es ist, als wäre meine Angst betäubt.

Mit einem dunklen Lachen lässt Tarr mich einige Schritte weiter herunter und bettet mich auf seidig weichem Gras und Moos. Tief blickt er mir in die Augen, bittet um Erlaubnis.

Das ist neu, denke ich. Früher hat er nicht lange gefackelt, wenn wir uns hier begegnet sind. Wie ausgehungert hat er sich auf mich gestürzt und ...

Sanft streicht Tarr mir die Haare aus dem Gesicht und fährt mit den Fingern von meiner Wange hinab zu meinem Schlüsselbein. Seine Berührung ist federleicht und intensiv zugleich. Ich erschaudere und drücke mich seiner rauen Hand entgegen.

Tarr lacht leise über meine Reaktion und lässt seine Hände tiefer wandern. Bald landen sie auf meinen Oberschenkeln. Als er mein Kleid ein Stück hochschiebt, bleibt mir die Luft weg.

Es ist so lange her, dass wir uns so nah waren, und trotzdem kommt es mir so vor, als wäre es erst gestern gewesen.

Seine Fingerkuppen streichen die Innenseite meiner Oberschenkel hinauf und entlocken mir ein leises Seufzen. Meine Lider fallen zu und ich ergebe mich diesem Traum, auch wenn ich vorhin noch dagegen ankämpfen wollte.

Was ist schon dabei?, denke ich und keuche auf, als Tarr mir einen Kuss auf den Hals gibt. Quälend langsam arbeiten sich seine Finger an meinen Schenkeln nach oben. Immer wenn ich denke, er hat gleich den Punkt erreicht, an dem ich sie spüren will, zieht er sie zurück und malt kreisende Muster auf meine erhitzte Haut. Überall, nur nicht dort.

Bitte, denke ich und schlage die Augen auf. *Lass mich nicht mehr zappeln. Bitte.*

Tarr verzieht die Lippen zu einem Grinsen und schüttelt den Kopf. Er genießt es, mich so um den Verstand zu bringen.

Geduld, scheint er mir mit diesem Blick sagen zu wollen.

Zu blöd, dass ich nie ein geduldiger Mensch gewesen bin.

Als ich selbst ein bisschen nachhelfen und mir das Sommerkleid über den Kopf ziehen will, greift er wieder nach meinen Händen. Fester, drängender. Tarr drückt sie über meinem Kopf ins Gras und schaut mich eindringlich an, als würde er mir sagen wollen, mich ja nicht mehr zu bewegen.

Verärgert winde ich mich in seinem Griff, bis er mich loslässt, tue aber, was er von mir verlangt. Nicht dass der Traum endet, wenn ich mich gegen sein Vorhaben stemme.

Tarr nickt zufrieden und kniet sich dann zwischen meine Beine. Seine Finger zucken, als er sich zu mir herunterbeugt und mir die Träger meines Kleids von den Schultern streift.

Erwartungsvoll sauge ich den Atem ein, als er es herunterzieht, bis er meinen Oberkörper freigelegt hat. Mit einem tiefen Knurren leckt sich Tarr über die Lippen. Den Blick hält er fest auf meine Brüste gerichtet. Eine Hand ruht wieder auf meinem Schenkel, die andere streicht über die wachsende Erektion in seiner Hose.

Mein Herz rast in meiner Brust, während ich darauf warte, dass er weitermacht. So entblößt vor ihm zu liegen, mit dem Kleid aufgebauscht um meinen Bauch, erregt mich einerseits, aber andererseits fühle ich mich plötzlich auch so verwundbar. Vor allem weil ich nicht weiß, was in Tarr vor sich geht. Ob er wirklich nur Teil meiner lebhaften und zugegeben versauten Fantasie ist, oder ...

Gerade als ich es nicht mehr aushalte, lässt Tarr von seinem Schwanz ab und wendet sich wieder mir zu. Die Hand, die bis eben noch auf meinem Schenkel geruht hat, wandert höher und erreicht endlich, endlich, endlich ihr Ziel.

Ich stöhne auf, als er meine Schenkel auseinanderdrückt und mit der Hand über meine prickelnde Mitte streicht. Erst jetzt wird mir bewusst, wie feucht ich bin. Ein Umstand, den Tarr mit einem freudigen Lachen kommentiert.

Ein erstickter Schrei entringt sich meiner Kehle, als Tarr meine Klit findet und seine Finger darüber kreisen lässt. Mein ganzer Körper erbebt, aber nur kurz. Tarr hat die Hand wieder zurückgezogen und mustert mich mit einer Mischung aus Neugier und Freude.

Ich stoße ein frustriertes Stöhnen aus und versuche, seine Hand zu fassen zu bekommen. Erst weicht Tarr mir aus, aber als ich ihn am Hemd packe und zu mir herunterziehe, verliert er seine Coolness. Er murmelt etwas, doch ist es zu verzerrt, als dass ich es verstehen könnte, dann pressen sich seine Lippen auf meine. Heute wende ich mich nicht ab. Ich heiße sie willkommen.

Je mehr ich über die Träume herausfinden kann ..., denke ich. Mein Vorhaben habe ich aber gleich wieder vergessen, als Tarrs Zunge Einlass fordert und er die Finger zwischen meinen Schenkeln verschwinden lässt.

Tarr knurrt etwas gegen meine Lippen, als er wieder meine Klitoris findet und mein Körper von einem heftigen Beben erschüttert wird. Meine Oberschenkel zittern, je länger er mich mit seinen geschickten Fingern verwöhnt. Die Hitze in mir ist nun beinahe unerträglich, der Höhepunkt so nah, dass ich ihn fast schon auf der Zunge schmecken kann, während sie mit Tarrs ringt.

Meine Finger krallen sich in das Moos und Gras unter uns, als in mir ein sagenhafter Orgasmus explodiert. Ein langgezogenes Stöhnen entweicht mir und geht in einen Schrei der Ekstase über. Mein Kopf kippt zur Seite, als ich den Rücken durchdrücke, mich gegen Tarrs Finger presse, um diesen unglaublichen Moment vollkommen auskosten zu können.

Als die Wellen dieses Höhepunkts langsam abebben und ich mit flatternden Lidern meine Augen öffne, liege ich allein in meinem Bett im Gasthaus, verschwitzt und durcheinander. Es dauert einen Moment, bis ich wieder in der Realität ankomme und begreife, was ich gerade getan habe.

O fuck, Gia! Ist das dein Ernst?

KAPITEL 11
IHR
UNSICHTBARER
SCHATTEN

TARRON

Mit einem scharfen Keuchen erwache ich aus dem Traum mit Giana. Schwer atmend liege ich auf dem Rücken. Das dünne Laken ist verschwitzt und um mich gewickelt. Meine Gedanken rasen, während ich zu begreifen versuche, was geschehen ist.

»Sie hat es zugelassen«, flüstere ich, meine Stimme heiser in der einsamen Stille meines Zimmers. Ungläubig schüttle ich den Kopf und fahre über mein verschwitztes Gesicht, während mir der Traum noch einmal durch den Kopf geht.

»Und sie hat es genossen.« Ich lache leise, als ich daran denke, wie ungeduldig sie war. Wie sehr sie mich auch wollte.

»Verdammt«, keuche ich. Auch im Wachleben bin ich hart geworden. Giana im Traum diesen Höhepunkt zu bereiten, hat mir immense Freude geschenkt, genug, um mich mit wenigen Schüben meiner Hand zum Kommen zu bringen.

Als ich mich jetzt in meinem Bett aufrichte und im dunklen Gästezimmer umsehe, fühle ich mich aber unendlich einsam. Ich habe ganz vergessen, wie sehr ich diese Träume vermisst habe. Und wie sehr es schmerzt, allein aus ihnen zu erwachen. Im Traum ist Giana verschwunden und hier im Wachleben geht sie auf Distanz.

Liegt das an ihrem Trauma? Fürchtet sie sich deswegen vor mir?, frage ich mich nicht zum ersten Mal. Mir ist natürlich nicht entgangen, wie sie mir heute jedes Mal ausgewichen ist, wenn ich ihr nähergekommen bin. Wann immer ich sie in der Menge entdeckt habe, ist sie Sekunden später verschwunden, als hätte ich es mir nur eingebildet.

»Was ist nur mit dir passiert?«, wispere ich. Mein Herz wird schwer, wenn ich daran denke, wie furchtbar Giana in den letzten zwei Jahren gelitten haben muss. Sonst hätte sie dieses Trauma doch nicht, von dem Selena mir erzählt hat. Oder diese Angst in ihren dunklen Augen, die geduckte Haltung, wann immer ein Geräusch erklingt, das sie nicht sofort einordnen kann. Seit ich gestern Mittag erwacht bin, beobachte ich Giana, unbemerkt von den anderen Bewohnern des Gasthauses dank meiner Gabe. Und auch jetzt erfasst mich der Drang, nach ihr zu sehen. Ich weiß, wo ihr Schlafzimmer ist.

»Nur ein kurzer Blick hinein«, wispere ich, als ich aufstehe und mir die geliehenen Klamotten überziehe. Selena hat mir noch mehr in mein Zimmer gelegt, darunter auch eine weite graue Stoffhose, in der man sich weit besser bewegen kann als in den Hosen aus diesem störrischen blauen Stoff.

Ich weiß, dass ich das nicht tun sollte. Dass es sich nicht gehört. Aber ich kann nicht anders. Nicht seitdem ich weiß, dass Giana real ist und sich in meiner Nähe befindet.

Ich will nur sehen, ob es Giana gut geht, denke ich, als ich meine Gabe aktiviere und mich für die Augen anderer unsichtbar mache. Erst dann trete ich auf den Gang und schließe leise die Tür hinter mir. Man kann mich zwar nicht mehr sehen, Geräusche verursache ich dennoch. Türen und Wände halten mich genauso sehr auf wie in meiner sichtbaren Form. Es ist eines der wenigen Dinge, die mich verrät.

Während der Ausbildung habe ich gelernt, so lautlos wie eine Katze zu sein. Hier in Königin Storms Welt ist alles anders. In Castya sind die Böden aus Stein, im Halfway House sind sie aus Holz, ausgelegt mit langen Teppichen. Diese dämpfen zwar meine Schritte, doch das Holz verrät mich trotzdem hier und da mit einem Knarzen, wenn ich das Gewicht verlagere. Noch habe ich nicht gelernt, es zu unterbinden. Ich kenne das Haus zu wenig, um zu wissen, wo ich hintreten muss.

Aber ich muss sie sehen. Jetzt. Sofort.

Ich schleiche durch die Gänge des Gasthauses und habe ihr Zimmer fast erreicht, als sich Gianas Tür öffnet und sie hinaus auf den Gang tritt. Sie trägt einen dieser weißen Umhänge, die ich an der Tür im Badezimmer entdeckt habe. Ihre Hände hat sie in die Taschen gestopft und die Schultern hochgezogen. Ihr Haar ist zerzaust wie im Traum, bevor sie verschwunden ist.

Du solltest doch schlafen, Giana, denke ich und seufze leise.

Sorge wallt in mir auf, denn die dunklen Ringe unter ihren Augen bleiben mir selbst im dämmrigen Licht des Korridors nicht verborgen. Giana wirkt durcheinander, als sie ihre Tür schließt und ein leises Gähnen ausstößt.

Vielleicht will sie ja nur etwas Wasser? Oder sie hat noch Hunger, denke ich und beschließe, ihr zu folgen. Das ist jedenfalls mein Plan, bis mich der Blick ihrer dunklen Augen trifft.

Habe ich mich doch nicht unsichtbar gemacht?, denke ich panisch, spüre aber das warme Pulsieren meiner Magie in mir. Es ist ein sicheres Zeichen, dass meine Kräfte aktiv sind und mich vor den Blicken anderer verbergen.

Kann sie mich trotzdem sehen?

Mit klopfendem Herzen warte ich auf eine Regung von ihr. Dass sie davonrennt oder wütend wird, weil ich ihr mitten auf dem Gang aufgelauert habe. Erst jetzt wird mir klar, dass ich ihr Trauma damit verschlimmern könnte. *Aber ich hätte doch nie im Leben damit gerechnet, dass sie mich sehen kann!*

Die Sekunden ziehen sich ewig hin, ehe Giana ein Seufzen ausstößt und den Kopf schüttelt. Ohne eine weitere Reaktion geht sie weiter, aber nicht in die Küche, wie ich angenommen habe. Sie folgt den knarzenden Treppenstufen bis unters Dach. Dort habe ich mich bisher nicht umgesehen, aber ich erinnere mich daran, dass Ash von einer Bibliothek gesprochen hat.

Was auch immer das bedeutet.

Vorsichtig steige ich die Stufen hinter Giana hoch und bete, dass mich das Holz nicht verrät. Es ist schon einmal knapp geworden mit ihr. Als ich Giana zu ihrem Zimmer begleitet habe. Ich konnte mir das Lachen einfach nicht verkneifen. Selbst am Nachmittag, als sie mit ihrer Familie auf der Terrasse gesessen hat, dachte ich, sie hätte mich entdeckt.

Sie hat immer direkt in meine Richtung geschaut, stelle ich fest, als ich den oberen Treppenabsatz erreiche. Reagiert hat sie nicht, hat nur den Kopf geschüttelt und sich abgewendet.

Kann sie mich nun sehen oder nicht?

Diese Frage beschäftigt mich seit dem ersten Moment, als ich ihr gefolgt bin. Im Treppenhaus habe ich am Abend nach meiner Ankunft trotz meiner Müdigkeit auf sie gewartet. Ich musste wissen, wo Giana untergekommen ist. Ich musste mich vergewissern, dass sie wirklich ein Gast hier ist. Dass sie nicht einfach so verschwinden wird wie in meinen Träumen. Früher konnte ich damit leben, dass ich sie nur in der Nacht gesehen habe. Bis sie aus meinen Träumen verschwunden ist und ich ihr plötzlich im Wachleben gegenübergestanden bin. Jetzt tut es fast weh, zu wissen, dass Giana so nah ist, und ich doch nicht bei ihr sein kann. Jedenfalls nicht, wenn ich sichtbar bin.

Solange ich hier bin, lasse ich sie nicht mehr aus den Augen. Ich werde ihr unsichtbarer Schatten sein, denke ich und trete durch den Türbogen am Ende der Treppe. Im Gegensatz zu den anderen Stockwerken mit ihren vielen Zimmern gibt es nur einen Zugang. Und dieser führt direkt in einen vollgestellten, düsteren Raum. Sanftes Mondlicht flutet durch die Fenster herein, aber es dauert einen Moment, bis ich begreife, warum sich Giana so vorsichtig durch die schmalen Gänge bewegt.

Bücher! Überall in den Regalen stehen sie oder liegen auf den Tischen verteilt. Sogar auf den Sitzmöbeln und dem Boden stapeln sie sich. *So viele Bücher.*

Ohne nachzudenken, stoße ich geräuschvoll den Atem aus. Ich habe noch nie so viel Reichtum an einem Ort versammelt gesehen. Bücher sind rar bei uns. Für Tinte und Papier ist zu viel Wasser nötig.

Unglaublich!

Kopfschüttelnd blicke ich mich in dieser Schatzkammer um. Weiter als ein paar Schritte traue ich mich nicht, weil es so eng ist. Am Ende hätte ich noch einen Stapel umgeworfen und auf mich aufmerksam gemacht.

Nein, ich begnüge mich damit, Giana von der Tür aus dabei zu beobachten, wie sie sich einen Weg durch die vielen Türme aus Büchern bahnt. Vor einem hölzernen Kasten hält sie inne und kramt darin. Giana zieht Papierkarten daraus hervor und wendet sich dann den Regalen zu.

Damit kann ich mich begnügen, denke ich, als sie ein Buch hervorzieht: Sie im Wachleben beobachten und ihr im Traum einen Höhepunkt nach dem anderen bescheren. *Und manche mit ihr zu teilen, wenn sie mich lässt.*

KAPITEL 12
SEELEN-
VERWANDTE

GIANA

»Kannst du nicht schlafen?«, fragt mich eine leise Stimme in der Dunkelheit und Stille der Bibliothek, während ich nach weiteren Büchern über Traummagie suche.

Erschrocken weiche ich zurück und stoße einen Bücherstapel um. Krachend fällt er zu Boden und hätte beinahe noch einen zweiten mit sich gerissen. Blinzelnd blicke ich mich in der Bibliothek um. Bis auf ein oder zwei Lampen und den einfallenden Mondschein ist es vollkommen düster hier drin.

»Es tut mir leid, Giana, ich wollte dich nicht erschrecken«, sagt die Stimme und klingt diesmal lauter, näher. Ein riesiger Schatten regt sich in der Bibliothek, aber instinktiv weiß ich, dass von ihm keine Gefahr droht.

Aldyr, erkenne ich und entspanne mich. Er ist der einzige Mann, bei dem ich noch nie El Rojos Gesicht gesehen habe, egal wie nah er mir gekommen ist. Erklären kann ich es mir nicht, aber ich bin froh, dass er es ist und nicht Earl, Ash oder gar Dorian, dem ich so spät hier begegne. *Oder Tarr.*

Ich erschaudere. Wut auf mich selbst überkommt mich, als ich an meinen letzten Traum mit ihm denken muss. Er hat es geschafft, mich sämtliche Vorsätze vergessen zu lassen – mit einem einzigen Lächeln und diesem hungrigen Blick in seinen wunderschönen blauen Augen.

Das Knarzen des Holzbodens unter Aldyrs Füßen vertreibt diese Gedanken glücklicherweise. Ich bin froh, dass es hier so dunkel ist. So sieht Aldyr nicht, wie rot meine Wangen sind.

»Lass mich das machen«, sagt er, als er mich erreicht und den umgestoßenen Bücherstapel wieder aufbaut.

Ich bleibe stehen und beobachte ihn dabei. Das Leuchten, das seine Gestalt umgibt wie sanfter Kerzenschein, fasziniert mich, seit ich Aldyr zum ersten Mal gesehen habe. Bisher nur von weitem oder zusammen mit Rose und den anderen Gasthausbewohnern. Aber jetzt kann ich es mir genauer ansehen.

Was bist du nur?, denke ich, als Aldyr sich wieder aufrichtet und mir ein schwaches Lächeln schenkt.

»Alles in Ordnung?«

Ich nicke und drücke das Buch, das ich mir ausgesucht habe an die Brust. In dem Bibliotheksverzeichnis der Greys habe ich nach weiteren Informationen über Traummagie gesucht.

Ich muss endlich herausfinden, was all diese Träume bedeuten. Noch einmal ... Nein, das darf nicht noch einmal passieren!, denke ich und wende beschämt den Blick ab.

»Dir scheint viel durch den Kopf zu gehen«, bemerkt Aldyr und deutet auf das Buch in meinen Händen. »Albträume?«

Langsam schüttle ich den Kopf. Louise hat mich das gleiche gefragt, aber das ist es nicht. Nur wie soll ich es erklären? Soll ich es ihm überhaupt anvertrauen?

Mir ist bewusst, dass Aldyr kein normales Nachtwesen ist wie ich oder die Greys. Da steckt weit mehr hinter seiner stillen

Fassade, als ich bisher von ihm oder irgendwem sonst erfahren habe. Ich weiß, dass er Rose Grey von den Toten zurückgeholt hat, aber ein Nekromant ist er nicht. In Arcania bin ich einmal einem von ihnen begegnet. Seine Seele war ... nicht so schön anzusehen mit all der Dunkelheit darin.

Aber Aldyrs ist so hell und strahlt so viel Ruhe und inneren Frieden aus, denke ich und seufze.

»Soll ich dich allein lassen?«, fragt Aldyr, als ich eine ganze Weile lang nicht auf ihn reagiere. Es tut einfach gut, in seiner Nähe zu sein. *Wie Balsam auf meiner Seele.*

Wieder schüttle ich den Kopf. Was auch immer er ist, ich frage mich, ob er mir bei meinen Fragen nicht vielleicht helfen kann. Nach allem, was ich bisher über ihn gehört habe, bin ich mir sicher, dass auch er Seelen sehen kann. *Und haben die Greys nicht gesagt, dass er schon in fremden Welten war?*

Nachdenklich verzieht Aldyr das Gesicht und verschwindet dann hinter einem Bücherregal. Er hat einen kleinen Block und einen Stift bei sich, als er zu mir zurückkommt. »Hier.«

Überrascht lege ich mein Buch weg und nehme beides entgegen. Aldyr will mir wirklich helfen.

»Warum suchst du dann nach Traummagie?«, fragt er und deutet mit Nachdruck auf den Block in meiner Hand.

Ich schlucke, mein Herz rast, während ich noch abwäge, ob ich es ihm erzählen soll. Ein Knarzen in der Nähe der Tür lässt mich aufblicken, doch war das sicher nur das Haus. Erkennen kann ich dort drüben nichts.

Versuch's einfach, sonst musst du noch ewig Antworten suchen, denke ich und eile zu einer Sitzgruppe hinüber.

»Ich sollte ein paar zusätzliche Regale bauen«, murmelt Al, als er das Chaos vor uns sieht. Die meisten Plätze sind mit Büchern vollgestellt, aber zwei sind noch frei. Auf einem davon lasse ich mich nieder und schreibe die Frage auf, die mich seit langer, langer Zeit beschäftigt.

Was bedeutet es, wenn man oft von einer Person träumt, ohne sie zu kennen?

Mir rutscht das Herz in die Hose, als ich Aldyr den Block hinhalte und er im schwachen Mondlicht meine Frage liest.

»Immer die gleiche Person?«, fragt er und ich nicke. Tarr hat sich zwar äußerlich verändert, ist genauso gealtert wie ich, aber es war immer er. Nur er.

»Hmm«, macht Aldyr und lehnt sich auf dem Sessel zurück. »Es könnte natürlich nur eine Ausgeburt deiner Fantasie sein. Oder diese Person verkörpert einen Aspekt deines Unterbewusstseins, mit dem du dich auseinandersetzen solltest.«

Langsam schüttle ich den Kopf. Dass es ein Wunschtraum ist, dachte ich die längste Zeit meines Lebens, aber jetzt ist Tarr hier, in Fleisch und Blut, und ich weiß nicht, wie ich damit umgehen soll.

Ich habe die Person jetzt auch im Wachleben getroffen, schreibe ich auf den Zettel und zögere kurz.

Was ist, wenn Aldyr mich an Tarr verrät?

Damit muss ich wohl leben. Meine Neugier ist zu groß, also schlucke ich meine aufkommende Scham und Panik herunter und halte Aldyr den Block wieder hin.

»Wirklich?«, fragt er überrascht und zieht die hellen Brauen zusammen. »Kürzlich?«

Zögerlich nicke ich und presse die Lippen fest aufeinander, während ich auf seine Antwort warte.

Langsam stößt Aldyr die Luft aus und scheint einen Moment nachdenken zu müssen. Sein Gesicht ist dabei ausdruckslos, doch als er sich mir zuwendet, leuchtet der Kerzenschimmer, der ihn stets umgibt, ein kleines bisschen heller. »Tarron?«

Erschrocken sauge ich die Luft ein und weiche zurück. *Wie hat er das so schnell erraten?*

Al lacht leise und kurz fliegt sein Blick hinüber zur Tür. Da war wieder dieses Knarzen, aber sehen kann ich niemanden.

»Du musst dich deswegen nicht schämen und verstecken musst du dich auch nicht«, sagt Aldyr mit sanfter Stimme.

Ob er gesehen hat, wie rot ich angelaufen bin, weil mir das alles so verdammt peinlich ist?

»Hat er auch diese Träume?«, fragt Aldyr nach längerem Schweigen. Seinen Blick hat er dabei in die Ferne gerichtet, als wäre er mit den Gedanken gerade ganz woanders.

Ratlos zucke ich mit den Schultern. *Wenn ich das wüsste.*

»*Du bist aus meinem Traum.*« Aldyrs Stimme ist ganz leise, nachdenklich, und doch lässt sie mich zu ihm aufschauen.

Woher ...?

»Das hat er kurz nach seiner Ankunft gesagt«, murmelt Al mehr zu sich selbst als zu mir. »Und du warst ganz in unserer Nähe, Giana.«

Langsam hebt er den Blick und sieht mir fest in die Augen. »Da haben wir unsere Antwort.«

Ich schlucke hart und wende mich ab. Auch wenn ich das schon befürchtet habe, hat ein Teil von mir gehofft, dass ich mich irre. Dass Tarr diese Träume nicht mit mir teilt.

»Interessant ...«, murmelt Aldyr und starrt mich plötzlich so durchdringend an, dass mir unwohl dabei wird. Der Blick seiner eisblauen Augen ist so intensiv, als könne er damit bis in die tiefsten Tiefen meiner Seele schauen.

Wieder ein Knarzen, diesmal aber näher.

Dieses Haus ist nachts wirklich unheimlich, denke ich und rucke unruhig auf meinem Platz umher. Tagsüber fallen einem diese Geräusche nicht auf, weil immer so viel Trubel herrscht, aber in der Stille der Nacht sind sie umso lauter.

Am liebsten würde ich mich vor Als Blick verstecken, vor allem wenn er wirklich Seelen sehen kann. Seit meiner Zeit bei El Rojo ist meine ein furchtbares Etwas, voller Dunkelheit, Angst, aber auch Wut. Ich will nicht, dass sie jemand so sieht, aber wenn ich herausfinden möchte, was die Träume bedeuten, habe ich keine andere Wahl.

Al runzelt die Stirn, entlässt mich aber aus diesem durchdringenden Blick. Stattdessen schaut er sich suchend in der Bibliothek um, bis er in die Richtung sieht, in der ich eben noch das Knarzen gehört habe. »Sehr interessant.«

Ein Lächeln liegt auf seinen Lippen, was mich nervös macht. Aldyr lächelt sonst nur selten, eigentlich nur, wenn Rose in der Nähe ist.

Was soll das denn nun alles bedeuten, verdammt?

Ungeduldig tippe ich mit dem Stift auf den Block und warte darauf, dass Aldyr sich mir zuwendet, mir endlich erklärt, was er von der ganzen Sache hält. Doch er tut es nicht. Stattdessen starrt er weiter in die Bibliothek hinein, als stünde dort einer der Greys, mit dem er sich nun unterhält.

»Ich bin mir zwar nicht sicher, ob das bei euch der Fall ist, aber ...«, setzt er an und schaut kurz in meine Richtung, ehe er sich wieder der Bibliothek zuwendet. »Auf meinen ... Reisen habe ich gehört, dass sich Seelenverwandte oft auf diese Weise in ihrem nächsten Leben finden. Über ihre geteilten Träume.«

Seelenverwandte? Das ist doch wohl ..., denke ich, schrecke aber auf, als ich diesmal eindeutig das Geräusch von Schritten in der Bibliothek vernehme. Sie kommen uns näher, aber da ist absolut niemand. Und trotzdem stellen sich mir die Härchen auf, wie schon so oft in den letzten Tagen. Wieder kommt es mir so vor, als würde man mich beobachten. Als wären Al und ich nicht mehr allein hier oben unterm Dach des Gasthauses.

Gerade will ich Aldyr fragen, ob er sich wirklich sicher ist, als er sich zu mir umdreht. Sein Lächeln ist breiter, ganz ungewohnt für den sonst so schweigsamen, ausdruckslosen Riesen an Rose Greys Seite.

»Persönlich habe ich keine Erfahrung damit«, sagt er und klingt fast entschuldigend. »Ich habe sie erst in diesem Leben gefunden.«

Erst in diesem Leben? Überrascht reiße ich die Augen auf.

»Rose«, wispert er und das Leuchten um ihn strahlt so hell, dass ich den Blick abwenden muss.

Eine ganze Weile sagt Aldyr nichts. Erst, als das Haus erneut knarzt, blickt er wieder zu mir auf. »Was es nun bedeutet, kann ich dir nicht sagen, Giana. Es muss aber etwas Wichtiges sein, wenn ihr voneinander geträumt habt, bevor ihr euch kennengelernt habt oder überhaupt in der selben Welt gewesen seid.«

Ich schlucke und nicke langsam. So viel ist mir mittlerweile klar. *Aber Seelenverwandte? Wirklich? Ich dachte immer, das wäre nur eine Phrase.*

»Du hast sicher viel, worüber du nachdenken musst«, sagt Aldyr, ohne mich anzusehen, und erhebt sich von seinem Platz. »Ein Gespräch könnte euch die nötigen Antworten liefern.«

Allein der Gedanke daran, Tarr im Wachleben allein gegenüberzutreten, lässt mein Herz rasen. Natürlich habe ich mir immer wieder vorgestellt, was passieren würde, sollte ich den Mann aus meinen Träumen jemals in der Realität treffen. Damals habe ich mir gewünscht, er wäre echt und würde sich auch im Wachleben so unsterblich in mich verlieben.

Aber wenn er mich jetzt so sieht ..., denke ich und lasse den Kopf hängen. Die Giana aus der Gegenwart ist kein Vergleich zu der alten, der glücklichen, sorglosen Giana. Jetzt fühle ich mich viel zu kaputt und schwach, keine gute Partie für einen so starken, selbstlosen Mann wie Tarr.

Und was ist, wenn ich in ihm immer nur El Rojo sehe?

»Du solltest dich nicht länger vor ihr verstecken, Tarron«, höre ich Aldyr auf halbem Weg zur Tür sagen. Seine Hand fährt durch die Luft, wie als würde er jemandem auf die Schulter klopfen, doch da ist absolut nichts. Nur wieder dieses ungute Gefühl, beobachtet zu werden.

»Zwischen euren Seelen ist definitiv etwas, ganz zart und schwach«, fährt Aldyr fort und dreht sich nun zu mir um. »Und es liegt an euch, was daraus wird.«

»Wirklich?« Eine zweite Männerstimme, rauer als die von Aldyr, erklingt. Obwohl ich den Sprecher nirgends entdecken kann, reagiert mein Körper sofort darauf. Es ist Tarr, der mein Herz so zum Rasen bringt, und Tarr, der jetzt mitten in der Bibliothek auftaucht.

»Versteckt euch nicht länger voreinander«, sagt Aldyr mit Nachdruck in der Stimme, als er das Treppenhaus fast erreicht hat. »Ich weiß, es ist nicht leicht, über Gefühle zu sprechen. Aber manchmal ist es nötig, um sie zu verstehen.«

Damit verschwindet Aldyr aus der Bibliothek und lässt mich mit dem Mann zurück, der mich sowohl in meinen Träumen als auch im Wachleben verfolgt.

Wie konnte er so plötzlich auftauchen? Und dieses merkwürdige Gefühl ... War das Tarr?.

Panisch blicke ich mich nach einem Weg aus der Bibliothek um. Bücherstapel und übervolle Regale versperren mir jedoch jegliche Fluchtwege. *Hat er mich die ganze Zeit verfolgt?*

»Giana«, presst Tarr nun hervor und geht auf mich zu.

Abwehrend hebe ich die Hände, will nicht, dass er mir näher kommt. Die Angst breitet sich eiskalt aus, löscht sämtliche Gedanken in mir aus, bis nur noch ein Ziel bleibt: davonlaufen und mich vor der Wahrheit verstecken.

Das ist alles viel zu verrückt! Vollkommen verrückt!

KAPITEL 13
EIN GERISSENES
RAUBTIER

TARRON

Zwischen euren Seelen ist definitiv etwas, ganz zart und schwach. Und es liegt an euch, was daraus wird.

Versteckt euch nicht länger voreinander.

Aldyrs Worte hallen auch noch lange in mir nach, nachdem er und Giana die Bibliothek verlassen haben. Ich habe sie nicht aufgehalten, als sie an mir vorbeigehuscht ist. Dafür bin ich zu durcheinander über Aldyrs Aussage. Davon, was seine Worte zu bedeuten haben.

Giana träumt auch von mir, schießt es wieder und wieder durch meinen Kopf. Ich habe immer gehofft, dass dem so ist. Dass ich mir die vielen Stunden mit ihr in diesem lebendigen Wald nicht eingebildet habe. Wirklich geglaubt habe ich es jedoch nicht, auch dann nicht, als Königin Storm mich ermutigt hat. Jetzt rast mein Herz, wenn ich die Erinnerung an meinen letzten Traum mit Giana heraufbeschwöre. Was ich soeben gehört habe, verändert alles.

Heißt das ... Heißt das, sie war mit mir in diesem Traum?
Kopfschüttelnd drehe ich mich zur Tür um, durch die Giana verschwunden ist. Ihr scheint diese Nachricht rein gar nicht zu gefallen. Sie sah ängstlich aus, auch ein bisschen wütend.

Und sie wollte nicht, dass ich ihr näherkomme, denke ich missmutig und lasse die Schultern hängen.

»Königin Storm hatte recht«, wispere ich in der dunklen, einsamen Bibliothek. »Diese Träume bedeuten etwas. So viel mehr, als ich dachte.«

Seelenverwandte, so hat es Aldyr vorhin genannt. Ich kenne das Wort gut, denn so bezeichnet die Königin ihre Gemahlen. Seelen, die so eng miteinander verbunden sind, dass sie sich in ihrem nächsten Leben wiedersehen werden. Seelen, die sich perfekt ergänzen und voller Liebe füreinander sind.

Genau das, was ich mir ein Leben lang gewünscht habe, gestehe ich mir ein und spüre dennoch großen Widerstand. Ich habe schließlich einen Eid geschworen, bin eine Wache Castyas ohne Ansprüche auf Besitz und erst recht nicht auf eine solche Liebe.

»Und Giana will mich sowieso nicht«, wispere ich, meine Stimme kaum mehr als ein gebrochenes Zittern. Mein Herz zieht sich bei dem Gedanken daran zusammen, aber ganz kann ich Giana nicht aufgeben. Ich kann sie nicht einfach ziehen lassen, so traurig und verängstigt, wie sie ist.

Selbst wenn wir nicht zusammen sein können, kann ich mich um sie sorgen oder ihr eine Freude machen, denke ich, um den Schmerz in meinem Herzen zu lindern.

Ich ziehe die Nase hoch und nicke entschlossen. Mit eiligen Schritten verlasse ich die Bibliothek, steige Treppenstufe um Treppenstufe hinab und lasse das Gasthaus hinter mir.

In Castya bereitet man anderen eine Freude, indem man für sie sorgt. Indem man ihnen Essen bringt oder bei Reparaturen aushilft. Da es vermutlich nichts in Gianas Zimmer gibt, was repariert werden muss, muss ich eben etwas anderes finden, um ihr ein Geschenk zu machen. Im verwilderten Teil der Grey-Ländereien werde ich fündig. Eine fette Taube, die in der aufziehenden Dämmerung nach Nahrung auf dem taufeuchten Boden sucht. Mit meiner Gabe, mich unsichtbar zu machen, ist es mir ein Leichtes, sie zu fangen. Hier gibt es kein knarzendes Holz, das mich verraten könnte. Durch mein Training habe ich gelernt, mich im Freien anzuschleichen. Vollkommen lautlos bewege ich mich über den grünen Rasen. Das Tier hört mich nicht kommen und stirbt einen schnellen, schmerzlosen Tod.

Vor Gianas Zimmertür halte ich zehn Minuten später inne. Ich bin mir nicht länger sicher, ob das eine gute Idee ist.

Was ist, wenn es ihr nicht gefällt?

»Da gibt es nur einen Weg, es herauszufinden«, wispere ich und lege die tote Taube vor ihre Tür. In Castya hätte sich der Empfänger sehr darüber gefreut. Fleisch ist bei uns lange Zeit rar gewesen, aber gegen eine fette Taube hat niemand etwas einzuwenden, sicher auch Giana nicht.

Da es noch so früh am Morgen ist und ich nach der Reise durch den Rift einiges an Schlaf aufzuholen habe, lege ich mich noch etwas hin. Diesmal ist mein Schlaf traumlos. Keine Giana, die mich besucht. Aber auch keine Albträume.

Als ich am nächsten Morgen aufwache, schleiche ich mich zu allererst zu Gianas Zimmer, um nachzusehen, ob sie mein Geschenk gefunden hat. Es ist verschwunden. Ich wünschte, ich hätte ihr Gesicht gesehen, als sie es dort entdeckt hat.

Sie hat sich bestimmt gefreut.

Lautlos trete ich an die Tür und lausche, ob Giana noch in ihrem Zimmer ist. Ich höre nichts, aber als ich mich umdrehe und zur Küche gehen will, schallt mir durch ein geöffnetes Fenster am Ende des Gangs Louises Stimme entgegen und die einiger anderer Gasthausbewohner.

Ob Giana auch dort ist?

Blitzschnell beschwöre ich meine Magie herauf und mache mich unsichtbar, um nachzusehen. Aldyr hat uns zwar geraten, uns nicht mehr voreinander zu verstecken, aber nach Gianas Reaktion gestern Nacht ...

Ich sollte auf Distanz bleiben, sage ich mir und höre Selenas eindringliche Stimme in meinem Kopf, als sie mir von Gianas Trauma erzählt hat.

»Wenn das so leicht wäre ...«, füge ich verdrossen hinzu. Schon jetzt sehne ich mich nach ihrer Nähe, danach, sie lächeln zu sehen, auch wenn es nun eher traurig und schwach wirkt, statt voller Freude wie früher in meinen Träumen.

Solange ich nicht nach Castya zurückkehren kann, werde ich alles dafür tun, damit sie wieder so lächelt wie damals, schwöre ich mir voller Entschlossenheit und mache mich auf den Weg zu den anderen. Mittlerweile weiß ich, dass Giana und Louise eng miteinander befreundet sind. *Und wo Louise ist, ist Giana oft nicht weit.*

Ich finde sie zusammen mit Selena und Dorians Mutter auf der Terrasse beim Frühstück. Girlanden hängen überall herum und auf manchen Tischen steht noch dreckiges Geschirr und Besteck.

Ich sollte mich später nützlich machen und ihnen helfen, denke ich, bin im Moment aber zu neugierig, mehr über Giana zu erfahren.

Ich halte mich abseits, verstecke mich im Gebüsch am Rand der Terrasse. Auch wenn sie nie etwas gesagt hat, habe ich das Gefühl, dass Giana mich sehen oder zumindest spüren kann, selbst wenn ich für die Augen aller anderen unsichtbar bin.

Für alle außer Aldyr. Ich erschaudere. Als er mich in der Bibliothek entdeckt und direkt angesprochen hat ... *Wäre er nicht so freundlich und ruhig, wäre es mir unheimlich.*

Aldyr scheint sehr mächtig zu sein und weiß über Dinge Bescheid, die sich für mich wie ein Märchen angehört haben.

Seelenverwandte ... Mit einem Kopfschütteln vertreibe ich diesen Gedanken und konzentriere mich auf die vier Frauen am Tisch.

Ich bin weit genug von ihnen weg, dass ich Giana nicht auffallen werde. Ihrem Gespräch kann ich trotzdem zuhören. *Vielleicht finde ich so heraus, was ihr ihr Lächeln geraubt und sie so traurig gemacht hat.*

Dorians Mutter spricht gerade über das Institut in Arcania. Durch die Feier gestern, bei der ich viele Leute kennengelernt habe, habe ich auch erfahren, was das bedeutet. Arcania ist die Hauptstadt dieses Landes und das Institut ist mit dem Schutz all seiner Bewohner betraut, auch über die Grenzen Americas hinaus.

»Eine Gruppe unserer Agenten hat sich in den Untergrund eingeschleust. Sie suchen nach Hinweisen über El Rojos Aufenthaltsort«, erzählt Dorians Mutter. »Er ist wohl in seinem Club in New York untergekommen.«

El Rojo? Was ist das? Giana ist sofort zusammengezuckt, als sie diesen Namen gehört hat.

»Keine Sorge, Gia, es wird alles gut«, sagt Louise und zieht ihre Freundin in die Arme. »Bald haben sie ihn und dann kann er dir nicht mehr wehtun. Niemandem mehr.«

Ihn? Ihr nicht mehr wehtun?, denke ich überrascht und mache einen Schritt nach vorn, um besser hören zu können. *Ist El Rojo der Grund, weshalb Giana sich so verändert hat?*

Wut wallt in mir auf und lässt mich unvorsichtig werden. Das Gebüsch bewegt sich und ein Ast zerbricht unter meinem Fuß in den ungewohnten Schuhen aus Ashs Kleiderschrank.

»Immer diese Vögel«, murmelt jemand. Während sich die anderen nicht einmal umdrehen, trifft mich Gianas Blick.

»Gia? Was ist?«, fragt Louise.

Giana reagiert nicht, starrt einfach nur in meine Richtung, den Mund ein Stück geöffnet, die Hände zu Fäusten geballt.

»Giana, das war nur ein Vogel. Mach dir keine Sorgen«, sagt nun auch Selena und berührt sie sachte am Arm. »Hier kann er dir nichts tun.«

Giana stößt ein leises Seufzen aus, schüttelt den Kopf und wendet sich schließlich wieder von mir ab.

Erleichtert atme ich aus. Hätte sie mich enttarnt, wäre ich in Schwierigkeiten geraten. Ich weiß, dass ich anderen nicht einfach so auflauern sollte, aber in diesem Fall habe ich nur die besten Absichten. So erfahre ich immerhin mehr darüber, was Giana in den letzten beiden Jahren zugestoßen ist. Dass dieser Mann, dieses Monster sie und Louise, aber auch viele weitere Frauen gefangengenommen und gequält hat.

Es ist weit schlimmer, als ich angenommen habe, denke ich und balle die Hände zu Fäusten zusammen. Die Magie in mir gerät in Wallung und ich muss mich zusammenreißen, um meine Unsichtbarkeit aufrecht zu halten. Um nicht sofort loszustürmen und nach diesem Bastard zu suchen.

El Rojo ... Ich hasse solche Leute wie ihn. Leute, die anderen Schmerzen zufügen, sie terrorisieren und für immer mit Angst und Schrecken zeichnen. Das ist einer der Gründe, weshalb ich in den Wachdienst getreten bin: um die Schwächeren vor solchen Ungeheuern zu beschützen.

Jemand muss dieses Monster aufhalten, denke ich. Nach allem, was ich gehört habe, scheint Dorians Mutter zusammen mit dem Institut zwar genau das zu tun, aber ohne ihm näher zu kommen.

Sie stellen sich zu ungeschickt an, denke ich mit grimmiger Miene. Wenn man ein gerissenes Raubtier fangen will, darf man nicht wie ein zartes Häschen denken. Das ist ein altes Sprichwort aus Castya, das auch auf El Rojo zutrifft.

In Castya ist es lange Zeit meine Aufgabe gewesen, Jagd auf solche Raubtiere zu machen. Sie ausfindig zu machen, ist nie leicht gewesen. Hier, in einer mir vollkommen fremden Welt, wird es noch schwieriger, aber niemals unmöglich. Auch gerissene Raubtiere wie El Rojo machen Fehler. Auch sie haben Schwächen.

Wenn ich genug Informationen sammle, finde ich ihn.

Lautlos trete ich aus dem Gebüsch zurück. Wenn ich Giana seinen Kopf schenke, braucht sie sich nicht länger vor diesem Ungeheuer zu fürchten und kann vielleicht wieder lächeln.

Das ist mein ultimatives Geschenk an sie. Der Kampfgeist erwacht in mir, mahnt mich aber auch, vorsichtig zu sein.

Ein Raubtier zu jagen ist kein Spiel, sondern bitterer Ernst. Eine falsche Entscheidung, ein falscher Schritt kann mit dem Tod enden. Aber für das Glück meiner Traumfrau würde ich bis ans Ende der Welten gehen und hunderte solcher Raubtiere töten.

Alles, was Giana wieder lächeln lässt wie damals.

KAPITEL 14
LEISE WIE EINE KATZE

GIANA

Als wir zurück ins Haus gehen, entspanne ich mich wieder. Tarr kann uns unmöglich folgen ohne auf sich aufmerksam zu machen. Der alte Holzboden des Gasthauses würde ihn verraten, selbst wenn er sich noch so geschickt anstellt. Mit ihren guten Sinnen hätte Lou ihn sicher gehört oder gerochen. Und so wütend, wie er in der Nacht ausgesehen hat, wären Selena seine Gefühle sofort aufgefallen.

Ich riskiere einen Blick über die Schulter und erstarre. Der schwarze Schatten, den ich eben noch im Gebüsch habe lauern sehen, verfolgt uns. Er bleibt zwar auf Abstand, aber er ist da.

Weil ich weiß, dass ich mir dieses Gefühl, beobachtet zu werden, nicht einbilde, kann ich ihn nun besser wahrnehmen. Tarr verfolgt mich seit seiner Ankunft im Halfway House. Al hat es mir gestern bewiesen, als er Tarr geraten hat, sich nicht länger vor mir zu verstecken.

Und trotzdem tut er es noch, denke ich und kralle wütend die Hände in den Stoff meiner Jeans.

»Gia? Willst du doch lieber hierbleiben?«, fragt Louise, als sie meine Anspannung bemerkt. Sanft drückt sie meine Hand. »Du musst das nicht machen, wenn es dir zu viel ist, okay?«

Langsam schüttle ich den Kopf. *Das ist nicht das, wovor ich mich fürchte, Lou.*

Aber sagen kann ich es ihr nicht, warum mein Herz plötzlich so schnell rast. Warum mein Atem nur stockend und stoßweise kommt. Oder warum mein Magen rumort und mich wünschen lässt, ich hätte heute Morgen noch nichts gegessen.

Meine Angst vor Tarr ist viel zu groß, vor allem nach der deutlichen Warnung, die er am Morgen vor meiner Tür hinterlassen hat: eine tote weiße Taube, die mich aus ihren leblosen, schwarzen Knopfaugen angestarrt hat.

Das kann nur eines bedeuten: Tarr ist wütend.

»Giana? Möchtest du lieber im Gasthaus bleiben?«, fragt nun auch Agent van Zicht und dreht sich mit Selena zu uns um.

Ich schließe die Augen und wende dem Schatten hinter uns demonstrativ den Rücken zu. Wenn Louise und die anderen in meiner Nähe sind, wird Tarr mir nichts tun. Mit ihnen bin ich sicher. Nach ein paar tiefen Atemzügen habe ich mich einigermaßen beruhigt und schüttle den Kopf.

Ich will mitkommen, denke ich und greife nach Lous Hand. Sie soll wissen, dass ich ihr und allen anderen Opfern von El Rojo beistehen werde.

»Sicher?«, fragt Louise leise und ich nicke erneut.

Nach Arcania wird Tarr uns nicht folgen.

Kurz darauf erreichen wir die magische Portaltür des Halfway House. Ich habe mich nicht mehr umgedreht, spüre aber auch so, dass Tarr uns gefolgt ist. Eine Gänsehaut überzieht meine Arme und in meinem Magen kribbelt es unangenehm. Louises

Hand in meiner gibt mir jedoch Kraft. Sie hält mich davon ab, zurück in mein Zimmer zu rennen, um mich dort vor Tarr, aber auch vor El Rojo zu verstecken.

Das hier ist wichtiger, sage ich mir und reiße mich endlich zusammen. *Wir müssen El Rojo ein für alle Mal stoppen.*

Vielleicht finde ich dann auch den nötigen Mut, um Tarr gegenüberzutreten. Um mich für mein schamloses Verhalten in unseren Träumen zu entschuldigen. Deswegen ist er doch wütend auf mich, oder nicht? Oder liegt es daran, dass ich ihn zurückgewiesen habe?

Missmutig verziehe ich das Gesicht. *Verdammt! Warum musste er ausgerechnet jetzt auftauchen, wenn Louise und ich vor dem Institut aussagen sollen?*

»Bereit?«, fragt Agent van Zicht. Sie hat bereits die Hand gehoben, um die Portaltür zu öffnen, zögert allerdings, als sie meinen Blick bemerkt. »Giana?«

Louise und ich gucken uns an, dann nicken wir und straffen die Schultern.

»Dann los.« Agent van Zicht klopft dreimal gegen die Tür. Als sie sie aufzieht, enthüllt sie einen leuchtenden Wirbel aus Licht dahinter.

»Daran werde ich mich echt nie gewöhnen«, sagt Sel. Ehrfürchtig starrt sie in die chaotische Magie vor uns.

»Irgendwann schon«, sagt Lou und klopft ihr lächelnd auf die Schulter. »Man muss es nur oft genug machen.«

Louise weiß, wovon sie spricht. Vor unserer Entführung hat sie praktisch täglich die Portaltüren genutzt, um von Arcania nach New York City und wieder zurück zu gelangen. Damals, als sie noch als Eventplanerin gearbeitet hat. Damals, als wir noch nichts von El Rojos Hölle gewusst haben.

»Hier muss man zum Glück auch nichts dafür zahlen«, fügt Lou lachend hinzu und meint damit die Gebühr, die man bei

Nightingale's entrichten muss, deren Portale in ganz America verteilt sind.

Lou macht einen Schritt auf das Gleißen zu und schaut mich fragend an. »Sollen wir zusammen gehen?«

Ich zucke mit den Schultern, lasse dann aber ihre Hand los. Ich will Louise zeigen, dass ich das auch allein kann. Dass ich nicht vor allem und jedem Angst habe, seit die Agenten des Instituts uns aus dem *Infierno* befreit haben.

Hinter uns knarzt der Boden, doch drehe ich mich nicht um. Ich weiß auch so, dass Tarr uns nahe ist. Die Gänsehaut auf meinen Armen ist schlimmer geworden, seit ich seine Präsenz dicht hinter mir spüre.

Er wird nicht mitkommen. Er wird nicht mitkommen. Er wird nicht mitkommen, rede ich mir ein und drehe mich dann zur Tür um. Agent van Zicht verschwindet gerade im Gleißen.

»Wir sehen uns auf der anderen Seite, Ladies«, sagt Selena und winkt uns zu, ehe sie der Agentin folgt.

»Hast du auch Schritte hinter uns gehört?«, fragt Lou und blickt sich suchend auf dem Gang um. Anders als ich scheint sie Tarr nicht sehen zu können, aber ihr Gehör ist weit besser ausgeprägt als meines.

Ich schüttle den Kopf. So nah wie Tarr mir gerade ist … Er hätte nur die Hand ausstrecken müssen, um mir das Genick zu brechen, so wie er es bei der armen Taube getan hat.

»Müssen die Geister sein, von denen Rose uns erzählt hat«, murmelt Louise und wendet sich der Tür zu. »Noch kannst du bleiben, Gia.«

Wieder schüttle ich den Kopf. Ich lasse mir diese Chance, Tarr zu entkommen, ganz sicher nicht entgehen. Entschlossen dränge ich mich an Louise vorbei und steige in das magische Gleißen. Gerade, als ich glaube, es geschafft zu haben, spüre ich eine Hand in meiner. Sie ist größer als die meiner besten Freundin. Rauer. Und doch ist sie mir genauso vertraut wie die von Louise. So oft habe ich diese Hand in meinen Träumen in meiner gespürt. Auf meinem Körper, in meinem Haar.

Tarr ist mit mir durch die Tür getreten. Unsichtbar für meine Begleiterinnen ist er uns nach Arcania gefolgt.

Nein, nein, nein, nein, denke ich und würde am liebsten schreien, als ich in der Portalhalle der magischen Hauptstadt aus der Tür stolpere. Mir ist schwindelig und schlecht von der Reise durch pure Magie, aber mehr noch wegen meiner Angst.

Ich will nicht, dass er uns begleitet, bete, dass jemand ihn wahrnehmen, ihn aufhalten wird, doch weder Agent van Zicht, noch Selena scheinen ihn zu bemerken. Weil er sofort wieder auf Abstand gegangen ist.

Tarr weiß, was er tut. Dieser beunruhigende Gedanke lässt mich wimmern.

»Nicht sehr angenehm, hm?«, fragt Selena und stützt mich. Hinter mir kommt Louise durch die Portaltür. Sie hat keine Probleme mit den Nachwirkungen der Transportmagie.

»Hier, iss«, sagt Agent van Zicht und reicht mir ein buntes Bonbon. »Zucker hilft meistens.«

Zögerlich nehme ich es und lasse mich von Selena und Lou zum Ausgang führen. Obwohl ich den Blick starr auf den Boden gerichtet habe, spüre ich Tarrs Anwesenheit ganz deutlich.

»Riecht ihr auch Gewürze in der Luft?«, fragt Lou, bevor wir hinaustreten. »Da hat jemand zu viel Aftershave erwischt.«

»Kann schon sein«, sagt Selena mit einem Schulterzucken und geht voraus.

Nein, kein Aftershave, denke ich, als ein Schatten neben mich tritt. *Tarr.*

Das Institut von Arcania liegt nicht weit von der Portalhalle entfernt. Wir gehen zu Fuß und werden dabei von einer Gruppe Agentinnen begleitet, die vor der Halle auf uns gewartet haben.

Die Straßen sind wie leergefegt, aber in den Fenstern mancher Häuser sehe ich dennoch neugierige Gesichter auftauchen.

Haben sie das etwa alles wegen uns abgesperrt?

»Keine Sorge, hier wird nichts passieren«, versichert Agent van Zicht, als wir die Steinstufen zur Straße hinuntersteigen und uns auf den Weg machen. Als wir das riesige, historische Gebäude des Instituts erreichen, erwarten uns dort noch mehr Agentinnen. Schweigend säumen sie den Weg zum Eingang und nicken Lou und mir aufmunternd zu. Manche von ihnen haben sogar Tränen in den Augen.

Sind die alle wirklich wegen uns hier?, denke ich und blicke überrascht zu Lou hinüber. Auch sie hat Tränen in den Augen, hält den Kopf aber hoch erhoben.

Sie wird für uns kämpfen, denke ich und drücke die Hand meiner besten Freundin. So war sie schon immer, schon als wir noch jung waren hat sie die fiesen Kinder in ihre Schranken gewiesen und sich um die gekümmert, die sich nicht gegen sie wehren konnten. Und hat oft selbst einiges eingesteckt.

Die perfekte Gefährtin für den Alpha eines Werwolfsrudels, das in den letzten Jahren so viel durchgemacht hat.

Für einen Moment vergesse ich meine Angst. Stattdessen macht sich ein Glücksgefühl in mir breit, wie ich es seit unserer Entführung nicht mehr gespürt habe.

Endlich hat Louise ihr Happy End gefunden.

»Giana«, höre ich eine vertraute Stimme, als wir von hellem Sonnenschein in das düstere Foyer des Instituts treten.

Milo.

Ich schlucke, hatte ganz vergessen, dass mein Bruder nun Teil der Ermittlungen sein wird.

»Ich dachte, es könnte euch guttun, ein bekanntes Gesicht dabeizuhaben«, sagt Agent van Zicht und nickt meinem Bruder zur Begrüßung zu.

Heute trägt Milo wie seine Kollegen einen dunklen Anzug mit der silbernen Anstecknadel in Form eines *I* am Kragen. Es ist lange her, dass ich ihn so gesehen habe. Damals hat er noch so jung gewirkt, noch nicht bereit für den oftmals gefährlichen Job als Agent beim Institut.

Aber jetzt ist er perfekt hineingewachsen. Stolz schließe ich Milo in die Arme. Zwar wünschte ich, er würde nicht alles bis ins kleinste Detail über unsere Zeit bei El Rojo erfahren, aber mein Bruder ist fast genauso starrsinnig wie Louise. Jetzt, da er Teil der Taskforce ist, wird Milo nicht locker lassen, bis er El Rojo gefunden hat.

Sei vorsichtig, denke ich und blicke ihm tief in die dunklen Augen, die meinen so ähnlich sehen.

Ich will dich nicht an ihn verlieren.

»Kann's losgehen?«, fragt Milo.

Louise und ich nicken. Wir folgen ihm und Agent van Zicht durch eine Schranke ins Innere des Instituts. Kaum habe ich sie passiert, muss ich an Tarr denken. Auch als die Agentinnen uns abgeholt haben, ist er mir nicht von der Seite gewichen. Er ist immer einen Schritt hinter mir, sodass ich die Hitze spüre, die Tarr stets ausstrahlt. Auch jetzt ist er mir ganz nah, hat die Schranke unbemerkt passiert.

Er ist einfach drüber gesprungen, schießt es mir durch den Kopf. So leise wie eine Katze.

Heißt das, Hindernisse wie Schranken oder Türen können ihn aufhalten?

Für eine Sekunde durchfließt mich Erleichterung. Das bedeutet, dass ich mich in meinem Zimmer vor ihm verstecken kann. Mit meinem Schlüssel kann ich die Tür zusperren und verhindern, dass er mir folgt. Nur im Rest des Gasthauses kann ich ihm nicht entkommen. Das bringt das Herzrasen zurück und verängstigt mich so sehr, dass ich ins Stolpern gerate. Eine unsichtbare Hand hält mich fest, etwas zu grob, lässt mich aber wieder los, sobald sich Milo und Louise nach mir umdrehen.

»Alles okay, Gigi?«, fragt mein Bruder besorgt.

Ohne mich nach Tarr umzublicken, gehe ich weiter und versuche, mir nichts anmerken zu lassen. Die Angst will trotzdem nicht weichen, nicht solange ich Tarr so dicht hinter mir spüre.

Warum sieht ihn sonst niemand, verdammt? Warum ist er überhaupt mitgekommen?, denke ich, als ich mit den anderen durch die verwirrenden Gänge des Instituts gehe.

Reicht es nicht, dass er mir im Halfway House ständig über den Weg läuft?

Die tote Taube war sicher erst der Anfang. Indem Tarr uns begleitet und von meiner Tortur erfährt, wird er weitere Wege finden, um mir Angst einzujagen.

Und alles nur, weil du dich nicht zügeln konntest ...

KAPITEL 15
ERINNERUNGEN

TARRON

Ich habe ihre Hand gehalten, habe sie gestützt und bin Giana so nah gekommen, wie noch nie im Wachleben. Ich konnte sie einfach nicht allein lassen, wenn sie sich ihren Erinnerungen an dieses Ungeheuer stellt. Ich wollte Giana beistehen und bin wie ein Verrückter in diese magische Tür gestiegen, ohne zu wissen, was mich auf der anderen Seite erwartet.

Ich habe ihre Hand gehalten, denke ich wieder und spüre ein Echo ihrer zarten Haut auf meiner. Meine Finger kribbeln noch dort, wo ich sie berührt habe. Nie hätte ich gedacht, dass ich das mal tun würde. Dass ich der Frau aus meinen Träumen im Wachleben einmal so nahe kommen würde.

Und damit wirst du dich zufriedengeben müssen. Zu gut erinnere ich mich an Gianas Reaktion. An die ängstlichen Blicke über die Schulter, daran, wie sie jedes Mal zusammengezuckt oder sogar erstarrt ist, wenn ich ihr näher gekommen bin.

Konzentriere dich auf deine Suche, Tarr, rede ich mir ein, während ich ihnen folge.

Je mehr ich über El Rojo rausfinde, umso schneller kann ich Gianas Lächeln zurückbringen.

Vorhin, als sie die wartenden Frauen vor dem Gebäude gesehen hat, habe ich es erahnen können. Nur für Sekunden, aber ich bin diesen Frauen dankbar, dass sie Giana und Louise beistehen und ihnen ihren Respekt zollen. Einige von ihnen haben wütend ausgesehen, genau wie ich mich innerlich fühle, andere von ihnen hatten Tränen in den Augen.

Was den beiden passiert ist ... Es muss furchtbar gewesen sein, denke ich mit wachsendem Unbehagen.

Agent van Zicht scheint um ihre Sicherheit zu fürchten, auch wenn sie Giana und Louise immer wieder versichert hat, dass nichts geschehen wird.

Warum sonst hätte uns eine solche Eskorte begleitet? Sogar die Straßen sind menschenleer gewesen, als wären sie zuvor abgeriegelt worden. Einem Leibwächter der Könige von Castya fällt das schnell auf.

Giana wird nichts passieren. Ich strecke die Hand nach ihr aus, ohne sie zu berühren. *Bis ich nach Castya zurückkehren muss, passe ich auf sie auf.*

Gianas Bruder führt uns in einen fensterlosen Raum. Ein langer Tisch befindet sich in der Mitte mit genug Stühlen für alle Anwesenden. Auch Getränke und Gebäck stehen bereit. Giana lehnt beides ab. Sie ist ganz bleich und Schweiß steht ihr auf der Stirn. Den Blick hat sie fest auf den Boden oder auf die glänzende Tischplatte gerichtet.

»Ich hätte euch gern an einen schöneren Ort gebracht, aber hier sind wir ungestörter«, sagt Milo mit entschuldigendem Blick und setzt sich neben Agent van Zicht. Selena, Louise und Giana haben ihnen gegenüber Platz genommen.

Ich ziehe mich in eine Ecke zurück und bin froh, dass mich bisher niemand bemerkt hat. Außer Giana und Aldyr scheint mich niemand sehen zu können.

Louise hätte mich fast entdeckt. Nachdenklich mustere ich Gianas Freundin. *Vielleicht ist doch was an den Geschichten dran, die Markos und Tony mir bei der Feier erzählt haben. Vielleicht sind sie tatsächlich Wölfe. Das würde zumindest die Biester erklären, die ich bei meiner Ankunft gesehen habe.*

»Ich zeichne dieses Gespräch auf. Ist das okay für euch?«, fragt Agent van Zicht und zieht einen kleinen Gegenstand aus ihrer Jackentasche hervor.

»Natürlich«, sagt Louise und auch Giana nickt.

Schweigend beobachte ich, wie Agent van Zicht das Ding auf den Tisch legt und dann eine Reihe von Informationen verliest. Erst dann bittet sie Louise, ihre Geschichte zu erzählen.

»Nimm dir ruhig Zeit, Louise. Wenn es zu viel für euch wird, können wir ein andermal weitermachen, okay?«, sagt sie mit einfühlsamem Blick und schaut erst Louise, dann Giana an.

Die beiden sehen sich an, ehe sie nicken und Louise ihren Bericht beginnt. Giana hält ihre Hand, ihre wunderschönen Augen sind geschlossen. Immer wenn Louise über besonders schlimme Momente ihrer Gefangenschaft spricht, verzieht sie wimmernd das blasse Gesicht.

Was ich in der nächsten Stunde über El Rojo erfahre, bringt die Wut in mir zum Kochen. Meine Magie kann ich kaum noch aufrecht erhalten, um mich weiter zu verbergen.

»Mein Vater hatte Schulden bei El Rojo«, beginnt Louise mit leiser Stimme, den Blick fest auf ihre verschränkten Hände gerichtet.

»Charles Bellard, richtig?«, fragt Milo mit einem Blick auf den Papierstapel, der vor ihm und Agent van Zicht liegt.

Sie nickt. »Weil er sie nicht zurückgezahlt hat, hat er mich entführen lassen. Und Giana …«

Louise schluchzt auf und verbirgt das Gesicht in ihrer freien Hand. »Sie war einfach zur falschen Zeit am falschen Ort.«

Ein Weinkrampf schüttelt sie und zeigt, wie schuldig sich Louise dafür fühlt. Giana ist ihr nicht böse, sondern nimmt sie mit tränenfeuchten Augen fest in den Arm, bis sie sich wieder beruhigt hat.

»Wir waren nicht hübsch genug für sein Harem, oder nicht gut genug, ich weiß es nicht«, sagt sie nach einigen Minuten der Stille. Die Agentin hat ihr eine Schachtel Papiertücher zugeschoben und Selena fährt ihr sanft über den Rücken.

»Vielleicht hat uns das gerettet«, wispert Louise und lässt den Kopf hängen. Sie braucht eine Weile, bis sie wieder reden kann. Genauso lange dauert es, bis sich mir die Bedeutung ihrer Worte erschließt.

Harem. Diesen Begriff habe ich bisher nicht gehört, aber durch Louises stockende Schilderungen wird mir klar, dass El Rojo ein noch größeres Ungeheuer ist, als ich gedacht habe.

»Er hat uns auch unsere Lebensenergie entzogen, aber nicht wie bei den anderen. Und nicht so oft. Meistens hat er uns nur schuften lassen, bis wir vor Erschöpfung fast umgefallen sind. Giana noch mehr als mich.« Mit gequältem Blick drückt Louise die Hand ihrer Freundin.

Giana ist ganz still, aber auf ihrem Gesicht spiegeln sich eine Reihe an Emotionen. Angst kann ich mittlerweile sehr gut in ihrem Blick lesen. So wie Giana die Hände zu Fäusten ballt, scheint sich allmählich auch die Wut in ihr zu regen.

Keine Sorge, Giana, ich werde ihn für dich töten, denke ich und trete ein Stück näher, um ihr zu zeigen, dass ich für sie da bin. *Und davor werde ich diesen Mistkerl schön leiden lassen.*

»Darf ich fragen, was du damit meinst? Inwiefern hat sich das von El Rojos anderen Opfern unterschieden?«, fragt Milo in die Stille hinein.

Louise saugt die Luft ein und muss offenbar all ihren Mut zusammenkratzen, um diese Frage zu beantworten: »Er ... Er musste nicht ... Er hat uns nie so angefasst, wie ...«

Zischend stößt Giana den Atem aus und presst die Augen fest aufeinander. Mit einer Hand klammert sie sich an die Armlehne ihres Stuhls, die andere liegt fest in Louises Hand.

»Er musste sich nur vor uns stellen und dann war es, als hätte er sie eingesogen ...« Louise erschaudert. Ihre freie Hand fährt durch ihre kinnlangen Haare und klammert sich an der Tischplatte fest. »Anders als das hat er uns nicht angefasst, uns höchstens geschlagen.«

»Das ist neu«, wispert Agent van Zicht. Sie und Milo wirken beunruhigt.

»Hat das etwas zu bedeuten?«, fragt Selena und mustert die beiden Agenten mit zusammengezogenen Brauen.

Milo nickt und wirft seiner Schwester einen langen Blick zu, ehe er antwortet: »Inkuben wie er brauchen ein gewisses Maß an ... Körperkontakt, um sich zu ernähren, ähnlich wie bei dir.«

»Aber?«, fragt nun auch Louise und blickt zu ihm auf.

»Die ersten in einer Linie sind meist stärker«, sagt Selena mit schwacher Stimme. »So hat es mir Earl erklärt.«

»Genau. Wahrscheinlich ist er der direkte Sohn einer Sirene und eines Vampirs«, bestätigt Milo. »Das macht El Rojo um einiges gefährlicher, als wir bisher angenommen haben.«

»Dann ist es kein Wunder, dass er uns immer einen Schritt voraus war«, wispert Agent van Zicht und fährt sich seufzend übers Gesicht. »Wenn er die Gabe der Sirenen geerbt hat.«

»Gabe der Sirenen?«, fragt Selena. Auch Giana und Louise sind hellhörig geworden und blicken zu ihnen hinüber.

»Manche Sirenen können die Zukunft sehen, anders als Do und ich, aber ...«, murmelt Agent van Zicht und schlägt mit der Faust auf den Tisch. »Verdammt, das muss es sein!«

Erschrocken zuckt Giana zusammen und weicht zurück.

»Entschuldige«, bittet Agent van Zicht und atmet tief durch, als müsste sie sich zusammenreißen. »Kannst du uns erzählen, was du im *Infierno* gesehen hast? Wenn ihr für ihn geputzt habt, hattet ihr sicher Zugang zum gesamten Club, richtig?«

Louise wimmert leise, nickt aber. Als sie beschreibt, was sie und Giana während ihrer Gefangenschaft beobachtet haben, wird mir kotzübel vor Wut und Entsetzen.

Dass es solche Monster überhaupt geben kann!

Wütend balle ich die Hände zu Fäusten und muss mich arg zusammenreißen, um nicht sofort aus dem Zimmer zu stürmen und mir diesen Bastard vorzunehmen. Wo ich mit der Suche anfangen soll, weiß ich nicht. Ich werde ihn schon zu fassen bekommen, selbst wenn es das Letzte ist, was ich tue. Nicht einmal Königin Storm und ihre Gemahlen könnten mir dann verübeln, dass ich meinen Eid brechen musste.

Während Louise ihren Bericht fortsetzt, hat Giana neben ihr zu weinen begonnen. Lange wird sie nicht mehr durchhalten, scheint sich nach und nach in ihren Emotionen zu verlieren.

Das lasse ich nicht zu, denke ich und trete hinter sie. Auch wenn ich mich dadurch vielleicht verrate, lege ich Giana eine Hand auf die Schulter. Ich will ihr zeigen, dass ich für sie da bin. Dass ich sie von nun an beschützen werde, solange wir beide durch diese Welt wandeln.

Und selbst danach ... Ich werde einen Weg finden, Giana glücklich zu machen, angefangen mit der Jagd nach El Rojo.

KAPITEL 16
WIE GEHT ES JETZT WEITER?

GIANA

Zuzuhören, wie Louise von unserer Zeit bei El Rojo berichtet, und zu wissen, dass Tarr jedes einzelne Detail mitbekommt, raubt mir meine gesamte Kraft und Selbstbeherrschung. Nicht dass ich seit meiner Befreiung viel von beidem übrig hätte. Es fällt mir schwer, mich nicht in meinen eigenen Erinnerungen an unsere Gefangenschaft zu verlieren. Immer wieder flackern sie vor meinen Augen auf und jedes Mal ist es anstrengender, sie von mir zu stoßen. Sie in die Dunkelheit zu verbannen und Louise einfach nur beizustehen.

Was denkt er wohl?, frage ich mich nicht zum ersten Mal, als ich im Augenwinkel eine Bewegung ausmache. Tarr hat das Gewicht verlagert, doch traue ich mich nicht, mich nach ihm umzudrehen. Sein Gesicht kann ich sowieso nicht erkennen, habe keine Ahnung, ob ihn das kalt lässt, oder er mich am Ende nur noch als erbärmliches Häufchen Elend sehen wird.

Vielleicht lässt er mich danach endlich in Ruhe, denke ich und zwinge mich, meine Aufmerksamkeit wieder auf Louise zu richten, ihre Hand zu halten und ihr dabei zu helfen, für uns beide zu sprechen.

Oder er nutzt dieses Wissen aus, um mich noch mehr zu terrorisieren, schießt es mir durch den Kopf und lässt mich wimmern. Das Bild der toten Taube auf meiner Türschwelle kommt mir in den Sinn, vermischt sich mit den Erinnerungen an El Rojos Hölle. Die Taube ist nicht das einzige Lebewesen mit gebrochenem Genick gewesen, das vor mir gelegen hat.

Als Louise von den Dingen berichtet, die sie mitangesehen hat, verliere ich meinen Anker in der Realität. Wie ein Tsunami türmen sich die Erinnerungen auf und drohen, über mich hereinzubrechen, mich mitzureißen in ihrer tödlichen Flut.

Gerade, als ich denke, ich könnte es nicht länger aushalten, spüre ich, wie Tarr hinter mich tritt. Innerhalb von Sekunden überzieht eine Gänsehaut meinen Körper. Mein Herz pocht, während ich abwarte, was er nun tun wird. Dann liegt seine Hand plötzlich auf meiner Schulter, ganz sanft und warm.

Kurz riskiere ich einen Blick zu ihm hinauf, erkenne aber nichts als einen dunklen Schatten, der neben mir aufragt. Ich sollte Angst haben, doch schafft Tarr es in diesem Moment, mich zu beruhigen. Mir eine starke Verbindung zum Hier und Jetzt zu geben, sodass ich nicht mehr von den Erinnerungen heimgesucht werden kann.

»Danke, Lou. Das war sehr ... aufschlussreich«, sagt Milo, nachdem Louise ihren Bericht beendet hat. Wahrscheinlich muss auch er erst einmal verarbeiten, was er gerade gehört hat. »Alles okay, Gigi?«

Ich schniefe und zwinge mich, zu nicken, obwohl das genaue Gegenteil der Fall ist. Ich dachte, ich wäre gefasster, dachte, ich würde nicht mehr so sehr von der Vergangenheit beeinflusst werden.

Du bist noch schwächer, als du aussiehst, denke ich und erschaudere, als Tarrs Hand verschwindet. Dort, wo er mich berührt hat, weicht die beruhigende Hitze seiner Finger nun eisiger Kälte.

»Wie geht es jetzt weiter?«, fragt Selena und spricht damit eine der Fragen aus, die sich auch mir stellen.

»Müssen wir noch weiter aussagen? Oder reicht das?«, fügt Louise hinzu.

»Vorerst nicht«, sagt Agent van Zicht und greift über den Tisch, um unsere verschränkten Hände zu drücken. »Sollten wir weitere Fragen haben, melden wir uns bei euch, aber damit habt ihr uns schon sehr weitergeholfen.«

Lou hat euch weitergeholfen. Ich sitze hier nur dumm rum.

»Okay …« Erleichtert stößt meine beste Freundin die Luft aus. So entschlossen sie auch gewesen ist, für Gerechtigkeit zu sorgen, hat sie die Befragung doch weit mehr mitgenommen, als sie vor mir zugeben würde. Lou ringt sich zwar ein Lächeln ab, als sie meinen Blick bemerkt, ihre Mundwinkel zucken jedoch vor Anstrengung. Ihre Augen strahlen nicht so wie früher.

»Dass El Rojo der Erste einer Linie sein könnte, werden wir definitiv verfolgen«, fügt Milo hinzu und Agent van Zicht nickt: »Agent Howard und ich werden das übernehmen.«

Sie wirft meinem Bruder einen Blick zu, den ich nicht ganz deuten kann. Eine Mischung aus Besorgnis und Bewunderung.

Fragend schaue ich zu Milo auf. *Was ist mit dir?*

Er seufzt und weicht meinem Blick aus. »Ich werde mich den Ermittlern anschließen und im Untergrund nach El Rojos Spuren suchen.«

Was? Entgeistert springe ich von meinem Stuhl auf. *Das kann nicht dein Ernst sein!*

»Giana, beruhige dich«, bittet er und hebt die Hände.

Wut und Panik ringen in mir miteinander. Sie rauben mir die Kontrolle über meine Magie. Es knistert. Schwarze Funken steigen um mich auf und wecken weitere Erinnerungen, älter als die an El Rojos Hölle, aber mindestens genauso schlimm.

»Giana?« Louise klingt panisch. Bisher hat sie meine Magie noch nicht in Aktion gesehen und reagiert wie jeder andere. Die Dunkelheit in uns Alcari-Hexen scheint jeder zu spüren, aber dann ist es meistens schon zu spät.

Scharf sauge ich die Luft ein und wende mich von ihnen ab. Es braucht mehrere tiefe Atemzüge, bis ich mich beruhigt und meine Magie zurückgerufen habe. Ich will ihnen nicht wehtun, aber wenn Milo so etwas ohne Vorwarnung verkündet ... *Wie kann ich da nicht vor Entsetzen die Kontrolle verlieren?*

»Du brauchst dir keine Sorgen um mich zu machen, Gigi«, sagt er und kommt um den Tisch herum, um mich in den Arm zu nehmen. »Ich mache das nicht zum ersten Mal, und ich bin verdammt gut darin. Sonst wäre ich nicht Teil der Taskforce.«

Beruhigend streicht Milo mir über den Rücken. Seine Seele leuchtet vor Entschlossenheit. Ich werde ihn nicht abbringen können. Er ist fast genauso stur wie Louise.

»Und er wird nicht allein sein. Neben ihm haben wir eine Handvoll weiterer Agenten ausgewählt, die deinem Bruder beistehen werden«, fügt Agent van Zicht hinzu und erhebt sich von ihrem Platz. »Nur die Besten für diese Mission.«

»Bist du sicher, dass du so viel riskieren willst, Milo?«, fragt Louise. Sie klingt so besorgt, wie ich mich fühle. Milo ist auch für meine beste Freundin wie ein Bruder, so viel Zeit wie wir als Jugendliche miteinander verbracht haben.

»Ja, bin ich«, sagt Milo und zieht auch Louise mit in unsere Umarmung. »Das ist das Einzige, was ich tun kann, um euch zu helfen.«

»Aber, du musst nicht ...«, setzt Louise an, wird allerdings von Milos Kopfschütteln unterbrochen.

»Das ist aber meine Pflicht, Bonus-Schwester«, sagt Milo grinsend und wuschelt uns durch die Haare wie früher.

Vor einigen Jahren noch hätten wir uns lautstark bei ihm beschwert, aber jetzt müssen wir beide lachen. Wie oft habe ich mich während unserer Gefangenschaft genau danach gesehnt?

»Wann wirst du gehen?«, fragt Louise, als wir uns wieder etwas von diesem Schock beruhigt haben.

»So bald wie möglich«, sagt Milo mit einem kurzen Blick auf Agent van Zicht. »Davor gibt es aber noch eine wichtige Sache, die ich erledigen muss. Mit Dad.«

Milo tritt zurück und entlässt Louise und mich aus seiner Umarmung.

Mit Daddy? Ich begreife erst, was er meint, als sich Milo Selena zuwendet: »Er hat seit der Feier sämtliche Grimoires durchgesucht und ein passendes Ritual gefunden, mit dem es klappen könnte.«

»Du meinst ... Ashs Dämon?«, fragt Selena atemlos.

Milo nickt. »Gerade wäre auch der perfekte Zeitpunkt. Bei Neumond sind unsere Kräfte besonders stark.«

»Heute?« Nicht nur Selena saugt überrascht die Luft ein.

Milo zuckt mit den Schultern. »Das kommt darauf an, wie gut Dad mit den Vorbereitungen durchkommt. Aber jetzt ist vielleicht unsere einzige Chance für eine längere Zeit. Es kann dauern, bis wir El Rojo aufgespürt haben. Und allein schafft es Dad nicht.«

»O ... Okay«, sagt Selena und stößt ein erleichtertes Lachen aus. »Hätte nicht gedacht, dass es so schnell geht.«

»Ich auch nicht, aber wenn wir euch damit für alles danken können, was ihr für Giana und Louise getan habt ...«

»Das haben wir doch gern gemacht«, sagt Selena und legt uns beiden mit einem glücklichen Lächeln den Arm um die Schultern. »Und würden es immer wieder tun.«

»Trotzdem ...« Milo seufzt und fährt sich über die Augen. Sie glänzen verräterisch. »Ich sage euch Bescheid, sobald Dad bereit ist. Kann sein, dass es erst morgen der Fall ist, aber recht viel länger wird es nicht dauern.«

»Ist gut. Ich informiere Ash und die anderen«, entgegnet Selena mit einem glücklichen Lächeln auf ihren vollen Lippen. »Wenn es was gibt, was wir bei uns vorbereiten sollen ...«

»Ich sage Dad, dass er sich mit Ash und Earl in Verbindung setzen soll«, verspricht Milo und nickt uns entschlossen zu.

Tränen sammeln sich in Sels Augen. »Passiert das gerade wirklich?«

Milo nickt und drückt ihr aufmunternd die Schulter. Ihre Seelen strahlen regelrecht. Teilen kann ich diese Freude nicht. Am liebsten würde ich sie anschreien, ja die Finger von diesem Ritual zu lassen. Aber es kommt kein Wort über meine Lippen.

»Seid ihr schon bereit für den Rückweg oder wollt ihr euch noch einen Moment ausruhen?«, fragt uns Agent van Zicht.

»Ich bin froh, wenn ich hier rauskomme, oder was sagst du, Gia?«, fragt meine beste Freundin und guckt sich missmutig im Konferenzraum um. So wie ich Louise kenne, fehlt ihr die frische Luft und der Blick ins Freie.

Geht mir auch so.

»Dann mal los.« Agent van Zicht drückt meine Schulter und berührt dabei eben jene Stelle, an der ich vorhin Tarrs Hand gespürt habe. Mein Herz macht einen Satz und ich taumele zurück.

»Es tut mir leid, das wollte ich nicht, Giana«, höre ich die Agentin sagen, bin jedoch viel zu abgelenkt von den starken, unsichtbaren Armen, die mich aufgefangen haben. Mein Herz gerät ins Stolpern. Mir wird plötzlich ganz schwindelig, so wie immer, wenn Tarr mich in unseren Träumen berührt hat.

Doch heute machen mir diese Gefühle, die er in mir auslöst Angst. So viel Angst, dass ich einen Satz nach vorn mache und mich so aus seinem Griff befreie. Denn der Anblick der toten Taube will mir auch jetzt nicht aus dem Kopf.

KAPITEL 17
EIN SPRICHWÖRT-
LICHES HÜHNCHEN

TARRON

Nachdem ich Giana, Selena und Louise durch die magische Tür ins Gasthaus begleitet habe, ziehe ich mich in den Garten zurück. Aber erst, nachdem ich mich versichert habe, dass sie sicher in ihrem Zimmer angekommen ist. Das Geräusch des sich drehenden Schlüssels verrät mir, dass sie lieber allein sein möchte. Nach allem, was ich gehört habe, geht es mir auch so.

Louises Bericht hat eine unbändige Wut in mir geweckt, die ich nur schwer kontrollieren kann. Was Gianas Freundin uns erzählt hat, schockiert mich noch immer so sehr, dass es nur einen Ausweg gibt: draußen an der frischen Luft mit viel Bewegung darüber nachzudenken.

Beim Spazierengehen kommen mir immer die besten Ideen. All meine Strategien sind entstanden, während ich in meinen freien Stunden durch die Gärten des Palasts von Castya gewandelt bin. Hier im Halfway House gibt es deutlich mehr Grün. Blumen und Bäume stehen in voller Pracht und die Büsche wuchern so sehr, dass sie längst beschnitten werden müssten. Sie erinnern mich an den Wald aus meinen Träumen, Gianas und mein Treffpunkt.

Die Kraft der Natur hilft mir, meine Wut unter Kontrolle zu bringen. Dennoch flammt sie immer wieder aufs Neue in mir auf, wenn ich daran denke, wie sehr das alles noch immer auf Gianas schmalen Schultern lastet. Während Louises Bericht habe ich meine Traumfrau keine Sekunde aus den Augen gelassen. So habe ich sofort gesehen, welche Auswirkungen die Tyrannei dieses Monsters noch immer auf sie hat. Es war fast so, als könnte ich es selbst spüren: Gianas Todesangst. Etwas so Furchtbares habe ich zuletzt verspürt, als man vor vielen Jahren mein Dorf angegriffen hat. Als ich dabei habe zusehen müssen, wie eine Horde Räuber meine Nachbarn, Freunde und Familienmitglieder ermordet hat.

Und Enrik, meinen Brudergemahl, denke ich. Das ist der Grund, weshalb ich überhaupt nach Castya gegangen bin: um Rache für sie zu nehmen und die Schwachen zu beschützen.

Und ich werde Giana und Louise, aber auch all die anderen beschützen, die dieser Bastard terrorisiert hat, denke ich, als ich entschlossen einen Trampelpfad entlangstapfe. Wo genau ich hingehe, ist mir egal. Hauptsache ich kann nachdenken. Die Bewegung hilft, meine Emotionen im Griff zu halten, aber das ändert sich schlagartig, als Selena plötzlich mit finsterem Blick vor mir auftaucht.

»Ich hab' ein Hühnchen mit dir zu rupfen, Tarron«, sagt sie und packt mich grob am Arm. Obwohl sie so klein ist, ist sie erstaunlich stark.

»Natürlich ... Ich helfe dir gern in der Küche«, sage ich, was sie abrupt innehalten lässt.

»Ein sprichwörtliches Hühnchen.«

»Hm?« Noch eine Redewendung, die mir nicht geläufig ist?

»Du warst dabei, stimmt's?«, fragt Selena, als wir eine Bank erreichen. Mit forschem Blick bedeutet sie mir, mich zu setzen.

»Wo dabei?«, entgegne ich vorsichtig, kann mir aber schon denken, was sie meint.

»In Arcania. Beim Institut«, sagt sie und lässt sich neben mir nieder. »Du bist uns gefolgt.«

»Giana ...«, verbessere ich sie und räuspere mich. Meine Stimme klingt ganz heiser. »Ich bin Giana gefolgt.«

»Habe ich dir nicht gesagt, dass du Abstand zu ihr halten sollst?«, fragt Selena und verschränkt die Arme vor der Brust. »Du musst doch gesehen haben, wie sie leidet, oder nicht?«

»Ja, aber ... Ich konnte sie nicht allein lassen«, erwidere ich und lasse den Kopf hängen. »Ich wollte sie nicht schon wieder verlieren.«

Selena schnaubt. Aus dem Augenwinkel sehe ich, wie sie den Kopf schüttelt. »Schon wieder verlieren? Das klingt ja fast so, als würdest du Giana kennen?«

»Besser als du denkst«, gebe ich zu. Bei der Erinnerung an meine Träume mit Giana gerät mein Herz ins Stolpern.

»Ach, ja?«, fragt Selena und klingt nun eher verwundert.

Zögerlich begegne ich ihrem Blick. »Aus meinen Träumen.«

»Aus deinen Träumen?«, fragt Selena zweifelnd. Den Blick hat sie auf mich gerichtet, auf meinen Brustkorb, als würde sie tiefer blicken bis hinein in mein Herz.

Seufzend nehme ich meinen Mut zusammen und erzähle ihr davon. Davon, dass ich seit Jahren von Giana träume. Dass sie sich einen Platz in meinem Herzen erschlichen hat, lange bevor ich sie im Wachleben getroffen habe. Auch von unserem Gespräch mit Aldyr letzte Nacht.

»Das ist ... sehr interessant«, murmelt sie und blickt nachdenklich in die Ferne. »Und Al hat das wirklich zu euch gesagt? Er hat wirklich *Seelenverwandte* gesagt?«

»Mhm«, mache ich. Ein Teil von mir denkt noch immer, ich könnte mir all das bloß eingebildet haben.

»So viel hat er selten gesprochen«, sagt Selena und stößt langsam die Luft aus. »Aber wenn er das sagt …«

»Du glaubst ihm also?«, frage ich, weil ich mir noch nicht sicher bin. Ich kann Rosaleen Greys schweigsamen Gefährten einfach nicht einschätzen.

»Al ist … speziell. Sehr speziell. Er weiß mehr darüber, was zwischen Himmel und Erde passiert, als jeder andere«, erklärt Selena und blickt mich aus ihren großen blauen Augen an. Ein schwaches Lächeln erscheint auf ihren Lippen. »Er ist keiner, der einfach so etwas behauptet, das sich hinterher als falsch herausstellen könnte.«

Ich lache leise. »Das passt eher zu Dorian, richtig?«

»Richtig«, sagt Selena und klingt ein bisschen überrascht. »Storm muss dir sehr viel über ihr Leben hier erzählt haben.«

Ich nicke. »Wir hatten viel Zeit zu überbrücken …«

Kurz wandert meine Hand zu meinem Kopf, fährt über die große Narbe, die sich versteckt unter meinem dichten Haar über meinen Schädel zieht. »Aber jetzt da ich hier bin, kommt es mir so vor, als hätte ich überhaupt keine Ahnung.«

»Kann ich mir vorstellen. Ist sicher sehr überwältigend«, sagt Selena und klopft mir aufmunternd auf den Rücken. »Und dann findest du auch noch die Frau aus deinen Träumen …«

Ich nicke. »Fühlt sich auch fast wie ein Traum an.«

Ein plötzlicher Schmerz in meinem Arm lässt mich zu Selena herumfahren. Sie hat mich in die Haut gezwickt. »Was soll das?«

»Das macht man hier so, wenn jemand was nicht glauben kann«, sagt sie grinsend und zuckt die Schultern. »Wenn es wehtut, ist es echt.«

»Seltsamer Brauch …«

»Ist wohl auch was, was dir Storm nicht erzählt hat.«

»Sieht so aus.«

»Okay, also du und Giana ... Da ist irgendwas zwischen euch und ihr träumt voneinander und ... Tarr?«, murmelt sie nach einer Weile und blickt mich plötzlich wieder so finster an. »Sag mir nicht, dass die Taube aus dem Mülleimer von dir war.«

»Mülleimer? Sie hat sie weggeschmissen?«, frage ich enttäuscht. Ich dachte, Giana hätte Selena die Taube gebracht, um daraus einen Braten zuzubereiten, aber das ...

»O Tarr, du musst echt noch viel lernen, wenn du auf der Erde klarkommen willst«, sagt Selena lachend.

»Das ist nicht lustig«, entgegne ich missmutig. »Giana hat mein Geschenk nicht angenommen.«

»Also, als Geschenk würden das die wenigsten betrachten«, entgegnet Selena mit tadelnder Stimme. »Eher als Drohung.«

»Drohung?«, frage ich erschrocken. »Das ... Das wollte ich doch gar nicht. In Castya ...«

Enttäuscht schüttle ich den Kopf. Kein Wunder, dass Giana mich so voller Angst angesehen hat. Das war nicht nur wegen dieser Befragung heute.

Es war wegen mir. Weil sie vor mir Angst hatte.

Ein Fluch kommt mir über die Lippen.

»Na, na. Ich weiß zwar nicht, was das bedeutet, aber hier wird nicht geflucht, klar?«, murrt Selena und steht von ihrem Platz auf. »Außerdem kann man das sicher wieder richten.«

»Aber wie?«, frage ich und wünschte, Königin Storm hätte mir noch mehr über die Bräuche auf der Erde erzählt.

»Geh zu Rose. Sie ist hinten im Garten«, rät mir Selena und deutet in die andere Richtung des Grundstücks. »Frag sie, ob du ein paar Blumen pflücken kannst. Das gefällt Giana sicher mehr. Sie liebt die Blumen aus Roses Garten.«

»Blumen ...«, murmele ich und entdecke ein paar gelbe auf dem Rasen hinter unserer Bank. »Die da?«

158

»Nein, das ist Unkraut«, entgegnet Selena leise lachend.

»Aber die sind doch schön. So gelb und hier gibt es ganz viele«, sage ich. Wenn man es so sieht, ist die ganze Wiese mit ihnen überzogen.

Augenrollend schiebt mich Selena den Pfad entlang. »Rose hat viel schönere.«

»Noch schönere?«, frage ich überrascht. Die hier gefallen mir schon sehr. Sie leuchten so schön zwischen dem Grün. In Castya gibt es nur wenige Blumen. Wir brauchen das Wasser für die Viehzucht und den Ackerbau.

»Noch viel, viel schönere«, bestätigt Selena. »Jetzt geh.«

»Und du meinst, dass das besser ist als eine Taube?«, frage ich, weil ich mir das einfach nicht vorstellen kann. *Das ist so unpraktisch. Was will man denn mit Blumen anfangen?*

»Ja, ist es«, sagt Selena. Sie klingt so, als würde sie langsam die Geduld mit mir verlieren.

»Also gut.«

»Ich schaue später nach Giana. Kann sein, dass sie erstmal viel schläft. Die Befragung hat sie und Lou sehr angestrengt.« Besorgt schaut Selena zum Halfway House auf, das durch das dichte Grün des Gartens kaum noch zu sehen ist.

»Kann ich mir vorstellen«, wispere ich und balle die Hände zu Fäusten.

»Tief durchatmen, Tarr«, rät mir Selena und drückt mir die Schulter. »Blumenpflücken hilft da vielleicht.«

Sie zwinkert mir zu, dann macht sie sich auf den Weg zum Gasthaus. Mit einem Seufzen gehe ich in die andere Richtung, dorthin, wo Roses Blumen stehen.

Hoffentlich gibt sie mir welche ab, denke ich. Ansonsten muss ich vielleicht doch mit den gelben Blumen auf dem Rasen vorlieb nehmen. *Aber so wie Selena darauf reagiert hat, wäre auch das wieder ein Reinfall, oder?*

KAPITEL 18
IM TRAUM WIE IM WACHLEBEN

GIANA

Der Besuch beim Institut hat mich so mitgenommen, dass ich den Rest des Tages im Bett verbringe. Als ich in mein Zimmer gekommen bin und die Tür abgeschlossen habe, hat auf dem kleinen Tischchen neben meinem Bett schon ein Schlaftee auf mich gewartet. Nur zu gern habe ich ihn getrunken und bin jetzt zum ersten Mal seit Stunden wach, aber noch lange nicht ausgeruht.

Es ist dunkel in meinem Zimmer. Kein Mondschein, nur schwaches Sternenlicht ist zu sehen. Mitten in der Nacht.

Mit einem Seufzen rolle ich mich auf die andere Seite und ziehe die Decke fest um mich. Ich weiß, dass sie El Rojo nicht abhalten kann, sollte er es doch ins Halfway House schaffen. Auch die Erinnerungen prallen nicht einfach an ihr ab, so sehr ich mir das auch wünsche. Trotzdem fühle ich mich geborgen und geschützt, wann immer ich den flauschigen Stoff um mich spüre. Oder den Geruch von Lavendel und Rosmarin einatme, den die Decke stets verbreitet.

Es dauert nicht lange, da bin ich wieder eingeschlafen, lande diesmal aber nicht in endloser Dunkelheit, sondern mitten im Grünen. In dem Wald, von dem ich seit so vielen Jahren Nacht für Nacht träume.

Und ich bin dort nicht allein. Tarr sitzt auf einem moosbedeckten Baumstumpf. Mit der Hand fährt er über ein Farnblatt und lächelt schwach vor sich hin.

Sofort beschleunigt sich mein Herzschlag. Ich muss wieder an die tote Taube denken, aber auch an Tarrs Hand auf meiner Schulter während Louises Befragung.

Was soll ich nur tun?, denke ich und blicke mich nach einem Weg aus diesem Traum um. *Soll ich bleiben, oder ...?*

Während ich noch überlege, pfeift hinter mir ein Vogel und lässt Tarr aufschauen. Unsere Blicke treffen sich.

Ein angstvolles Wimmern entweicht mir, als er aufsteht und auf mich zukommt. Sein Gesicht ist von Wut gezeichnet. Die großen Hände hat er zu festen Fäusten geballt.

Wird er mir jetzt wehtun?

Kurz bevor er mich erreicht hat, streckt er die Finger aus und mustert mich von oben bis unten. Seine Schultern beben dabei, als hätte er sich kaum noch unter Kontrolle.

Am liebsten will ich wegrennen, will aufwachen aus diesem Traum. Aber es geht nicht. Wie erstarrt stehe ich vor ihm und stoße keuchend die Luft aus, als Tarr plötzlich auch das letzte bisschen Abstand überwindet und mich in seine Arme schließt.

Nicht um mich zu würgen oder mir das Genick zu brechen, wie er es bei der Taube getan hat. Wie El Rojo es manchmal bei seinen Opfern getan hat.

Tarr ist nicht grob zu mir. Nein, er hält mich ganz vorsichtig, als wäre ich so zerbrechlich wie Glas. Aber er tut mir nicht weh, wie ich es bei seinem Gesichtsausdruck erwartet habe.

Tarr hält mich einfach nur fest, sodass ich mich allmählich entspanne. Ich wage es aber nicht, die Umarmung zu erwidern.

Lange Zeit stehen wir so da. Irgendwann spüre ich etwas Nasses an meiner Schulter. Kein Regen, sondern ...

Tränen!, denke ich überrascht und versuche, mich von ihm loszumachen, doch drückt Tarr mich noch fester an sich. Ich höre ihn schniefen. *Er weint wirklich.*

So gern ich auch Tarrs Gesicht gesehen und darin gelesen hätte, was er denkt, wache ich allein in meinem Zimmer auf. Schwacher Sonnenschein dringt durch die Gardinen herein. Als ich gähnend ans Fenster trete, um frische Luft hereinzulassen, erkenne ich, dass dieser Tag gerade erst begonnen hat. Es ist noch ziemlich düster auf den Ländereien der Greys. Nur langsam steigt die Sonne hinter den Baumwipfeln auf.

Was sollte das gerade?, denke ich verwirrt. Teile ich diese Träume wirklich mit Tarr oder war das doch nur eine Wunschvorstellung, wie Aldyr zuerst vermutet hat?

Zur Antwort erhalte ich nur ein Magengrummeln. Durch die Erschöpfung habe ich gestern das Essen ausfallen lassen. Normalerweise wartet dann immer ein vollbeladenes Tablett auf der Kommode neben der Tür. Heute jedoch nicht. Selena muss meinen Wunsch nach Ruhe und Ungestörtheit gespürt haben. Wenn ich mein Zimmer abschließe, kommt wirklich niemand herein. Selena, Kitty oder Louise klopfen höchstens gegen die Tür, um nach mir zu sehen.

Wieder knurrt mein Magen.

Ja, ja, ich geh ja schon zur Küche. Ich ziehe den Bademantel über, der bei meiner Ankunft im kleinen Bad auf mich gewartet hat. Er ist so schön flauschig und riecht nach dem gleichen Waschmittel, das Mom für unsere Wäsche verwendet hat.

Ist Mom mir arg böse, dass ich sie nicht häufiger zu Besuch eingeladen habe?

Ich muss an das Gespräch mit Agent van Zicht denken, als diese Selena statt meiner Mom gebeten hat, mich zu begleiten. *Es muss furchtbar für Mom gewesen sein, nicht zu wissen, was mit uns passiert ist.*

Tränen brennen mir in den Augen. *Und noch schlimmer, uns jetzt nicht besuchen zu können, seit sie weiß, dass wir in Sicherheit sind.*

Mit meinem wachsenden schlechten Gewissen schlurfe ich zur Tür. *Vielleicht sollte ich Mom nochmal einladen.*

Während ich darüber nachdenke, drehe ich den Schlüssel und ziehe die Tür auf. Sofort fällt mein Blick auf den Boden vor meiner Tür.

Keine tote Taube, stelle ich erleichtert fest. Bis auf etwas Staub ist da absolut nichts.

»Giana.«

Erschrocken fahre ich hoch und erstarre. Tarr lehnt gegen die gegenüberliegende Wand und hat tiefe Schatten unter den Augen. In der einen Hand hält er eine Vase mit wunderschönen Blumen, in der anderen balanciert er ein Holztablett, auf dem Frühstück angerichtet ist. Es sieht aber etwas anders aus als das, das Selena mir sonst immer bringt.

»Ich dachte, du bist vielleicht hungrig«, sagt Tarr zögerlich. »Selena ist noch nicht wach und da habe ich ...«

Überrascht starre ich ihn an. Es ist das erste Mal, dass er mit mir spricht. Das erste Mal, dass er mir nicht als unsichtbarer Schatten gegenübersteht, oder im Traum. Dieser Tarr sieht gar nicht wütend aus. Eher überrascht und vielleicht ein bisschen müde, aber nicht so, als wolle er mir den Hals umdrehen.

»Das mit der Taube tut mir leid«, sagt er so leise, dass ich ihn kaum höre. »Ich wusste nicht, welche Bedeutung das hier hat. Ich ... Ich dachte ...«

Seufzend stößt er die Luft aus und schüttelt den Kopf. Kurz erlaube ich mir einen Blick in sein Gesicht und stelle fest, dass er nun fast verzweifelt wirkt. Tarrs himmelblaue Augen sind sogar gerötet und verquollen, als hätte er tatsächlich geweint.

Was dachtest du, Tarr? Mit klopfendem Herzen warte ich darauf, dass er weiterspricht.

Habe ich mich vielleicht in ihm geirrt?

Tarr atmet tief durch und räuspert sich. »Ich dachte, ich würde dir damit eine Freude machen. Dass es eine Drohung ist ... Es tut mir wirklich leid, Giana.«

Mit einem Schniefen lässt er den Kopf hängen. So wie er da im Gang steht, sieht er aus wie bestellt und nicht abgeholt. Er scheint es ernst zu meinen.

Ein überraschter Laut kommt mir über die Lippen, als ich begreife, dass das alles ein dummes Missverständnis gewesen ist. Erleichterung breitet sich in mir aus, die Zweifel bleiben dennoch bestehen. Sie halten sich hartnäckig in mir genau wie meine Angst vor El Rojo.

»Hier«, sagt Tarr und hält mir den Strauß hin. »Selena hat gesagt, dass man das hier so macht.«

Mit großen Augen starre ich die Blumen an. Rote Rosen mit Schleierkraut und Grünzeug dazwischen. Der Strauß sieht fast so aus, als hätte Tarr ihn bei einem Floristen gekauft. Rose oder Selena müssen ihm dabei geholfen haben.

»Die sind für dich.« Tarr geht einen Schritt auf mich zu, weil ich keine Anstalten mache, sie anzunehmen. Dafür bin ich zu überrascht von dieser Geste. Oder vielmehr davon, dass auch sein erstes Geschenk als Aufmunterung gedacht gewesen ist. Mein Herz rast gefährlich schnell. Mir wird schon wieder ganz schwindelig, nicht bloß vom Hunger. Schnell nehme ich Tarr die Blumenvase und das Tablett ab und stelle beides auf die Kommode in meinem Zimmer.

»Giana?« Mit großen Augen mustert er mich, als ich zurück an die Tür trete. Tarr beißt sich auf die Lippe. Die Hände hat er zu Fäusten geballt. Aber nicht vor Wut. Nein, gerade sieht er eher so aus, als müsste er sich zurückhalten, mich nicht zu berühren. Und als würde ihm das verdammt schwerfallen.

Der Blick seiner blauen Augen fixiert sich auf meine Lippen. Als ich begreife, warum er sich so zusammenreißen muss, dass sein Körper sogar zu beben beginnt, macht mein Herz einen Satz. Es schlägt so kräftig in meiner Brust, dass das ganz sicher nicht mehr gesund ist.

Er will mich küssen.

Bevor ich weiß, was ich tue, habe ich Tarr die Tür vor der Nase zugeknallt und den Schlüssel umgedreht. So sehr ich ihn auch will, im Traum wie im Wachleben, wird es nicht mehr lange dauern, bis Tarr sieht, wie zerbrochen ich wirklich bin. Und dann diese Enttäuschung in seinem Blick zu sehen, werde ich nicht ertragen können.

Der Boden im Flur knarzt, als Tarr vor die Tür tritt. »Dein Vater und Milo wollen heute Nachmittag vorbeikommen. Um Ash zu helfen.«

Seine Stimme klingt ausdruckslos, lässt nicht vermuten, ob er mir böse ist, weil ich ihn ausgesperrt habe, schon wieder. Ich höre ihn seufzen, dann verklingen seine Schritte in der Ferne.

Mit klopfendem Herzen lasse ich mich an der Tür hinab auf den Boden sinken. Meine Knie sind gerade viel zu wackelig, als dass ich auch nur eine Minute länger stehen könnte. Während mein Herz Purzelbäume in meiner Brust schlägt, vor allem als mein Blick auf die Rosen von Tarr fällt, ist mein Verstand ganz mit seinen letzten Worten beschäftigt.

Sie wollen wirklich den Dämon entfernen. Diese Erkenntnis lässt mir den Appetit aufs Frühstück vergehen.

KAPITEL 19
UND INOFFIZIELL?

TARRON

Während ich vor der Portaltür auf Milos und Mister Alcaris Ankunft warte, geht mir meine Begegnung mit Giana nicht aus dem Kopf. Ich habe gedacht, sie würde schlafen, und wollte die Blumen und das Tablett nur vor ihre Tür stellen. Dass sie in dem Moment aus dem Zimmer kommen würde ...

Fast hätte ich die Beherrschung verloren. Selbst jetzt wird mir ganz anders, wenn ich Gianas überraschtes Gesicht vor mir sehe. Am liebsten hätte ich sie endlich auch im Wachleben in meine Arme geschlossen, sie einfach nur gehalten genau wie in unserem letzten Traum.

Aber sie ist noch lange nicht bereit und all das nur wegen diesem Monster, denke ich und balle die Hände zu Fäusten. *Es wird Zeit, ihn dafür zu bestrafen.*

Deswegen stehe ich hier vor der Portaltür: um Milo abzupassen und ihm meine Hilfe anzubieten. Ob er sie akzeptiert oder nicht, ist mir egal. Notfalls ziehe ich allein los, um diese Made zu finden und unter meinem Stiefel zu zerquetschen.

Stunden vergehen, bis ich ein Klopfen von jenseits der Tür höre, dann schwingt sie auf und zwei Männer treten aus dem Wirbel aus Licht. Beide tragen schwere Umhängetaschen bei sich. Gianas Vater drückt ein altes Buch an die Brust, als wäre es das kostbarste Gut in seinem Besitz.

Sofort nehme ich Haltung an, er ist schließlich der Vater meiner Traumfrau. *Ich muss einen guten Eindruck machen.*

»Huch? Ein Empfangskomitee?«, fragt Mister Alcari, als er mich entdeckt. »Tarron, richtig?«

»Genau, Sir«, sage ich und neige zur Begrüßung das Haupt.

»Hat Ash dich hergeschickt?«, fragt Milo und mustert mich verwundert.

Ich schüttle den Kopf und gehe ein paar Schritte auf ihn zu. »Ich hatte gehofft, ich könnte kurz mit dir sprechen.«

»Mit mir?« Gianas Bruder runzelt die Stirn, lässt aber die Tasche von seiner Schulter gleiten. »Okay, schieß los.«

»Schießen? Ich will dich doch nicht erschießen.«

Die beiden tauschen einen amüsierten Blick. Gianas Vater kichert sogar, als er die Portaltür schließt. Offenbar ist auch das wieder eine Redewendung, die ich noch nicht gelernt habe.

»Na, dann lasse ich euch mal allein«, sagt Mister Alcari und rückt mit einem Ächzen den Riemen seiner Tasche zurecht. Am liebsten hätte ich ihm angeboten, sie für ihn zu tragen, aber das Gespräch mit Milo ist jetzt wichtiger.

»Was gibt's?«, fragt mich Gianas Bruder und lehnt sich an die Wand neben der Portaltür.

Ich blicke mich auf dem Gang um, damit niemand, vor allem Giana, nicht mitbekommt, was ich vorhabe. Wir sind allein.

»Ich möchte dich bei deiner Mission begleiten«, erkläre ich schließlich und straffe die Schultern. »Ich will dir dabei helfen, dieses ... widerwärtige Monster zu finden.«

»Widerwärtiges Monster? Mission?« Gianas Bruder schaut mich stirnrunzelnd an. »Ich weiß nicht, was du meinst.«

Mit einer solchen Reaktion habe ich gerechnet. Sicher ist die Mission strenggeheim. Aber ich gebe nicht so leicht auf.

»Ich weiß, dass du morgen nach El Rojo suchen wirst.«

»Was? Woher weißt du davon, verdammt?«

Zögerlich presse ich die Lippen aufeinander. Milo davon zu erzählen, würde mich und meine Gabe verraten. *Aber ich habe keine Wahl, wenn ich Giana helfen will.*

»Weil ich dabei war, als du davon erzählt hast«, gebe ich zu und lasse den Kopf hängen. Auch wenn ich es mit den besten Absichten getan habe, fühlt es sich nun doch falsch an.

»Du warst ... dabei?«, murmelt Gianas Bruder und schüttelt ungläubig den Kopf. »Du warst das?«

»Du hast mich gesehen?«, frage ich überrascht. Ich dachte Giana und Aldyr wären die Einzigen.

»Nicht gesehen, mehr ... gespürt?« Verwirrt kratzt sich Milo am Kopf und bringt dabei seine dunklen Haare durcheinander. »Ich konnte es nicht zuordnen und dachte, ich würde es mir einbilden, aber jetzt ...«

»Ich hatte wirklich keine bösen Absichten, das musst du mir glauben«, sage ich und hebe beschwichtigend die Hände. »Ich wollte nur für sie da sein. Das ist alles.«

»Für Giana?« Misstrauisch mustert Milo mich.

»Für Giana würde ich alles tun«, gebe ich zu und spüre, wie mein Herz flattert, wenn ich nur an sie denke. Ob sie sich von dem Schock unseres Aufeinandertreffens erholt hat?

»Was? Aber du ... Du kennst sie doch kaum«, sagt Milo und schüttelt nun heftig den Kopf. »Und El Rojo ist nicht irgendein Krimineller.«

»Ich kenne Giana besser, als du denkst«, entgegne ich und wage es doch nicht, Milo anzusehen. Wenn er wüsste, welche Träume ich mit seiner kleinen Schwester geteilt habe ... Sicher würde er mich dann grün und blau schlagen.

»Du ...? Was soll das bedeuten?«

Es kostet mich alles an Überwindung, ihm von den Träumen zu erzählen. Nicht im Detail, ich bin nicht lebensmüde, aber Milo scheint genau zu wissen, wovon ich spreche.

»Du bist das? Der Junge aus ihren Träumen?«, fragt er und mustert mich mit großen Augen, als sähe er mich gerade zum ersten Mal. Wie Gianas sind sie ganz dunkel, unergründlich.

»Giana hat dir davon erzählt?« Mein Herz schlägt vor Aufregung nun noch schneller.

»Als sie jünger war, hatte sie schlimme Albträume«, erzählt Milo mit belegter Stimme. Sein Blick geht ins Leere, als sähe er es vor sich. »Sie hat mitangesehen, als Onkel ... Ach, nicht so wichtig.«

Milo macht eine wegwerfende Geste und räuspert sich. Zu gern hätte ich ihn danach gefragt, nach dem Onkel, der meiner Giana Albträume beschert hat. Als ich Milos trauriges Gesicht sehe, lasse ich es lieber bleiben.

»Nachts ist Gigi oft schreiend aufgewacht und konnte dann stundenlang nicht schlafen.« Milo klingt ganz verzweifelt. Wie ein großer Bruder, der sich Sorgen um seine Schwester macht. »Aber eines Tages ... Eines Tages waren sie einfach so vorbei. Und als ich Gigi gefragt habe, was passiert ist, hat sie mir von dem Mann aus ihren Träumen erzählt.«

Milo lächelt schwach und kratzt sich im Nacken. »Wobei er damals wohl eher noch ein Junge war.«

»Ich war siebzehn, als ich das erste Mal von ihr geträumt habe«, sage ich mit leiser Stimme und sehe es noch genau vor mir. Der dichte, grüne Wald voller Leben und Giana in einem weißen Kleid auf einem umgefallenen Baumstamm. Auf ihrem Schoß hat ein Hase gesessen, ist aber sofort weggerannt, als er mich gehört hat. Nur Giana ist geblieben. Nacht für Nacht.

»Ich dachte immer, es wäre nur ein Traum, bis ich sie hier im Halfway House getroffen habe«, gestehe ich leise.

»Das ist doch ...« Milo schüttelt den Kopf.

169

»Verrückt? Unmöglich?«, schlage ich vor und zucke mit den Schultern. »Das denke ich auch jedes Mal, wenn ich sie sehe.«

»Das muss doch was bedeuten«, murmelt Milo und sein Gesicht hellt sich auf. »Dad weiß sicher mehr. Wenn wir ihm davon erzählen, dann ...«

»Die Bedeutung der Träume ist momentan nebensächlich«, unterbreche ich Milo. Wieder sehe ich Gianas Gesicht vor mir, als Louise beim Institut von ihrer Gefangenschaft erzählt hat. »Wir müssen erst dafür sorgen, dass Giana sich sicher fühlt.«

Milo sieht mich ungläubig an. »Ja, aber ...«

»Und das geht nur, wenn wir El Rojo endlich ausschalten«, füge ich entschlossen hinzu und verschränke die Arme vor der Brust. »Lass mich dich begleiten. El Rojo wäre nicht das erste Scheusal, das ich verfolge und zur Strecke bringe.«

»Du würdest dein Leben für Giana aufs Spiel setzen?« Milo mustert mich mit einer Miene, die ich nicht ganz deuten kann.

»So weit wird es nicht kommen. Ich bin gut darin.«

»Du wirst nicht aufgeben, wenn ich nein sage, oder?«

»Werde ich nicht.«

Zischend saugt Milo die Luft ein und wendet einen Moment lang den Blick ab. »Also, offiziell darf ich keine Zivilisten mitnehmen.«

»Und inoffiziell? Das ist doch ein echtes Wort, oder?«

Milo lacht leise. »Ich könnte nichts dagegen tun, wenn mir jemand folgen würde, den ich nicht sehen kann.«

Überrascht starre ich ihn an. Dass es so leicht wird, Milo zu überzeugen, hätte ich nicht gedacht.

»Je mehr Leute hinter diesem Scheißkerl her sind, umso größer sind unsere Chancen, ihn dranzukriegen«, sagt er entschlossen. »Außerdem siehst du wirklich so aus, als wüsstest du, was du tust.«

Ich klopfe ihm auf die Schulter. Milo hat keine Ahnung, wie viel es mir bedeutet, dass er mich helfen lässt. »Danke.«

Schritte im Treppenhaus lassen uns aufblicken. Milos Vater ruft nach ihm.

»Morgen früh, Punkt sechs Uhr beim Portal«, zischt er mir noch zu, ehe sein Vater in Begleitung von Giana auf dem Gang erscheint.

»Wo bleibst du denn, Milo? Bis zum Mondaufgang haben wir zwar noch etwas Zeit, aber es gibt noch viel vorzubereiten«, sagt ihr Vater und wirft mir dann einen entschuldigenden Blick zu. »Nach dem Ritual könnt ihr euer Gespräch fortsetzen.«

»Eigentlich waren wir schon fertig, stimmt's, Tarron?«

»Ganz genau.«

»Dann lass uns anfangen!« Mister Alcari deutet aufs Treppenhaus.

Mit einem entschlossenen Nicken verabschieden Milo und ich uns voneinander. Er folgt seinem Vater die Stufen hinunter, während ich auf dem Gang bleibe. Dabei entgeht mir nicht, wie Giana mir einen fragenden Blick zuwirft.

Ich sage nichts, will sie nicht erschrecken. Sicher macht sie sich schon genug Sorgen um ihren Bruder, wenn er morgen loszieht, um nach El Rojo zu suchen.

Keine Angst, Giana, ich passe auf ihn auf, denke ich, als ich mich umdrehe und mein Zimmer ansteuere. *Der Einzige, der Angst haben sollte, ist dieser El Rojo.*

KAPITEL 20
ICH BIN KEINE
HELDIN

GIANA

Tarrs neues Geschenk beschäftigt mich noch immer schwer, als ich am Nachmittag auf die Ankunft von Daddy und Milo warte. Ich sitze auf einem der Sofas im Foyer und blättere in einem Buch über Traummagie, kann mich aber absolut nicht auf den Text konzentrieren. Dafür geht mir gerade viel zu viel durch den Kopf. Nicht nur, dass Tarr mir offenbar nichts Böses will, sondern auch meine Angst wegen des Rituals.

Daddy und Milo können sich noch so perfekt vorbereiten, denke ich und kralle eine Hand in das Samtpolster des Sofas. *Die alten Grimoires können nicht annähernd in Worte fassen, was geschieht, sollten wir unserer Macht verfallen.*

Ich schlucke und kämpfe gegen diese alten Erinnerungen an. Erinnerungen an meinen Onkel in einer Shoppingmall, als er mich zum Geburtstag eingeladen hat, mir ein Geschenk auszusuchen. Meine damalige Vorfreude ist schnell in Entsetzen umgeschlagen, als mitten auf dem Food Court zwei Männer ihre Waffen gezückt und auf die Menge geschossen haben. Wie in Zeitlupe sehe ich nun vor mir, wie die Magie mit meinem Onkel durchgegangen und er nicht nur die Seelen der Schützen zerstört hat, sondern auch die einiger Beistehender.

Und dann seine eigene, als er erkannt hat, was er getan hat.

Damals bin ich gerade mal neun Jahre alt gewesen. Es ist eine meiner wenigen Erinnerungen an meine Kindheit, die sich hartnäckig in mir festgesetzt hat. Früher hat sie mich auch bis in meine Träume verfolgt. Nacht für Nacht bin ich schreiend aufgewacht und dann zu Milo ins Bett gekrochen, weil ich mich zu sehr vor der Dunkelheit gefürchtet habe. Nicht der um mich herum, sondern der in mir drin. Ich konnte es schon damals fühlen. Während meiner Gefangenschaft in El Rojos *Infierno* ist sie stärker geworden, sehr viel stärker.

»Hey, Giana«, sagt Sel, als sie mit Ash die Treppe herunterkommt. »Wartest du auf deinen Dad und Milo?«

Ich nicke und schaue erwartungsvoll zur Treppe hinüber.

»Sie sind noch nicht da, kommen aber sicher gleich«, sagt Selena und tritt zu mir ans Sofa.

»Dürfen wir?«, fragt Ash vorsichtig.

Ich blinzele heftig, als sich sein Gesicht kurz in das von El Rojo wandelt. Glühend rote Augen blicken mir entgegen statt seiner dunkelbraunen. Tief atme ich durch und konzentriere mich auf die Farbe seiner Seele. Ihr blaues Leuchten zeigt, dass er Ash ist und nicht dieses Monster. Denn genau wie meine Seele ist auch El Rojos von tiefster Dunkelheit gezeichnet.

Ich schlucke meine Angst herunter und nicke. Selena lässt sich neben mir nieder, aber Ash bleibt weiterhin auf Abstand und entscheidet sich für einen der Sessel uns gegenüber.

»Na, wie hat dir dein Geschenk diesmal gefallen?«, fragt Sel mit einem wissenden Blick und piekst mich in die Seite.

Verwundert blicke ich sie an. *Meint sie die Blumen von Tarr? Dann hat sie ihm also wirklich geholfen?*

»Der Strauß war meine Idee, aber die Taube ist auf Tarrs Mist gewachsen. Ich hab' ihm gleich die Leviten gelesen«, sagt sie und tätschelt mir die Schulter. »Das macht der einmal und nie wieder, versprochen.«

Beruhigt stoße ich die Luft aus. Der Schreck, die tote Taube vor meiner Zimmertür zu finden, steckt mir noch immer in den Knochen, obwohl alles nur ein Missverständnis gewesen ist. Da bin ich Sel wirklich dankbar, dass sie Tarr offenbar eine kleine Lektion in Sachen irdischer Geschenktradition gegeben hat.

»Aber er wollte dir damit wirklich nur eine Freude machen, das solltest du wissen«, fährt Sel fort und blickt mich aus ihren großen dunkelblauen Augen an. »In Castya ist es wohl Brauch, jemandem Essen zu schenken, um zu zeigen, dass man für sie sorgen kann oder so.«

Für sie sorgen kann? Verwirrt runzele ich die Stirn. *Was soll das denn bedeuten?*

»Sei also nicht böse auf ihn, ja?«, bittet Selena.

Ich nicke zögerlich. Langsam verstehe ich, dass ich Tarrs Geschenk, seine ganze Persönlichkeit falsch eingeschätzt habe. Äußerlich wirkt Tarr wie ein gefährlicher Krieger, aber innerlich ...

»Hat er das wirklich gesagt?«, fragt Ash und klingt genauso verwundert, wie ich mich fühle. »So hätte ich ihn gar nicht eingeschätzt.«

Selena lacht leise. »Tarr ist ein echter Softie, auch wenn er nicht so aussieht.«

Das stimmt wohl, denke ich. Mit den ganzen Narben und seinen Muskeln sieht er eher aus wie jemand, dem ich lieber nicht im Dunkeln begegnen will.

Ash stimmt in Selenas Lachen mit ein. »Als er aus dem Rift getreten ist ... Da habe ich es echt kurz mit der Angst zu tun bekommen. Tarr möchte ich lieber nicht zum Feind haben.«

»Ach, was«, entgegnet Sel und winkt ab. »Geh nicht immer nur vom Äußerlichen aus, um auf jemandes Persönlichkeit zu schließen. Das geht meistens schief.«

»Werde ich mir merken«, sagt Ash grinsend und zwinkert ihr zu, was Selena rot anlaufen lässt.

Irgendwie komme ich mir in diesem Moment fehl am Platz vor. Als würden sich die beiden meinetwegen zurückhalten, überhaupt so weit voneinander entfernt sitzen. Zum Glück ertönen da Schritte im Treppenhaus und kurz darauf durchquert Daddy mit einer riesigen Umhängetasche das Foyer.

»Guten Tag, Mister Alcari«, begrüßt Ash ihn nach einem nervösen Räuspern. Jetzt, da mein Vater hier ist, spüre ich, wie auch in Ash die Nervosität erwacht. Selena ist sofort zur Stelle und legt ihm beruhigend eine Hand auf den Arm.

»Carter«, sagt Daddy mit Nachdruck, als wäre das nicht das erste Mal, dass Ash ihn beim Nachnamen nennt. Daddy kann das überhaupt nicht leiden.

Die beiden schütteln sich kurz die Hände. Selena begrüßt ihn mit einem freundlichen Lächeln, aber da hat Daddy mich schon entdeckt. Prüfend fliegt sein Blick über mich, als würde er nach einem Anzeichen suchen, ob es mir schlechter geht.

»Hallo, Giana«, sagt er und schließt mich in seine Arme. Er hält mich einen Moment zu lang und greift dann nach meiner Hand, als wolle er mich gar nicht mehr loslassen, nun da er mich wiederhat.

»Ist Milo nicht mitgekommen?«, fragt Selena, als wir uns ihnen zuwenden. Ich kann meinen Bruder nirgends entdecken.

»Er kommt sicher gleich«, sagt Daddy mit einem Schulterzucken. »Euer anderer Gast wollte kurz mit ihm sprechen.«

Anderer Gast? Tarr? Was will der denn von Milo?

Mir wird speiübel, als ich daran denke, dass Tarr uns heimlich begleitet hat. Will er deswegen mit Milo sprechen?

»Was ist mit Earl?«, fragt Daddy. »Er war sehr interessiert daran, wie unsere Magie zukünftigen Gästen helfen könnte.«

Ash stößt geräuschvoll die Luft aus und rollt mit den Augen. »Er wollte wirklich dabei sein, aber heute findet der Kongress über die Heilung der Rogues statt. Er und Kitty präsentieren wahrscheinlich gerade ihre Forschungsergebnisse.«

»Ah, richtig. Das habe ich heute früh sogar in der Zeitung gelesen«, sagt Daddy und schüttelt den Kopf. »Wahnsinn, was sie herausgefunden haben.«

»Schon, aber die wenigsten Leute wollen es wahrhaben«, sagt Selena mit einem frustrierten Seufzen. »Earl und Kitty haben zu so vielen Interviews wie möglich zugesagt, aber ich weiß nicht, ob das etwas nutzen wird, um alle zu überzeugen.«

Daddy nickt langsam. Sorge steht in seinen Augen. »Es wird sicher seine Zeit brauchen. Das widerspricht schließlich allem, was wir so lange geglaubt haben.«

»Nicht auszudenken, wie viele infizierte Vampire getötet worden wären, hätte Kitty nicht so viel Vertrauen in Dale gehabt«, sagt Selena und einen Moment wirkt es so, als würde sie gleich in Tränen ausbrechen.

»Sie ist eine echte Heldin«, sagt Daddy und drückt meine Schulter. »Genau wie meine Tochter und ihre beste Freundin. Eure Aussagen werden auch so viele Leben retten.«

Ich schüttle den Kopf. *Ich bin keine Heldin, Daddy.*

Eine Heldin würde nicht ständig an ihren eigenen Worten ersticken. Eine Heldin würde sich nicht einfach unter ihrer Bettdecke verstecken, wenn sie zu große Angst vor ihrem Feind hat. Eine Heldin würde die Sicherheit des Gasthauses hinter sich lassen und selbst nach ihm suchen.

»Ich bin sicher, es wird nicht lange dauern, bis zumindest die wissenschaftliche Welt ihre Ergebnisse akzeptiert«, sagt Daddy nach einem Räuspern. »Dann werden sich die beiden vor Jobangeboten gar nicht mehr retten können.«

»Meinen Sie wirklich?«, fragt Selena überrascht.

Daddy lacht leise. »O ja. An der Academy sprechen sie seit Tagen von nichts anderem mehr.«

Während die drei plaudern, wandert mein Blick zur Treppe. *Wo bleibt Milo denn? Und was will Tarr von ihm?*

»Langsam sollten wir deinen Bruder holen gehen, was?«, fragt Daddy, als ihnen der Stoff für Smalltalk ausgeht.

Ich nicke und folge ihm die Treppen hinauf.

»Tut mir leid, Leute. Tarr hatte eine Frage an mich«, sagt Milo, als wir kurz darauf mit Daddy ins Foyer zurückkehren.

Was Tarr von meinem Bruder gewollt hat, weiß ich nicht. Meine fragenden Blicke ignoriert Milo oder bemerkt sie nicht, weil ich meinen verdammten Mund nicht aufbekommen habe.

Sofort schießt Ash aus dem Sessel hoch und wischt sich die Hände an der Jeans ab, um auch meinen Bruder zu begrüßen.

»Schien wichtig zu sein«, sagt Daddy und mustert Milo fragend. Ich wünschte, er würde ihn direkt darauf ansprechen. Selbst kann ich Milo ja nicht fragen, erst recht nicht, als ich den Schatten am Fuß der Treppe bemerke. Tarr.

»Nicht unbedingt«, sagt mein Bruder mit einer wegwerfenden Handbewegung. Für Selena und Ash mag das lässig aussehen, aber ich spüre, dass das eine Lüge ist. Milos Seele ist in Aufruhr, aber nicht vor Wut, sondern vor Aufregung.

Aber warum, verdammt? Frustriert balle ich meine Hände zu Fäusten zusammen.

»Wir sollten anfangen. Wenn wir das durchziehen wollen, haben wir nur noch heute dafür Zeit«, fügt mein Bruder hinzu und dreht sich Richtung Haustür um. »Ich weiß nicht, wie lang meine Mission andauern wird, also ...«

»Und du darfst uns wirklich nicht davon erzählen?«, fragt Daddy und klingt verärgert.

»Nein, aber ihr müsst euch keine Sorgen machen«, sagt Milo mit einem Seufzen. Das war wohl nicht das erste Mal, dass Daddy versucht hat, mehr herauszufinden.

Wenn du wüsstest, was er vorhat, Daddy, denke ich und tausche einen kurzen Blick mit Selena. Neben Louise und mir weiß sie als einzige darüber Bescheid.

»Außerdem bin ich nicht allein. Es wird immer ein Kollege in meiner Nähe sein«, fügt Milo hinzu, als er merkt, dass unser Vater kein bisschen überzeugt ist. Kurz wirft Milo mir einen Blick zu, den ich nicht recht deuten kann, und dann dreht er sich doch tatsächlich in Richtung der Treppe um.

Kann er Tarr auch sehen?

Der Schatten steht noch immer weit von uns entfernt, hat sich keinen Zentimeter bewegt. Mittlerweile macht mir seine Anwesenheit allerdings keine Angst mehr. Stattdessen flattern mir sogar Schmetterlinge durch den Bauch. Es erinnert mich an früher, als ich Tarr zum ersten Mal im Traum begegnet bin.

»Lasst uns anfangen«, sagt Milo, bevor Daddy ihn erneut drängen kann, und wendet sich Ash zu. »Oder hast du deine Meinung geändert?«

»Das wäre keine Schande. Es wird nicht angenehm«, sagt Daddy und klopft Ash aufmunternd auf die Schulter.

Er und Selena tauschen einen kurzen Blick. Zittrig saugt Ash die Luft ein und nickt schließlich: »Ich will es versuchen. Rose ist wieder hier und Storm geht es auch gut. Da wird es Zeit, das hinter mir zu lassen und nach vorn zu sehen.«

Während er spricht, greift er nach Selenas Hand und lächelt sie an. »Ich bin bereit.«

KAPITEL 21
DAS RITUAL

TARRON

Weil mir vor meiner bevorstehenden Mission mit Milo nicht mehr viel Zeit bleibt, habe ich beschlossen, Giana zu folgen. Kaum habe ich das Foyer erreicht, spüre ich ihren Blick auf mir. An ihrem ausdruckslosen Gesicht kann ich jedoch nicht ablesen, ob Giana wütend über meine Anwesenheit ist. Sie bedeutet mir aber auch nicht, dass ich gehen soll, also folge ich ihnen hinaus in den Garten.

Auf dem Vorplatz bleiben Milo und ihr Vater stehen und blicken sich suchend um. Diesmal traue ich mich näher an Giana heran und spüre instinktiv, dass sie sich Sorgen macht. Sie legt ihrem Vater eine Hand auf den Arm und schüttelt den Kopf. *Will sie die beiden davon abhalten, dieses Ritual mit Ash durchzuführen?*

»Keine Angst, Giana. Wir haben uns sehr gut vorbereitet«, versichert ihr ihr Vater und drückt kurz ihre Schulter.

Wieder schüttelt sie den Kopf, energischer, doch schenkt ihr niemand Beachtung, niemand außer mir.

»Lass es uns dort aufbauen.« Gianas Vater deutet auf eine Rasenfläche neben der langen Baumallee, die auf ein Tor in der Ferne zuführt.

»Gute Idee, da haben wir Platz und den freien Himmel über uns«, sagt Milo und macht sich mit seiner Tasche auf den Weg.

»Es wird einige Stunden dauern«, informiert Gianas Vater Ash und Selena. »Und es könnte eurem Rasen schaden.«

»Egal. Wir haben ja eine waschechte Dryade im Haus«, sagt Ash lachend und winkt ab. »Rose kann den Rasen wieder nachwachsen lassen.«

»Wie praktisch«, sagt Gianas Vater lachend.

Ich muss ihm zustimmen. Rosaleen Greys Gabe hätten wir in Castya gut gebrauchen können. Vor Königin Storms Ankunft hatten wir kaum nutzbare Ackerflächen.

Aber Dank ihr und ihren Stürmen gehört das der Vergangenheit an, denke ich und stoße erleichtert die Luft aus. Zu laut, wie es scheint, denn sowohl Ash als auch Selena drehen sich irritiert um.

»Habt ihr das auch gehört?«, fragt Ash.

»Das war bestimmt nur der Wind«, entgegnet Selena. Sie wirkt verärgert. Ihr Blick geht in meine Richtung, trifft mich aber nicht direkt. Anders als Giana, scheint Selena mich nicht sehen zu können.

Da kann ich mich auf eine Zurechtweisung gefasst machen, denke ich und weiche sicherheitshalber ein Stück zurück.

»Gut, dann bereiten wir alles vor und holen euch, sobald es Zeit wird«, sagt Gianas Vater und lächelt Selena und Ash an. »Magst du uns helfen, Giana?«

Sie zuckt die Schultern und folgt ihm zögerlich. Ich bleibe einige Meter hinter ihr, während sie Milo und ihrem Vater zuschaut. Die beiden ritzen mit verzierten Stöcken komplizierte Muster in den Rasen. Sie nutzen Maßstäbe und Winkelmesser und prüfen alles dreimal, bis sie den nächsten Strich setzen.

Fasziniert beobachte ich sie, wie sie das Ritual vorbereiten, merke aber auch, wie Gianas Anspannung stärker wird.

Als die Sonne untergeht, bebt meine Traumfrau regelrecht. Die Hände hat Giana fest zu Fäusten geballt, dass ihre Knöchel weiß hervortreten.

Ich kann das nicht mehr mitansehen, denke ich und trete hinter sie. Vorsichtig lege ich ihr eine Hand auf die Schulter und drücke sie sanft.

Giana zuckt zusammen und blickt zu mir auf. Ihre dunklen Augen weiten sich. Eine Träne rinnt ihr über die Wange und ich kann mich einfach nicht zurückhalten. Ich muss sie mit dem Daumen fortwischen und meine fast, mein Herz würde explodieren, als Giana ihre Wange in meine Hand drückt. Sie duckt sich nicht länger weg oder rennt davon. Sie lässt meine Nähe wirklich zu.

»Alles wird gut«, wispere ich. Obwohl sie mich nicht sehen kann, nicht richtig zumindest, lächle ich sie aufmunternd an. Ihre Seele wird es spüren.

Giana schnieft und schüttelt den Kopf. Die Sorge ist noch immer in ihr, aber nicht mehr so überwältigend wie zuvor.

»Das war der letzte Strich«, sagt Gianas Vater schließlich, als es fast schon zu dunkel ist, um etwas zu sehen. »Hast du die Fackeln auch an den richtigen Stellen aufgebaut, Milo?«

»Natürlich, Dad.«

Beide kommen sie auf uns zu. Milo zögert kurz, scheint mich bemerkt zu haben. Auch wenn ich Giana am liebsten nie wieder losgelassen hätte, trete ich ein paar Schritte zurück.

»Haben wir noch Zeit für eine Stärkung?«, fragt Ash, als er vom Gasthaus aus auf uns zukommt. »Selena wollte unbedingt für euch kochen.«

»Da sagen wir natürlich nicht nein«, sagt Gianas Vater und wirft erst einen Blick auf die Uhr, dann hinauf in den Himmel. »Eine Stunde haben wir mindestens noch.«

»Ein Glück! Ich bin am Verhungern«, gibt Milo zu und folgt Ash zum Haus. »Mit knurrendem Magen hätte ich mich nicht gut konzentrieren können.«

Sie lachen, aber Giana wirkt so ernst wie zuvor.

»Hat jemand von euch Tarr gesehen?«, fragt Ash, als wir das Gasthaus fast erreicht haben. »Sel hat mich geschickt, um ihn zum Essen zu holen, aber ich kann ihn nirgends finden.«

»Ich habe das Gefühl, dass er ganz in der Nähe ist«, sagt Milo mit einem schwachen Lächeln und dreht sich kurz zu mir und Giana um.

»Also, wie funktioniert das mit eurer Magie?«, fragt Dorian, als ich die Küche als Letzter betrete, diesmal wieder sichtbar.

»Da bist du ja, Tarr! Ich hab' dich gesucht«, ruft Ash mir zu. Entschuldigend zucke ich die Schultern, kann mir ein Lächeln aber nicht verkneifen. *Ich war die ganze Zeit hinter dir.*

»Familiengeheimnis«, sagt Milo zu Dorian. Er tauscht einen Blick mit seinem Vater und Giana. Während alle lachen, sitzt Giana mit düsterer Miene auf ihrem Platz. Das Brötchen, das Selena ihr auf den Teller gelegt hat, hat sie in winzige Stücke gerissen.

»Ach, komm schon!«, drängt Dorian, doch kann er ihnen trotz zahlreicher Versuche keine Informationen entlocken.

Obwohl ich nicht weiß, wie ihre Magie funktioniert, zeigt Gianas Reaktion auf das bevorstehende Ritual, dass sie auch ihre Schattenseiten hat.

Warum sonst wäre sie so besorgt? Das kann nicht bloß an Milos Mission liegen, da bin ich mir sicher.

»Ich möchte euch bitten, heute Nacht im Haus zu bleiben«, sagt Gianas Vater nach dem Essen zu den Greys und wendet sich Markos zu, der zusammen mit Louise vorbeigekommen ist. »Das gilt auch für euer Rudel.«

»Wir dürfen beim Ritual wirklich nicht gestört werden. Die Konsequenzen wären ...«, fügt Milo hinzu, lässt den Rest des Satzes aber in einem Räuspern untergehen.

»Fatal«, beendet sein Vater ihn und blickt den Greys, ganz besonders Dorian fest ins Gesicht. Wo Gianas Vater beim Essen noch zu Scherzen aufgelegt war, ist er nun todernst. »Es könnte unser aller Leben in Gefahr bringen.«

»Okay, schon verstanden«, grummelt Dorian enttäuscht.

»Ich sorg' dafür, dass er sich daran hält«, versichert Galina.

»Ach, echt?«, fragt Dorian mit leuchtenden Augen. »Und wie willst du das anstellen?«

»Ugh! Das will hier echt keiner hören!«, ruft Rosaleen und schüttelt angewidert das Gesicht.

»Sag schon«, bohrt Dorian weiter nach und piekst Galina in die Seite. Blitzschnell hat sie seine Hand gepackt und sieht ihm mit einem spitzbübischen Grinsen ins Gesicht. »Wie schon? Ich fessle dich an dein Bett.«

»Fesselspiele? Nice!«, sagt Dorian mit einem Grinsen.

Galina rollt mit den Augen und die Greys schütteln genervt den Kopf. Wenn mir jemand androhen würde, mich zu fesseln, wäre ich nicht ganz so erfreut wie Dorian in diesem Moment.

»Ich könnte dich natürlich auch in eine Statue verwandeln, wenn du weiter so frech bist«, fügt Galina drohend hinzu.

»Bloß nicht!« Schlagartig weicht Dorian vor ihr zurück. »Ich hab' davon immer noch Albträume.«

»Gut, dann wäre das ja geklärt. Keiner verlässt während des Rituals das Haus«, sagt Gianas Vater mit einem Seufzen und wendet sich dann Ash zu. »Wir sollten langsam los.«

»Okay.« Ashs Stimme ist kaum mehr als ein Flüstern, als er den Stuhl zurückschiebt und aufsteht. Die Nervosität ist ihm ins Gesicht geschrieben.

»Lassen wir ihnen einen Augenblick Privatsphäre«, schlägt Gianas Vater vor und schiebt uns auf den Gang vor der Küche.

»Mach dir keine Sorgen, Gigi. Das wird alles halb so wild«, sagt Milo. Ihm muss Gianas Unruhe aufgefallen sein.

Wieder schüttelt sie den Kopf und greift nach seiner Hand.

»Willst du uns begleiten?«, fragt Milo überrascht.

Giana beißt sich auf die Lippe, zuckt erst mit den Schultern, nickt dann jedoch. Kurz fliegt ihr Blick in meine Richtung.

Soll ich mitkommen? Sofort beschleunigt sich mein Puls.

»Wir dürfen echt nicht gestört werden. Ein Fehler und ...«, sagt Milo. Auch er schaut plötzlich mich an, als wüsste er, dass ich seine Schwester nicht allein lassen werde.

Nicht, wenn sie so aufgewühlt ist.

»Ja, ja, Mann, wir haben's kapiert«, grummelt Dorian. Als Galina ihm erneut damit droht, ihn in Stein zu verwandeln, wird er sofort still.

Ich mache mir eine mentale Notiz, Galina nie gegen mich aufzubringen. Ihre Gaben haben es wohl wirklich in sich, wenn sie damit sogar ihn zum Schweigen bringen kann. Laut Königin Storm hat das kaum jemand geschafft.

»Und du bist dir wirklich sicher, Giana?«, fragt ihr Vater, als Ash und Selena aus der Küche kommen.

Giana nickt wieder. Ich kann ihre Angst zwar noch spüren, doch ist da noch etwas anderes: der Wille, ihnen beizustehen, sollte tatsächlich etwas nicht so laufen, wie geplant.

»Lou und ich sagen den Wölfen Bescheid. Sie werden die Hütten nicht verlassen«, verspricht Markos und verabschiedet sich mit einer festen Umarmung von seinem Cousin. »See you on the other side.«

»Mhm«, macht Ash bloß. Er ist plötzlich ganz still und ein bisschen blass. Wäre ich an seiner Stelle auch.

»Es gibt noch ein paar Dinge, die wir vorbereiten müssen«, höre ich Gianas Vater fünf Minuten später zu Ash sagen, als ich mich unsichtbar neben Giana stelle. Sie steht unter einem der

Bäume neben der Rasenfläche. Die in den Boden geritzten Linien liegen einige Meter von ihr entfernt.

»Sie schaffen das«, wispere ich, als ich mich neben Giana an den dicken Stamm lehne.

Langsam schüttelt sie den Kopf, hält den Blick aber fest auf das Geschehen gerichtet. Die Alcaris zeichnen gerade etwas mit schwarzer Farbe auf Ashs Brust. Weitere verschlungene Linien wie die auf dem Boden.

Das Ritual hat begonnen.

Gianas Finger graben sich in die Baumrinde. Ich will ihre Hände lösen, doch schüttelt sie den Kopf und deutet dann auf die Allee hinter uns.

»Soll ich weiter weg?«, flüstere ich.

Giana nickt, sieht aber so aus, als hätte sie mich doch gern bei sich.

Während die Alcaris einen tiefen Gesang anstimmen und nach und nach die Fackeln auf dem Rasen entzünden, streiche ich Giana ein letztes Mal über ihr dunkles Haar. »Ich bin sofort da, wenn etwas passiert. Immer.«

KAPITEL 22
KEIN ZURÜCK
MEHR

GIANA

Während ich Daddy und Milo beobachte, spüre ich Tarrs Blick auf mir. Er bohrt sich regelrecht in meinen Rücken, doch drehe ich mich nicht um.

Hätte ich ihn zurück ins Haus schicken sollen?

Daddy und Milo haben den Greys nicht umsonst eingeredet, das Gasthaus nicht zu verlassen. Unsere Magie ist so schon nicht ungefährlich, aber bei diesem Ritual werden Daddy und Milo Ashs Seele von dem Dämon befreien. Ein Fehler könnte Ash für immer zeichnen oder gar töten. Das würden uns Selena und die Greys nie verzeihen.

Dieser Gedanke lässt mein Herz schneller schlagen. Ich bin froh, dass ich beim Essen kaum etwas herunterbekommen habe. Je mehr Zeit vergeht, umso flauer wird es mir im Magen. Tarr in meiner Nähe zu wissen, macht es überraschenderweise erträglicher.

Als er vorhin meine Wange berührt hat ...

Ich seufze und fahre mit den Fingern darüber, kann seine Berührung noch spüren. Das hat mir meine Angst zwar nicht genommen, aber die Entschlossenheit in mir geweckt. Tarr hat alles riskiert, um Storm Greys Wunsch zu erfüllen. Das werde ich auch für Ash tun, sollte das Ritual aus dem Ruder laufen.

Aber was ist, wenn ich die Kontrolle verliere? Was ist, wenn ich ..., denke ich und die alten Erinnerungen an Onkel Bram drängen sich mir auf. Daran, wie er wie im Rausch Seelen mit seinen bloßen Händen zerstört hat.

Es hat lange gedauert, Daddy zu erzählen, was passiert ist. Das Material der Überwachungskameras in der Mall ist nicht zu gebrauchen gewesen. Onkel Brams Magie hat die Technik durchdrehen lassen. Meine Aussage war die Einzige, auf die sich Daddy und die Ermittler des Instituts verlassen konnten. Die Aussage eines neunjährigen, traumatisierten Mädchens.

Und selbst als ich ihm davon erzählt habe, wollte er es mir nicht glauben, denke ich und lasse den Kopf hängen. *Er wollte es nicht wahrhaben.*

Meine Tränen tropfen auf den Rasen und verschwinden in der Dunkelheit. Ich stehe zu weit von der Ritualstätte entfernt. Das Licht der Fackeln, die Milo und Daddy entzündet haben, dringt nicht bis zu mir hinüber.

Die Grimoires in unserem Besitz sprechen davon, dass wir Seelen beeinflussen können, zum Guten wie zum Schlechten. Heilen oder verletzen. Laut Daddy enthält jedoch kein einziges Informationen dazu, dass wir sie auch zerstören können. Nach Onkel Brams Tod hat sich mein Vater wochenlang in seinem Arbeitszimmer verschanzt und sämtliche Bücher gelesen. Er hat sich so eingehend damit beschäftigt, dass er die Sprache unserer Vorfahren beinahe fließend beherrscht, statt ständig die Bedeutung mancher Wörter nachschlagen zu müssen.

Er glaubt mir noch immer nicht, denke ich, als er und Milo sich Ash stetig nähern. Sie haben ganz außen am Rand ihrer verschlungenen Linien begonnen, sind ihnen gefolgt wie einem Labyrinth, während sie Fackel um Fackel entzündet haben. Nun haben sie das Zentrum fast erreicht, in dem Ash auf dem Boden liegt. Die Arme und Beine hat er weit von sich gestreckt. Wenn ich mich auf Zehenspitzen stelle und den Kopf weit genug vor recke, erkenne ich gerade so, wie seine Hände und Füße die Enden der Linien berühren. Als würden sie alle auf Ash zulaufen. Oder von ihm weg.

Damit channeln sie ihre Magie, erkenne ich und die Angst in mir wächst. Je mehr sie sich Ash nähern, umso stärker spüre ich die dunkle Zauberkraft meiner Familie in der Luft, aber vor allem im Boden. Er vibriert leicht unter meinen Füßen. Als die letzte Fackel ein paar Schritte von Ashs Kopf entfernt Feuer fängt, glimmen die Linien plötzlich schwarz auf.

Fest presse ich die Lippen aufeinander, um ein angstvolles Wimmern zurückzuhalten. Ich darf Daddy und Milo nicht in ihrer Konzentration stören. *Jetzt gibt es kein Zurück mehr.*

Die beiden knien sich links und rechts neben Ashs Oberkörper, die Hände haben sie über ihm ausgebreitet. Ihr Gesang ist leiser geworden, verursacht mir aber eine Gänsehaut. Wie in Trance wiegen sich Daddy und Milo hin und her, während sie Ashs Seele auf den nächsten Schritt vorbereiten. Darauf, endlich von dem dunklen Splitter befreit zu werden, der sich darin festgesetzt hat. Von dem Dämon, der für so viel Leid im Leben der Greys gesorgt hat.

Es muss eine furchtbare Bürde gewesen sein, den eigenen Körper mit diesem Wesen teilen zu müssen. Ein Schauder jagt mir über den Rücken. Ich fürchte mich zwar vor meiner Magie, aber sie würde mich nicht verletzen. Nicht so wie es der Dämon all die Jahre bei Ash getan haben muss.

Das, was Onkel Bram sich angetan hat ... Es war nicht seine Magie, die seine Seele zerstört hat. Er hat es aus freien Stücken getan. Weil er nicht mit sich leben konnte, mit der Gewissheit, unschuldige Seelen für immer ausgelöscht zu haben.

Was damals diesen Rausch ausgelöst hat, weiß niemand. Daddy ist jedoch der Meinung, dass eine Übernutzung unserer Kräfte dazu geführt haben könnte. Dass Onkel Bram zu schnell zu viel eingesetzt und sich im Fluss der Macht verloren hat.

Hoffentlich können sie sich zurückhalten, bevor ...

Der Boden wird von einer heftigen Erschütterung erfasst. Ich kann mein Gleichgewicht nicht halten und stürze, wage es aber nicht, zu schreien.

Eilige Schritte nähern sich mir, sicher Tarr, doch habe ich in diesem Moment nur Augen für das, was sich im Zentrum der Ritualstätte abspielt.

Durch Daddys und Milos Magie ist Ashs Seele sichtbar geworden. Ihr blaues Leuchten kontrastiert mit dem schwarzen Feuer der Fackeln rings um sie herum. Es ist so intensiv, dass ich einen Moment den Blick abwenden und meinen Augen Zeit geben muss, sich an dieses Gleißen zu gewöhnen. Hinter mir höre ich ein Keuchen, Tarrs Reaktion darauf, was sich vor uns abspielt.

Wie gebannt starre ich auf Ashs Seele. Darauf zeichnen sich nun auch dunklere Stellen ab. Schlechte Erinnerungen und negative Gefühle aus diesem, aber vielleicht auch früheren Leben.

Daddys und Milos Gesang hat sich in einen Sprechchor verwandelt. Ihre Stimmen werden lauter und rufen den Dämon aus dem Inneren von Ashs Seele hervor. Ein paar der Worte, die sie stetig mit monotoner Stimme wiederholen, kommen mir bekannt vor. Aus dem Unterricht mit Daddy Jahre nach dem traumatischen Ereignis aus meiner Kindheit. Es hat mich viel Überwindung gekostet, es zu tun, aber am Ende hatte ich keine Wahl. Wie Onkel Bram könnte ich es mir nicht verzeihen, Unschuldige mit meiner Macht zu verletzen. Je mehr ich über unsere Magie weiß, desto besser kann ich sie kontrollieren.

Leichter gesagt, als getan. Theorie und schwache Zauber helfen nur bis zu einem gewissen Grad. Der Rest ist jahrelange Übung, aber vor allem Intuition. Und meine Intuition sagt mir, seit Daddy das Ritual vorgeschlagen hat, dass die beiden es nicht schaffen werden.

Mit klopfendem Herzen schaue ich dabei zu, wie Milo und er den Splitter aus Ashs Seele emporziehen. Daddy hat gesagt, dass es nicht leicht werden würde. Und es würde wehtun. Das scheint jedoch eine Untertreibung gewesen zu sein. Ash stöhnt und wimmert, auch wenn er sich Mühe gibt, leise zu sein.

Hoffentlich hält er das durch, denke ich und spüre, wie die Magie auch in meinem Inneren erwacht. Sie scheint auf das Ritual zu reagieren, pulsiert von Minute zu Minute kräftiger in meiner Brust.

Es geht qualvoll langsam voran. Der Dämon wird nicht einfach so loslassen, und zehrt an Daddys und Milos Kräften. Der Sprechgesang wird unregelmäßiger. Vor allem Milo hat mehr und mehr Schwierigkeiten dabei, fortzufahren.

Halte durch. Halte durch, denke ich und flehe das Schicksal an, ihnen beizustehen. Wenn es stimmt, was Selena über das Halfway House erzählt, muss dessen Magie den beiden helfen. Sie muss Ash helfen, endlich sein Happy End zu finden. Sein wahres Happy End ohne den Dämon in seinem Inneren.

»Dad ich …«, höre ich Milo keuchen, als sie den Splitter fast entfernt haben. Schwarz wie die Nacht schwebt er einen guten Meter über Ashs Körper. Hartnäckig klammert er sich an einen dunkelblauen Faden von Ashs Seele.

Der Splitter scheint alles Licht in sich aufsaugen zu wollen. Nicht nur die Flammen der Fackeln werden von ihm angezogen, auch das Leuchten der Linien rings um die Ritualstätte saugt er auf. Und wenn ich die Augen zusammenkneife, sehe ich, wie der Splitter auch Daddy und Milo die Kraft raubt. Wie er stetig größer wird, Form annimmt. Klauenhände, glühende

Augen, scharfe Zähne. Als könnte sich dieses Wesen nicht für ein Aussehen entscheiden, erfindet es sich ständig neu.

»Durchhalten«, presst Daddy hervor. Auch er klingt so, als wäre er am Ende seiner Kräfte.

Sie sind so auf ihren Sprechgesang fokussiert, haben die Augen fest geschlossen, dass ihnen die wachsende Bestie über ihnen gar nicht auffällt. Ich will schreien, muss sie warnen, aber kein verdammter Ton kommt mir über die Lippen.

»Giana?«, höre ich Tarr leise hinter mir. Er ist nicht länger unsichtbar, sodass ich sein Gesicht im Fackelschein erkennen kann. Angst steht darin, Todesangst, weil auch er dieses dunkle Wesen sehen kann.

Tarr flüstert etwas in seiner Sprache und berührt sich an Stirn, Lippen und Brust. Die Hände legt er sich über Kreuz auf den Oberkörper und schließt einen Moment die Augen. Leise wispert er etwas vor sich hin.

Ein Gebet.

Kaum ist er fertig, greift er nach seinem Dolch und macht einen Schritt nach vorn. »Ich werde ihnen helfen.«

Trotz der Furcht in seinem Inneren wirkt Tarr entschlossen. Er lächelt mich sogar an, als könne mich das beruhigen.

Ein letztes Mal nickt Tarr mir zu, dann wendet er sich dem Dämon zu. Mittlerweile ist er sogar größer als mein Schatten. Größer als jegliches Lebewesen, das ich jemals gesehen habe.

Aber er ist kein Lebewesen, schießt es mir durch den Kopf. *Der Dolch wird ihn nicht aufhalten.*

Für den Bruchteil einer Sekunde sehe ich, wie dieses Ritual enden wird. Nicht mit einem Happy End für Ash und Selena. Nicht mit einer Feier zum Dank für Daddys und Milos Hilfe.

Es endet in Zerstörung und Tod.

Diesmal wird der Dämon nichts unversucht lassen, um das alte Gasthaus und die Greys zu vernichten. Ich kann seine Wut, seinen unbändigen Hass spüren. Sie gehen auf mich über und bringen die Magie in mir in Wallung.

Als Tarr den Rand der leuchtenden Linien fast erreicht hat, wird mir klar, was passieren wird, wenn er sie überschreitet.

Dann werde ich ihn nie wiedersehen.

»Nein!« Ein gellender Schrei kommt mir über die Lippen, als ich begreife, dass nicht nur Ashs Seele in Gefahr ist. Dass dieser Dämon nicht lange fackeln und auch Daddy, Milo und Tarr töten wird.

Ich rapple mich auf und stürze nach vorn. Tarr hat sich zu mir umgedreht, die Augen weit aufgerissen. »Giana?«

Die Magie in mir lässt meinen Körper erzittern. Sie gibt mir Kraft. Genug Kraft, um Tarr am Arm zu packen und von der Ritualstätte wegzustoßen.

»Giana, ich muss was tun. Ich kann nicht ...«, versucht Tarr zu protestieren, doch stoße ich ihn weiter zurück. Wenn er jetzt in das unheimliche Leuchten der Linien tritt, wird er sterben. Daddys und Milos Magie wird ihn töten, wenn der Dämon ihr nicht zuvorkommt.

Noch regt dieser sich nicht, wächst nur weiter an, wandelt wieder und wieder sein Aussehen. Es wird aber nicht mehr lange dauern. Ich kann es spüren, tief in mir drin. Er wartet auf den richtigen Moment.

»Giana, bitte. Ich muss ihnen helfen«, fleht Tarr und versucht, sich an mir vorbeizudrängeln.

Energisch schüttle ich den Kopf und umfasse Tarrs Kinn, zwinge ihn dazu, mich anzusehen. Die Worte wollen mir nicht über die Lippen. Tarr versteht auch so. Er scheint zu spüren, wie es enden wird, sollte er jetzt zu ihnen gehen. Und doch lässt er nicht locker.

»Gia...«, setzt er an, doch da habe ich mich schon auf Zehenspitzen gestellt und bringe ihn mit einem Kuss zum Schweigen.

Ich weiß nicht, ob ich den Dämon aufhalten kann. Ich weiß nicht, ob wir in wenigen Minuten schon sterben werden. Aber ich weiß, dass ich erst gehen kann, wenn ich Tarr wenigstens einmal geküsst habe. Ein richtiger Kuss im echten Leben, nicht das, was in unseren Träumen zwischen uns passiert ist.

Tarr wirkt überrascht, versteift sich in der ersten Sekunde sogar, als hätte er es nicht erwartet. Ich auch nicht, aber in diesem Moment ist die Sehnsucht so groß, dass ich mich nicht zurückhalten kann. Eine Hand vergrabe ich in seinem langen Haar, mit der anderen klammere ich mich an seinem Hemd fest. Der Boden unter unseren Füßen vibriert immer heftiger, aber noch bin ich nicht bereit, Tarr loszulassen. Dieses Leben loszulassen, vielleicht für immer.

Wird er mich auch im nächsten wieder in meinen Träumen besuchen?

Dieser Kuss berührt etwas tief in meiner Seele, vor allem als Tarr ihn endlich erwidert. Als er mir eine seiner großen Hände an die Wange legt, mich mit der anderen an der Hüfte packt und an sich presst. Hitze wallt um uns auf, als unsere Zungen zum ersten Mal im Wachleben aufeinandertreffen. Als Tarr den Kuss vertieft, wie er es schon so oft in unseren Träumen getan hat. Hier im Wachleben fühlt sich das viel intensiver an. Es gibt mir Kraft und den nötigen Mut für das, was ich gleich tun muss.

»Giana«, wispert Tarr gegen meine Lippen und löst sich ein Stück von mir, um in meine Augen zu sehen. »Was hast du ...?«

Bevor er den Satz beenden kann, schicke ich einen Hauch meiner Magie aus, um Tarr bewegungsunfähig zu machen. Um ihn davon abzuhalten, mir zur Ritualstätte zu folgen.

Mit weit aufgerissenen Augen starrt er mich an, den Mund ein Stück geöffnet. Wie gern ich ihn noch einmal geküsst, am liebsten nie damit aufgehört hätte. Das Knurren des Dämons lässt mich jedoch zur Ritualstätte herumfahren.

»Milo!«, ruft Daddy in diesem Moment.

Mein Bruder kippt zur Seite und regt sich nicht mehr. Das glimmende Leuchten der Linien wird schwächer. Der Dämon über unseren Köpfen beginnt, sich zu bewegen. Träge zwar, als würde ihn etwas festhalten, aber es fehlt nicht mehr viel, dann ist er frei.

Die Linien!, schießt es mir durch den Kopf, als ich an deren Rand trete. *Sie halten ihn gefangen. Noch.*

»Giana?«, fragt Daddy und dreht sich in meine Richtung. Er hat die Augen zusammengekniffen. Blut läuft aus seiner Nase. Auch er sieht so aus, als könnte er jeden Moment zusammenbrechen.

Und wenn das passiert ...

Ich schlucke und verdränge die Angst, die ohne Tarr stärker geworden ist. Ich verdränge die Erinnerungen an Onkel Bram.

»Giana, lauf!«, ruft Daddy, doch wir beide wissen, dass mich das nicht retten würde. So riesig und mächtig der Dämon plötzlich ist, hätte er mit uns allen leichtes Spiel.

Ich bin mein Leben lang weggelaufen, Daddy. Jetzt nehme ich all meinen Mut zusammen, um zu diesem Monster hochzuschauen. Seit diesem Nachmittag in der Mall, nicht bloß seit El Rojo, laufe ich davon. Ich habe es immer gewusst, konnte es mir aber nie eingestehen. Bis heute. Bis zu diesem furchtbaren Augenblick, in dem unser aller Schicksal auf Messers Schneide steht.

Die Magie in meinem Inneren pulsiert stärker, hüllt mich in schwarze Schatten, als ich einen Schritt nach vorn mache und über die ersten Linien steige.

Ich muss es versuchen, rede ich mir ein, auch wenn die Angst sich hartnäckig an mir festklammert. Auch wenn ich fürchte, nicht stark genug zu sein, oder die Kontrolle zu verlieren wie mein Onkel.

Wenn ich jetzt nicht eingreife, ist sowieso alles verloren.

»Giana!«, brüllt Tarr hinter mir, seine Stimme voller Furcht und Schmerz.

Ich drehe mich nicht um, laufe nicht mehr vor der Gefahr davon, auch nicht vor meiner Magie. Stattdessen beschwöre ich sie herauf, sammele sie um mich, dass es vollkommen dunkel wird. Ich kann nicht einmal mehr meine eigene Hand vor Augen sehen, aber das brauche ich nicht. Ich spüre auch so, wo sich Daddy, Milo und Ash befinden. Ihre Aura wird von der des Dämons überdeckt. Er schwebt hoch über uns und hat sich fast befreit.

»Giana, ich kann nicht ...«, keucht Daddy und plötzlich erstirbt auch seine Magie. Das Vibrieren im Boden verschwindet.

Wieder ein bedrohliches Knurren über mir.

Der Dämon ist frei. Und er ist wütend. Mächtig.

Er wird uns alle zerstören.

Ein letztes Mal atme ich tief durch. Die Luft ist schwer von meiner Magie. Es ist mehr, als ich dachte, als wäre sie in den letzten zwei Jahren um ein beträchtliches Maß gewachsen.

Wie tötet man einen Dämon?

In keiner Unterrichtseinheit hat Daddy mir und Milo davon erzählt. Keines der Grimoires enthält Informationen zu einem solchen Wesen. Aber ich muss etwas tun. Ich will mich nicht mehr ängstlich und verstört unter meiner Decke verstecken.

Lass los, schießt es mir durch den Kopf.

Es ist nicht mein Gedanke. Es ist meine Intuition, die zu mir spricht, meine Magie. Eine Träne rinnt mir über die Wange. Wind zerzaust mir mein Haar. Das alles verblasst jedoch, als sich der Dämon auf mich fixiert. Auf das einzige Hindernis zwischen ihm und der Zerstörung des Halfway House.

Ich schließe die Augen und folge meiner inneren Stimme.

Ich lasse los.

Ich gebe den Kampf gegen meine Magie auf und erlaube ihr, frei zu fließen. Die Dunkelheit um mich herum wird dichter, härter. Sie wird zum Schutzschild, um mich vor den scharfen Klauen und Zähnen der Bestie zu bewahren.

Obwohl es so finster ist, kann ich den Dämon sehen, vor meinem inneren Auge. Er besteht aus purer, dunkler Energie, genährt von Angst, Hass und Wut. Wie Ash es all die Jahre mit diesem Wesen ausgehalten hat, kann ich mir nicht vorstellen. Ash muss über unglaubliche mentale Stärke verfügen, dass er dabei nicht den Verstand verloren hat.

Das ist jetzt vorbei. Energie kann gebunden werden.

Wieder ein fremder und doch so vertrauter Gedanke. Die Magie um mich herum beginnt zu knistern.

Spring.

Ohne darüber nachzudenken, nehme ich ein paar Schritte Anlauf und tue es. Meine Magie hüllt mich ein, lässt mich aufsteigen in die Luft, bis ich vor dem Dämon schwebe. Allmählich lichtet sich die Dunkelheit. Sie sammelt sich um meine Hände und wird zu zwei schwarz glänzenden Klingen.

Ich höre Ash unter mir stöhnen. Das Leuchten seiner Seele ist fast erloschen, als hätte der Dämon ihm sämtliche Energie entzogen. Bei Milo und Daddy ist es ähnlich. Alle drei sind sie mit einem Band aus Finsternis mit dem Dämon verbunden.

Zerschneide es.

Obwohl ich noch nie in meinem Leben Schwerter geführt habe, gleiten die Klingen blitzschnell und voller Kraft durch die Luft. Der Dämon kreischt wütend auf, als ich die Energiefäden durchtrenne, und streckt mir eine seiner Klauenhände entgegen. Reflexartig ducke ich mich, reiße die Klingen hoch und durchtrenne seinen Arm.

Der Dämon stößt einen markerschütternden Schrei aus. Vor meinen Augen explodiert die Klauenhand und wird zu winzigen schwarzen Fetzen. Sie glimmen auf und strömen auf den Dämon zu wie Motten zum Licht.

Verwebe sie.

Eine der Klingen zerfließt in dunkle Schatten. Ich schicke sie aus, um die Fetzen einzufangen, breite meine Magie aus wie ein Netz und schließe sie darin ein.

Energie kann gebunden werden, schallt mir ein Echo meiner eigenen Stimme durch den Kopf. Selbst umschlossen von meiner Magie spüre ich die Energie des Dämons noch in diesen Splittern. Seinen Hass und die Wut, die er auf die Greys, aber vor allem auf Ash verspürt.

Ich balle meine freie Hand zur Faust, verdichte meine Magie um diese Splitter, übe so viel Druck darauf aus, bis sie sich zusammenschließen und verhärten wie ein dunkler Diamant. Statt Millionen von Jahren dauert es nur wenige Sekunden. Es ist anstrengend, aber nicht unmöglich.

Und plötzlich weiß ich, was ich tun muss.

Ich umfasse meine zweite Klinge mit beiden Händen. Sie wächst und bildet scharfe Zargen aus, um mir meine Aufgabe zu erleichtern. Mit einem Schrei lasse ich das dunkle Schwert auf den Dämon niedersausen, durchtrenne seinen Körper mit einem einzigen fließenden Schlag. Das allein wird jedoch nicht reichen, um auch den Rest dieses Wesens in diese winzigen Splitter zu wandeln. Ich springe zur Seite und reiße die Klinge in einem Bogen nach oben, um dieses Wesen in vier unförmige Teile zu zertrennen.

Zurück, drängt mich meine innere Stimme. Gerade rechtzeitig gehorche ich ihr. Der Körper des Dämons explodiert in einen Hagel aus Energiesplittern und regnet auf uns nieder.

Daddy! Milo!, schießt es mir durch den Kopf, als ich die Splitter auf sie herunterfallen sehe. Ich weiß nicht, was diese Fetzen mit ihnen anstellen werden, sollten sie davon getroffen werden.

Energie kann gebunden werden.

Das Echo in mir drängt die Angst zurück, bis kein Raum mehr für sie übrig ist. Bis nur noch meine Instinkte bleiben und ein ums andere Mal die Kontrolle übernehmen. Mit einem Grollen entlädt sich meine Magie und rauscht wie schwarzer Nebel auf den Boden zu. Sie breitet sich über Daddy, Milo und Ash aus, hüllt sogar Tarr am Rand der Ritualstätte ein und schirmt sie so vor den gefährlichen Splittern ab.

Energie kann gebunden werden.

Ich atme tief durch und ziehe meine Zauberkraft dann wie ein Netz zusammen, bis ich jeden einzelnen dieser dunklen Fetzen fest darin eingeschlossen habe. Diesmal ist es anstrengender, sie zu verdichten. Sie davon abzuhalten, sich wieder zusammenzusetzen und erneut auf uns loszugehen. Diese Splitter sind so zahlreich, so stark, dass sie immer wieder gegen meine Magie aufbegehren. Sie stemmen sich gegen die Dunkelheit, gegen den Druck, den ich um sie herum aufgebaut habe.

Ich darf nicht aufgeben, sage ich mir wieder und wieder.

Die Schattenklinge zerfließt und mischt sich unter meine Magie. Meine Hände zittern und schmerzen, weil ich sie so anspannen muss, um den Druck aufrecht zu halten. Es fühlt sich an, als würden meine Fingerknochen gleich zersplittern.

Ich muss ihn aufhalten. Ich muss einfach. Ich darf nicht ...

»Giana!« Tarrs Stimme irgendwo unter mir. Ich spüre ihn ganz in meiner Nähe, wage es aber nicht, meinen Blick von den gefangenen Splittern abzuwenden. Ein Moment der Unachtsamkeit könnte uns allen das Leben kosten.

»Du schaffst das, Giana«, höre ich Tarrs Stimme sagen. »Ich glaube an dich.«

Eine Träne rinnt mir über die Wange. Seine Worte geben mir Kraft, auch wenn ich das Gefühl habe, dass ich es vielleicht nicht schaffen werde. Dass ich zu viel meiner Magie brauchen werde, um auch den Rest des Dämons in Kristallform zu verschließen.

Aber immerhin wären die anderen dann sicher, denke ich und halte mich an diesem Gedanken fest.

Es kostet mich unglaublich viel Energie, aber ich schaffe es quälend langsam, meine Hände aufeinander zu zubewegen. Als sie sich schließlich treffen, ertönt ein dröhnender Knall. Eine Druckwelle geht von dem Kristall aus, der eben noch als Dämon unser aller Leben bedroht hat. Der Druck reißt mich aus der Luft. Dumpf schlage ich auf den Boden auf. Sämtliche Luft wird aus meinen Lungen gepresst. Mein Körper bebt und zittert nach dieser Anstrengung. Wellen des Schmerzes lassen mich aufschreien.

Das Letzte, was ich sehe, ist der schwarze Kristall, der vom Himmel stürzt und in der Mitte der Ritualstätte landet. Kein Dämon, der das Leben meiner Familie, all der Leute bedroht, die mir mehr als mein eigenes Leben bedeuten. Kein Tod und keine Zerstörung, die auf uns warten.

Nur auf mich. Ich fühle mich unglaublich schwach. Meine Sicht verschwimmt, bis die Dunkelheit mich einhüllt. Diesmal vielleicht für immer.

KAPITEL 23
DER JUNGE AUS
IHREN TRÄUMEN

TARRON

»Giana!«, brülle ich, als ich sie zu Boden fallen sehe. Ich will zu ihr, aber ich kann mich nicht bewegen. Dunkle Schatten haben sich um meine Füße und Waden gewunden und halten mich an Ort und Stelle.

»Gia...«, presse ich hervor und verstumme, als ihr Körper unkontrolliert zu zittern und beben beginnt.

Wütend kämpfe ich gegen ihren Zauber an. Sie hat es getan, um mich zu schützen, das weiß ich, aber an sich selbst hat sie nicht gedacht. Daran, was ihre waghalsige Rettungsaktion mit ihr anstellen könnte.

Gianas Kopf rollt zur Seite. Sie lächelt genau wie in unseren Träumen. Das allein gibt mir die Kraft, mich loszureißen und zu ihr zu rennen. Kaum habe ich sie erreicht, schließt sie die Augen. Das Lächeln entgleitet ihr.

»Giana? Nein, nein, nein«, wispere ich und schüttle sie, in der Hoffnung, sie so aus ihrer Bewusstlosigkeit zu holen. Ihr

Körper fühlt sich eiskalt unter meinen Fingern an. Die Stärke, die sie eben noch ausgestrahlt hat, ist verschwunden. Giana ist ganz schlaff, als wäre sämtliches Leben aus ihr gewichen.

»Giana, lass mich jetzt nicht allein, hörst du«, wispere ich und ziehe sie in meine Arme. Sanft reibe ich ihr über den Rücken, um sie aufzuwärmen. »Du kannst mich nicht einfach so küssen und dann ...«

Mir versagt die Stimme. Tränen fluten meine Augen und lassen meine Sicht verschwimmen. Nur undeutlich sehe ich, wie sich die drei Männer im Zentrum der Ritualstätte zu regen beginnen. Gianas Vater kommt als erster zu sich und stemmt sich mit einem Keuchen hoch.

»Giana?« Seine Stimme ist dünn und heiser. »Gia... Was machst du denn hier?«

Sie wechselt von besorgt zu wütend, als er mich bei seiner Tochter entdeckt. Als er sieht, wie verzweifelt ich versuche, Giana wieder zu Bewusstsein zu bekommen.

»Hatte ich nicht klar und deutlich gesagt, dass außer uns niemand das Halfway House verlassen darf?« Die Anstrengung scheint Gianas Vater vergessen zu haben. Er kommt auf die Beine und stolpert auf uns zu, zu wütend, um innezuhalten.

»Jetzt schau dir an, was geschehen ist! Verdammt, warum bist du nicht im Haus geblieben?«, ruft er und bricht vor uns zusammen. »Mein Mädchen ... Mein armes Mädchen ...«

Er nimmt mir Giana aus den Armen. Ich halte ihn nicht auf, auch wenn ich sie am liebsten nicht mehr losgelassen hätte. Nur so kann ich mir sicher sein, dass sie noch lebt.

»Ich wollte nicht ... Ich ...«, stammele ich, noch viel zu überwältigt von Gianas Anblick gerade eben. Von den Schatten, die sie heraufbeschworen hat, um diese unmenschliche Bestie zu bezwingen.

»Verschwinde von hier«, zischt ihr Vater mir zu und drückt Giana fest an sich. »Wehe, ich sehe dich noch einmal in ihrer Nähe!«

»Dad ...« Milos Stimme klingt furchtbar schwach. Als ich den Blick hebe, sehe ich, wie er sich aufzurichten versucht, und es doch nicht schafft.

Schnell eile ich ihm zur Hilfe und bringe ihn in eine sitzende Position. »Alles in Ordnung? Tut dir was weh?«

Milo stößt ein Schnauben aus. »Die bessere Frage wär' wohl, was mir nicht wehtut.«

»Lass meinen Sohn in Ruhe!«, ruft sein Vater, als er mich neben Milo knien sieht. »Verschwinde! Reicht es nicht, dass du das Ritual gestört und ...«

In diesem Moment regt sich Giana in seinen Armen und lässt ihn verstummen.

»Bring mich zu ihnen«, bittet Milo.

»Ganz langsam«, sage ich und lege mir seinen Arm um die Schulter, bevor ich uns beide hochziehe. »Ein Schritt nach dem anderen.«

»Sagst du so leicht.« Milo ächzt bei jeder Bewegung, aber er lässt sich von seinen Schmerzen nicht unterkriegen.

»Schau nach Ash. Ich klär' das mit Dad«, wispert er mir zu, als wir die beiden fast erreicht haben.

»Sicher?«

»Geh schon.« Umständlich macht sich Milo von mir los und schleppt sich dann zu seiner Familie. Er schwankt gefährlich, schafft es aber, das Gleichgewicht zu halten. »Geh!«

Zögerlich wende ich mich ab und suche nach Ash. Er hockt mitten auf dem Rasen und blickt sich desorientiert um.

»Tarr? Was ist passiert?«, fragt er, als ich mich neben ihn knie, um ihm aufzuhelfen.

»Ich ... Ich weiß es nicht.«

»Was machst du überhaupt hier? Solltest du nicht im Haus bleiben?«, fragt auch Ash, klingt aber mehr überrascht, denn wütend.

»Sah so aus, als könntet ihr Hilfe gebrauchen«, entgegne ich und ziehe ihn auf die Füße.

»Hören Sie, es tut mir wirklich leid, Mister Alcari«, sage ich, als Ash und ich die anderen erreichen. Obwohl ich weiß, dass keine Erklärung der Welt seine Wut auf mich lindern wird, muss ich es trotzdem versuchen. Er ist immerhin Gianas Vater. »Aber ich ...«

»Du bist der Junge aus ihren Träumen?«, fragt er und starrt mich aus großen, dunklen Augen an.

»Sagte ich doch, Dad«, antwortet Milo an meiner Stelle. Ich bin zu überrascht darüber, dass auch er davon weiß. Wie viel hat Giana ihrer Familie über diese Träume erzählt?

»Welche Träume?«, fragt Ash und löst sich von mir. Von allen Teilnehmern des Rituals hat er noch am meisten Energie und schafft es auch ohne meine Hilfe, zu stehen.

»Leute? Leute, ist da draußen alles okay bei euch?«, dringt Dorians Stimme vom Gasthaus zu uns herüber. Die Fenster des Foyers sind erleuchtet, die Haustür steht offen. Im Schein der Lampen sehe ich mehrere Gestalten in der Tür stehen.

»Können wir ...? Dürfen wir rauskommen?« Diesmal ist es Selenas Stimme, voller Hoffnung, aber auch Angst. »Ist es ... vorbei?«

Mister Alcari und Ash tauschen einen kurzen Blick. »Wie fühlst du dich, Junge?«

Ash stößt geräuschvoll die Luft aus. »Als wär' jemand mit einer Dampfwalze über mich gefahren.«

»Aber spürst du noch ...?«, fragt Milo atemlos, zögert jedoch, es auszusprechen.

Mit klopfendem Herzen drehe ich mich zu Ash um. Er hat die Augen geschlossen, als würde er tief in sich hineinhören. Er schwankt nun, sodass ich ihn stützend am Arm packe. »Nein. Er ist fort. Er ist ... fort.«

Mit einem Schluchzen geht Ash in die Knie, das Gesicht gen Himmel gestreckt, an dem heute nur ein paar wenige Sterne zu sehen sind. »Es ist, als wäre er nie da gewesen.«

»Ash? Was ist mit Ash?« Selena klingt zunehmend besorgt, ja fast schon panisch.

Wäre ich an ihrer Stelle auch, denke ich und mag mir gar nicht vorstellen, welche Ängste sie ausgestanden haben muss, während die Alcaris das Ritual durchgeführt haben.

»Mir geht's ... Mir geht's gut«, presst Ash hervor, jedoch viel zu leise, als dass sie es auf die Entfernung hätte hören können.

»Sollten wir nicht zurück zum Gasthaus?«, frage ich und wage es kaum, Gianas Vater in die Augen zu sehen. »Sie muss versorgt werden und ...«

»Ja«, wispert er und haucht ihr ein Kuss aufs dunkle Haar. »Das sollten wir.«

Ash und Milo rappeln sich auf. Sie stützen sich gegenseitig auf dem Weg zur hell erleuchteten Tür. Nur Mister Alcari hat Mühe, auf die Beine zu kommen und Giana festzuhalten.

»Darf ich?« Vorsichtig strecke ich meine Hände aus.

Ihr Vater schluckt, scheint innerlich mit sich zu ringen. Er ist noch immer wütend, weiß aber selbst, dass wir zuvor Giana helfen müssen. Und da bin ich noch ihre beste Option. Allein hätte ihr Vater sie nicht zurück zum Gasthaus bringen können, auch nicht mit Milos Hilfe. So geschwächt wie sie aussehen, ist es ein Wunder, dass sie es überhaupt bis zur Haustür schaffen.

»Ich bringe Giana in ihr Zimmer«, sage ich, als ich das Gasthaus betrete. Nur am Rande nehme ich wahr, wie Selena und Ash sich in die Arme fallen. Oder wie auch der Rest der Greys auf Ashs erfolgreiches Ritual reagiert.

Alles, was für mich in diesem Moment zählt, ist Giana in meinen Armen. Sie fühlt sich wärmer an, aber immer noch schwach, als ich sie die Stufen zu ihrem Zimmer hinauftrage.

Aber sie wird wieder. Ich spüre ihren starken Herzschlag. Ihren Überlebenswillen und die Kraft im Inneren ihrer Seele.

»Lass mich vorangehen«, sagt ihr Vater, als ich den Gang erreiche, der zu Gianas Zimmer führt. Ich habe gar nicht gemerkt, dass er uns gefolgt ist. Ächzend hangelt er sich an der Wand entlang und drückt schließlich Gianas Tür für mich auf.

Vorsichtig lege ich sie auf ihrem Bett ab und streiche ihr die Haare aus dem Gesicht. So wütend, wie ihr Vater eben noch auf mich gewesen ist, ist das vielleicht unsere letzte Berührung. Es schmerzt, zurückzutreten und ihm Platz zu machen, aber ich habe keine andere Wahl. Noch ist Giana nicht mein. Und wenn ich Pech habe, wird es niemals so kommen.

Mein Herz bricht, als ich Giana den Rücken zuwende und auf die Tür zusteuere.

»Bleib«, sagt ihr Vater mit erstickter Stimme. Er ist so leise, dass ich erst glaube, ich hätte mich verhört.

»Wenn es stimmt, was Milo gesagt hat ... Wenn du wirklich der bist, der sie ...«, setzt Mister Alcari mit stockender Stimme an. »Dann bleib. Giana würde es so wollen.«

Überrascht drehe ich mich zu ihm um. Er sitzt neben seiner Tochter auf der Matratze und hält ihre Hand. »Und wer bin ich, dass ich mich dem Schicksal entgegenstelle?«

»Schicksal?«, frage ich atemlos, wage es aber nicht, mich zu bewegen. Ein Teil von mir glaubt, dass ich mir das einbilde. Dass ihr Vater mich gleich aus dem Zimmer werfen wird.

»Milo hat mir erzählt, dass du ... dass ihr ...«, murmelt er und schüttelt den Kopf. »Ihr teilt eure Träume.«

»Ja«, gebe ich mit schwacher Stimme zu. Ein Teil von mir fühlt sich furchtbar, immerhin ist das alles andere als normal. Hätte ich einem Vater in Castya davon erzählt, dass ich von seiner Tochter träume ... Ich wäre vermutlich keine zehn Meter weit gekommen, bis ich einen Dolch in meinem Herzen stecken gehabt hätte.

Aber ich kann ihn auch nicht anlügen, denke ich und lasse die Schultern hängen.

»Dann ist es also wirklich wahr.« Gianas Vater starrt mich aus großen Augen an, als sähe er mich zum ersten Mal.

»Was ist wahr?«, frage ich und muss an Gianas Gespräch mit Aldyr oben in der Bibliothek denken.

Mister Alcari saugt tief die Luft ein und steht von seinem Platz auf. Ohne mir zu antworten zerrt er einen Sessel neben Gianas Bett und weist mich dann an, mich zu setzen. Zögerlich folge ich seiner Aufforderung. Kaum dass ich wieder neben ihr sitze, kann ich dem Drang nicht widerstehen, nach ihrer Hand zu greifen. Giana saugt tief die Luft ein, als würde sie zu sich kommen, rollt sich dann aber auf die Seite.

Sie schläft jetzt, erkenne ich und beruhige mich allmählich. Was auch immer sie mit diesem Wesen angestellt hat, wie auch immer sie es besiegen konnte, es hat Giana viel Kraft gekostet. *Aber nicht ihr Leben, den Göttern sei Dank.*

»Ich habe sehr viel Zeit mit dem Studium unserer Grimoires verbracht«, erzählt Gianas Vater, als er sich neben sie setzt. »Nach allem, was mit ... Egal, lassen wir das.«

Mister Alcari schüttelt energisch den Kopf und kneift die Augen zusammen, als müsste er sich gegen eine aufsteigende Erinnerung abschirmen, fast wie Milo vorhin bei unserem Gespräch. »In einem der Grimoires gab es eine Geschichte, die mich immer an das erinnert hat, was Giana über ihre Träume erzählt hat. Über den Jungen, der sie vor ihren Albträumen gerettet hat.«

Ich schlucke hart, als ich begreife, dass ich dieser Junge bin. Dass auch Giana diese geteilten Träume durch eine schwere Zeit geholfen haben.

»Was bedeutet das?«, wispere ich und streiche über Gianas Handrücken. Sie seufzt auf und zieht die Knie an die Brust.

»*Zartashem*. Seelenverwandte«, flüstert Carter und seine Mundwinkel zucken. »Diese Träume sind ein Zeichen, damit sie sich in ihrem nächsten Leben wiederfinden und vereint sein können.«

»Seelenverwandte?« Ich sauge scharf die Luft ein. Es ist das Wort, das Aldyr verwendet hat. Das Wort, das eine Beziehung ausdrückt, die über den Tod hinaus Bestand hat. Ein enges Band, mit dem unsere Seelen verknüpft sind.

»Ich glaube schon«, sagt Gianas Vater mit einem Seufzen. »Du wolltest sie nur beschützen. Deswegen bist du ihr gefolgt.«

Ich nicke langsam und kann ihm doch nicht in die Augen sehen. »Es tut mir wirklich leid, aber ... Ich konnte sie einfach nicht allein lassen. Sie hatte so viel Angst und ...«

»Damit hatte sie recht«, gibt er mit einem Seufzen zu und schließt die Augen. »Ich dachte, ich hätte alles unter Kontrolle. Auf Papier hat das Ritual so leicht gewirkt, aber Giana wusste von Anfang an, wie gefährlich es wirklich ist.«

»Das konnten Sie und Milo nicht ahnen. Dieses Wesen ...« Selbst wenn ich nur daran denke, wird mir flau im Magen. Mein Herz macht einen angstvollen Satz, obwohl ich weiß, dass Giana es besiegt hat. »So etwas habe ich noch nie gesehen.«

»Ich auch nicht, Tarron. Ich auch nicht ...«, murmelt ihr Vater und schweigt. Erst als sich Gianas Zimmertür öffnet und Milo sich hereinschleppt, rührt er sich wieder.

»Wie geht es ihr?«, fragt Gianas Bruder, als er das Fußende ihres Betts erreicht hat. Kraftlos stützt er sich darauf.

»Sie ist sehr schwach«, sagt Mister Alcari und streicht Giana liebevoll durch ihr dunkles Haar. »Aber sie wird wieder. Da bin ich mir sicher.«

»Klar wird sie wieder. Sie ist doch meine kleine Schwester«, sagt Milo, klingt aber so erleichtert, als hätte er Zweifel gehabt.

»Und mit Tarron an ihrer Seite ...« Mit einem schwachen Lächeln blickt ihr Vater zu mir auf und drückt meine Hand.

»Dann glaubst du also auch daran, Dad?«, fragt Milo und hockt sich auf die Bettkante. »Dass es etwas bedeuten muss.«

»Bestimmt muss es etwas bedeuten«, entgegnet Mister Alcari und senkt den Blick. »Und es tut mir leid, dass ich eben so wütend war. Ich ... Ich dachte ...«

»Schon gut«, winke ich ab. »Ich weiß, wie gefährlich es war, aber ich konnte einfach nicht ...«

»Ja, ich weiß«, wispert Gianas Vater und dreht sich dann zu seinem Sohn um. »Wie geht es Ash? Ist alles in Ordnung?«

»Er ist zwar auch ziemlich gerädert, aber seine Seele weist keine Anzeichen auf diesen Dämon mehr auf.«

Erleichtert stoßen Mister Alcari und ich die Luft aus. »Dann haben wir es also wirklich geschafft.«

»Giana hat es geschafft«, sagt Milo und drückt ihren Fuß. »Wäre sie nicht gewesen ...«

Die beiden schütteln den Kopf, kämpfen mit den Gefühlen. Sie machen sich Vorwürfe, dass sie die Gefahr des Rituals unterschätzt haben. Aber woher hätten sie das wissen sollen?

»Es ist nicht eure Schuld«, sage ich. Gianas Hand schließt sich fester um meine, als würde sie dem zustimmen wollen. »Was auch immer das war ... Es ist nicht eure Schuld.«

»Trotzdem ...« Milo seufzt. »Das war verdammt knapp.«

»Nächstes Mal sollten wir auf deine Schwester hören«, sagt sein Vater mit einem schwachen Lächeln und streicht ihr zärtlich über die Wange. »Du hattest schon immer ein viel besseres Gespür für unsere Magie als wir.«

»Aber was ... Was war das? Wie hat sie das gemacht?«, fragt Milo nach einem Moment des Schweigens.

Mister Alcari zuckt mit den Schultern. »Keine Ahnung. All diese Grimoires und in keinem ... Ich weiß es nicht, aber ich bin stolz auf sie. Giana hat ihre Angst endlich überwunden.«

»Würde mich nicht wundern, wenn du da was mit zu tun hattest, Tarr«, sagt Milo und klopft mir auf die Schulter.

»Ich?« Ich schüttle den Kopf. »Das war Giana ganz allein.«

Eine Welle der Ehrfurcht durchrollt mich, als ich nun auf sie hinabblicke. Ich wusste, dass Giana etwas Besonderes ist. Aber dass sie so mächtig, so mutig sein würde, dass sie ihr eigenes Leben riskieren würde, um uns vor diesem Wesen zu retten ...

Bin ich ihrer überhaupt würdig? Erste Zweifel breiten sich in mir aus. Noch gelingt es mir, sie beiseitezudrängen, mich auf das Gespräch zu konzentrieren, aber sie halten sich hartnäckig in mir fest.

»Hast du gesehen, was aus ihm geworden ist? Aus dem Dämon, meine ich?«, fragt Mister Alcari seinen Sohn. Er klingt wieder besorgt. Als ob er wie ich fürchtet, dass Giana ihn nur kurzfristig hat aufhalten können. Dass der Dämon wieder wie aus dem Nichts emporsteigen und das Halfway House mit all seinen Bewohnern zerstören könnte, genau wie Königin Storm es mir erzählt hat.

»Dorian und Galina wollten es sich mit Aldyr anschauen«, sagt Milo und zuckt schwach mit den Schultern. »Ich bin froh, dass ich es überhaupt bis hierher geschafft habe.«

Mister Alcari nickt. »Überlassen wir das den Greys und ruhen uns lieber aus. Vor allem du wirst morgen deine Kräfte brauchen, Sohn.«

»Morgen ist gut«, sagt Milo mit einem Lachen. »In wenigen Stunden brechen wir auf.«

Mir entgeht nicht, wie er mir einen kurzen Blick zuwirft.

Vielleicht kann ich mich so ihrer würdig erweisen, denke ich und sehe es schon vor mir. Wie ich mit Milo ins Halfway House zurückkehre, um Giana die Nachricht zu überbringen, dass dieses Monster ihr nichts mehr anhaben kann.

»Du solltest dich auch etwas hinlegen, Tarr«, sagt Milo und deutet auf die Tür. »Giana braucht dich morgen bestimmt.«

»Ich …«, murmele ich und schlucke. Es fällt mir unheimlich schwer, sie loszulassen.

»Keine Sorge, ich bleibe bei ihr«, versichert mir ihr Vater. »Geh und ruh dich aus, dann kannst du ihr morgen Gesellschaft leisten.«

»Mhm«, mache ich und zwinge mich zu einem Nicken. Ich will mich jetzt nicht vor ihm verraten. Nicht, dass er es mir ausreden könnte. Oder dass Giana von meinem Plan, Milo zu folgen, erfährt und mich aufhalten will.

Ich muss es tun. Für deinen Seelenfrieden, denke ich, als ich mich zu ihr vorbeuge und ihr einen Kuss auf die Stirn drücke. Wie gern hätte ich sie noch einmal geküsst wie draußen auf der Wiese. Ich weiß, dass Giana es nur getan hat, um mich abzulenken. Damit ich sie nicht aufhalte, wenn sie sich dem Dämon entgegenstellt. *Aber bei den Göttern, ich wünschte, es wäre noch lange nicht vorbei!*

Allein in meinem Zimmer zu sein, kommt mir falsch vor, vor allem nach Mister Alcaris Erzählung über die Geschichte aus seinen Grimoires. Dass Giana und ich Seelenverwandte sind.

Aber du musst dich ausruhen, sage ich mir und zwinge mich dazu, mich zumindest für ein paar Stunden hinzulegen. Für die Jagd auf El Rojo muss ich erholt sein, sonst mache ich noch einen Fehler und bringe nicht nur mich in Gefahr.

Wenn Milo was passiert, würde sie mir das nie verzeihen.

Ich schlucke hart und rolle mich auf die Seite. Tief atme ich ein und aus, versuche, meinen Geist zu leeren, um schlafen zu können. Aber es will mir einfach nicht gelingen. Ständig sehe ich Giana vor mir, ihren entschlossenen Blick, die Schatten, die aus ihr hervorgekrochen sind und sie eingehüllt haben wie eine Wolke aus dichtem, schwarzen Rauch. Und dann diese Klinge, mit der sie den Dämon zerteilt hat. Die geübte, fließende Bewegung. Wüsste ich es nicht besser, hätte ich gedacht, sie hätte in ihrem Leben nie etwas anderes getan. Als wäre das bei weitem nicht die erste Bestie, die Giana zur Strecke gebracht hat.

Sie war wunderschön und furchteinflößend zugleich, so viel Macht, wie sie in diesem Moment demonstriert hat.

Schlaf jetzt, Tarron!, mahne ich mich und werfe mich auf meinem Bett herum. *Vielleicht siehst du sie dann wieder.*

Die Aussicht, Giana wenigstens in meinen Träumen wieder gegenüberzustehen, lässt mein Herz schneller schlagen. Ich kann trotzdem nicht schlafen, oder vielleicht gerade deswegen. Weil ich endlich weiß, was diese Träume zu bedeuten haben. Wie sehr wir beide tatsächlich miteinander verbunden sind.

Ein leises Klopfen an der Tür lässt mich aus meinem Halbschlaf hochschrecken.

Will Milo jetzt schon los? Draußen ist es noch stockfinster.

Wieder ein Klopfen, diesmal etwas lauter, dringlicher. So gern ich Giana auch ein letztes Mal in unseren Träumen besucht hätte, scheint mir das doch nicht vergönnt zu sein.

»Aber wenn ich zurückkehre ...«, murmele ich und ziehe mir frische Klamotten an, bevor ich Milo die Tür öffne.

Der Gang liegt düster vor mir, doch erkenne ich sofort, dass ich mich geirrt habe. Es ist nicht Milo, der gekommen ist, um mich für unsere Mission abzuholen, sondern ...

»Giana?«

KAPITEL 24
DIE KONTROLLE
VERLIEREN

GIANA

Mitten in der Nacht erwache ich aus der Starre, in die ich seit meinem Kampf mit dem Dämon verfallen bin. Ich war nur anfangs bewusstlos und bin in Tarrs Armen zu mir gekommen. Bewegen konnte ich mich nicht, nicht einmal die Augen öffnen. Es war, als hätte mich mein Körper in diese Starre versetzt, um mir Zeit zum Ausruhen zu geben. Nur verschwommen habe ich mitbekommen, was danach passiert ist.

Ich habe Tarrs Wärme gespürt, als er mich ins Gasthaus zurückgebracht hat. Und Daddys wütende Stimme zuvor, weil er dachte, Tarr hätte mit seiner Anwesenheit das Ritual gestört. Ich habe auch gehört, wie Milo Daddy erzählt hat, dass Tarr der Mann aus meinen Träumen ist.

Aber woher weiß Milo davon? Ich habe meinem Bruder vor vielen Jahren zwar von den Träumen erzählt, aber nicht, dass Tarr derjenige ist, der sie mit mir teilt.

Stöhnend schlage ich die Augen auf, doch will die Dunkelheit nicht weichen. Es dauert einen Moment, bis ich begreife, dass es noch mitten in der Nacht ist. *Wo ist Tarr?*

Suchend blicke ich mich im Zimmer um. Nur allmählich gewöhne ich mich an die Düsternis, will aber die Lampe nicht einschalten. Das würde Daddy wecken. Ich entdecke ihn zusammengekrümmt auf einem Sessel neben meinem Bett.

Aber warum ist Tarr weg? Er hat sich doch mit Daddy versöhnt. Wieso ist er nicht geblieben?

Angst macht sich in mir breit, als ich erkenne, dass ich mir seinen Abschied nicht eingebildet habe. Tarr hat gesehen, was ich getan habe, zu was ich mit meiner Magie fähig bin. *Ist er deswegen fort? Weil er ... weil er sich vor mir fürchtet?*

Unsinn! Energisch schüttle ich den Kopf. Mir wird kurz schwindelig, also habe ich noch nicht alle Strapazen des Rituals überwunden.

Aber ich habe es geschafft, oder nicht?, denke ich und schiebe die Bettdecke zurück. Obwohl ich vorhin so viel meiner Magie angewendet habe, fühle ich mich nur etwas müde. Ich habe mit weit schwereren Folgen gerechnet, mit meinem Tod, aber etwas hat mich vor dem Schlimmsten bewahrt. Davor, die Kontrolle zu verlieren wie Onkel Bram. Oder nicht genug Kraft aufzubringen und vom Dämon zerstört zu werden.

Ächzend richte ich mich auf und steige aus dem Bett. Von meinem Zimmer aus kann ich nur den hinteren Garten sehen, ich muss mich trotzdem vergewissern, dass die Gefahr gebannt ist. Tief in meinem Inneren weiß ich, dass wir nichts mehr zu befürchten haben. Die innere Stimme, die mir im Kampf gegen den Dämon geholfen hat, sagt mir nun, dass es vorbei ist. Wirklich glauben kann ich ihr aber nicht.

Wäre das nicht zu einfach?, denke ich besorgt. *Und was ist aus dem Kristall geworden, in den ich die Splitter des Dämons verwandelt habe? Den müssen wir unbedingt sichern.*

Leise schleiche ich mich aus meinem Zimmer, um Daddy nicht zu wecken. Nach allem, was er, Milo und Ash durchgemacht haben, braucht er jetzt seine Ruhe. Unschlüssig blicke ich mich auf dem Gang um. Zu gerne würde ich noch einmal zur Ritualstätte gehen. Kaum habe ich die Zimmertür hinter mir geschlossen, drängt es mich allerdings in eine ganz andere Richtung. Auf eines der Zimmer zu.

Dabei muss ich an das denken, was ich in meinem Trancezustand vorhin mitbekommen habe. Das, was Daddy gesagt hat.

Seelenverwandte.

Er ist zum gleichen Schluss gekommen wie Aldyr. Dass Tarr und ich diese Träume hatten, um uns wiederzufinden. Dass wir aus irgendeinem Grund zusammengehören, obwohl wir von unterschiedlichen Planeten stammen. Das Schicksal hat uns hier im Halfway House zusammengeführt.

Abrupt bleibe ich vor einem der Gästezimmer stehen.

Er war es. Wegen Tarr habe ich es geschafft, den Dämon zu besiegen. Sein Glaube an mich hat mich meine Angst vergessen lassen und mir den Mut gegeben, mich dem Dämon zu stellen. Einen Moment lang hat er mir seine Stärke und Entschlossenheit geliehen, um uns alle zu retten.

Ich muss ihn sehen, denke ich und blicke mich suchend um. Ich erkenne den Gang nicht wieder, und doch spüre ich, dass ich genau da bin, wo ich sein will. Bei Tarr. Seine Seele ist mir fast so nah wie vorhin, als er mich ins Gasthaus gebracht hat.

Bevor ich weiß, was ich tue, habe ich gegen die nächste Tür geklopft, und lausche angestrengt, ob sich dahinter etwas tut. Ob er mich auch sehen will.

Stille. Nichts regt sich.

Ich beiße mir auf die Lippe und klopfe erneut, lauter. Vor Aufregung wäre ich am liebsten weggerannt, kralle mich aber am Türrahmen fest.

Der Kuss kommt mir wieder in den Sinn. Vielleicht ist Tarr wütend, weil ich ihn getäuscht habe. Weil ich ihm die Chance genommen habe, den Helden spielen zu können.

Sei nicht so verdammt feige, Gia, denke ich und balle die Hände zu Fäusten, vor allem als ich hinter der Tür etwas höre. Schritte und Poltern. Ein Ächzen und dann ...

»Giana?«, fragt Tarr überrascht, kaum dass er die Tür geöffnet und mich auf dem Gang entdeckt hat.

Nervös fahre ich mir durch die Haare und werde mir erst jetzt bewusst, dass sie vollkommen zerzaust sind. *So ein Mist!*

»Hi«, bringe ich ganz leise hervor und reiße überrascht die Augen auf. *Die Worte! Ich ersticke nicht länger an ihnen!*

»Du ... Du sprichst?« Tarr macht einen Schritt auf mich zu und schaut mich an, als sähe er mich heute zum ersten Mal.

»Ich ... Ja, sieht so aus«, wispere ich heiser und räuspere mich. »Ich spreche.«

Ein leises Lachen entweicht mir, als die furchtbare Enge in meiner Brust und meinem Hals ausbleibt. Die Worte kommen einfach so heraus, ohne dass ich mich anstrengen muss. Ohne dass ich das Gefühl habe, unsichtbare Hände würden mir die Luft abdrücken.

»Du kannst dir nicht vorstellen, wie lange ich gewartet habe, deine Stimme zu hören«, sagt Tarr und stimmt in mein Lachen ein. Er macht einen Schritt auf mich zu, die Hand gehoben, wie als wolle er mir über die Wange streichen, hält jedoch inne.

»Es ... tut mir leid«, presse ich hervor und wende mich ab. »Es war eine dumme Idee, herzukommen. Du bist ... du hast ... das Ritual ...«

Meine Güte, was soll denn dieses dämliche Gestammel?, denke ich verärgert. Am liebsten würde ich mich ohrfeigen, weil ich in Tarrs Nähe keinen Satz zusammenbringe. Weder vor meiner wundersamen Heilung, noch danach.

Da war die stumme Giana fast besser. Vor Scham verberge ich mein Gesicht in den Händen. *Das war weniger peinlich!*

»Bleib, bitte.« Tarr hält mich an der Schulter zurück.

Einen Augenblick wird mir ganz schwindelig, weil mein Herz einen solchen Satz macht, als befände ich mich plötzlich in freiem Fall. Ich wage es kaum, mich zu ihm umzudrehen und ihn anzusehen, aus Angst, ich könnte es wieder vermasseln.

»Also ... Nur, wenn du willst«, sagt Tarr leise. »Ich will dich zu nichts zwingen, aber ...«

»Aber?«, frage ich atemlos und nehme all meinen Mut zusammen, um zu ihm aufzuschauen. Viel kann ich im Zwielicht des Gangs nicht erkennen. Nur im Treppenhaus einige Meter weiter brennt eine Lampe. Tarrs Gesicht liegt in Schatten verborgen.

»Das, was du vorhin gemacht hast ... Bevor du ...«, sagt er und reibt sich mit einem frustrierten Seufzen übers Gesicht.

»Bin ich froh, dass ich nicht die Einzige bin, die kaum ein Wort rausbekommt«, sage ich und schlage mir im nächsten Moment die Hand auf den Mund. *Habe ich das laut gesagt?*

Meine Güte, Gia. Erst bekommst du kein einziges Wort raus und jetzt kannst du sie nicht mehr zurückhalten!

»Wenn es nicht nur mir so geht ...« Mit einem leisen Lachen zieht Tarr mich an sich. »Dann habe ich noch Hoffnung.«

Sanft streicht er mir die Haare aus dem Gesicht und lässt mich allein mit dieser Berührung, mit seiner plötzlichen Nähe erschaudern. Wie ich es schon hunderte Male im Traum getan habe, lege ich ihm die Hände auf seine breite Brust und stelle mich auf Zehenspitzen, um ihm näher zu sein. Mein Herz rast in meiner Brust. Unter meinen Fingern spüre ich, dass es bei Tarr nicht anders ist. Ich spüre, wie sehr er mich will, dass seine Sehnsucht meiner eigenen in nichts nachsteht.

»Hoffnung auf was?«, frage ich mit einem verschmitzten Lächeln. Ein bisschen kann ich ihn ja ärgern.

Tarr räuspert sich und wendet den Blick ab. Auch wenn ich sein Gesicht nicht sehen kann, merke ich, dass er nervös ist. »Du weißt, was ich meine.«

»Da wäre ich mir nicht so sicher«, entgegne ich und knuffe ihn grinsend in die Seite. »Sag's mir.«

»Giana. Ich …«, presst Tarr hervor und schluckt hörbar.

Ich bin mir sicher, dass er rot anläuft, erkenne aber kaum die Umrisse seines Gesichts.

Langsam lasse ich meine Finger über seinen Oberkörper wandern und entlocke ihm damit ein ersticktes Keuchen. »Du kannst es mir auch zeigen, wenn dir das lieber ist.«

Scharf saugt Tarr die Luft ein. Einen Moment lang spannt sich sein gesamter Körper an, dann hat er mich gepackt und sich über die Schulter geworfen. »Das ist mir so viel lieber.«

Dass er mich so einfach hochheben und in sein Zimmer verschleppen kann, lässt meine Coolness innerhalb von Sekunden verrauchen. Es bringt die Erinnerungen daran zurück, was er im Traum alles mit mir angestellt hat, und lässt mich vor Aufregung regelrecht erzittern.

Spring endlich über deinen Schatten, Giana, sage ich mir, als Tarr mich aufs Bett wirft und sich innerhalb kürzester Zeit das Hemd vom Leib reißt. Nachdem es so viele Jahre gedauert hat, zueinander zu finden, scheint er es nicht mehr erwarten zu können. Scheint sich nicht länger zurückhalten zu können, wie er es in den letzten Tagen getan hat, mir zuliebe.

»Lass mich«, sagt er, als ich es ihm gleichtun will.

Hitze wallt in mir auf und ich lasse vom Saum meines Shirts ab. Gebannt beobachte ich ihn dabei, wie er auf mich zukommt und sich vor mich ans Bett kniet.

»Bleib so«, weist er mich an und packt dann meinen Fuß. Er haucht einen Kuss auf meinen Knöchel und zieht mir dann ganz langsam die Socke aus.

»Ich wusste nicht, dass du ein Fußfetischist bist«, sage ich lachend, als er das auch mit meinem rechten Fuß macht. Allein dafür lässt er sich unglaublich viel Zeit.

»Ich weiß nicht, was das sein soll«, sagt Tarr und streicht so sacht über meine Fußsohle, dass ich erschaudere. »Und für Erklärungen haben wir jetzt keine Zeit.«

»So?«, frage ich und kreische auf, als er mich an den Beinen packt und bis zur Bettkante vorzieht.

»Mhm«, macht Tarr und schiebt mein Shirt ein Stück hoch, um einen Kuss auf meinen Bauch platzieren zu können. »Wir haben schon viel zu viel Zeit verschwendet.«

Mit den Fingern hakt er sich in meine Jeans ein und blickt zu mir auf. »Aber ich will keine einzige Sekunde mehr mit dir verschwenden, Giana.«

»Tarr ...« Meine Stimme ist ganz zittrig vor Rührung und Verlangen. Seit er in meinen Träumen erschienen und mich vor den Erinnerungen an Onkel Bram gerettet hat, wünsche ich mir nichts anderes, als ihn das sagen zu hören. Dass er sagt, dass er bei mir bleibt. Dass er mich nicht mehr allein lässt, weder in unseren Träumen noch im Wachleben. Dass uns jetzt nichts mehr trennen kann.

»Sag das nochmal«, verlangt Tarr mit dunkler Stimme und zieht mich an sich heran. Sein Gesicht ist nur noch Millimeter von meinen Brüsten entfernt. Ich kann seinen warmen Atem durch den dünnen Stoff meines T-Shirts spüren.

»Sag noch einmal meinen Namen.«

»Tarron«, wispere ich und lege ihm die Hand an die Wange. Die andere vergrabe ich in seinem Haar und ziehe ihn zu mir hoch. Wenn ich ihn jetzt nicht küsse, vergehe ich.

Tarr wispert etwas in seiner Sprache gegen meine Lippen, dann treffen sie auf meine. Ohne sich zu lösen, versucht Tarr, mir das Shirt auszuziehen, ist aber nicht gerade erfolgreich.

»Irdische Kleider sind so kompliziert«, knurrt er, als er den Kuss unterbricht, um sich aufs Ausziehen zu konzentrieren.

»Und die in Castya nicht«?, frage ich ihn mit einer hochgezogenen Augenbraue.

Tarr weicht vor mir zurück, als hätte er sich verbrannt. »So ... So meinte ich das nicht ... Ich ...«

»Schon okay«, sage ich und fahre ihm beruhigend über die Wange. »Du wusstest nicht, dass ich ...«

»Nein, so ist das nicht. Ich ...«, stammelt er und schüttelt vehement den Kopf. »Ich hab' nie ...«

Mit einem wütenden Knurren ballt er die Hände zu Fäusten und lässt sich auf den Boden sinken. Tarr holt geräuschvoll Luft, ehe er zu mir aufsieht. »Für mich gab es immer nur dich.«

»Was?«, entfährt es mir voller Überraschung.

»Selbst wenn ich gekonnt hätte ... Es hätte sich nicht richtig angefühlt. Als würde ... als würde ich dich ...« Wieder schüttelt er den Kopf, verbirgt sein Gesicht in den Händen. Er wirkt ganz verzweifelt, ein Gefühl, das ich zu gut kenne.

»Als würdest du mich betrügen?«

Tarr nickt, sagt aber nichts. Er schaut nicht einmal zu mir auf. Langsam lasse ich mich vom Bett gleiten und hocke mich ihm gegenüber auf die kühlen Holzdielen.

»Tarr?«

Er regt sich noch immer nicht.

»Schau mich bitte an, Tarr.« Sanft umfasse ich seine Handgelenke und bringe ihn dazu, seine Hände herunterzunehmen.

»Ich dachte, ich wäre verrückt. Oder verflucht«, flüstert er und blickt endlich zu mir auf.

»Und jetzt?«

Mit zitternden Fingern streicht er mir über die Wange, ein schwaches Lächeln auf den Lippen. »Jetzt bin ich froh, dass ich es nicht getan habe. Das könnte ich mir nicht verzeihen.«

»Ich mir auch nicht.« Ich greife nach seiner anderen Hand, führe sie an meine Lippen und küsse sie. Jeden Fingerknöchel, jede der vielen Narben darauf. Dieses Gespräch hat auch in mir diese alten Schuldgefühle geweckt. Die habe ich immer dann verspürt, wenn ich einem anderen Mann näher gekommen bin. Als wusste meine Seele schon damals, dass sie einem anderen versprochen ist.

»Louise dachte, ich wäre übergeschnappt, als ich ihr von dir erzählt habe«, sage ich und muss leise lachen. »Eine Weile lang hat sie versucht, mich von meinen ... Fantasien abzubringen.«

»Ach, ja?«, fragt Tarr neugierig und jetzt bin ich diejenige, die den Blick abwendet.

»Aber ich konnte einfach nicht«, wispere ich und lasse den Kopf hängen.

»Und selbst wenn ...«, murmelt Tarr, lässt den Rest aber in ein Seufzen übergehen.

Scheu blicke ich zu ihm auf, kann an seinem Gesicht nicht ablesen, was in ihm vorgeht.

Erst, als ein Grinsen auf seinen Lippen erscheint, weiß ich, dass wir okay sind. Besser als okay, so wie er mich anguckt mit diesem Funkeln in seinen himmelblauen Augen. »Was waren das denn für Fantasien?«

»Was?«, frage ich und mein Herz macht einen Satz, weil er den Spieß so plötzlich umgedreht hat.

»Es müssen ja ganz besondere gewesen sein, wenn Louise versucht hat, sie dir auszutreiben«, sagt er und zuckt mit den Augenbrauen.

Lachend rolle ich mit den Augen und verschränke die Arme vor der Brust. »Gerade du solltest das doch wissen. Du warst schließlich in jeder einzelnen davon.«

Tarrs Augen strahlen. »Wirklich in jeder einzelnen?«

»Sagte ich doch«, entgegne ich und gebe ihm einen kleinen Klapps. »Aber jetzt sollten wir dafür sorgen, dass sie Wirklichkeit werden. Findest du nicht?«

»Dass du da noch fragen musst!« Tarr rutscht auf mich zu, bis ich das kühle Holz des Bettkastens im Rücken spüre. Diesmal hat Tarr keine Probleme, mir das T-Shirt über den Kopf zu ziehen. Nur mein BH bereitet ihm Schwierigkeiten, aber den habe ich schnell ausgezogen.

»Im Traum ging das irgendwie leichter«, murrt Tarr, was mich laut auflachen lässt.

»Dafür fühlt es sich jetzt viel besser an, oder nicht?«, frage ich, als ich ihn an mich ziehe und unsere Lippen nur noch Millimeter voneinander entfernt sind.

»So viel besser«, wispert Tarr, bevor er mich stürmisch küsst, dass mir die Knie ganz weich werden. Irgendwie schafft er es, mich hochzuheben, ohne den Kuss zu unterbrechen. Der Bettpfosten in meinem Rücken hilft mir, mich aufrecht zu halten, obwohl mein ganzer Körper vor Lust zittert und bebt.

Ich will nicht länger warten, denke ich und lasse meine Hände zu seinem Hosenbund hinabgleiten. Gerade will ich den Knopf seiner Jeans öffnen, als Tarr sich von mir löst und meine Hände umfasst.

»Heute geht es allein um dich, Giana.«

»Aber ich will …«

»Vertrau mir, Giana«, wispert er und drückt meine Hände an meine Seiten. Seine Stimme ist so voller Zärtlichkeit und Sehnsucht, dass ich gehorche. Er hätte mir in diesem Moment alles befehlen können und ich hätte es getan, nur um ihm näher zu sein.

Mit einem schwachen Lächeln öffnet er meine Jeans und schiebt sie herunter, sodass ich nur noch in meinem Slip vor ihm stehe. Tarrs intensiver Blick lässt mich keuchend die Luft einsaugen und nach dem Bettpfosten hinter mir greifen, vor allem, als er plötzlich vor mir in die Knie geht.

»Ich muss dich unbedingt schmecken«, haucht Tarr gegen meinen Bauch. Sein warmer Atem kitzelt mich und schürt das feurige Pochen zwischen meinen Beinen. Ich versuche, ruhig zu atmen, aber es will mir einfach nicht gelingen. Tarr bringt mich ganz aus dem Konzept.

»Tarr, bitte ...«, keuche ich, als er mir einen Kuss auf den Bauch haucht und die Finger in meinem Slip einhakt.

»Was denn?«, fragt er und blickt mit einem verschmitzten Grinsen zu mir auf. Seine Lippen sind nur noch Millimeter von meiner Scham entfernt.

»Ich ... Ich will ...« Viel zu durcheinander von den Gefühlen, die ein Blick von ihm in mir auslöst, kann ich nicht mal einen vollständigen Satz formulieren.

»Ich weiß«, wispert Tarr und zieht meinen Slip herunter. »Halt dich gut fest.«

Bevor ich ihn fragen kann, was er vorhat, hat Tarr mein Bein gepackt und nach oben gedrückt. Mit der freien Hand streicht er meinen Schenkel hinauf und öffnet mich für sein Vorhaben. Ich kann mich gerade so an dem Pfosten festhalten, weiß aber nicht, ob ich das hier lange durchhalte.

»Tarr, was ...?« Der Rest meiner Frage geht in einen spitzen Schrei über, als er ohne Vorwarnung den Kopf zwischen meine Schenkel drückt. Das Kratzen seiner Bartstoppel auf meiner Haut und sein heißer Atem lassen mich fast durchdrehen.

»Tarr.«

»Du bist unglaublich, Giana«, wispert Tarr voller Ehrfurcht, ehe er einen Kuss auf meine Klitoris haucht.

»O Gott«, stöhne ich und klammere mich am Bett fest. Auf einem Bein zu stehen, während Tarr das mit mir macht ...

Fall jetzt bloß nicht hin und blamier dich damit, denke ich, vergesse meine Angst aber sofort, als Tarrs Zunge durch meine feuchte Mitte streicht. Mit den Fingern dringt er tief in mich ein und beginnt gleichzeitig, an meiner Klit zu saugen. Erst ganz sanft und vorsichtig, als wäre er sich nicht sicher, ob es mir gefällt.

Dass ich mich ihm entgegendrücke und es sogar schaffe mich mit einer Hand in sein Haar zu krallen, scheint für Tarr jedoch Ansporn genug zu sein, in die Vollen zu gehen. Immer wieder stößt er mit den Fingern in mich und lässt seine Zunge so meisterlich tanzen, dass ich mich nicht zurückhalten kann.

Ich schreie laut auf, als der Orgasmus in mir explodiert, und verliere den Halt. Tarr fängt mich auf und legt mich auf sein Bett, während ich noch auf den Wellen dieses unglaublichen Höhepunkts reite. Mein ganzer Körper zuckt auf Tarrs zerwühlten Laken, die so herrlich nach ihm duften.

»Wunderschön«, höre ich ihn sagen, als ich wieder zu mir komme. Tarr steht vor dem Bett und beobachtet mich lächelnd. Er ist noch angezogen, aber im Schein der einzigen Lampe zeichnet sich die Beule in seiner Hose dennoch deutlich ab.

»Komm her«, fordere ich. Wenigstens jetzt hört er auf mich.

Tarr beugt sich zu mir hinab, um mich zu küssen. Ich kann mich auf seinen Lippen schmecken und kann trotzdem nicht glauben, dass das hier gerade wirklich passiert. Auch dann nicht, nachdem sich Tarr das Shirt ausgezogen und sich über mich gelegt hat. Als sich unsere Haut zum ersten Mal berührt und Tarrs dunkles Brusthaar meine Brüste streift, sauge ich scharf die Luft ein.

»Das fühlt sich ...« Tarr rollt sich zur Seite und zieht mich mit sich, so dass ich auf ihm zum Liegen komme.

»Mhm«, mache ich, weil auch mir die Worte für dieses unbeschreiblich schöne Gefühl fehlen.

Wie wird es sich dann erst anfühlen, wenn Tarr ...?

Statt diesen Gedanken zu Ende zu führen, nutze ich meine Energie, um ihm endlich diese verdammte Hose auszuziehen.

Dabei muss ich ganz vorsichtig sein und um seine beachtliche Erektion herumarbeiten, um Tarr nicht zu verletzen. Als es geschafft ist, stößt er einen kleinen Triumphschrei aus und zieht mich wieder zu sich hoch.

»Schon vergessen, was ich gesagt habe?«, fragt er und rollt sich auf mich.

»Das ist aber nicht fair«, protestiere ich und fahre ihm mit der Hand über seinen Bauch, bis ich seinen harten Schwanz zu fassen bekomme.

Tarr schließt die Augen und stößt ein Keuchen aus. Seine Stirn sinkt auf meine. »Giana ...«

»Darauf haben wir so lange gewartet.« Langsam lasse ich meine Hand auf und ab wandern.

»Das ... hab' ich nicht verdient«, stöhnt Tarr, als ich mein Tempo erhöhe. Er macht jedoch keine Anstalten, mich aufzuhalten, lässt zu, dass ich mit seiner Eichel durch meine feuchte Spalte streiche und dann in mich einführe. Durch Tarrs Vorarbeit tut es kaum weh, selbst wenn wäre es mir egal gewesen, wenn ich nur endlich wieder mit ihm vereint bin. Nicht länger nur in unseren Träumen, sondern im Hier und Jetzt.

»Giana ... Du bist so ...«, stöhnt Tarr, gefolgt von einer Flut Worte in seiner eigenen Sprache. Zu überwältigt von diesem Gefühl unserer Zusammenkunft.

Nun, da er in mir ist, übernimmt er wieder die Kontrolle. Tarr bewegt sich langsam, gleitet in mich und wieder hinaus, ohne je den Blick von mir zu nehmen. Immer wieder hält er inne, um mir Zeit zu geben, mich an ihn zu gewöhnen, an dieses Gefühl vollkommen von ihm ausgefüllt zu sein.

»Nicht aufhören«, wispere ich, als er das Gewicht verlagert, um es uns einfacher zu machen. »Bloß nicht aufhören.«

»Würde mir nicht einmal im Traum einfallen«, wispert Tarr gegen meine Lippen und küsst sich von meinem Kinn über meinen Hals hinunter zu meinen Brüsten.

Ohne seine Stöße zu unterbrechen, beugt er sich zu mir hinab und nimmt meine Brustwarze in den Mund. Er leckt und saugt daran, dass ich wieder kurz davor bin, die Kontrolle zu verlieren. Mein Atem kommt nur stoßweise, meine Finger graben sich in Tarrs Haare und seine Haut. Ich biege mich ihm entgegen, schlinge meine Beine um seine Hüften, um ihm noch näher zu sein.

»Tarr«, stöhne ich und etwas in meiner Stimme bringt ihn dazu, zu mir aufzuschauen. Einen Moment lang hält er inne, genug Zeit, um ihm das Haar aus dem Gesicht zu streichen und doch nicht genug, um ihm sagen zu können, was ich in diesem Moment für ihn empfinde.

Er weiß es auch so, denke ich, als Tarrs Blick sanfter wird und er sich auf die Arme stützt, um mich küssen zu können.

Seine Stöße sind nun fester und berühren etwas tief in mir. Es fühlt sich unglaublich an, so von dem Mann ausgefüllt zu werden, nach dem ich mich Nacht für Nacht gesehnt habe. Ein Schluchzen kommt mir über die Lippen und lässt Tarr plötzlich innehalten.

Er sagt kein Wort, aber seine Blicke sprechen Bände, als er sich über mich beugt und mir die Tränen von den Wangen küsst. Dabei gleitet sein Penis beinahe gänzlich aus mir, was mir ein frustriertes Stöhnen entlockt.

Tarr lacht leise über meine Reaktion und streicht mir über die Wange, eher er mit voller Wucht wieder in mich stößt. Mir gibt, was ich die letzten Jahre so verzweifelt vermisst habe.

»Tarr, ich …«, keuche ich und bäume mich unter ihm auf. »Ich kann nicht …«

»Komm mit mir, Giana«, stöhnt er. Seine Bewegungen werden heftiger. »Komm …«

Ihm versagt die Stimme, als er in mir explodiert. Die Finger fest in meine Hüften gegraben, reißt er mich mit sich in einen weiteren, intensiven Orgasmus, dass mir sogar kurz schwarz vor Augen wird.

Keuchend rollt er sich von mir und zieht mich in seine starken Arme, hält mich, während ich noch von den Nachwehen geschüttelt werde. Ich schließe die Augen, weil es mir in diesem Moment fast zu viel ist. Tarr hier bei mir, im echten Leben, nicht länger in unseren Träumen, die Gefühle in mir, die in seiner Nähe verrücktspielen, bis ich kein Wort mehr herausbekomme.

»Das ist doch Wahnsinn«, wispere ich und warte darauf, dass ich aufwache. Dass auch das nur ein Traum gewesen ist. Dass ich mir die Hitze einbilde, die Tarrs Körper an meinem ausstrahlt. Aber nichts verändert sich. Ich erwache nicht allein in meinem Bett. Tarr löst sich nicht einfach wieder in Luft auf, sondern zieht mich nur enger an sich.

»Habe ich dir wehgetan?«, wispert er leise an mein Ohr.

»Nein.«

Tarr stößt ein erleichtertes Seufzen aus. »Gut, ich dachte schon … Ich wollte nicht so die Kontrolle verlieren.«

Ich lache leise und drehe mich in seinen Armen, bis ich zu ihm aufsehen kann. »Wenn das dabei rauskommt, kannst du von mir aus immer wieder die Kontrolle verlieren.«

Tarrs himmelblaue Augen leuchten auf. »Ach, ja?«

Ich nicke und gebe ihm einen schnellen Kuss.

»Na, wenn das so ist …«, murmelt er mit einem schwachen Grinsen und zieht mich auf sich.

»Willst du mich umbringen?«, frage ich, als ich die wachsende Erektion an meinem Bauch spüre.

»Nein, nur nochmal die Kontrolle verlieren«, sagt Tarr und erstickt meine Proteste mit einem Kuss im Keim, nicht dass ich groß etwas gegen eine zweite Runde gehabt hätte.

KAPITEL 25
DAS VERSPRECHE
ICH DIR

TARRON

Gianas Atem geht ruhig und regelmäßig, seit ich neben ihr aufgewacht bin. Sie schläft in meinen Armen, ganz entspannt und sorglos, ein schwaches Lächeln auf ihren Lippen.

Ist das wirklich passiert?, denke ich und senke den Kopf, um Giana einen Kuss aufs Haar zu geben und ihren herrlichen Duft einzuatmen. *Wasserlilien. Eindeutig meine Giana.*

Obwohl sie hier in meinen Armen liegt, kaum bedeckt von den zerwühlten Laken meines Betts, kann ich es nicht glauben. Mit einem Seufzen kuschele ich mich an sie und schließe die Augen, lasse mir unsere gemeinsamen Momente miteinander noch einmal durch den Kopf gehen. Wie sie da vor meiner Tür gestanden ist, das Verlangen in ihrem Blick und ihre Ungeduld, weil es ihr nicht schnell genug gehen konnte. Ihr Geständnis, dass es außer mir niemanden sonst gegeben hat. Allein, wenn ich daran denke, wird mir ganz schwindelig vor Glück.

Ihre Lippen auf meinen. Das Gefühl ihrer Finger auf meiner Haut und ihre Nägel.

Gott, ihre Nägel!

Ich erschaudere, als ich über die Kratzspuren streiche, die sie im Moment höchster Ekstase auf meiner Haut hinterlassen hat. Ich habe mir nie viel aus meinen Narben gemacht, habe sie nicht zur Schau gestellt und mit meinen Heldentaten geprahlt wie andere meiner Waffenbrüder. Gianas Kratzer trage ich mit Stolz. Ich wünschte, sie würden niemals von meiner Haut verschwinden. So kann jeder sehen, dass mich diese unglaubliche Frau gezeichnet hat. Dass ich ihr gehöre, ihr schon immer gehört habe.

Es ist kein Traum, sondern Wirklichkeit. Am liebsten will ich das Bett gar nicht verlassen, auch dann nicht, als draußen die Sonne aufgeht. Aber ich weiß, dass noch nicht alles ausgestanden ist. Ich mag die Frau aus meinen Träumen gefunden haben, Giana mag wieder sprechen, aber dieses Monster ist noch immer da draußen. Ich muss es finden, um mich dieser Wahnsinnsfrau würdig zu erweisen.

Sanft streiche ich Giana über den Rücken und hauche ihr einen Kuss auf die Stirn. Sie seufzt und murmelt etwas Unverständliches, als sie sich enger an mich drückt.

»Ich bin froh, dass ich deine Stimme hören konnte, bevor ich gehen muss«, wispere ich. In unseren Träumen haben wir nie gesprochen, Worte schienen darin bedeutungslos, aber ich habe mich dennoch immer danach gesehnt.

Und als sie dann meinen Namen gesagt hat ... Selbst die Erinnerung daran verursacht bei mir eine heftige Gänsehaut und sorgt dafür, dass ich wieder hart werde. Zu gern würde ich da weitermachen, wo wir aufgehört haben. Ich würde nichts anderes mehr tun, wenn ich könnte, aber Giana wird erst glücklich sein, wenn El Rojo keine Gefahr mehr ist. Weder für sie noch für sonst irgendwen.

»Ich weiß, du fühlst dich aus irgendeinem Grund schuldig«, flüstere ich und küsse ihre Nasenspitze. Gianas Schuldgefühle spüre ich fast so deutlich wie meine eigenen Emotionen. Ihre Angst ist mittlerweile fast verraucht, aber diese negativen Gefühle halten sich hartnäckig, scheinen sogar zu wachsen.

»Aber das musst du nicht. Dich trifft keine Schuld.«

Giana stößt ein Wimmern aus und wirft sich im Bett herum, bis sie sich auf die andere Seite gedreht hat. Erst denke ich, ich hätte sie geweckt, aber als sie ein lautes Schnarchen ausstößt und dann leise schmatzt, weiß ich, dass ich mich geirrt habe.

»Du schläfst wie ein Stein, was?«, murmele ich und muss mich zusammenreißen, um nicht laut zu lachen. *Wer hätte gedacht, dass sie so unglaublich süß sein kann?*

Seufzend rutsche ich zur Bettkante vor, auch wenn es mir schwerfällt, Giana loszulassen. Wenn ich Milo bei der Mission folgen will, muss ich jetzt gehen. Giana zuliebe muss ich meine eigene Sehnsucht überwinden und mich auf den Weg machen.

Im Morgengrauen schlüpfe ich in meine Klamotten, die überall auf dem Boden meines Gästezimmers verteilt liegen. Das Hemd ist nicht mehr zu gebrauchen, muss ich beschämt feststellen. Viele Knöpfe sind abgerissen. Ich tausche es gegen ein anderes und schleiche mich dann aus dem Zimmer, ohne mich von ihr zu verabschieden. Ich weiß, dass ich dann nicht hätte gehen können. Dass mein Herz noch mehr brechen würde, als es das sowieso schon tut.

An der Kommode neben der Tür zum Gang halte ich inne. Ein kleiner Schreibblock samt Stift liegt dort bereit. Schnell kritzele ich eine Nachricht darauf und trete dann hinaus auf den Gang. Als sich die Tür mit einem leisen Klicken hinter mir schließt, wird mir flau im Magen, aber ich habe keine Wahl. Ich muss gehen, bevor Giana aufwacht. Am Ende hätte sie mich noch mit ihrer Magie von meinem Vorhaben aufgehalten.

Sie ist so stark, denke ich, als ich auf das Treppenhaus zusteuere, und sehe Giana in meinen Erinnerungen vor mir. Wie sie in Schatten gehüllt, dieses widernatürliche Wesen zerstört.

Eine Welle der Ehrfurcht überkommt mich. Ich muss innehalten und tief durchatmen, um mich auf Milos und meine Mission konzentrieren zu können. Erst dann kann ich meine eigene Zauberkraft heraufbeschwören und mich unsichtbar machen. Ich weiß nicht, was Milo vorhat, aber er hat deutlich gemacht, dass es nur klappen wird, wenn niemand mich sieht.

Angespannt warte ich neben der Tür mit dem leuchtenden Portal, das mich zusammen mit Giana, Selena und Louise nach Arcania gebracht hat. Das ist der Treffpunkt, den Milo mir genannt hat. An die Uhrzeit kann ich mich nicht erinnern, aber so düster es draußen noch ist, bleibt mir sicher noch etwas Zeit.

Und er würde ganz sicher nicht ohne mich gehen, denke ich und bete, dass ich richtig liege.

Als sich kurz darauf Schritte nähern und ich Milo entdecke, atme ich erleichtert aus. Er wirkt angeschlagen. Die dunklen Ringe unter seinen Augen bereiten mir Sorge. Wenn man ein Raubtier jagt, darf man keine Schwäche aufweisen und sie erst recht nicht zeigen.

»Tarr?« Suchend blickt sich Milo nach mir um. Anders als Giana, scheint er Mühe zu haben, mich zu entdecken.

»Hier«, sage ich ganz leise und verlagere das Gewicht. Der Boden unter meinen Füßen antwortet mit einem Knarzen und lässt Milo zu mir herumwirbeln.

Er lächelt, wirkt erleichtert. »Ich dachte, Gianas ... Darbietung gestern hätte dir einen zu großen Schrecken eingejagt.«

Ihre Darbietung? Verwundert runzele ich die Stirn. *Meint er ihren Kampf gegen den Dämon?*

Es hat mich wirklich überrascht, aber Angst hatte ich keine, zumindest nicht vor ihr. *Eher um sie.* Wenn überhaupt hat das meinen Entschluss gefestigt.

»Ich komme mit.«

»Gut«, sagt Milo und klopft dreimal gegen die Tür. »El Rojo ist wirklich extrem gefährlich. Da bin ich froh, dass du mir den Rücken freihältst.«

Ich trete dicht neben ihn. »Verlass dich auf mich.«

Milo nickt, dann öffnet er die Tür und gemeinsam steigen wir in den bunten Wirbel aus Licht.

Keine Sorge, Giana, ich bringe ihn unversehrt zurück, denke ich, als uns das Portal in der Halle mit den vielen Türen wieder ausspuckt.

»Und jetzt?«, frage ich ganz leise, als ich Milo durch das Gebäude folge, bis wir den Ausgang erreicht haben.

»Briefing beim Institut«, sagt er kurzangebunden und eilt davon. Er schlägt dieselbe Richtung ein wie Agent van Zicht bei meinem ersten Besuch in dieser Stadt. Den Weg zum Institut.

Briefing? Wieder so ein Wort, das ich nicht verstehe. Ich folge Milo trotzdem und habe Mühe mit ihm Schritt zu halten. So erschöpft er auch ausgesehen hat, treibt ihn nun die Entschlossenheit. Niemand bemerkt mich, als ich mit ihm die Sicherheitsabsperrung am Eingang des Gebäudes passiere. Ich folge Milo durch ein Gewirr aus Korridoren, bis wir in einem fensterlosen Raum stehen wie schon bei Louises und Gianas Befragung. Diesmal sind mehr Agents anwesend. Der ganze Raum ist gestopft voll, sodass ich mich in die hinterste Ecke drücken muss, damit mich niemand bemerkt.

Kurz nach Milo und mir betritt Agent van Zicht den Raum. Ihr folgt ein weiterer Mann im Anzug, dem ich schon bei der Willkommensparty im Halfway House begegnet bin. Er war derjenige, der Dorians Mutter zur Hilfe gekommen ist, als sie ihre Vision hatte. Ich glaube, er heißt Howard, aber ich bin mir nicht sicher, ob das sein Vor- oder sein Nachname ist. Irdische Namen können verwirrend sein.

Genau wie ihre Kleidung, denke ich mit einem Grinsen und muss mich sehr zusammenreißen, um mich nicht in meinen Erinnerungen an die letzte Nacht mit Giana zu verlieren.

Als Milos Kollegen die beiden Nachzügler entdecken, wird es schlagartig ruhig im Raum. Die Menge teilt sich, um Agent van Zicht und Howard durchzulassen, bis sie das vordere Ende erreicht haben.

»Schnappen wir uns endlich dieses Monster«, beginnt Agent van Zicht und zustimmender Jubel bricht aus. Milo und ich sind nicht die einzigen, die El Rojo stoppen wollen.

Wenn wir alle zusammenarbeiten, werden wir es schaffen. Das verspreche ich dir, Giana.

KAPITEL 26
SPIEL MIT DEM FEUER

GIANA

Als ich am nächsten Morgen bei strahlendem Sonnenschein erwache, weiß ich, dass ich allein bin. Tarrs Wärme ist verschwunden, seine Seite des Betts leer und kalt. Abrupt richte ich mich auf und blicke mich blinzelnd im Zimmer um.

»Tarr?«, frage ich, meine Stimme ganz heiser und brüchig.

Keine Antwort.

Er sitzt nicht auf dem Sessel neben der Tür und im Bad scheint er auch nicht zu sein. Die Tür steht ein Spalt breit offen, dahinter ist es dunkel. Kein einziges Geräusch ist zu hören. Nur das sanfte Brummen eines Motors im Garten. Das Geräusch, das mich geweckt haben muss.

Mein Herz zieht sich schmerzhaft zusammen, als ich sehe, dass auch seine Kleidung verschwunden ist. Nur meine liegt noch verstreut auf dem Boden, wo er sie mir ausgezogen hat.

Er ist bestimmt nur in die Küche, um Frühstück zu holen, oder so, rede ich mir ein, als ich mich aus dem Bett quäle und selbst in meine Klamotten steige. Kurz wird mir schwindelig, sodass ich mich am Bettpfosten festhalten muss. Mir werden die Knie weich, wenn ich daran denke, wie ich mich gestern daran festgehalten habe, während Tarr ...

Schnell schüttle ich den Kopf, bevor mich mein Verlangen überkommt. *Ich sollte in mein eigenes Zimmer zurück. Nicht, dass Daddy sich Sorgen macht.*

Dazu aufraffen kann ich mich aber kaum. Schon jetzt sehne ich mich nach Tarrs Nähe, nach seinen starken Armen, die mich an seine Brust drücken, seine Lippen, die meine berühren und damit eine ganze Horde Schmetterlinge in mir freisetzen.

Er wird schon wieder auftauchen, sage ich mir, als ich zur Tür gehe. Und doch beschleicht mich ein ungutes Gefühl, als ich zu meinem Zimmer gehe. Ich kann es nicht gut einordnen, aber es ist fast so stark und unheilbringend wie das, das mich kurz vorm Ritual überkommen hat.

»Giana? Wo warst du denn?«, fragt Daddy, als ich in mein Zimmer zurückkehre. Er kommt aus dem Bad und wischt sich sein Gesicht mit einem Handtuch ab. »Ich habe mir Sorgen gemacht, weil du so lange weg warst.«

Hitze flammt in meinen Wangen auf und ich wende den Blick ab. *Wenn er wüsste, was letzte Nacht passiert ist ...*

»Tut mir leid, Daddy«, presse ich hervor, noch immer überrascht, dass ich wieder sprechen kann.

»Was hast ...?«, setzt Daddy an und starrt mich aus großen Augen an. Das Handtuch fällt ihm aus der Hand, als er auf mich zustürmt und mich in den Arm nimmt. »O Giana!«

»Es tut mir so leid, Daddy. Alles«, wispere ich und kämpfe mit den Tränen. Ein Kloß bildet sich in meinem Hals, aber er ist bei weitem nicht so schlimm wie dieses erdrückende Gefühl, das ich seit der Gefangenschaft beim Sprechen verspürt habe.

»Ich wollte das alles nicht. Ich wollte nicht, dass ihr wegen mir ...«, stammele ich und werde von einem Schluchzen geschüttelt. All die Worte, die ich ihm, Mom und Milo so gerne schon bei ihrem ersten Besuch gesagt hätte, wollen mir nun zeitgleich über die Lippen.

»Es ist alles okay, Giana«, flüstert Daddy und drückt mich fest an sich. »Es ist nicht deine Schuld, das weißt du doch.«

Er greift nach meinen Händen und tritt ein Stück zurück, um mir fest in die Augen zu sehen. »Wir sind einfach nur froh, dich zurückzuhaben. Das ist alles, was zählt.«

»Daddy.« Ich ziehe ihn an mich. Tränen verschleiern mir die Sicht, als Erleichterung, Freude und Schuldgefühle in mir miteinander ringen. Schuldgefühle deshalb, weil sie sich solche Sorgen wegen mir gemacht haben, es noch immer tun. Und weil ich bisher nichts zur Suche nach El Rojo beitragen konnte.

»Es wird alles gut, okay, Giana?«, sagt Daddy, als er sich von mir löst und mir einen Kuss auf die Stirn haucht wie früher, wenn er mich getröstet hat. »Und mit Tarr an deiner Seite ...«

Ein schwaches Lächeln umspielt seine Lippen, als er mich in die Seite stupst. »Ein sehr interessanter junger Mann.«

»Daddy, ich weiß nicht ... Hast du ihn gesehen?«, frage ich.

»Wen? Tarr?«

Ich nicke.

»Nein, ich war die ganze Zeit hier.«

»Es tut mir leid, Daddy, aber ich muss ...«, murmele ich und steuere auf die Tür zu. Ich muss Tarr finden, auch wenn etwas in mir sagt, dass er das Halfway House längst verlassen hat. Es ist, als könnte ich seine Abwesenheit spüren.

Eine ungute Vorahnung beschleicht mich. »Wo ist Milo?«

»Keine Ahnung«, sagt Daddy mit einem Schulterzucken. »Er muss für seine Mission bald zurück nach Arcania, aber du kennst doch deinen Bruder: Ohne ausgiebiges Frühstück geht der nicht aus dem Haus.«

»Stimmt«, sage ich und drücke kurz Daddys Schulter, ehe ich mich auf den Weg in die Küche mache. Schon im Treppenhaus höre ich den Trubel, der morgens dort unten herrscht. Eine Zeit lang hat mich das verschreckt. Selena hat mir mein Essen auf mein Zimmer bringen müssen, weil ich mich zu sehr vor den anderen gefürchtet habe. Davor, dass sie sich vor meinen Augen in El Rojo verwandeln könnten. Jetzt habe ich weit schlimmere Ängste und sie betreffen zwei der Menschen, die ich über alles in der Welt liebe.

»Da ist ja unsere Heldin!«, ruft Sel fröhlich, als ich durch den Torbogen in die Küche trete. Sie rauscht gerade mit einer riesigen Pfanne voller Rührei an mir vorbei und verteilt sie auf den Tellern der hungrigen Gasthausbewohner. Ich entdecke sämtliche Greys am Tisch, sogar Earl und Kitty sind hier, obwohl ich dachte, dass sie wegen ihrer Vorträge und Interviews über die Rogues eine Weile in Arcania bleiben würden.

»Ist es echt wahr?«, fragt Dorian und springt von seinem Platz auf. Mit großen Augen rennt er auf mich zu und hält mir sein Skizzenbuch hin. »Warst du das? Hast du das gemacht? Und wenn ja, wie? Ich meine ... Klingen aus Schatten? Wie ...? Wie geht sowas?«

Verwirrt starre ich erst ihn, dann seine Zeichnung an. Ich schlucke hart, als ich erkenne, was er mit seinem Talent auf die Seite gebannt hat. Genau das, was gestern geschehen ist, was Tarr am Rande der Ritualstätte beobachten musste. Dunkle Schatten, die im Garten des Gasthauses aufziehen und ich, wie ich von ihnen eingehüllt in der Luft schwebe, zwei dunkle Klingen in der Hand.

»Mann, ich wär' da so gern dabei gewesen!«, sagt Dorian und blättert durch die nächsten Seiten. Sie zeigen Ausschnitte des Rituals. Daddy, Milo und Ash, wie sie reglos auf dem Boden liegen. Die verschlungenen Linien, die sie in den Rasen geritzt haben. Und den Dämon in all seinen Formen.

236

»Du musst mir unbedingt alles erzählen, ja?«, drängt mich Dorian und packt mich am Arm. Seine Augen leuchten vor Neugier, aber ich kann an nichts anderes denken als an Tarr.

»Do, lass sie in Ruhe!«, ruft Selena und eilt zusammen mit Galina auf uns zu. »Du machst ihr noch Angst.«

Die beiden versuchen ihn von mir wegzuziehen, aber Dorian bleibt hartnäckig. Fragen sprudeln aus ihm hervor, doch kann ich keine einzige beantworten. Nicht nur, weil ich absolut keine Ahnung habe, was in der Nacht geschehen ist, sondern auch, weil ich in diesem Moment realisiere, dass Milo nicht da ist.

»Wo sind Tarr und Milo?«, frage ich und mache mich von Dorian los.

»Sie ... Du ...«, stammelt Dorian und erstarrt mitten in der Bewegung. Wenn es überhaupt möglich ist, weiten sich seine Augen noch mehr. Auch Selena und Galina schauen überrascht zu mir auf. Die Gespräche am Tisch ersterben.

»Giana? Du sprichst ja!«, ruft Sel und nimmt mich in der nächsten Sekunde fest in die Arme. »Gott, ich bin so glücklich, dass ich platzen könnte!«

Einen Moment lang bin ich zu überwältigt von dem Strahlen ihrer Seele. Dass Selena glücklich ist, ist noch eine Untertreibung. Solch pure Freude habe ich noch nie gespürt.

Außer vielleicht gestern mit Tarr, denke ich und lasse die Schultern hängen.

»Danke, danke, danke«, wispert Sel an mein Ohr und wird plötzlich von einem heftigen Schluchzen geschüttelt. »Danke, dass du sie gerettet hast. Und Ash ...«

»Ist er okay?«, frage ich. In all der Aufregung und meiner Sorge um Tarr und Milo habe ich noch keine Zeit gehabt, mich nach ihm zu erkundigen.

»Besser als okay«, höre ich seine tiefe Stimme hinter Selena. Eine große Hand legt sich ihr auf die Schulter. »Und das nur wegen dir, wie es scheint. Danke, Giana.«

»Wenn Daddy und Milo nicht ...«, setze ich an, werde aber von Schritten unterbrochen.

»Ash hat recht. Ohne dich wären wir alle nicht mehr hier, Giana«, sagt Daddy, als er die Küche betritt. »Du hast uns gerettet, wie auch immer du das angestellt hast.«

So ganz traue ich diesem Frieden noch nicht. Nach allem, was mir bei El Rojo passiert ist, ist mir mein Glauben an Happy Ends verloren gegangen. Selbst dann noch, als Tarr mich geküsst hat. Als unsere Träume endlich wahr geworden sind.

»Und der Dämon?«, frage ich.

»Das ist eine exzellente Frage«, sagt Earl und tritt neben seine Brüder. »Etwas Derartiges habe ich noch nie gesehen.«

Er öffnet eine Holzkiste, in der früher einmal Wein gelagert worden ist. Scharf sauge ich die Luft ein, als ich erkenne, was sich nun darin befindet: der Kristall.

»Ich dachte, Sie könnten uns das erklären, Mister Alcari?«, fragt Earl meinen Vater, der sprachlos neben mir steht.

»Ich ... ähm ...«, stammelt Daddy und kratzt sich am Kopf. In den letzten zwei Jahren hat sich der Großteil seines einst so dichten schwarzen Haars grau verfärbt, ist lichter geworden. Daddy wirkt so, als wäre er um ein Jahrzehnt gealtert, während ich bei El Rojo gewesen bin.

»Darüber könnt ihr auch später noch reden«, sagt Selena. Inzwischen hat sie sich wieder etwas gefasst. Sie schnieft und wischt sich mit dem Ärmel die Tränen von den Wangen.

»Die Helden des Tages haben ein ganz besonderes Frühstück verdient. Ich koche euch alles, was ihr wollt«, sagt sie und schließt nun auch meinen Vater spontan in eine Umarmung.

»Wir sollten auf Milo warten«, sagt Daddy und wirft einen Blick in den verlassenen Gang. »Frühstück ist ihm heilig.«

»Ähm ... Ich glaube nicht, dass er noch hier ist«, sagt Dorian und blättert durch das Skizzenbuch, bis er das Ende erreicht hat. »Sieht so aus, als hätte er das Frühstück ausfallen lassen.«

»Was?«, fragt Daddy und nimmt das Skizzenbuch entgegen, das Dorian uns hinhält. »Dann ist er schon los.«

»Zur Mission?«, fragt Dorian. Die Neugier scheint ihm angeboren zu sein. »Hat Milo gesagt, was er vorhat? Oder was der Schatten da soll?«

»Schatten?«, frage ich und reiße Daddy die Zeichnung aus der Hand. Sämtliche Luft entweicht meinen Lungen, als ich erkenne, was Dorian meint. Die Zeichnung zeigt eine der Türen im Halfway House. Sie ist geöffnet und Milo steht mit einem Fuß auf der Schwelle. Ein Wirbel aus Licht dringt von jenseits der Tür in den sonst düsteren Gang und malt zwei Schatten auf den Boden. Milos und …

»Bist du sicher, dass du zwei Schatten gesehen hast?«, frage ich Dorian und drehe die Zeichnung zu ihm um.

»Todsicher. Ich zeichne nur das, was ich sehe«, entgegnet er und runzelt die Stirn. »Wieso?«

»Do.« Mahnend legt Galina ihm eine Hand auf die Schulter.

»Das kann nicht …«, wispere ich und drücke ihm das Skizzenbuch in die Hand. »Wenn er das gemacht hat …«

»Hä? Wenn wer was gemacht hat?«, hallt Dorians Stimme hinter mir her, als ich die Küche verlasse und in die oberen Stockwerke des Gasthauses stürme.

»Giana?«, ruft mir Lou von der Tür aus zu. Sie und Markos kommen gerade in Begleitung von Ashs Mutter ins Foyer.

»Später«, entgegne ich und lasse sie stehen. Das, was ich die ganze Zeit schon vermute, was mir wie ein schwerer Klumpen im Magen liegt, scheint sich zu bewahrheiten: Milo ist zu seiner Mission aufgebrochen. Und Tarr ist mit ihm gegangen.

Das kann nicht sein. Das kann einfach nicht sein, wiederhole ich in Gedanken, während ich keuchend die Stufen wieder hinaufrenne und die Tür zu Tarrs Zimmer aufstoße. Ein naiver Teil von mir glaubt, ihn gleich hier vorzufinden, doch ist sein Zimmer genauso leer und verlassen, wie ich es zurückgelassen habe. Einzig das zerwühlte Bett und all die Kissen am Boden zeugen davon, dass ich mir die letzte Nacht mit ihm nicht eingebildet habe. Dass es diesmal kein Traum war.

Wieso? Tränen lassen meine Sicht verschwimmen. *Wieso musstest du mich allein lassen?*

Suchend blicke ich mich um, bete, dass er mir eine Antwort hinterlassen hat. Dass es noch eine andere Erklärung für sein Verschwinden gibt.

Vielleicht wollte er nach Castya zurück, um Königin Storm Bericht zu erstatten, oder ...

Fahrig streiche ich mir die Haare aus dem Gesicht und versuche, meine Atmung unter Kontrolle zu bekommen. Erst als ich die Kommode neben der Tür auseinandernehmen will, fällt mir die Kette auf, die Tarr bei seiner Ankunft getragen hat. Eine kleine Glasphiole voll Erde an einem Lederband. Storm Greys Kette. Bei der Willkommensfeier habe ich Earl darüber reden hören. Daneben liegt ein Notizblock. In unordentlicher Schrift hat jemand eine Botschaft für mich darauf hinterlassen.

Giana.

Bald musst du keine Angst mehr haben.

Ich liebe dich. T

»Bald musst du keine Angst mehr haben?«, wispere ich und sacke auf dem Boden zusammen, als mir klar wird, was er mir damit sagen will: Tarr ist Milo gefolgt. Oder vielleicht ist er alleine gegangen. Seine Worte können nur eines bedeuten: Er macht Jagd auf El Rojo. Und das ist ein Spiel mit dem Feuer, das Tarr nicht gewinnen kann.

KAPITEL 27
JEDER MANN FÜR SICH

TARRON

Nachdem der Jubel abgeebbt ist, werden die Agenten ernst. Dorians Mutter beginnt das *Briefing*, ein anderes Wort für Besprechung, damit, sämtliche Fakten durchzugehen, die sie über El Rojo und seine Handlanger zusammentragen konnten.

Könnte mehr sein, denke ich, während ich stumm zuhöre und aufpasse, dass ich keinem der Agents zu nahe komme. Ab und an habe ich das Gefühl, jemand würde mich angucken, aber meistens schütteln sie dann bloß den Kopf und richten ihren Blick wieder auf die beiden leitenden Agenten.

Agent Howard will gerade die Fragen der Anwesenden beantworten, als es gegen die Tür klopft.

»Früher als erwartet«, sagt er zu Dorians Mutter und eilt dann auf die Tür zu. Kurz fliegt Agent Howards Blick in meine Richtung. Er hat die Stirn gerunzelt und die Augen zusammengekniffen, als könnte er mich trotz meiner Magie erkennen.

Mit klopfendem Herzen weiche ich vor ihm zurück, bis ich die kalte Wand im Rücken spüre. Ein weiteres Klopfen rettet mich davor, enttarnt zu werden. Agent Howard schüttelt den Kopf und öffnet dann eine der breiten Flügeltüren.

»Wird aber auch Zeit«, sagt einer der Anzugträger, der nun in den Raum tritt. Insgesamt zähle ich sechs. Je zwei von ihnen halten zwei weitere Männer fest. Weil ich so nahe an der Tür stehe, erkenne ich sofort, dass ihnen die Hände auf den Rücken gefesselt sind. Im Gegensatz zu Milos Kollegen tragen sie zerrissene Jeans und fleckige T-Shirts.

»Alter Mann ist kein D-Zug«, sagt Agent Howard und klopft seinem Kollegen kurz auf die Schulter, ehe er sich den beiden Gefangenen zuwendet.

»Gentleman, schön euch heil wiederzusehen«, sagt er und zückt einen Schlüssel.

Einer der beiden Männer schnaubt wütend. »Heil?«

»Sorry, es musste echt aussehen, Clifford«, sagt der Agent, der ihn eben noch festgehalten hat.

»Deswegen musst du mir kein verdammtes blaues Auge verpassen, West«, knurrt Clifford. Nachdem Agent Howard ihm die Fesseln abgenommen hat, schüttelt er die Arme aus.

Was zum Teufel soll das?, denke ich und blicke mich im Saal um. Ich bin nicht der Einzige, der sich darüber wundert.

»Was soll das, Howard? Verdammt! Warum lassen Sie diese Arschlöcher frei?«, ruft jemand weiter vorn im Saal.

Clifford knackt erst mit seinem Nacken, dann mit jedem einzelnen Fingergelenk, als er sich einen Weg durch die Menge bahnt und sich zu Agent van Zicht gesellt. Sehr zur Überraschung aller schließt sie ihn sogar in die Arme, verzieht aber angewidert das Gesicht. »Verbietet El Rojo dir das Duschen, oder was?«

Ein Teil der Agents bricht in schallendes Gelächter aus, der Rest starrt noch immer entsetzt auf die beiden Gefangenen, die sich nun frei unter uns bewegen können.

»Sind das nicht zwei von El Rojos Leuten?«, fragt jemand in meiner Nähe und lässt mich entsetzt die Augen aufreißen. Wie können Agent van Zicht und Agent Howard zwei Handlanger dieses Bastards frei herumlaufen lassen?

»Nur fürs Protokoll, Jungs und Mädels: Wir stehen auf der gleichen Seite«, verkündet Clifford und nimmt den Agent ins Visier, der ihn ein Arschloch genannt hat.

»Wer's glaubt«, knurrt jemand neben mir, aber mein Instinkt sagt mir, dass wir Clifford trauen können.

»Special-Agents Levi Clifford und Kyle Miller«, stellt Agent Howard sie vor und klopft ihnen auf die Schulter. »Unsere Undercover-Ermittler bei El Rojo.«

Überrascht saugen einige Agents die Luft ein und tauschen verwirrte Blicke miteinander. Andere begrüßen Clifford und Miller mit einem Nicken, teils sogar mit Handschlag und Umarmung, als würden sie sich tatsächlich kennen.

Undercover. Das Wort habe ich schon einmal gehört. Es ist genau das, was auch Milo bevorsteht. Eine geheime Mission, bei der er sich in El Rojos Netzwerk einschleicht.

»Hätte nicht gedacht, dass mich mal jemand gefesselt ins Hauptquartier zurückbringt, aber wie West schon sagte, es musste glaubwürdig aussehen.« Clifford bedenkt die Agenten, die ihn hereingebracht haben, trotzdem mit einem finsteren Blick. »Wir dürfen nicht auffliegen.«

»Es gilt höchste Geheimhaltung, ist das klar?«, fragt Agent van Zicht mit strenger Stimme, die so gar nicht zu ihrem sonst so freundlichen Auftreten passt.

Zustimmendes Gemurmel wird laut. Auch die Agents, die eben noch an Cliffords Worten gezweifelt haben, nicken. Ich ebenfalls, auch wenn mich niemand sehen kann. Es gibt mir das Gefühl, dazuzugehören, Teil dieser Mission zu sein und nicht bloß ein passiver Schatten am Rand.

»Okay. Wer sind die drei Glücklichen, die wir einschleusen sollen?«, fragt Miller an die Menge gewandt. Neugierig recken einige Agents um mich herum die Köpfe, als Stühle zurückgeschoben werden und Milo zusammen mit zwei weiteren Agents nach vorn tritt.

»Du da! Dich habe ich hier noch nicht gesehen.« Clifford deutet auf Milo.

»Special-Agent Milo Alcari«, stellt er sich vor und reicht ihm die Hand. »Bin vor ein paar Tagen versetzt worden.«

»Und dann schickt man dich gleich an vorderste Front?«, fragt Clifford und wirft van Zicht und Howard einen fragenden Blick zu. Er scheint nicht glücklich über diese Nachrichten zu sein. Auch sein Partner mustert Milo mit gerunzelter Stirn, als hätte er seine Zweifel.

»Agent Alcari war zuvor in L.A. und New York undercover tätig«, sagt Agent van Zicht und reicht Clifford einen Papierstapel. »Tief undercover in Cross' Netzwerk.«

»Cain Cross?«, fragt Clifford zweifelnd. »Der Cain Cross?«
Überraschtes Gemurmel brandet durch den Saal.

»Einige meiner Connections führen zum *Purgatorio*, El Rojos Club in New York. Könnte nützlich sein«, sagt Milo mit einem Schulterzucken, als wäre es nicht der Rede wert. So wie die anderen Agents darauf reagieren, scheint das jedoch sehr bedeutsam zu sein. Ich habe zwar kaum ein Wort verstanden, aber in den Mienen der Umstehenden erkenne ich nichts als Respekt für Milo.

Scheint so, als wäre nicht nur Giana etwas Besonderes, denke ich mit einem Lächeln. Ich kann es kaum erwarten, ihr El Rojos Kopf zu bringen.

»Agent Alcari ist unsere Verbindung zur Cross-Taskforce in New York. Die Direktorin hat uns grünes Licht gegeben, Ressourcen und Informationen mit ihnen auszutauschen«, erklärt Agent van Zicht. Noch mehr Worte, die keinen Sinn ergeben, offenbar aber gute Nachrichten sind, wenn ich die Reaktionen der Agents richtig einschätze. Sie nicken, ein paar recken sogar den Daumen nach oben. Das hat Königin Storm auch oft getan, wenn sie mich mit einem stummen Zeichen loben oder mir versichern will, dass alles in Ordnung ist.

»Sobald wir in New York sind, werden wir auch von einigen Jägern des Vampirrats unterstützt, die bisher mit der Cross-Taskforce kooperiert haben«, sagt Milo, was die Stimmung etwas kippen lässt.

»Sag mir nicht, dass die Nessel dabei ist«, knurrt Clifford und verzieht das Gesicht.

»Chase Nettleham ist einer ihrer besten Leute«, entgegnet Milo mit einem Schulterzucken, wirkt aber selbst nicht gerade erfreut über diesen Umstand.

»Haben sie den nicht in den Süden versetzt?«, ruft jemand weiter vorn. »Zur Strafe für die Sache mit den Rogues?«

Milo seufzt, bleibt aber ruhig. »Er konnte dort mit einigen Leuten von Cross Kontakt aufnehmen und ist wieder dabei.«

»Na, dann viel Spaß!«, murmelt jemand in meiner Nähe. Zwei Agents vor mir nicken schwach.

Dieser Chase-Kerl scheint wohl nicht besonders beliebt zu sein, denke ich, wenn ich mir die Gesichter der Agenten anschaue. *Solange er seine Arbeit gut macht, ist mir das egal.*

Auch in Castya gibt es Wachen, die ich nicht besonders leiden kann. Wenn es hart auf hart kommt, bin ich trotzdem froh, sie an meiner Seite zu wissen.

»Gehen wir noch einmal den Plan durch, bevor es losgeht«, sagt Howard an Clifford und Miller gewandt.

»Simpel. Ihr lasst uns in ein paar Stunden wieder laufen, weil ihr zu wenig Beweise habt, wir kehren zu El Rojo zurück und schleusen unsere Frischlinge ein«, sagt Clifford und nickt den beiden anderen Agents zu, die Milo begleiten werden.

»Der Musterschüler sollte kein Problem haben, sich einen eigenen Weg rein zu suchen«, fügt Miller hinzu und klopft Milo auf die Schulter. Etwas zu fest, so wie Gianas Bruder die Lippen aufeinanderpresst.

Ich mag diesen Miller nicht, denke ich und verschränke mit grimmiger Miene die Arme vor der Brust.

»Wäre echt besser, wenn nicht alle aus einer Richtung zum Ziel gelangen«, stimmt Clifford zu. Er mustert Milo abschätzig. »Meinst du, du kriegst das hin, Junge?«

»Sonst wäre ich ja nicht hier«, entgegnet Milo und blickt grimmig in die Menge. Einen Moment lang treffen sich unsere Blicke und ich meine, ihn lächeln zu sehen.

»Sobald ihr drin seid, konzentriert ihr euch auf El Rojos engste Vertraute«, weist Agent Howard sie an. Hinter ihm an der Wand erscheinen drei Bilder. Sie sind so realistisch, dass kein Künstler sie gemalt haben kann.

Fotos, denke ich und erinnere mich daran, was Königin Storm mir über die Technik hier auf der Erde erzählt hat. Dass sie weit fortschrittlicher ist als in Castya.

»Eine unserer Quellen hat uns geholfen, ein Profil zu ihm hier zusammenzustellen: Lance Dalloway«, sagt Howard und deutet auf das Foto ganz links. Es zeigt einen dunkelhäutigen Mann mit kohlschwarzen Augen.

»Er ist sehr gefährlich«, fügt Howard mahnend hinzu und übergibt seiner Kollegin das Wort.

»Lance Dalloway, 29 Jahre, Feuerteufel und El Rojos Mann fürs Grobe«, sagt sie und blättert durch einen Papierstapel. »Bei Entführungen, Überfällen oder Drohungen in El Rojos Namen ist er immer an vorderster Front.«

»Ihr alle kennt El Rojos Zeichen?«, fragt Agent Howard und hinter ihm verändern sich die Fotos. Sie zeigen nun einen umgekippten Tisch mit einem verkohlten Handabdruck.

Sämtliche Agents nicken.

»Unsere Spezialisten konnten feststellen, dass er seit den letzten drei Jahren von ein und derselben Person stammt«, fährt Howard fort und hinter ihm erscheint nun ganz groß das Foto von diesem Lance.

»Ich dachte, eine von den Vampirjägern hätte ihn bei der Razzia erwischt«, sagt ein Agent in den vorderen Reihen. »Die mit dem Rogue als Schoßhündchen.«

Einige Agents lachen, doch spiegeln sich sowohl auf Agent Howards als auch auf Agent van Zichts Gesichtern nichts als Verärgerung.

»Lance Dalloway hat das Chaos bei der Razzia genutzt, um zu entkommen. Wir wissen nicht, wie er es geschafft hat, aber er wurde kurz darauf in der Nähe des *Purgatorio* in New York gesehen«, sagt Agent van Zicht.

»Kann ich bestätigen. Der Typ ist zäh und El Rojos Leute haben großen Respekt vor ihm, wenn nicht sogar Angst«, sagt Clifford und reckt dem Foto seinen Mittelfinger entgegen. »Ist fast schon eine Nummer zu groß für uns, um an El Rojo ranzukommen.«

»Dafür haben wir noch zwei weitere«, sagt Agent Howard.

An der Wand tauchen die zwei Fotos von El Rojos anderen Handlangern auf. Einer von ihnen ist ein kahlköpfiger Fettwanst mit winzigen Augen und einer Nase, die schon häufiger gebrochen wurde, als er Finger an der Hand hat. Der andere erinnert mich ein bisschen an Earl Grey. Er passt überhaupt nicht zu dem Bild, das ich bisher von El Rojos Männern habe. Dieser Mann trägt einen Anzug und die Haare sind ordentlich gescheitelt. Keine Narben, keine Tätowierungen wie der Glatzkopf. Wäre ich ihm auf der Straße begegnet, hätte ich nicht gedacht, dass er für einen Kriminellen arbeitet.

Aber der Schein trügt nicht selten, wenn es um Verbrecher geht, denke ich und balle die Hände zu Fäusten.

»Walter Brooks«, sagt Agent van Zicht und deutet auf den Glatzkopf. »Ein einsamer Werwolf, der sich in den *Wilds* einen Namen gemacht hat, bevor er von El Rojo rekrutiert wurde.«

»Er ist für El Rojos persönliche Security verantwortlich«, fügt Clifford hinzu. »Wenn ihr mich fragt, riecht der schon auf hundert Metern, wenn ihm jemand krumm kommt.«

»Und Reginald Fitzgerald«, sagt Agent Howard und deutet auf den jungen Mann neben Glatzkopf Walter. Ich schätze ihn auf Ende zwanzig. »Er ist ein Vampir und laut Unterlagen fünfundvierzig Jahre alt. Reggie leitet seit zwei Jahren El Rojos Etablissements und ist für seine Finanzen zuständig.«

»Krallt euch den kleinen Streber«, ruft ein Agent.

Einige seiner Kollegen lachen. Howard, van Zicht und die Undercover-Ermittler bleiben ernst.

»Lasst euch von seinem Äußerlichen nicht täuschen«, sagt Clifford und tauscht einen kurzen Blick mit Miller. »Reggie steht El Rojo in puncto Grausamkeit in nichts nach.«

Miller nickt und schüttelt sich angewidert. »Er hat seinen Blutdurst nie unter Kontrolle bekommen. Wir vermuten, dass die Academy-Morde vor zwanzig Jahren auf ihn gehen.«

»Academy-Morde?«, fragt ein junger Agent in meiner Nähe.

»Eine Reihe grausamer Mordfälle um den Campus der Academy of Arcane Arts«, erklärt Agent Howard. »Reggie war zu dem Zeitpunkt noch Student dort, stammt aus einer weniger bedeutenden Vampirfamilie.«

Das Bild hinter ihm wechselt erneut. Ich muss all meine Selbstbeherrschung zusammennehmen, um nicht erschrocken aufzustöhnen und damit auf mich aufmerksam zu machen. Was ich auf diesem Bild sehe …

Den Agents um mich herum geht es nicht anders. Ein sehr junger Agent drängt sich an uns vorbei und übergibt sich in einen Mülleimer neben der Tür. Ich verübele es ihm nicht. Was dieses Bild zeigt, lässt selbst die schlimmsten Bluttaten, die ich in Castya miterlebt habe, wie Bagatellen erscheinen.

Das Foto zeigt einen gepflegten grünen Rasen, auf dem fein säuberlich menschliche Körperteile angerichtet sind wie zu einem Kunstwerk.

»Die Befragungen von El Rojos befreiten Geiseln haben ergeben, dass Reggie sich für ... makabre Kunst begeistert«, sagt Agent Howard, der selbst ganz blass geworden ist.

»Was für ein widerliches Monster«, zischt eine Agentin in meiner Nähe und fast hätte ich ihr laut zugestimmt. Das verstörende Bild, das mittlerweile wieder durch die Gesichter von El Rojos Handlangern ersetzt worden ist, hat sehr an meiner Selbstbeherrschung gekratzt. Ich kann mich gerade so zurückhalten und weiche nun bis in die hinterste Ecke zurück, damit mich ja niemand bemerkt.

»Nettleham und ich waren schon an Reggie dran. Wir vermuten, dass er auch Mittelsmann zwischen Cross und El Rojo ist«, erzählt Milo und verzieht angewidert das Gesicht. »Ich übernehme ihn, wenn ihr euch um die anderen kümmert.«

»Nur zu gern«, sagt einer der neuen Agents, die Milo bei der Mission begleiten werden.

»Von mir bekommst du da auch keine Widerrede, Junge«, sagt Clifford und dreht sich zu den drei Fotos an der Wand um. Die Hände hat er in die Hüften gestemmt, während er sie betrachtet. Der komplette Saal ist vollkommen still, als warten sie alle darauf, dass er sich die perfekte Strategie für die Mission ausdenkt.

»Gefährlich oder nicht ... Unsere größten Chancen haben wir wahrscheinlich, wenn wir uns an Dalloway heften. Er sucht immer neue Schlägertypen und ist nicht so wählerisch wie

Brooks«, sagt Clifford, als er sich zu Milos Kollegen umdreht. »Und ihr zwei passt da gut ins Profil.«

Der Saal lacht, doch klingt es verhalten, nervös. Sie wissen, wie gefährlich diese Aktion ist. Die beiden neuen Undercover-Agenten nicken dennoch entschlossen. Einer von ihnen lässt sogar laut seine Fingerknochen knacken.

»Auch hier gilt das Standard-Protokoll für verdeckte Ermittlungen«, erinnert van Zicht Milo und seine Kollegen. »Das bedeutet, dass ihr euch täglich viermal bei eurem Mittelsmann meldet, alle 6 Stunden.«

»Und wehe, ihr vergesst es«, knurrt Miller und funkelt die neuen Undercover-Agenten finster an. »Die einzige Ausrede, die zählt, ist, dass ihr in ernsthafte Schwierigkeiten geraten seid und euch nicht melden könnt. Ist das klar?«

Milo und seine Kollegen nicken knapp. Ihre Gesichter sind ganz starr vor Ernst. Ich kenne diesen Blick. Sie bereiten sich innerlich längst auf die Mission vor.

»Betet, dass es nicht so weit kommt«, fügt Clifford hinzu und klopft dem fingerknackenden Muskelprotz so fest auf die Schulter, dass er ins Wanken gerät. »Gerettet wird niemand.«

»Jeder Mann für sich«, wispert jemand neben mir.

»Bescheuerte Regel«, kommt es von weiter vorn.

»Aber notwendig, damit die restliche Operation nicht auffliegt«, ruft Miller wütend. »Denkt daran, wie viele Leben in Gefahr schweben, solange El Rojo frei ist.«

»Dann macht ihm halt schnell den Garaus!«, ruft jemand in der ersten Reihe. Einige Agents nicken, die meisten wirken verärgert über diese Äußerung, ganz besonders Agent van Zicht. Mit einem großen Schritt stellt sie sich mitten vor die Menge.

»Nochmal: Das Ziel dieser Mission ist eine dauerhafte Informationsbeschaffung, kein Himmelfahrtskommando.« Ihre Stimme ist schärfer als die Dolche an meinen Hüften. »Ist das klar?«

Es kommt keine Reaktion von Milo und den anderen, oder vielleicht stehe ich auch zu weit weg, um es mitzubekommen.

»Agent Alcari, haben Sie mich verstanden?«, fragt Dorians Mutter und baut sich vor ihm auf.

Ich kann Milos Gesichtsausdruck zwar nicht sehen, aber ich weiß, was gerade in ihm vorgeht. Die gleichen Gefühle, die auch durch meine Adern rauschen und es mir von Sekunde zu Sekunde schwerer machen, mich zu beherrschen. Hass und Wut gegenüber El Rojo dafür, was er Giana und den anderen angetan hat, die ihm in die Quere gekommen sind.

»Agent Alcari?«

»Verstanden«, höre ich Milo schließlich hervorpressen.

»Die Direktorin besteht darauf, El Rojo leben zu lassen«, fügt Agent van Zicht an die Menge gewandt hinzu. Der Unmut über diesen Befehl ist deutlich spürbar. Viele verschränken mit grimmiger Miene die Arme oder schütteln den Kopf.

»Wir wissen nicht, wie weitläufig sein Netzwerk ist und wie viele Leben auf dem Spiel stehen, sollte sich das Machtgleichgewicht durch El Rojos Tod verschieben«, fährt Agent Howard fort. »Das gilt auch für seine Gefangennahme.«

»Ich weiß, das ist ungerecht. Dass jeder hier ihm den Kopf abschlagen würde, würde sich die Gelegenheit bieten«, sagt Agent van Zicht, diesmal mit sanfterer Stimme. Sie wirft einen kurzen Blick über die Schulter auf Milo. »Und eines Tages wird er seine gerechte Strafe bekommen. Aber davor müssen wir wissen, mit was wir es zu tun haben. Diese Operation ist vermutlich unsere einzige Chance.«

Als ich mich in der Menge umblicke, sehe ich zwar, dass die Agenten nicht gerade erfreut sind über diese Situation, es aber doch einsehen. Es fällt mir schwer, das zu akzeptieren, aber Agent van Zicht hat recht. Zu viele Leben stehen auf dem Spiel.

El Rojo wegzusperren, wird hoffentlich reichen, um Giana zu beruhigen. Nach allem, was ich bisher im Gebäude des

Instituts, aber auch im Halfway House gesehen habe, ist nicht nur die Technik weit fortgeschrittener. Auch ihre Magie ist viel stärker und vielschichtiger. Sicher werden sie sie einsetzen, damit El Rojo ihnen nie mehr entkommen kann.

Aber bis es so weit ist ..., denke ich und schlucke. Wie ich es verstanden habe, sollen sich die Agenten und Milo auf längere Zeit bei ihm einschmuggeln und Informationen sammeln. Das wird Monate, vielleicht aber auch Jahre dauern.

Trotzdem darf ich ihn nicht töten, sage ich mir, so schwer es mir auch fällt. El Rojo wäre nicht das erste Raubtier, das der Gerechtigkeit zum Opfer fällt. Aus Erfahrung weiß ich, dass es nicht lange dauern wird, bis dieses Vakuum von einem neuen ersetzt wird. Eine Weile wird Chaos herrschen, es wird blutige Kämpfe geben, aber irgendwann findet auch das Böse wieder seine Balance.

»Die einzige Lösung, El Rojo und Konsorten dauerhaft zu stoppen, besteht darin, sein Netzwerk von Grund auf zu zerstören«, sagt Agent van Zicht in die angespannte Stille hinein. »Diese fünf Herren schaffen ab heute ein Fundament dafür.«

Sie deutet auf Milo und seine Kollegen, die sich mal mehr, mal weniger über den Applaus der anderen freuen. Milo wirkt angespannt, fast wütend. Die Faust hat er in sein Shirt gekrallt und er blickt zu Boden. Muskelprotz und Clifford scheinen sich über die Aufmerksamkeit zu freuen.

»Ich sollte zuerst los«, sagt Milo, als der Saal allmählich zur Ruhe kommt. Er wirft einen Blick in meine Richtung.

Ich nicke, auch wenn er mich vermutlich nicht sehen kann.

»Es wäre verdächtig, wenn wir alle zur gleichen Zeit wieder auf El Rojos Radar erscheinen.«

»Da muss ich dir zustimmen, Junge«, sagt Clifford und klopft ihm auf die Schulter. »Wir werden noch ein bisschen hier rumsitzen, bevor ihr uns wieder gehen lassen könnt.«

»Wäre schon etwas verdächtig, wenn ihr uns nach weniger als 'ner halben Stunde laufen lasst«, stimmt Miller ihm zu und dreht sich zu den neuen Undercover-Agenten um. »Lasst uns planen, wie wir euch da ohne Probleme reinschleusen können. Alcari, du kommst allein klar, nicht?«

»Ich geh' da nicht allein rein«, erwidert Milo.

Erschrocken reiße ich die Augen auf. *Er wird ihnen doch nicht von mir erzählen, oder?*

»Nettleham wartet in New York auf mich«, fügt er hinzu, ohne auch nur in meine Richtung zu sehen.

»Dass sie den so mir nichts, dir nichts zurückgeholt haben, nach allem, was der sich geleistet hat ...«, grummelt jemand in meiner Nähe.

Neugierig horche ich auf, um noch mehr über diesen Kerl zu erfahren, wenn Milo schon mit ihm zusammenarbeiten wird. Ich komme aber nicht dazu, denn da bahnt sich Gianas Bruder unter lautem Applaus bereits einen Weg durch die Menge auf den Ausgang zu.

»Dann mal los«, sagt er leise, als er die Tür und damit auch mich erreicht.

Ich nicke und folge ihm hinaus.

Ja, dann mal los.

KAPITEL 28
WIE SAND, DER MIR DURCH DIE FINGER RINNT

GIANA

»Giana? Giana, was ist denn los?«, ruft Daddy mir zu, als ich von Tarrs Zimmer ins Treppenhaus zurückrenne. Zusammen mit Louise und Sel kommt Daddy gerade die Stufen hinauf.

»Keine Zeit«, rufe ich ihnen atemlos zu, als ich mich an ihnen vorbeidränge.

»Gia! Warte doch mal!« Lous Stimme lässt mich nun doch kurz innehalten. Sie wirkt verwirrt, fast schon verängstigt wie damals in unserer feuchten Zelle bei El Rojo.

»Ich muss Tarr suchen«, rufe ich über meine Schulter und erreiche endlich den Gang, der zur Portaltür führt. Die Tür, die Dorian in der Nacht gezeichnet hat, mit Milos Fuß auf der Schwelle und zwei Schatten hinter ihm statt nur einem.

Das kann einfach kein Zufall gewesen sein, denke ich, als ich stehenbleibe, um wieder zu Atem zu kommen. *Tarr er-*

scheint mir als Schatten, wenn er sich unsichtbar macht. Und jetzt zeichnet Dorian einen zweiten ein, wo keiner sein sollte?

Kopfschüttelnd starre ich auf meine linke Hand, in der ich Tarrs Nachricht halte. Das zerknüllte Papier fühlt sich eiskalt an, so kalt wie der Tod.

»Giana! Warte!«, ruft Selena. Auch sie klingt besorgt, wo sie eben in der Küche noch so glücklich gewesen ist. Sie muss gespürt haben, dass etwas ganz und gar nicht in Ordnung ist. Dass sie und Ash zwar endlich ihr Happy End gefunden haben, ich aber im Begriff bin, meines zu verlieren.

Musst du auch unbedingt den Helden spielen?, denke ich und schließe die Faust um Tarrs Nachricht.

»Giana, bitte bleib hier«, sagt Louise, als sie erkennt, vor welcher Tür ich stehen geblieben bin. Die einzige, die keine Ziffern trägt, sondern ein großes goldenes *A* für Arcania.

»Ich muss gehen«, sage ich und hebe die Hand. Wenn ich mich recht erinnere, muss man dreimal dagegen klopfen, bevor man hindurchtreten kann. »Ich muss ihn aufhalten.«

»Wen?«, fragt Louise verwirrt.

»Tarron?«, fragt Daddy. Er schluckt hörbar, als ich nicke.

»Sag uns bitte erstmal, was passiert ist, Giana«, weist mich Selena an. Sie kommt mit erhobenen Händen auf mich zu, als wäre das hier ein Geiselaustausch und keine normale Unterhaltung. Sie spürt sicher, wie aufgeregt und durcheinander ich gerade bin. Wie viel Angst mit jedem Herzschlag durch meine Adern gepumpt wird.

»Tarr ist mit ihm gegangen«, presse ich hervor und muss blinzeln, als die ersten Tränen in meinen Augen brennen. »Er ist Milo gefolgt und jetzt ...«

Meine Stimme versagt mir und ich sacke auf dem Boden zusammen. Je mehr Zeit verstreicht, umso weiter entfernt fühlt sich Tarr an. Wie weit kann er noch gehen, bis das Band, das unsere Seelen verbindet, zerreißt?

»Bist du dir sicher?«, fragt Selena, klingt aber so, als kenne sie die Antwort selbst. Als Sukkubus kennt sie Tarr und seine Emotionen fast genauso gut wie ich. So besorgt wie Sel mich gerade ansieht, hat sie längst begriffen, warum sich dieser verdammte Idiot blindlings in Lebensgefahr stürzt. »Dir zuliebe?«

Ich nicke. Mein Schluchzen lässt alles wie unverständliches Gebrabbel klingen. In wenigen Schritten ist Selena bei mir, Lou ebenfalls. Sie schlingen die Arme um mich und drücken mich an sich. Ihre Wärme kann jedoch die Kälte, die sich in meinem Herzen ausgebreitet hat, nicht vertreiben.

»Ja, hat er denn nicht mehr alle Kessel im Schrank?«, höre ich Daddy murmeln, als er uns erreicht und sich vor mir niederlässt. Unbeholfen tätschelt er mir das Knie. Er wirkt völlig erschöpft und durcheinander. Es ist ein Wunder, dass er sich nach dem Ritual überhaupt noch auf den Beinen halten kann.

Und Milo? War es wirklich eine so gute Idee, heute schon zu seiner Mission aufzubrechen?

Schritte erklingen in unserer Nähe, erst im Treppenhaus, dann auf dem Gang. Der Teppichläufer, der sich einmal durch den Korridor zieht, schluckt die Geräusche zwar, aber ich spüre dennoch die Aufregung all der Leute um mich herum.

»Also hatte ich recht?«, höre ich Dorian Grey fragen.

Als ich den Kopf hebe, um zu antworten, sehe ich nur verwischte Schemen vor mir. Die Tränen verschleiern meine Sicht zu sehr.

»Was kam danach?«, frage ich mit brüchiger Stimme. Jetzt lässt sie mich wenigstens nicht mehr im Stich. »Nach deiner Vision von Milos Abreise?«

Papier raschelt, als Dorian durch sein Skizzenbuch blättert. Er sagt jedoch nichts, was nichts Gutes bedeuten kann.

»Do, ruf sofort deine Mutter an und sag ihr, dass sie Tarr aufhalten soll«, weist Selena ihn an, ohne mich loszulassen. Ich bin ihr so unendlich dankbar, dass wenigstens sie noch einen

Durchblick hat, was jetzt zu tun ist. In meiner Verzweiflung wäre ich am Ende in einen von El Rojos Clubs gestolpert, um Tarr da wieder rauszuholen, bevor ihm etwas passiert.

»Wie jetzt? Ist der Kerl ihm etwa gefolgt, oder was?«, fragt Dorian, woraufhin ich hinter ihm überraschtes Keuchen und leises Gemurmel der übrigen Greys höre.

»Der zweite Schatten ...«, presse ich hervor und gestikuliere in Richtung des Skizzenbuchs. »Das war Tarr.«

»Bist du sicher?« Earl Grey klingt zweifelnd. »Man sieht ihn auf der Zeichnung doch gar nicht.«

Ich nicke und schniefe, bevor ich mir von Selena und Louise aufhelfen lasse. »Er ... Er kann sich unsichtbar machen.«

»Kann ich bestätigen«, sagt Selena und drückt meinen Arm.

»Ich auch.« Das ist Aldyrs ruhige Stimme.

»Das ist ...«, wispert jemand, aber ich kann den Sprecher nicht zuordnen.

»Ich konnte Tarr trotzdem sehen. Wie einen Schatten, der nicht da sein sollte«, erkläre ich und schaffe es, mich wieder unter Kontrolle zu bringen.

»Das heißt, Milo weiß wahrscheinlich gar nicht, dass er ihm gefolgt ist?«, fragt Daddy und ich nicke. »Und dann? Wollte er sich etwa beim Institut einschleichen und ...?«

»Ruf Grace an, Dorian«, wiederholt Selena ihre Anweisung. »Bei dir geht sie immer ran. Vielleicht können wir ihn so noch aufhalten.«

»Das ist eine Nummer zu groß für Tarr«, wispert Ash und erntet zustimmendes Gemurmel.

»Komm, Gia, du solltest dich nach der Aufregung erstmal setzen«, sagt Louise und drückt sanft meinen Arm. »Scheint ja ganz schön viel passiert zu sein, seit der letzten Nacht.«

Sie sagt es mit einem Lächeln, aber ihr ist anzusehen, dass auch sie sich Sorgen macht. »Schön, wieder deine Stimme zu hören, Gia.«

»Louise«, schluchze ich und schließe sie in meine Arme. »Es tut mir so leid, ich ...«

»Schschsch, alles okay«, wispert meine beste Freundin und drückt mich so fest an sich, dass ich kaum noch Luft bekomme. Ich wehre mich aber nicht dagegen, im Gegenteil. In diesem Moment gibt mir ihre Nähe die nötige Kraft, durchzuhalten.

»Darüber können wir auch noch reden, wenn sie dir deinen Alienbarbaren zurückgebracht haben«, flüstert Lou mir zu und knufft mich. »Dann habt ihr also ... zueinander gefunden?«

»Lou!«, rufe ich und spüre, wie ich vor Scham rot anlaufe.

»Schon gut schon gut«, sagt sie mit einem Schmunzeln und schiebt mich aufs Treppenhaus zu. »Gehen wir runter.«

»Du musst unbedingt was essen, Giana«, pflichtet Sel ihr bei und hakt sich bei mir unter. »Das gestern Nacht muss dich ganz schön geschlaucht haben.«

Stirnrunzelnd betrachte ich erst Selena, dann Ash, der vor uns die Treppen hinuntersteigt. Er und Daddy wirken sehr erschöpft, aber abgesehen von meiner Todesangst um Tarr und natürlich auch um Milo, geht es mir gut. Bestens, wenn ich ehrlich bin. Als hätte ich gerade eine Woche lang auf dem Sofa gegammelt, mit Lou *Dirty Dancing* in Dauerschleife geguckt und sämtliche Kraftreserven wieder aufgefüllt.

Aber woran liegt das?

Dem Dämon Einhalt zu gebieten, war alles andere als leicht. Ich dachte, es würde mich umbringen. Nachdenklich betrachte ich meine Finger. Selbst jetzt kann ich den Druck darin spüren, den ich in der Nacht auf die vielen Fetzen ausüben musste, um sie zu einem Kristall zu verdichten und den Dämon zu stoppen.

Je tiefer ich in die Erinnerungen eintauche, umso schwindeliger wird mir. Mit einem Stöhnen halte ich auf der Treppe inne. Hätten Louise und Selena mich nicht festgehalten, wäre ich vermutlich umgekippt.

»Hey, alles okay?«, fragt Louise besorgt.

Ich sauge tief die Luft ein und verdränge die Gedanken an die gestrige Nacht. Der Schwindel lässt fast augenblicklich nach, als hätte ich mir das nur eingebildet.

»Geht schon wieder«, sage ich und versuche mich Louise zuliebe an einem Lächeln. Sie hat sich lange genug Sorgen um mich gemacht. Damit sollte endlich Schluss sein.

»Und?«, fragt Selena, als wir die Eingangshalle erreichen und Dorian mit seinem Handy in der Hand auf uns zueilt.

»Nichts. Sie geht nicht ran«, sagt er und zieht die Brauen zusammen. »Das ist echt selten. Sie hat das Handy sonst nur aus, wenn sie gerade irgendwo bei einem Einsatz ist oder so.«

»Milos Mission«, wispere ich. Mit Selenas und Louises Hilfe schaffe ich es zur Sitzgruppe gegenüber der Rezeption, bevor meine Füße mir den Dienst versagen. »Dann ist es zu spät.«

»Sag das nicht, Giana«, widerspricht Selena und drückt fest meine Hände. »Das dachten wir auch mit dem Dämon.«

»Ihr habt ja keine Ahnung, wie viel Schiss meine Visionen uns eingejagt haben«, pflichtet Dorian ihr bei und lässt sich auf einen Sessel fallen. »War fast so, als könnten wir in Echtzeit miterleben, was da draußen passiert ist.«

»Ich wär fast verrückt geworden vor Angst«, stimmt Selena mit schwacher Stimme hinzu.

Daddy räuspert sich und lässt betreten den Kopf hängen. »Ich fürchte, das ist alles meine Schuld. Ich habe das Ritual unterschätzt, und den Dämon noch mehr.«

»Ja, aber es ist doch alles gut ausgegangen, oder?«, fragt Louise, die sich neben mich gesetzt hat. Jetzt ruckt sie auf ihrem Platz herum, um sich nach Ash umzudrehen. »Oder?«

Ash und ich nicken.

»Giana sei Dank«, wispern Daddy und Selena.

»Giana sei ...? Also, jetzt müsst ihr mir doch erzählen, was genau passiert ist«, sagt Lou voller Neugier. »Alles, was wir in der Siedlung mitbekommen haben, war ein Vibrieren im Boden. Und so eine unheimliche Energie in der Luft.«

»Ich ... Ich kann es nicht erklären«, presse ich hervor und blicke hilfesuchend zu Daddy auf. Er kennt sich viel besser mit unseren Kräften aus.

»Du warst so stark«, wispert Daddy. Er schüttelt langsam den Kopf, wirkt ebenfalls ratlos. »Was hast du nur bei diesem Monster alles mitansehen müssen?«

Erschrocken blicke ich zu ihm auf. »Was?«

Daddys Augen weiten sich und er legt sich eine Hand auf den Mund, als hätte er viel mehr gesagt, als er eigentlich wollte.

»Was meinst du denn damit?«, frage ich ihn und rücke vor. Anders als ich scheint er sich erklären zu können, wo ich diese immensen Kräfte herhatte, um den Dämon aufzuhalten.

Daddy räuspert sich, meidet allerdings meinen Blick. Das macht er immer, wenn er nicht reden will.

»Bitte, wir müssen es wissen«, höre ich Earls ruhige Stimme hinter mir. Er und Ash sind zur Sitzgruppe gekommen. Kitty folgt ihnen mit der großen Holzkiste in den Händen. »Wir müssen wissen, ob Giana ihn für immer aufhalten konnte, oder ob er uns noch einmal gefährlich werden könnte.«

Auf Earls Nicken hin stellt Kitty die Kiste auf dem kleinen Beistelltisch ab. Daddy saugt scharf die Luft ein, als sie den Deckel öffnet und wir einen Blick auf den schwarzen Kristall werfen können. Auf die letzten Überreste des Dämons.

»Ich weiß es nicht, wirklich nicht«, gesteht Daddy und lässt sich auf den Boden sinken. »In einem der Grimoires wird so etwas mal erwähnt, aber ich kann mich nicht genau erinnern. Es ist zu lange her, dass ich es ...«

»Er wird euch nicht mehr gefährlich werden«, unterbricht ihn eine tiefe Stimme. »Aber ihr solltet dennoch dafür sorgen, dass er sicher verwahrt wird.«

Aldyr tritt gefolgt von Rose heran und mustert den Kristall mit einer Mischung aus Faszination und Abscheu.

»Wieso bist du dir so sicher?«, fragt Earl und verschränkt die Arme vor der Brust. »Und sag jetzt bitte nicht, dass du nicht darüber reden darfst. Hier geht es um unser aller Sicherheit.«

»Ich weiß«, sagt Aldyr tonlos und nickt. Für den Bruchteil einer Sekunde flackert Angst in ihm auf, doch verschwindet sie sofort, als Rose ihm eine Hand auf den Arm legt.

»Sag es uns. Bitte«, fleht sie.

Al räuspert sich, sein Blick richtet sich auf die Wand hinter uns. Mehrmals öffnet und schließt er den Mund, als wäre er sich nicht sicher, wie er uns das erklären soll. Als er schließlich spricht ist seine Stimme leise und voller Entsetzen. »Es gibt eine Gruppe ... meiner Art. Sie experimentieren mit Seelen. Sie quälen sie und nennen es Wissenschaft.«

Keiner von uns sagt ein Wort, während wir darauf warten, dass er weiterspricht. Wir sind zu überrascht, zu entsetzt von seinen Worten.

»Eine Zeit lang war ich bei ihnen, bevor ich ...« Er bricht ab und ballt die Hände zu Fäusten. »Jetzt verstehe ich auch, was für ein Wesen euer Dämon war.«

»Wirklich?«, fragt Earl und tritt näher heran.

Aldyr nickt, holt tief Luft und erzählt uns dann davon. Von den Schattenwesen, die aus den Splittern zerstörter Seelen geschaffen wurden und nur ein Ziel kennen: die Auslöschung aller Seelen.

»Manche dieser ... Abtrünnigen«, setzt Aldyr nach einem Moment des Schweigens an und richtet seinen Blick direkt auf mich. »Manche meiner Art sind in der Lage, diese Splitter zu binden. Sie unschädlich zu machen, so zu sagen.«

»Und daraus wird dann so ein Kristall?«, schlussfolgert Earl sofort, während ich noch Mühe habe, all das zu begreifen.

Aldyr nickt, ohne mich aus den Augen zu lassen. »Nur die stärksten haben die Kraft dazu. Nicht einmal ich kann das.«

»Die stärksten von euch ...«, murmelt Do irgendwo hinter uns. »Und Giana.«

»Ja, scheint so«, stimmt Aldyr ihm zu. Er klingt sehr überrascht darüber.

»Heißt das, Giana ist so wie du?«, fragt Rose und mustert mich mit gerunzelter Stirn.

»Nein. Das wüsste ich«, entgegnet Aldyr und legt den Kopf schief. Sein Blick ist so intensiv, dass ich ihm am liebsten ausweichen würde, aber ich kann nicht. Dafür bin ich selbst viel zu neugierig.

»Aber eure Magie ist ihrer ähnlich«, murmelt Aldyr, als er endlich den Blick abwendet.

Erleichtert stoße ich die Luft aus und rücke auf meinem Platz zurück. Fragend sehe ich zu Daddy hinüber.

»Seelensplitter ...«, flüstert er und plötzlich geht ein Ruck durch seinen Körper. Er murmelt etwas Unverständliches und springt dann auf. »Darüber habe ich mal irgendwas gelesen.«

»Was denn?«, frage ich und stehe ebenfalls auf. »Was weißt du darüber?«

Meine Stimme hört sich weinerlich an, voller Angst, und ich hasse mich dafür, aber wenn es um meine Kräfte geht, überkommt mich nach wie vor diese alte Furcht. Wäre Tarr nicht gewesen, hätte ich nicht sein Vertrauen in mich gespürt ... Wer weiß, was dann mit uns allen passiert wäre?

Ohne ihn hätte ich nicht genug Kraft gehabt, uns zu retten. Dieser Gedanke steigt in mir auf und lässt mich erschaudern. *Ohne Tarr hätte ich es niemals geschafft.*

»Die Dunkelheit ist stark in dir, Giana«, wispert Daddy. Mit einem traurigen Lächeln streicht er mir über die Wange. »Aber du bist stärker.«

»Nein ...«, presse ich unter Tränen hervor. »Bin ich nicht.«

»Doch«, beharrt Daddy und zieht mich in seine Arme. »So stark, dass du das Geheimnis unserer Magie entschlüsselt hast, ganz allein.«

»Das Geheimnis unserer Magie?«, frage ich und schiebe ihn ein Stück von mir weg. »Was soll das bedeuten?«

»Es ist die Lektion, die ich dir nicht beibringen konnte. Weil du zu viel Angst hattest, Giana«, sagt er und wischt mir sanft die Tränen von den Wangen. »Erinnerst du dich?«

Ich schlucke und wende den Blick ab, sehe nun nicht länger die Eingangshalle des Halfway House um uns herum, sondern Daddys Arbeitszimmer voller Grimoires unserer Vorfahren. »Erst wenn du dich auf deine Macht einlässt und mit ihr zusammenarbeitest, statt gegen sie anzukämpfen ...«

»... wirst du deine wahre Stärke kennen«, beenden wir zeitgleich diese letzte Lektion, die ich nie habe meistern können. Zu sehr habe ich mich gefürchtet, die Kontrolle zu verlieren wie Onkel Bram.

»Das gestern Nacht war deine wahre Stärke, Giana«, sagt Daddy und streicht mir die Haare hinters Ohr. »Nach allem, was du erlebt hast ... Es wundert mich nicht, dass du allein dieses ... Wesen bezwingen konntest.«

»Also, ich versteh nur Bahnho...«, setzt Do an, das Handy hat er gegen sein Ohr gepresst. »Mom? Na, endlich! Hast du 'ne Ahnung, wie oft ich schon versucht habe, dich anzurufen?«

Dorian zieht sich in eine Ecke der Eingangshalle zurück, um dort ungestört mit seiner Mutter telefonieren zu können.

»Er hat sie erreicht?«, frage ich.

»Sieht so aus.« Selena nickt mir mit einem aufmunternden Lächeln zu.

Gespannt warten wir darauf, dass Do zu uns zurückkehrt. Als er es tut, sagt mir sein starres Gesicht mehr als alle Worte.

»Sie sind schon weg, oder?«, frage ich.

Er nickt mechanisch.

»Milo ist weg«, murmelt er und runzelt die Stirn. »Aber sie sagt, dass Tarr nicht bei ihm wahr.«

»Heißt ja nichts, wenn er sich unsichtbar machen kann«, murmelt Earl und tippt sich nachdenklich gegen die Wange.

»Ich muss trotzdem nach Arcania. Vielleicht ...«, setze ich an, doch halten mich Daddy, Selena und Louise zurück.

»Mom ist schon auf dem Weg zu uns«, sagt Dorian und lächelt mich beruhigend an.

»Sie sagt, es wäre für dich und Louise zu gefährlich«, fügt er hinzu und fährt sich durch sein unordentliches Haar.

»Und bis Grace hier ist, müsst ihr endlich was essen«, sagt Selena und zieht mich auf das Treppenhaus zu.

»Ich glaube nicht, dass ich jetzt was herunterbekomme«, murmele ich und spüre, wie mir die Verbindung zu Tarr mehr und mehr entgleitet. Wie Sand, der mir durch die Finger rinnt.

»Du solltest es trotzdem versuchen, ihm zuliebe«, sagt Sel und drückt meine Hand.

»Aldyr, Rose, könntet ihr trotzdem beim Rift nachsehen? Vielleicht wollte er nach Castya«, höre ich Earl hinter mir.

»Klar, sind schon unterwegs«, ruft seine Schwester betont fröhlich. Ich spüre aber, dass auch sie sich Sorgen macht. Sie alle tun das, was die Angst in mir nur verstärkt.

»Ich glaube nicht, dass er ...«, wispere ich und schiebe die Hand in die Hosentasche, in die ich Tarrs Nachricht auf dem Weg hinunter gestopft habe.

Bald musst du keine Angst mehr haben ... Damit hat er nicht seine Verpflichtungen in Castya gemeint.

»Lass sie trotzdem nachsehen«, rät Sel und schiebt mich in die Küche.

Beim Geruch von Kaffee und Toast dreht sich mein Magen um. Mir bleibt aber nichts anderes übrig, als auf die Ankunft von Agent van Zicht zu warten.

KAPITEL 29
TARNUNG

TARRON

Milo schweigt auf dem Weg durch das Institutsgebäude. Ab und an bleibt er stehen, wie um sich zu orientieren, nimmt aber nicht den gleichen Weg, über den wir hereingekommen sind. Stattdessen tritt er in ein unscheinbares Treppenhaus und steigt bis zur letzten Stufe hinunter. Wir müssen uns irgendwo im Keller des Gebäudes befinden. Es ist kühl hier und feucht, als er die Tür am untersten Ende aufstößt. Milo hält sie einen Moment zu lang auf, damit ich hindurchtreten kann.

Noch mehr endlose Gänge, denke ich und frage mich, wie groß dieses Gebäude sein muss. *So viel, wie wir schon gelaufen sind, passt der Palast von Castya ja fast zweimal hier rein.*

»Gleich da«, murmelt Milo, als hätte er meine Ungeduld bemerkt. In der Stille des Kellers hört sich seine Stimme unnatürlich laut an. Dicke Rohre winden sich über unseren Köpfen die Decke entlang. Aus manchen von ihnen tropft Wasser. Ich vermeide es, in die kleinen Pfützen auf dem grauen Boden zu treten, um mich nicht zu verraten.

Hier und da passieren wir eine Tür, die in die immergleichen grauen Wände eingelassen ist, doch geht Milo jedes Mal vorbei, bis der Gang plötzlich auf eine Kreuzung trifft.

Milo biegt rechts ab, wird aber nicht langsamer. Es kommt mir so vor, als hätten wir hunderte Meter zurückgelegt.

Sind wir überhaupt noch im Institutsgebäude?

In Castya gibt es alte in den Fels gehauene Tunnel, die die wichtigsten Gebäude miteinander verbinden. Den Palast mit den Tempeln, dem Gericht, der Spielstätte. In Krisenzeiten ist es sicherer für die Herrscher, diese Gänge zu nutzen, statt draußen auf den Straßen ihrem Volk zu begegnen.

Das Ende des Gangs kommt in Sicht. Eine Tür steht einen Spalt breit offen. Der Geruch, der uns vom Raum dahinter entgegenschlägt ist widerwärtig. Es riecht so streng nach Kloake, dass ich das Gesicht verziehe.

»Gleich geschafft«, wispert Milo und dreht sich zu mir um. Seine Augen wandern suchend im Gang umher, bis sie sich auf mich richten. »Nicht erschrecken.«

Bevor ich ihn fragen kann, was er meint, zerfließen seine Gesichtszüge zu dunklen Schatten.

»Heilige …« Vor Schreck fass ich mir an die Brust.

»Scht!«, macht Milo, wobei ich mich frage, wie er das anstellt so ganz ohne Mund.

Panisch starre ich ihn an und überlege, ob ich eingreifen soll. Ist das ein gefährlicher Zauber, der ihm schaden könnte?

Als ich einen Schritt auf ihn zumache, verfestigen sich die Schatten wieder. Vor mir sehe ich eine gealterte, verbrauchte Version von Gianas Bruder. Seine Haare wirken stumpf und glanzlos. Stoppeln bedecken die aufgedunsenen Wangen und eine lange rote Narbe zieht sich von der rechten Schläfe fast bis zu seinem Kinn hinunter.

»Tarnung«, sagt Milo bloß, ehe er die Tür aufdrückt.

Der Gestank nach Kloake wird stärker und verdrängt mein Entsetzen. Ich folge Milo und erschaudere, als ich einen Hauch Magie wahrnehme. Wie ein Schutzfilm liegt sie über der Tür.

Soll sie unerwünschte Besucher abhalten?, denke ich, traue mich aber nicht, Milo danach zu fragen. Ich muss unbedingt verhindern, dass man mich bemerkt.

Ich blicke mich um. Wir stehen in einem dunklen, dreckigen Treppenhaus. Die Wände sind an vielen Stellen von Schimmel bedeckt. Wie eine Krankheit hat er sich in den feuchten Putz gefressen.

Milos Schritte sind nun lauter, schlurfender. Seine gesamte Haltung hat sich verändert. Er lässt die Schultern hängen und blickt sich immer wieder fahrig um.

Hat er Angst? Oder gehört das auch zu seiner Tarnung?

Weitere Fragen, die ich ihm nicht werde stellen können. Nicht jetzt, nicht hier. Alles, was ich tun kann, ist, ihm durch das Treppenhaus zu folgen, das nach einigen Windungen in eine gammelige Schenke führt. Königin Storm sagt dazu *Bar*.

Milo nickt dem Wirt hinter der Theke zu, auch einigen der Gäste. Sie sitzen gekrümmt an der Theke oder den Tischen und brüten über ihren Getränken. Statt sich zu ihnen zu setzen, steuert Milo auf die Tür nach draußen zu. Er bleibt auf der Schwelle stehen und richtet sein Gesicht der Sonne zu, als hätte er sie seit Tagen nicht mehr gesehen. Schnell zwänge ich mich an ihm vorbei und warte, dass er seinen Weg fortsetzt.

Während wir weiterlaufen, versuche ich, mir genau einzuprägen, welche Straßen er nimmt, damit ich den Weg notfalls auch allein zurückfinde. *Man weiß nie, was passieren wird.*

Die Gegend wirkt so heruntergekommen wie die Bar. Viele Geschäfte sind geschlossen oder leer. Die Glasfenster, die in Castya ein Vermögen gekostet hätten, sind kaputt, manchmal auch notdürftig mit Brettern oder alter Pappe verbarrikadiert. Die Straßen sind voller Schlaglöcher und Müll.

Wie weit sind wir durch die Tunnel gelaufen?

Irritiert blicke ich mich um. Diese Gegend hat nichts mit der gemein, in der sich das Institutsgebäude befindet. Bei einigen Häusern kann man vielleicht noch erahnen, dass sie zur selben Stadt gehören. Sie haben die gleiche Höhe und sind mit Zierleisten zwischen den Stockwerken und unterm Dach versehen. Hier erkennt man jedoch kaum noch, was die kleinen Figuren und Reliefs darstellen sollen. Als hätte sich saurer Regen in den einst weißen Stein gefressen und ihnen die Gesichter weggeätzt.

Milo läuft eine breite Straße hinauf. Dabei muss er immer wieder Müllhaufen oder Leuten ausweichen, die einfach auf der Straße liegen. Nach einigen hundert Metern biegt er dann in ein Gewirr aus engen Gassen ab.

Ich weiß nicht, wie lange wir laufen, habe aufgegeben, mir den Weg einprägen zu wollen, aber irgendwann hält Milo vor einer Ladenfront an. Sie ist intakt und muss früher leuchtend blau gestrichen gewesen sein. Ein Schild hängt über der Tür und dem Schaufenster, doch hat jemand mit roter Farbe den Schriftzug fast unleserlich gemacht.

Milo dreht sich ein letztes Mal um, blickt hinauf zur Sonne und seufzt, ehe er die Tür aufdrückt. Ein kleines Glasfenster muss einst in ihr eingelassen worden sein. Vom Glas ist jedoch nichts mehr zu sehen. Nur noch das Metall ist vorhanden, aber so verbogen, als hätte man versucht, es aus den Halterungen zu lösen.

»Tach«, sagt jemand im dunklen Laden.

Milo erwidert nichts. Er steuert auf eine aus den Angeln hängende Tür am Ende des Raums zu, stößt sie auf und kramt dabei in den Taschen seiner Klamotten. Erst jetzt fällt mir auf, dass er heute keinen Anzug trägt, auch keine sauberen Kleider. Seine Hose, die *Jeans* genannt wird, ist an den Knien zerrissen.

Das weiße Shirt unter seinem offenstehenden Hemd fleckig von Schweiß und anderen eingetrockneten Flüssigkeiten.

Tarnung, denke ich und folge ihm in die kleine Kammer.

Darin befindet sich nichts weiter als eine Tür, die mitten im Raum steht. Im Vergleich zum restlichen Laden wirkt sie gut gepflegt, als hätte sie all die Zerstörung auf wundersame Weise überstanden. Milo zieht einen Papierstreifen aus seiner Hosentasche, glättet ihn und schiebt ihn durch einen metallenen Schlitz in der Tür.

Es dauert einen Moment, dann klickt es und sie öffnet sich einen spaltbreit. Milo dreht sich um und sucht nach mir.

Ich berühre ihn an der Schulter und folge ihm durch die Tür. Dahinter befindet sich ein Leuchten wie auch im Gasthaus der Grey-Geschwister. Die Reise durch diesen Strudel aus Magie ist nicht so schlimm, wie ein Fall durch den Rift, und weit kürzer, dennoch stolpere ich desorientiert in den Raum hinein. Fast hätte ich dabei einen Stapel Kisten umgeworfen.

»Vorsicht«, zischt Milo mir kaum merklich zu, wirkt aber selbst noch etwas mitgenommen von der Reise.

»Willkommen in der Bronx«, murrt eine alte Frau, als wir in den nächsten Raum treten. Dieser Laden ist fast identisch mit dem, den wir vor wenigen Sekunden in Arcania betreten haben. Hier gibt es jedoch weit mehr Mobiliar im eigentlichen Ladengeschäft. Eine Sammlung gläserner Kugeln auf Sockeln, bunte Wandteppiche mit seltsamen Symbolen und Szenerien, erhellt von großen Kerzen.

»Soll ich dir die Zukunft vorhersagen?«, fragt die alte Frau und legt den Kopf schief. Eines ihrer Augen ist milchig weiß, das andere fast so schwarz wie Milos oder Gianas.

»Hmpf«, macht Milo bloß und verlässt dann den Laden.

Dass wir nun an einem völlig anderen Ort sind, ist nicht mehr zu leugnen. Die Gebäude rings um uns herum erheben sich nicht mehr bloß zwei oder drei Stockwerke in den Himmel, sondern teils fünf oder sechs, manchmal sogar noch mehr. Die meisten haben flache Dächer und sind gänzlich ohne Schmuck. Auch hier sieht es verwahrlost aus, mit Müll auf den Straßen, Leuten, die sich in schmutzigen Klamotten in Häusereingänge drängen und überall leere Geschäfte, eingeschlagene Fensterscheiben, verlassene Gebäude.

Diesmal reckt Milo nicht das Gesicht gen Himmel. Die Sonne liegt hinter dichten Wolken verborgen und hängt tiefer, als hätten wir ein oder zwei Stunden verstreichen lassen. Auf dem Weg zieht Milo ein silbernes Gerät aus der Tasche und tippt darauf herum. Ich meine mich an eine Geschichte von Königin Storm zu erinnern, in der sie mir davon erzählt hat.

Als Milo es sich ans Ohr hält, sehe ich meine Vermutung bestätigt. Es ist ein *Handy*. Ein wundersames Gerät, das angeblich ganz ohne Magie dafür sorgt, dass sich zwei Menschen unterhalten können, selbst wenn sie weit voneinander entfernt sind. Damals habe ich Königin Storm nicht glauben wollen, aber Milo würde mir nichts vorspielen.

»Bin jetzt da«, höre ich ihn sagen, wobei sich auch das kein bisschen wie Gianas Bruder anhört. Nur ein tiefes Brummen. »Lass uns treffen.«

Milo schaut kurz nach links, dann nach rechts und überquert die Straße. Ich eile ihm hinterher, immer darum bemüht, kein Geräusch zu verursachen.

»Ja, jetzt«, knurrt er und kickt etwas auf dem Boden zur Seite. »Wir brauchen 'nen neuen Job.«

Wer auch immer an Milos Gespräch teilnimmt, scheint ihm eine Antwort zu geben, die ihm nicht gefällt.

Milo stößt bloß ein weiteres »Hmpf.« aus, ehe er das Handy wegsteckt und seinen Weg fortsetzt. Er führt uns durch nach Unrat und Urin stinkende Gassen, bis wir eine Bar erreichen.

»Bier«, blafft Milo dem Wirt zu, bevor er auf die hinterste Ecke zusteuert. Er passiert sämtliche Tische, bis er den letzten erreicht, an dem eine vermummte Gestalt mit dem Rücken zum restlichen Schankraum sitzt.

»Hast wohl schon gewartet, was?«, fragt Milo ihn, als er sich auf der Bank niederlässt. Seine Stimme ist tiefer, seine Aussprache undeutlich, sodass ich Mühe habe, ihn zu verstehen.

»Habe ich denn eine Wahl?«, brummt der Typ und mustert ihn aus zu Schlitzen verengten Augen. Der Fremde schnuppert in der Luft und blickt dann in meine Richtung.

»Ist dir niemand gefolgt?«, fragt er misstrauisch. Im Gegensatz zu Milo spricht er deutlich, wenn auch leise. Angespannt fährt er sich durch die dunkelblonden Haare, die unter seiner Kapuze hervorgucken.

»Wer soll sich für mich interessieren, Chase?«, entgegnet Milo und schüttelt genervt den Kopf. »Siehst du jetzt schon Gespenster, oder was?«

Chase? Überrascht blicke ich den Fremden an. Ist das etwa dieser Nettleham-Kerl, der Milo helfen soll und den keiner der Agents leiden kann?

Chase gibt ein Knurren von sich, trinkt einen Schluck aus seiner Flasche und verzieht angewidert das Gesicht. »Reggie braucht einen Transportservice.«

»Ach, ja?«, brummt Milo und lehnt sich vor. Als er sieht, dass der Wirt mit einer weiteren Flasche an den Tisch kommt, schweigt er jedoch.

Das gibt mir genug Zeit, über seine Worte nachzudenken und mir in Erinnerung zu rufen, was ich eben im Institut über El Rojos Leute erfahren habe. *Reggie ... Das war doch dieser Vampir, der angeblich so gefährlich ist.*

Vor mir sehe ich den grünen Rasen mit den abgetrennten Körperteilen und schüttle mich, bis mir einfällt, dass ich unter keinen Umständen auf mich aufmerksam machen darf.

Lautlos weiche ich bis zur Wand zurück, als der Wirt uns fast erreicht hat. Anders als Chase nimmt er mich nicht wahr. Er donnert die Flasche auf den Tisch, nimmt einen Papierschein von Milo entgegen und verschwindet hinter der Theke.

Milo und Chase stoßen die Luft aus und setzen ihr Gespräch fort.

»In einer halben Stunde, in einer Lagerhalle nicht weit von hier«, sagt Chase. Er klingt nicht gerade begeistert. »Sicher, dass das eine gute Idee ist?«

»Nope, aber wir müssen endlich Fortschritte machen«, entgegnet Milo und reibt sich die Schläfen. »Wir übernehmen Reggie. Die anderen kümmern sich um den Rest.«

»Von mir aus.« Chase lehnt sich auf der schmierig braunen Sitzbank zurück. »Wie viele?«

»Drei neue, zwei alte«, sagt Milo. »Mehr weiß ich nich'.«

Sie unterhalten sich über die Ermittler, oder?

Chase schnaubt. »Zu wenige.«

»Fürs Erste«, entgegnet Milo mit einem Schulterzucken. So wie er aussieht, scheint er seinem Partner aber zuzustimmen.

»Lass uns einfach aufsteigen«, fügt Milo hinzu, nimmt noch einen Schluck aus seiner Bierflasche und steht dann auf. »Angefangen mit diesem Auftrag.«

Chase mahlt mit den Kiefern, scheint noch zu überlegen, ob er ihm folgen soll, gibt sich am Ende aber geschlagen. »Kann ja nicht schaden.«

Milo klopft ihm auf die Schulter. »Nö, kann's nich'.«

Chase stößt ein bedrohliches Knurren aus und für einen Moment blitzen spitze, messerscharfe Reißzähne auf.

»Mach dich ma' locker, Kumpel«, johlt Milo und rüttelt an Chases Schulter. Ein paar der Bargäste blicken gelangweilt zu ihnen auf, widmen sich aber gleich wieder ihren Getränken und eigenen Gesprächen.

»Tschüss«, ruft Milo dem Wirt zu und stößt die Tür auf.

»Musst du so arg auf dich aufmerksam machen?«, knurrt Chase.

Milo zuckt mit den Schultern und rückt näher an ihn heran. »Je mehr Leute hier mein Gesicht kennen, umso glaubbarer ist meine Identität.«

Da könnte was dran sein, denke ich. Auch Chase schweigt. Er führt uns durch ein Gewirr aus Straßen auf eine Reihe großer Hallen aus bloßen Backsteinen zu. Bei einer ist das Dach eingefallen, die meisten sind mit Grünzeug überwuchert. *Hier war schon lange niemand mehr*, denke ich und lege den Kopf schief, als ich ein Loch in der Außenmauer entdecke. Das Dickicht ist hier zur Seite geschoben, manche der Ranken auch abgerissen. *Oder soll es nur verlassen aussehen?*

»Da drin?«, fragt Milo und deutet auf die Hallen.

Chase nickt lediglich und geht voran. Ich folge den beiden, berühre Milo kurz an der Schulter, um ihm zu zeigen, dass ich noch da bin.

»Das *Purgatorio* ist auf der anderen Seite des Geländes«, erklärt Chase leise, als sie die Mauer fast erreicht haben.

»So schlecht is' meine Orientierung jetz' auch nich'«, gibt Milo zurück und drängt sich dann an ihm vorbei, um durch das Loch zu steigen.

Das ist also die Höhle dieses Ungeheuers?, denke ich mit klopfendem Herzen, als ich mich hinter Chase ducke und auf die andere Seite trete.

»Sag mal, hier ist doch noch jemand, oder?«, fragt dieser, weil ich ausgerechnet jetzt einen Ast übersehen habe.

»Mach dir darüber keine Gedanken«, entgegnet Milo und reibt sich die Nase.

»Wehe, das geht nach hinten los«, knurrt Chase, guckt aber nicht Milo an, sondern in meine Richtung.

»Los, sonst kommen wir zu spät«, drängt Milo.

Wachsam blicken wir uns auf dem Gelände um. Direkt vor uns befindet sich eine der Hallen. Ihre Backsteinmauern sind so hoch, dass man kaum etwas anderes sieht.

»Wohin?«

»Hier entlang«, brummt Chase und schiebt sich dann an Milo vorbei. Er folgt dem Schotterweg, der an der Halle entlang führt und auf einer breiteren Straße endet. Ihr Bodenbelag ist bröckelig und von Löchern durchzogen. Links und rechts ragen die Hallen, die man schon von außen gesehen hat, hinauf in den Himmel. Chase steuert auf die links in der Mitte zu und tritt durch eine Tür in der zinnoberroten Außenmauer.

»Dann mal los«, sagt Milo wie schon beim Institut, als wir Chase in El Rojos Versteck folgen.

KAPITEL 30
ALLES
VERSCHLINGENDE
DUNKELHEIT

GIANA

Während Ash und Louise meinen Vater zu einem Gästezimmer begleiten, bringen mich Sel und Kitty hinunter in die Küche.

»Ich bin mir sicher, dass alles in Ordnung ist«, sagt Selena und belädt einen Teller mit Rührei, Speck und Käse für mich.

»Ja, ich auch.« Kitty schneidet mir ein Brötchen auf und bestreicht es dick mit Butter. Ihre Hand ist ruhig, als sie das Messer führt, ganz anders als meine.

Mit einem aufmunternden Lächeln stellen sie das Essen vor mir ab und setzen sich mir gegenüber an den Küchentisch. Beide klammern sich innerlich an ihre Hoffnung, dass alles nur ein Missverständnis ist und Tarr gleich wieder auftaucht. Aber wir alle wissen, dass das reines Wunschdenken ist.

»Hier, vielleicht hilft das ja«, sagt Kitty, nachdem ich den vollbeladenen Teller angewidert von mir weggeschoben habe.

Sie zieht meine Kaffeetasse zu sich heran und gibt einen ordentlichen Schluck Wodka hinein.

»Ist Alkohol die Lösung zu all deinen Problemen?«, fragt Selena kopfschüttelnd.

»Nö. Alkohol hat noch nie meine Probleme gelöst«, gibt Kitty mit einem Schulterzucken zu und stellt die Tasse vor mir ab. »Aber er hilft dabei, diese ganzen fiesen Gedanken im Kopf zum Schweigen zu bringen. Meistens jedenfalls.«

Sie tippt sich grinsend gegen die Stirn und streicht sich eine Strähne ihres feuerroten Haars hinters Ohr.

»Vielleicht war Dos Zeichnung nur ein Zufall«, sagt Selena in die angespannte Stimmung hinein.

»Ja, vielleicht«, murmelt Kitty nachdenklich. Anders als Sel klingt sie aber nicht überzeugt. Ich bin es auch nicht.

Die Zeichnung von Milo und dem Schatten war kein Zufall. Tarr ist ihm gefolgt. Ich verfluche beide dafür, dass sie sich so in Gefahr bringen müssen. Bei Milo kann ich es verstehen. Es ist sein Job, dafür wurde er jahrelang ausgebildet, aber Tarr ... Für ihn ist diese Welt fremd, ebenso ihre Magie. Und beide haben sie keine Ahnung, wozu El Rojo wirklich fähig ist.

Das ist alles eine Nummer zu groß für euch, denke ich und blinzele heftig gegen die Tränen an.

Schritte draußen im Treppenhaus erklingen, dann stehen Louise und Rose in der Tür.

»Und? Ist er durch den R...?«, setzt Selena an, verstummt jedoch, als sie die entsetzten Mienen der beiden sieht.

»Nein«, presst Rose hervor.

Louise sagt nichts, setzt sich einfach neben mich und zieht mich fest in ihre Arme. Ich weiß nicht, wie lange wir hier so sitzen und auf Agent van Zichts Ankunft warten. Sel versucht erneut, mich zum Essen zu bringen, aber ich hätte sowieso nichts herunterbekommen, vor allem nicht Kittys Kaffee.

Irgendwann höre ich wieder Schritte, polternd nähern sie sich der Küche. Ash taucht zuerst im Durchgang auf, zögert aber beim Eintreten. »Carter schläft jetzt. Wir sollten ihm was zu Trinken und zu Essen hochbringen, falls er aufwacht.«

Selena versteht den Wink mit dem Zaunpfahl sofort. Sie zieht sich in den hinteren Teil der Küche zurück, um dort eine Mahlzeit für Daddy zu richten. Rose murmelt, dass sie nochmal mit Aldyr und Earl sprechen will. Ich bekomme es kaum mit, wie sie und Kitty den Raum verlassen.

Louise bleibt bei mir. Sie ist mein Fels, an den ich mich klammern kann, während das Grauen an mir reißt.

»Giana?« Das ist Agent van Zichts Stimme. Schritte, dann zwei Stühle, die zurückgezogen werden. Als ich den Kopf hebe, entdecke ich auch Agent Howard, der mit Dorians Mutter die Taskforce zur Suche nach El Rojo leitet.

»Louise, kannst du erzählen, was passiert ist?«, bittet die Agentin mit sanfter Stimme. Sie ist beunruhigt, aber nicht so sehr wie Selena oder Kitty. Kein bisschen so wie ich es bin.

»Tarr ist Milo gefolgt«, presse ich hervor. Meine Stimme klingt rau. Die Worte kommen mir nur schwer über die Lippen, nicht weil sich mir wieder die Kehle zuschnürt, sondern weil ich fürchte, dass es wahr wird, wenn ich es ausspreche.

Ich muss aber, denke ich und schlucke die Furcht herunter. *Wenn ich will, dass sie Tarr da rausholen, muss ich es ihnen erzählen.*

»Giana?« Agent van Zicht klingt verblüfft. Ihr Kollege stößt ein überraschtes Keuchen aus. »Du sprichst ja wieder.«

Ich verkneife mir einen Kommentar, habe jetzt keine Zeit, ihnen zu erklären, was mit meiner Stimme los war oder warum ich sie wiedergewonnen habe. Tarr und Milo sind wichtiger.

»Sie müssen die Mission sofort abbrechen«, sage ich und blicke den beiden Agenten fest in die Augen. »Kontaktieren Sie Milo und beordern Sie ihn zurück.«

»Was?« Agent Howard starrt mich entsetzt an. »Das ... Das können wir nicht.«

»Beruhig dich, Corey«, wispert Agent van Zicht und nickt in meine Richtung. Wahrscheinlich denkt sie, dass ich noch dasselbe schreckhafte Häufchen Elend bin, das sie tief im Inneren von El Rojos Club vorgefunden haben. Aber das alles habe ich fast vergessen. Meine Angst um Tarr ist viel stärker und lässt mich alles andere ausblenden.

»Warum erzählst du mir nicht, wieso du denkst, dass er ihm gefolgt ist?«, bittet Agent van Zicht. »Milo hätte das bemerkt und ihn zurückgeschickt. Es gibt bestimmt eine andere Erkl...«

»Er ist ihm gefolgt«, beharre ich und taste in meiner Hosentasche nach Tarrs Nachricht. »Und Milo hat ihn eben nicht bemerkt.«

»Das ist doch völlig unmöglich. Agent Alcari ist ein Profi. Er hätte ganz sicher gemerkt, dass ihm jemand folgt«, entgegnet Agent Howard kopfschüttelnd. An seiner Stimme haftet jedoch ein Hauch Zweifel.

»Tarr kann sich unsichtbar machen«, sage ich schließlich und erschaudere, als ich daran denken muss, wie viel Angst ich vor wenigen Tagen deswegen noch hatte. »Man bemerkt ihn nicht, nicht wirklich zumindest.«

»Was meinst du damit?«, hakt Agent van Zicht nach.

»Man kann ihn nicht sehen, aber man spürt trotzdem, dass da jemand ist. Dass einen jemand beobachtet«, sage ich mit einem Schulterzucken. »Wie wenn man durch eine dunkle Gasse läuft und das Gefühl hat, nicht allein zu sein.«

»Aber man muss ihn doch irgendwie bemerken. Er macht doch sicher noch Geräusche, oder muss atmen?«, fragt Agent van Zicht. Sie will noch etwas hinzufügen, als Agent Howard nach ihrem Arm greift. »Grace ...«

»Haben Sie ...? Haben Sie es gespürt?«, frage ich ihn und mein Herz schlägt mir fast bis zum Hals. Innerlich flehe ich das

Schicksal, das Universum, jegliche höhere Macht an, dass dem nicht so ist. Agent Howards besorgter Gesichtsausdruck zeigt jedoch, dass es längst zu spät für Gebete ist.

»Im Besprechungsraum, als ich Clifford und Miller reinlassen wollte ...«, murmelt er und fährt sich übers Gesicht. »Da dachte ich, da wäre jemand in der Ecke. Es kam mir so vor, als würde mich jemand anstarren.«

»Dich haben viele Leute angestarrt, Corey. Der ganze Raum war voll mit Agents, die auf das Briefing gewartet haben«, entgegnet Agent van Zicht, klingt aber nicht halb so sicher wie ihre Worte vermuten lassen. Ihr Blick wandert von ihrem Kollegen zu mir. »Du bist dir wirklich sicher?«

Ich nicke und drehe mich um. Dorian lehnt im Türrahmen zum Gang, hat sein Skizzenbuch schon aufgeschlagen. Als er meinen Blick auffängt, eilt er zu seiner Mutter und legt seine Zeichnung auf den Tisch.

»Das hab' ich heute Nacht gemalt, als wir darauf gewartet haben, dass die Alcaris ...«, erklärt er, unterbricht sich dann aber selbst. »Egal. Das hier ist jetzt wichtiger.«

Er streicht die Seite glatt und tippt dann auf die Schatten, die hinter Milos Körper sichtbar sind. »Zwei statt einer.«

»Das kann ja auch der Lichteinfall gewesen sein, oder du hast dich einfach getäuscht«, murmelt Agent Howard, als er die Zeichnung mustert.

»Komm schon, du bist lange genug mit Mom zusammen, um zu wissen, dass es so nicht mit unserer Gabe läuft«, sagt Do forsch und schlägt frustriert auf den Tisch.

»Dorian«, zischt seine Mutter. Ihre Seele ist in Aufruhr. Es ist ihr unangenehm, dass Do ihre Beziehung zu Agent Howard so offen anspricht.

»Am Anfang konnte ich Tarr auch nicht sehen, aber je mehr ich mich auf ihn konzentriert habe und er mir davon erzählt hat ...«, murmele ich und streiche über den zweiten Schatten.

Den von Tarr. »Danach ist er mir als Schatten erschienen. Wie hier auf Dorians Zeichnung.«

Einen Moment herrscht Stille am Tisch. Sel und Ash sind verschwunden, als ich mich umdrehe. Wahrscheinlich bringen sie Daddy gerade etwas zu essen. Dankbarkeit wallt in mir auf. Bei all der Sorge um Tarr und Milo wüsste ich nicht, wie ich Daddy beruhigen sollte.

»Okay ...«, sagt Agent van Zicht schließlich und lehnt sich zurück. »Er ist ihm also bis zur Besprechung gefolgt.«

»Willst du wirklich seine Mission abbrechen, Grace?«, fragt Agent Howard. Er ist sich unsicher, ob das in dieser Situation die richtige Entscheidung ist. »Was machen wir, wenn Tarr es sich anders überlegt hat? Vielleicht hat er sich in Arcania nur verlaufen und ...«

»Ich glaube nicht, dass er es sich anders überlegen wird«, presse ich hervor. Tränen verschleiern mir die Sicht, als ich Tarrs Nachricht aus meiner Hosentasche ziehe und sie auf dem Küchentisch glatt streiche. »Er wird nicht aufgeben.«

»Was ist das?«, fragt Agent Howard und zieht den Zettel zu sich und Agent van Zicht heran.

»Eine Nachricht ... von ihm«, bringe ich hervor und werde von einem heftigen Schluchzen geschüttelt.

»*Bald brauchst du keine Angst mehr zu haben*«, liest Agent van Zicht die erste Zeile vor und greift nach dem Zettel. Kaum dass ihre Finger das zerknitterte Papier berühren, versteift sich ihr Körper. Scharf saugt sie den Atem ein. Ihre Augen sind geschlossen, die Hand mit dem Zettel zittert unkontrolliert.

»Grace? Was siehst du?«, fragt Agent Howard alarmiert. Schnell schiebt er unsere Tassen und die Zuckerdose beiseite, als könnten sie seiner Kollegin gefährlich werden.

»Mom?« Dorian hat die Hand nach ihr ausgestreckt, doch kippt seine Mutter plötzlich auf ihrem Stuhl nach hinten. Sie hat so viel Schwung, dass sie umgefallen wäre, hätten Dorian und Agent Howard sie nicht festgehalten.

»Backsteine überwuchert. Efeu und Dornen«, bringt Agent van Zicht schließlich keuchend hervor. Ihre Stimme ist erstickt und sie saugt gierig den Atem ein, als würde sie nur schlecht Luft bekommen. »Ein Loch, Schotterwege. Kellergewölbe und grelles Licht. Zu grell.«

Mit einem Wimmern verzieht sie das Gesicht und kneift ihre Augen fest zusammen, als könne sie so das Licht ausblenden. »Und es riecht ... nach Erde.«

»Im Kellergewölbe?«, fragt Agent Howard.

Dorians Mutter nickt. Mittlerweile krampft sich ihre Hand um den Zettel, hat ihn ganz zerknüllt.

»Ein Rauschen. Klappern? Viele Kügelchen an Schnüren.« Ihr Atem geht stoßweise, ihr Gesicht ist ganz bleich.

»Kügelchen an Schnüren?«, fragt Agent Howard. Verwirrt blickt er sich in der Runde um, als könnten wir ihm erklären, was das zu bedeuten hat.

»Ein Vorhang oder so?«, schlägt Dorian vor.

Agent van Zicht nickt wieder, zuckt dann aber ganz plötzlich zusammen. Ein markerschütternder Schrei entfährt ihr.

»El Rojo«, wispert sie, als sie sich wieder gefasst hat. »Seine roten Augen ...«

Neben mir hat Lou zu weinen begonnen. Sie wimmert leise und presst sich die Hand vor den Mund, als wolle sie selbst einen Schrei zurückhalten. Nun bin ich es, die sie in die Arme zieht und tröstet. Sie mag es nicht zugeben wollen, aber sie hat noch immer große Angst vor diesem Monster. Ich auch, aber wenn er Tarr und Milo etwas antut ...

Wut schwelt in meinem Inneren auf, so stark wie noch nie zuvor, während ich warte, dass Agent van Zicht weiterspricht. Ihr ganzer Körper zittert. Ob es an ihrer Angst vor El Rojo liegt oder es eine Nebenwirkung ihrer Gabe ist, weiß ich nicht.

»Clifford und Miller«, presst sie hervor und eine einzelne Träne rinnt über ihre bleiche Wange.

Agent Howard keucht erschrocken auf. »Sind sie bei ihm? Hat er sie ...?«

»Nein, er ... Aber er weiß es. Er weiß, dass wir sie ...«, presst Agent van Zicht hervor und hat Mühe, zu atmen.

»Grace? Grace, hör auf«, ruft Agent Howard und beginnt sie zu schütteln. »Hör auf, bevor du ...«

»Sie sind da. Drei ... Er hat sie«, wispert sie mit schwacher Stimme, die in ein Kreischen übergeht. »Feuer. Dallo... Nein! Nein, nicht!«

»Grace!« Agent Howards Stimme ist so laut, dass Lou und ich erschrocken aufschreien und vor ihm zurückweichen. Er umfasst das Gesicht seiner Kollegin, schüttelt sie noch immer durch. »Das reicht, Grace! Verdammt, komm zu mir zurück.«

Sie reagiert nicht, hat ihre Hände um ihre Kehle geschlossen und röchelt, als würde sie jemand am Atmen hindern. Als hätte El Rojo seine Hände um ihren Hals gelegt und würde sie ersticken, wie er es bei mir ein paarmal getan hat. Kurz bevor ich das Bewusstsein verloren, bevor ich am Sauerstoffmangel gestorben wäre, hat er von mir abgelassen. Wie Agent van Zicht in diesem Moment habe ich gierig die Luft eingesaugt.

Desorientiert blickt sich Dorians Mutter in der Küche um. Ein paar Äderchen in ihren Augen sind geplatzt, ihr ganzer Körper bebt vor Anstrengung, als sie in Agent Howards Armen zusammenbricht.

»Dunkelheit. Alles verschlingende Dunkelheit«, wispert sie und ihr Blick huscht durch das Zimmer, ohne dass sie etwas zu erkennen scheint. »Die Schatten haben sie alle aufgefressen.«

KAPITEL 31
DAS PERFEKTE
ENDE

TARRON

»Da bist du ja endlich«, knurrt eine wütende Stimme, als wir die Lagerhalle auf El Rojos Gelände betreten.

Wachsam blicke ich mich um und entdecke Metallregale, die sich bis zur Decke erstrecken. Die meisten sind leer, aber im breiten Mittelgang der Halle stehen einige Kisten verteilt. Drei Leute sitzen bei einer einzigen Lampe und drehen sich zu Chase und Milo um.

»Wer ist der Kerl, Nate?«, blafft die Stimme und einer der Gestalten kommt mit der Lampe in der Hand auf ihn zu.

Muss zu seiner Tarnung gehören, denke ich, als er sich vor Chase aufbaut.

»Ein Kumpel. Hat vor drei Wochen schonmal mitgeholfen oder hast du das vergessen?«, entgegnet Chase mit fester Stimme und nickt in Milos Richtung.

»Geh mal her«, knurrt der Fremde und winkt Milo zu sich heran. Ich folge ihm leise, beide Hände an den Griffen meiner Dolche. *Sicher ist sicher.*

»Nah genug?«, fragt Milo, als er den Lichtschein erreicht hat und der Fremde sein Gesicht sehen kann.

Dieser stößt ein Schnauben aus und hebt die Lampe. »Jap. An die hässliche Narbe kann ich mich erinnern. Was war's nochmal?«

»Harpyie«, brummt Milo und reibt sich die Wange mit der Narbe. »Verdammte Schlampe.«

»Die hat dich gut erwischt.« Der Fremde lacht und winkt seinen beiden Begleitern. Sie wirken genauso schmierig und abgehalftert wie alle von El Rojos Männern, die ich bisher gesehen habe. *Wobei das allesamt verdeckte Ermittler waren.*

»Die müssen nach Arcania«, sagt der Typ mit der Lampe. »'Ne neue Fuhre für unsere Stammkunden im Valley.«

Milo begutachtet die Kisten. »Kein Ding. Ist das alles?«

»Unten sind noch zwei. Holt ihr sie?« Der Lampenträger deutet in die dunkle Halle hinein.

Chase und Milo tauschen einen Blick. Kurz kommt es mir so vor, als wären sie sich unsicher.

»Habt ihr etwa Schiss im Dunkeln, oder was?«

»'Türlich nich', Mann«, brummt Milo und lacht, macht aber keine Anstalten zu gehen.

»Wollt ihr jetzt den Auftrag, oder nicht? Sonst such' ich mir wen anderes«, brummt der Lampenträger verärgert.

Chase setzt sich in Bewegung. »Schon unterwegs.«

Milo stößt ein Knurren aus, folgt aber den Anweisungen, ich ebenfalls. Die Anspannung wächst in mir, je weiter wir uns in die Dunkelheit vorwagen. Die Halle hat keine Fenster und außer durch ein Loch im Dach und der Lampe von El Rojos Handlangern ist es stockdunkel. Aber still. Würden uns hier seine Leute auflauern, hätte man das gehört. Einen gibt es immer, der sich mit einem Füßescharren verrät.

Außerdem gibt es keinen Grund dafür, dass er ihnen miss-traut, rede ich mir ein und passe höllisch auf, kein Geräusch zu verursachen.

Erst weiter hinten in der Halle fällt mir ein grünes Flackern auf: ein beleuchtetes Zeichen über einer Treppe. Chase hat sie schon erreicht und wartet auf Milo.

»Beeil dich. Wir wollen den Boss doch nicht verärgern«, knurrt er ungeduldig. Seine Stimme ist zu laut, als wolle Chase sichergehen, dass El Rojos Männer ihn auch hören.

»Hetz mich nich', Arschloch«, zischt Milo und betritt zuerst die Treppe. Ich wünschte, er würde nicht vorausgehen, würde Chase den Vortritt lassen. Dann könnte ich Gianas Bruder vielleicht noch in Sicherheit bringen, sollte uns da unten eine böse Überraschung erwarten.

Tut es aber nicht. Überrascht bin ich trotzdem, als ich mich durch den Türspalt schiebe. Unterhalb der Halle befindet sich ein weitläufiges Kellergewölbe. Es ist so hell hier unten, dass ich die Augen zusammenkneifen muss, bis ich mich daran gewöhnt habe. Stickige, erdige Luft schlägt mir entgegen. Ich höre Stimmen und Musik, aber auch das Tropfen von Wasser.

»Wir sollen noch zwei Kisten für die Lieferung holen«, sagt Chase zu einem Mann, der wie aus dem Nichts vor uns aufgetaucht ist. In der Hand hält er eine knollige Wurzel.

»Da hinten durch den Vorhang durch«, sagt er und deutet auf das andere Ende des Gewölbes. Hinter einem Meer aus Pflanzen erkenne ich gerade noch so einen Perlenvorhang, wie es sie in Castya zu Hauf gibt.

»Super, jetzt müssen wir das Zeug noch durch die Gegend schleppen«, mault Chase, als er sich an dem Mann mit der Wurzel vorbeidrängt und auf den Vorhang zuhält.

»Immer noch besser, als in dem stickigen Loch abhängen zu müssen. Den ganzen Dreck bekommt man gar nicht mehr von den Händen weg, sag' ich euch«, ruft der Kerl ihm und Milo hinterher. Ohne uns eines weiteren Blickes zu würdigen, macht er sich wieder an die Arbeit und zieht einige Pflanzen aus der schwarzen, grobkörnigen Erde.

Ich warte, bis er sich in einen Seitengang geschoben hat, erst dann setze ich mich in Bewegung. Dabei muss ich seitwärts gehen, die Arme in die Luft gestreckt, um auch ja keine der Pflanzen zu berühren. Ihre Äste hängen weit in den Mittelgang hinein und könnten auf mich aufmerksam machen, wenn ich nicht vorsichtig bin. Den Pfützen aus schlammigem Wasser, die sich am Boden gebildet haben, kann ich kaum ausweichen. Milo und Chase tappen immer wieder hinein und übertönen so meine eigenen Geräusche.

Obwohl es im hinteren Teil des Gewölbes recht dunkel ist, erkenne ich neben dem Perlenvorhang eine Metalltür. Damit ließe sich der Raum dahinter schnell verriegeln. Zwei Männer hocken auf Plastikstühlen davor. Sie scheinen eine Pause von ihrer Arbeit zu machen und halten Bierflaschen in ihren mit Erde beschmutzten Fingern. Ein dritter liegt auf einer Liege, eine Zeitung über dem Gesicht, und schnarcht leise. Mit den Männern oben in der Halle und hier unten sind wir drei klar in der Unterzahl, sollte doch was schiefgehen.

Gefällt mir nicht, denke ich, hole aber dennoch schnell zu Milo und seinem Begleiter auf.

Chase tritt zuerst durch den Vorhang. Milo zögert und blickt sich um, sucht vermutlich nach mir. Als ich ihn erreiche, tippe ich ihm kurz auf die Schulter. Er nickt und schiebt den Vorhang beiseite, blickt sich dann aber erneut im Gewölbe um, statt hindurchzugehen.

Das macht er, um mir den Vorhang aufzuhalten. Schnell schiebe ich mich hindurch und berühre ihn am Finger, um Milo zu signalisieren, dass ich drin bin.

»Versuch's mal mit Seife«, ruft er dem Arbeiter zwischen den Pflanzbeeten zu. Ein lautes Lachen schallt vom anderen Ende des Gewölbes herüber. Ohne auf eine Antwort zu warten, schiebt sich auch Milo durch die langen Fäden voller Perlen in den Raum dahinter.

Einige krumme Steinstufen führen in ein zweites Gewölbe. Hier ist die Decke jedoch nicht so hoch wie draußen und die Luft noch schlechter, klamm und moderig vom Schimmel an den Wänden.

»Da seid ihr ja endlich«, brummt jemand, der an einem der vielen Tische sitzt. Er hat uns den Rücken zugedreht.

»Sorry, Nate hat 'n bisschen zu lange auf'm Klo gebraucht«, sagt Milo und geht auf die beiden Kisten zu, die davor auf dem Boden stehen. »Machen uns gleich auf den Weg.«

»Nicht so schnell«, sagt der Mann hinter dem Tisch und sowohl Chase als auch Milo halten in der Bewegung inne.

Hinter uns ist ein metallisches Kreischen und Schritte zu hören, begleitet vom Klappern des Perlenvorhangs.

»Ihr habt mir bestimmt viel zu erzählen«, sagt der Mann hinterm Tisch und steht von seinem Platz auf. Wie in Zeitlupe dreht er sich um. Hinter uns fällt die schwere Metalltür mit einem Krachen zu.

Als Milo, Chase und ich zu ihr herumfahren, sehen wir, wie einer der Männer, die eben noch Pause gemacht haben, den Riegel vorschiebt. Seine Kollegen haben die Fäuste geballt.

»Ist das nicht so, Agents?«, fragt der Kerl hinter dem Tisch.

Als ich mich zu ihm umdrehe, macht mein Herz vor Angst einen Satz. Im düsteren Raum leuchten seine Augen glutrot auf genau wie in Louises Beschreibung.

»El Rojo«, wispert Chase und stolpert rückwärts.

»Agents?«, fragt Milo und schnaubt kopfschüttelnd. »Da irren se sich aber gewaltig, Boss.«

»So?« El Rojo verzieht die Lippen zu einem Lächeln.

»Der Boss irrt sich nie«, knurrt jemand ganz in seiner Nähe. Einer seiner engsten Vertrauten, dessen Bild ich vor knapp zwei Stunden zuletzt an der Wand des Institutsraums gesehen habe, schält sich aus den Schatten. Seine dunkle Haut und die kohlschwarzen Augen scheinen regelrecht mit der Dunkelheit am Rande des Kellergewölbes verschmolzen zu sein.

»So hoher Besuch für 'nen Transportjob?« Milo lacht.

Eines muss man ihm lassen: Auch im Angesicht der Gefahr spielt er seine Rolle als Mittelsmann erstaunlich gut.

»Gib's auf.« El Rojo umrundet den Tisch. »Ich wusste, dass Gracie irgendwann ihre Agenten bei mir einschleusen will. Clifford und Miller? Die habe ich schon von einer Meile weit kommen sehen. Aber ihr zwei ...«

Erschrocken sauge ich die Luft ein, als er einen Satz auf Chase und Milo zumacht. El Rojos Blick schnellt hoch. Er bohrt sich direkt in meinen. »Oder sollte ich lieber ihr *drei* sagen?«

Wie kann er mich sehen, verdammt? Panisch überprüfe ich, ob mein Zauber noch besteht. Trotz meiner Aufregung kann ich ihn aufrecht halten. Selbst im Kampf gelingt es mir immer besser, meinem harten Training sei Dank. Aber El Rojo ...

»Clever, einen dritten Mann unsichtbar einzuschmuggeln.« Chase fährt mit wütender Miene zu Milo herum.

»Aber nicht clever genug.« El Rojo lacht und kommt auf uns zu. »Dein Äußeres kannst du verbergen, aber dein Innenleben und deine Gefühle ... Die haben dich schon verraten, als dein Partner noch den Vorhang zurückgehalten hat.«

»Fuck! Was soll das, verdammt?«, knurrt Chase und blickt erst in meine Richtung, dann wieder zu El Rojo.

Sein böses Lachen hallt von den niedrigen Wänden. »Gebt auf. Lebend kommt ihr hier nicht mehr wieder raus.«

Auf ein Fingerschnippen hin, nähern sich El Rojos Männer Chase und Milo. Zwei von ihnen haben kleine Messer gezückt, ein dritter einen länglichen Gegenstand mit feiner Spitze.

»Macht kurzen Prozess«, weist El Rojo seine Leute an und lehnt sich lässig gegen den Tisch.

»Nein!«, brülle ich und stürze auf Milo zu, als einer von El Rojos Leuten mit dem Messer auf ihn losgeht. Ich darf nicht zulassen, dass Gianas Bruder etwas passiert. Das würde sie mir nie verzeihen.

»Nicht so schnell«, knurrt El Rojo hinter mir.

Ich werde am Kragen zurückgerissen. Etwas bohrt sich in meine rechte Seite und lässt mich vor Schmerz aufschreien. Meine Konzentration gerät ins Wanken und der Zauber bricht.

»Ah, da bist du ja«, murmelt El Rojo dicht an meinem Ohr, als ich wieder sichtbar bin, und stößt mich dann von sich. Ich habe zu viel Schwung und krache in einen der Tische am Rand des Gewölbes. Den Schmerz ignoriere ich. *Jetzt müssen wir erstmal hier raus, verdammt!*

Milos Gegner ist abgelenkt von meinem Erscheinen. Milo nutzt das, um ihm das Messer aus der Hand zu kicken. Chase ist mit den anderen beiden beschäftigt, schafft es zwar, immer wieder blitzschnell auszuweichen, schneller als ein normaler Mensch sollte, doch gibt es kein Entkommen. Besonders dann nicht, als durch eine Tür hinter El Rojos Tisch eine Horde seiner Männer eindringt.

Es sind zu viele, als dass wir uns einen Weg in die Freiheit erkämpfen können. Mit den Tischen und Kisten gibt es zu wenig Raum, ihnen auszuweichen. Wir versuchen es trotzdem, werden aber mehr und mehr in die Ecke gedrängt. Mit jeder Bewegung wird mir schwindeliger. Alles dreht sich um mich herum, meine Sicht verdunkelt sich, aber ich gebe nicht auf. Ich kann Milo und Chase jetzt nicht im Stich lassen.

Aber woher kommt das? Doch nicht bloß von dem Messer-stich?, denke ich und ducke mich unter einem Angriff weg. Ein Feuerball zischt über meinen Kopf hinweg und trifft die Wand.

Das Messer von El Rojos Handlanger verfehlt mich nur knapp. Zu knapp.

»Lance! Kein Feuer im Gewölbe!«, schreit jemand hinter mir. El Rojo vielleicht?

Ich verdränge den Gedanken und konzentriere mich lieber aufs Geschehen. Und auf den Schnitt in meiner Seite. Ich habe in meinem Leben genug Verletzungen im Kampf erlitten, um zu wissen, dass meine Schwäche nichts mit Blutverlust zu tun hat. El Rojo hat keine kritische Stelle erwischt.

Vielleicht war das gar nicht sein Ziel, schießt es mir durch den Kopf. Einem Kriminellen wie ihm wäre es zuzutrauen, dass er seine Klingen vergiftet. *Ein Betäubungsmittel, oder …?*

Milos Schrei lässt mich zu ihm herumfahren. Drei von El Rojos Leuten haben ihn in eine Ecke gedrängt. Weil ich gerade frei bin, werfe ich einen Dolch nach einem von ihnen, verfehle ihn aber um einen guten Meter. Klappernd landet der Dolch auf dem Boden. Der Raum dreht sich um mich herum. Mein Gegner stößt ein höhnisches Lachen aus, als er sich wieder auf mich stürzt. Diesmal erwischt er mich an der Stirn und geht mit mir zu Boden.

Während ich mit ihm rangele, sehe ich, wie Chase zwei Männern mit Messern ausweicht. Von einer Sekunde auf die andere verschwindet er einfach und taucht hinter ihnen wieder auf. Dabei läuft er aber einem dritten in die Arme. Er rammt Milos Partner diesen seltsamen Gegenstand mit der hauch-dünnen Spitze in den Hals und drückt zu.

»Das perfekte Ende«, höre ich El Rojo lachend sagen, als Chase mit einem Keuchen auf dem Boden zusammensackt und das Bewusstsein verliert. Auch Milo haben sie gefangen.

Wir sind ihm nichtsahnend in die Falle gegangen.

KAPITEL 32
ICH MUSS IHN
FINDEN

GIANA

Kaum ist Dorians Mutter in Agent Howards Armen zusammengeklappt, bricht um uns herum Chaos aus. Do ruft nach seinen Brüdern, um seine Mutter in eines der Gästezimmer zu bringen. Sie ist bewusstlos und ganz blass, aber wenigstens bebt ihr Körper nicht mehr und sie bekommt wieder Luft.

Nur widerwillig löst sich Agent Howard von ihr. Ich spüre seine Sorge zwar, doch ist sie nichts im Vergleich zu meiner eigenen. Mit dem Handy am Ohr zieht er sich in eine Ecke der Küche zurück, vermutlich um seine Kollegen zu informieren.

Es ist zu spät.

Das ist der einzige Gedanke in meinem Kopf. Während alle laut durcheinanderreden, um zu erfahren, was los ist, ist es in mir ganz still.

»Das ist mir egal, hol sie da wieder raus«, ruft Agent Howard hinter mir, wodurch nicht nur ich mich zu ihm umdrehe.

Es ist zu spät.

Langsam stehe ich auf und gehe zur Tür.

»Giana?« Lou ruft nach mir, fragt mich, was ich vorhabe. Obwohl ich meine Stimme durch Tarr wiedergefunden habe, bringe ich kein Wort hervor. Warum auch, wenn es jetzt Wichtigeres gibt als Erklärungen?

»Lass mich durch. Ich muss zu Grace«, sagt Agent Howard und drängt sich durch die Traube an Menschen, die sich in der Küche eingefunden hat. Ich erkenne ihre Gesichter nicht. Sie sind genauso starr und stumm wie meine Gedanken.

»Wir kümmern uns um sie. Geh du zurück zum Institut«, sagt eine angespannte Stimme in der Nähe der Treppe. Lange Haare, Klamotten mit Farbe bespritzt. Dorian Grey.

»Aber ich ...«, murmelt Agent Howard zögerlich. Geräuschvoll stößt er die Luft aus und nickt. »Ich tue, was ich kann.«

Ich weiß nicht, ob er es zu Dorian sagt oder zu mir, weil er mich auf dem Gang entdeckt hat. Beide nicken wir.

»Ich komme mit«, höre ich mich sagen und folge ihm.

»Nein, das ist viel zu gefährlich, Miss Alcari.« Abwehrend hebt er die Hände. »Bleiben Sie hier. Ihr Bruder würde nicht wollen, dass Ihnen etwas passiert.«

Milo.

Für eine Sekunde blitzt sein Gesicht in meinen Gedanken auf. Eine Erinnerung an Louises Befragung beim Institut vor ein paar Tagen, als er erklärt hat, dass er an einer Undercover-Mission teilnehmen würde. Da ist er so entschlossen gewesen, vielleicht ein bisschen zu sehr, sodass er die Gefahr aus den Augen verloren hat.

Sein Gesicht flackert, verändert sich, und nun sehe ich eine erschöpfte Version meines Bruders. Erschöpft von dem Ritual, das ihn letzte Nacht fast umgebracht hätte.

Er hat keine Chance gegen El Rojo. Nicht so.

Wäre er noch im Vollbesitz seiner Kräfte und nicht so müde wie jetzt, hätte Milo es vielleicht rausgeschafft. Als Agent ist er sicher auf einen solchen Fall trainiert, hat viele Jahre nichts anderes getan, auch wenn er es Mom und Daddy immer verheimlicht hat. Aber Tarr hat keine Ahnung. Er kennt diese Welt nicht, oder zu was manche ihrer Bewohner im Stande sind.

Ich muss ihn finden.

»Giana? Warte!« Wieder Louises Stimme irgendwo hinter mir. Agent Howard sprintet die Treppe hinauf, vermutlich um die Tür nach Arcania zu nutzen. Von der Portalhalle sind es nur wenige hundert Meter bis zum Institut.

Aber sie werden ihnen nicht helfen können.

Einsam und allein weht dieser Gedanke durch meinen Verstand, als ich das Foyer erreiche. Er lässt mich der Treppe zu den oberen Stockwerken den Rücken zukehren. Stattdessen drehe ich mich zur Haustür um.

»Giana! Wo willst du denn hin?« Louise. Diesmal lauter, untermalt vom Poltern ihrer Schritte auf dem Parkettboden. Er ächzt und knarzt unter ihren Füßen, als sie auf mich zu rennt. Lous Angst und Entsetzen folgen ihr wie eine Wolke, machen es mir fast unerträglich, als sie mich am Arm packt.

»Bleib hier, Giana. Du kannst jetzt nichts für sie tun.« Sie will mich in ihre Arme ziehen, doch mache ich mich von ihr los.

»Ich brauche frische Luft«, bringe ich tonlos hervor und habe kurz darauf die Tür nach draußen erreicht.

Die Sonne scheint so hell, dass ich blinzeln muss. Geblendet stolpere ich über meine Füße, als ich die Treppen zum Vorplatz hinuntersteige. Davon lasse ich mich nicht aufhalten. Auch nicht von Lous Stimme, zu der sich auch Selenas gesellt.

Ich muss ihn finden.

Meine Füße tragen mich mit entschlossenen Schritten über den Schotterweg zum großen Tor. Vor wenigen Wochen habe ich es in Begleitung von Agent van Zicht und Louise passiert, um mich im Halfway House zu erholen. Jetzt kann ich es nicht schnell genug hinter mir lassen.

»Giana!«, ruft Louise, ihre Stimme gleicht nun mehr einem animalischen Brüllen.

Sie ist kurz davor, die Kontrolle zu verlieren.

Wenn die Wölfin hervorbricht, bleiben mir nur Sekunden, vielleicht nicht genug, um dem Schutz des Halfway House zu entkommen. Vor wenigen Tagen noch habe ich mich dankbar hier verkrochen, wäre am liebsten nie wieder in die Welt jenseits der alten Backsteinmauern zurückgekehrt.

Das hat sich schlagartig geändert, als ich erfahren habe, dass El Rojo Tarr in seiner Gewalt hat. Vielleicht sind sie noch nicht aufgeflogen. Vielleicht schafft es Agent Howard wirklich, ihn und Milo da rauszuholen, bevor es zu spät ist.

Doch ich bezweifle das.

Es ist wie eine eiskalte Gewissheit, die sich in mir breitgemacht hat, seit Agent van Zicht ihre Vision hatte. Ich habe es akzeptiert, aber ich werde dennoch alles tun, was in meiner Macht steht, um das Blatt zu wenden.

»Giana!« Louises Kreischen geht mir durch Mark und Bein. Sie ist dicht hinter mir. Stoff reißt. Lou schreit laut auf, ob vor Schmerz oder Verzweiflung, weiß ich nicht.

Ich halte nicht inne, drehe mich nicht um. Wenn überhaupt beschleunige ich meine Schritte, bis ich das Tor erreicht habe.

Als spürte es mein Vorhaben, gleiten die kunstvollen Flügel auf und lassen mich hindurchtreten. Bei meinem Sprung über die Schwelle, gilt mein einziger Gedanke Tarr.

Bring mich zu ihm.

Für den Bruchteil einer Sekunde habe ich das Gefühl, zu schweben. In meinem Magen flattert es und mein Herz macht einen Satz. Als ich meine Augen öffne, ist das Halfway House verschwunden, ebenso der Wald, den ich gerade noch vor mir gesehen habe. Stattdessen stehe ich in einer dunklen Gasse. Es regnet und stinkt nach Müll. In weiter Ferne höre ich mehrere Polizeisirenen und weiß augenblicklich, wo ich bin.

New York City.

Wachsam blicke ich mich auf der Gasse um und runzele die Stirn, als ich eine hüfthohe Gartenmauer entdecke, die sich einmal mitten hindurchzieht. Ein kleines Tor ist darin eingelassen, das fast so aussieht wie das große, durch das ich vor wenigen Sekunden getreten bin. Schwarzes Eisen hier und da mit Gold verziert.

Mein Weg zurück.

Ich nicke und bedanke mich bei der Magie des Gasthauses, ehe ich in die entgegengesetzte Richtung davongehe. Ein Fuß vor den anderen, den Kopf gesenkt, meine Gedanken ganz still, wie ausgelöscht.

Obwohl ich Lou nur ein paarmal in New York besucht habe, als sie dort noch als Event Managerin gearbeitet hat, weiß ich genau, wohin ich gehen muss. Ich spüre es mehr, als dass ich es vor mir sehe. Ein Hauch von Tarrs Energie liegt in der Luft und leitet mich auf eine hohe Backsteinmauer zu. Genau wie Agent van Zicht es in ihrer Vision gesehen hat, ist sie mit Efeu und anderen Pflanzen überwuchert. Ein Loch klafft an der Ecke, die mir am nächsten ist. Mehrere, riesige Gebäude ragen dahinter auf. Lagerhallen, deren Dächer teilweise eingefallen sind. Lagerhallen, in denen El Rojo wer weiß was treibt.

Tarrs Spur führt durchs Loch hindurch. Dahinter erkenne ich im schwindenden Licht einen Schotterweg. Knirschende Schritte sind zu hören und Stimmen, die sich leise unterhalten. Zigarettenrauch liegt in der Luft.

Ich muss ihn finden.

Dieser eine Gedanke treibt mich an. Er bringt mich dazu, mich zu bücken und durch das Loch in der Mauer zu steigen, obwohl ich mir geschworen habe, nie wieder auch nur in El Rojos Nähe zu kommen.

Für Tarr breche ich dieses Versprechen, ohne zu wissen, was mich hinter der Mauer erwartet. Oder vielleicht tue ich es doch.

Tiefschwarz wie Tinte strömt meine Magie aus meinen Fingern hervor und saust auf die Männer zu, die gegenüber des Lochs an der Wand lehnen und rauchen.

Als sie mich hereinkommen sehen, reißen sie alarmiert die Augen auf. Einer von ihnen will etwas rufen, der andere zückt ein Messer, als wolle er damit auf mich losgehen.

Stopp.

Meine Magie erreicht die Männer, bevor sie Alarm schlagen können. Sie dringt ihnen über Mund, Nase, Augen und Ohren in den Körper, dämpft ihre Schreie und infiziert ihren Verstand. Wie schon in der Nacht beim Ritual leiten mich meine Kräfte. Es ist so einfach, den Männern Einhalt zu gebieten. Als würde ich nur einen Schalter in ihren Köpfen umlegen und sämtliche ihrer Gedanken zum Verstummen bringen.

Mit einem dumpfen Geräusch schlagen ihre Körper auf dem Boden auf. Sie leben noch, ich werde sie nicht töten, wie El Rojo es an meiner Stelle getan hätte.

Aber so könnt ihr mir nicht mehr gefährlich werden. So werden sie mich nicht aufhalten auf dem Weg zu meinem Seelenverwandten.

Ich folge weiter Tarrs Spur. Sie führt an der ersten Halle vorbei zur mittleren auf der linken Seite. Die Tür ist angelehnt und gibt ein metallisches Kreischen von sich, als ich sie aufziehe. Das lockt eine Handvoll von El Rojos Männern aus den Schatten der Lagerhalle hervor. Zwei von ihnen tragen Kisten und stellen sie mit einem Ächzen ab, als sie mich in der Tür stehen sehen, ein schwarzer Schatten, lautlos und gefährlich.

»Hast dich wohl verlaufen, was?«, fragt einer der Männer mit einer Lampe in der Hand. Es ist die einzige Lichtquelle bis auf ein paar Risse weit über uns im Dach.

»Nein, gar nicht. Hier bin ich genau richtig«, sage ich mit fester Stimme und mache einen Schritt auf sie zu. Die Schatten außerhalb des Lichtkegels regen sich. Längst hat meine Magie die Männer eingekreist und verfährt mit ihnen wie mit ihren Kameraden draußen beim Loch in der Mauer.

Zwei weitere warten unten im Kellergewölbe. Genau wie Agent van Zicht es gesehen hat, ist es grell ausgeleuchtet und vom Geruch nach Erde und Brackwasser ausgefüllt. Ich verschwende keine Zeit damit, mich umzusehen, und renne den Mittelgang entlang. Ich weiß, dass El Rojo hier Dämonenwurz anbaut, eine magische Droge, die er überall in der Nachtwelt verkauft und damit schon viele Leben zerstört hat. Im *Infierno* hat es einen ähnlichen Raum gegeben, den ich putzen musste.

Wut wallt in mir auf, je mehr ich mich in El Rojos Hölle vorwage. Meine Magie folgt mir wie ein Umhang, gewoben aus Fetzen des Nachthimmels. Hinter mir welken die Pflanzen und verfallen zu Staub, kaum dass ich die Tür am anderen Ende des Gewölbes erreiche. Sie ist verschlossen, von innen.

Lass dich davon nicht aufhalten.

Mit Hilfe meiner Magie löst sich die Tür in feinste Metallpartikel auf und fällt zu Boden. Nur ein Vorhang aus bunten Perlen versperrt mir jetzt noch den Weg.

Dorian hatte recht, denke ich, als ich mich an Agent van Zichts Vision erinnere. *Kügelchen an Schnüren.*

Forsch schiebe ich die Perlenketten beiseite und trete in das Gewölbe dahinter. Hier ist Tarrs Energie besonders stark. Fast kann ich seine Verzweiflung auf der Zunge schmecken. Und Blut in der modrigen Luft riechen.

»He! Was soll das? Was machst du da?«, ruft jemand vom hinteren Ende des Raums. Zwei Männer eilen auf mich zu, doch brauche ich mich mit ihnen nicht abzugeben. Meine Magie kümmert sich sofort um sie, woraufhin auch sie reglos zu Boden gehen. Einer von ihnen landet auf einem breiten Holztisch, an dem ich noch eine andere Energie wahrnehme. Eine, die mir so vertraut ist wie die meines Seelenverwandten.

El Rojo.

Plötzlich sehe ich seine roten Augen vor mir aufblitzen, weiche zurück, bis mir klar wird, dass das nur eine Erinnerung ist. Dass er nicht hier ist, nicht mehr zumindest.

Suchend blicke ich mich im Raum um, um einen Hinweis darauf zu finden, was er mit Tarr und Milo angestellt hat.

Ein blutiges Messer und eine Spritze liegen ein paar Meter von mir entfernt unter einem umgekippten Tisch. Tod haftet an ihrer dünnen Nadel und dem letzten Rest roter Flüssigkeit, der sich darin befindet.

Ein ungutes Gefühl beschleicht mich, als ich mich bücke und die Spritze aufhebe. Eine Erinnerung flattert mir durch den Kopf, doch ist es nicht meine eigene. Es ist Tarrs.

Sie zeigt einen bleichen Mann mit blondem Haar, der von El Rojos Leuten umstellt wird. Sie haben Messer gezückt und wollen auf ihn losgehen, doch ist er schneller. Im Bruchteil einer Sekunde hat er sie hinter sich gelassen, wird aber von einem dritten aufgehalten. Der Blonde kann ihm zwar noch einen Schlag verpassen, aber da hat El Rojos Handlanger ihm schon die Spritze in den Hals gerammt. Den Blonden erkenne ich nicht wieder, dafür aber den anderen, der ihm zur Hilfe eilt. Er sieht viel älter aus, als mein Bruder sein sollte. Auch die rote Narbe auf seinem Gesicht passt nicht zu ihm.

Aber es ist eindeutig Milo.

Ich spüre ihre Panik, als wäre es meine eigene, lasse sie aber nicht an mich heran. Stattdessen wandle ich sie in Wut, als ich auf die Tür am anderen Ende des Raums zuhalte und dabei über El Rojos bewusstlose Handlanger hinwegsteigen muss.

Stück für Stück arbeite ich mich durch seine Hölle, stoße Türen auf und mache mehr Männer unschädlich als ich jemals zählen könnte. Meine Magie scheint aber nicht zu erschöpfen, im Gegenteil. Sie wächst mit meinem Schmerz, mit meinem Zorn, während ich bete, dass El Rojo Tarr und Milo noch nichts getan hat.

Mittlerweile habe ich zwei der Lagerhallen durchsucht und alle Handlanger dieses Teufels ausgeschaltet. Sie alle haben in mir nur ein verletztes, schwächliches Mädchen gesehen, genau wie El Rojo während meiner Gefangenschaft.

Du hast keine Ahnung, welches Monster du geschaffen hast, denke ich und halte abrupt inne, als ich die dritte Halle betrete. Meine Magie habe ich vorausgeschickt, um seine Leute aufzuhalten, und das ist vermutlich besser so. Denn als ich die vielen Frauen sehe, die mit teilnahmslosen Blicken auf großen Sofas und schmutzigen Matratzen liegen, geht meine Beherrschung mit mir durch.

Während meiner Gefangenschaft ist mir ihr glasiger Blick vertraut geworden, doch erkenne ich keine von ihnen wieder.

Sie sind neu, denke ich und würge, als mir klar wird, dass die Razzia, bei der Lou und ich gerettet worden sind, nur noch mehr Frauen ins Unglück gestürzt hat.

»Bitte ... Hilf ... uns«, schluchzt eine von ihnen in meiner Nähe. Mühsam richtet sie sich auf und sucht meinen Blick, kann sich aber nicht lang genug konzentrieren. Sie ist zu mitgenommen von El Rojos Folter.

Langsam komme ich auf sie zu, um sie nicht zu erschrecken, und drücke sie behutsam zurück auf die Couch. »Ganz ruhig.«

»Bitte ...«, wispert sie und eine einzelne Träne rollt ihr über die bleichen Wangen. Ihre Haare, die einst braun gewesen sein müssen, sind an vielen Stellen weiß verfärbt. Ein deutliches Zeichen, dass El Rojo ihr große Mengen ihrer Lebensenergie entzogen hat, genau wie Louise und mir und all den anderen Frauen, die er sich in seinem Harem gehalten hat.

»Schschsch«, sage ich und streiche der Frau durchs Haar. »Alles wird gut. Bald holt euch jemand hier raus.«

»Wir... klich?«, schluchzt sie und ich nicke entschlossen.

Vorsichtig wische ich ihr die Träne mit dem Daumen weg und lasse dann meine Magie über den Frauen schweben.

»Aber jetzt solltet ihr erstmal schlafen und euch erholen.«
Während meine Magie sie in sanfte Träume entsendet, fort von
den Schrecken, die sie miterlebt haben, wende ich mich dem
Ausgang zu.

Ich muss ihn finden.

Der Gedanke an Tarr treibt mich weiter, bis ich sämtliche
Lagerhallen auf den Kopf gestellt und dafür gesorgt habe, dass
El Rojos Verstärkung mehr und mehr dezimiert wird. Die letzte
Halle sieht von außen noch am besten aus, als hätte jemand
viel Zeit und Geld investiert, um sie in Stand zu halten.

Selbst durch die dicken Backsteinwände hindurch höre ich
das dumpfe Wummern von Musik. Lachen, aber auch Schreie.
Das *Purgatorio* liegt vor mir, El Rojos letzte Festung, und sein
Untergang.

Anders als seine Männer werde ich ihn nicht in einen
traumlosen Schlaf schicken, und erst recht keine Hoffnungen
machen, wie ich es mit den Frauen getan habe.

Nein, er wird auf Ewig im Fegefeuer schmoren, hat es gar
nicht anders verdient.

KAPITEL 33
IRONIE DES
SCHICKSALS

TARRON

»Was ist mit ihm?«, fragt Milo, als Chase sich endlich regt. Seit uns El Rojos Männer aus dem unterirdischen Gewölbe über lange Gänge in eine größere Halle geschleift haben, hat sich Milos Partner nicht mehr bewegt. Nun windet er sich stöhnend auf dem Boden, als hätte er furchtbare Schmerzen.

»Beachtet ihn nicht weiter«, sagt El Rojo gelassen. Sein Schmunzeln zeigt aber, dass er sich über Chases Qualen freut.

»Was war das in der Spritze? Was hast du mit ihm gemacht, Bastard?«, ruft Milo und reißt an den metallenen Fesseln, mit denen El Rojo ihn an einen Haken in der Wand gekettet hat.

El Rojo macht es sich auf seinem Thron in der Mitte des Raums bequem. »Sagen wir's so ... Ich habe mir einen kleinen Trick von einem meiner Gäste abgeschaut.«

Er zuckt mit den Schultern und richtet seine roten Augen wieder auf Chase. Mittlerweile hat er zu hecheln begonnen, sein Körper ist schweißüberströmt. »Inzwischen wurde sie gefasst, wie ich gehört habe. Von seiner Kollegin, glaube ich.«

El Rojo verzieht verächtlich das Gesicht und nickt einem seiner Handlanger zu. »Kettet ihn an die Wand. Ich möchte nur ungern, dass unsere beiden Freunde von ihm in Stücke gerissen werden.«

»In Stücke gerissen?« Milo und ich tauschen einen kurzen Blick. Er wirkt beunruhigt, ist ganz blass um die Nase. Die Augen kann er fast nicht mehr offenhalten, so müde ist er nach unserem vergeblichen Kampf gegen El Rojo und seine Männer.

»Ironie des Schicksals«, sagt El Rojo und lacht, als Chase hochgehoben und mit einer Kette an der Wand uns gegenüber befestigt wird. »Der Vampir, der die Rogues am meisten hasst, wird selbst zu einem von ihnen.«

El Rojos Lachen wird lauter, vor allem als Chase mit gefletschten Zähnen nach seinen Männern schnappt und einen um ein paar Millimeter verfehlt.

»Ein Rogue?«, frage ich, weil mir das nichts sagt. Irgendwo habe ich das Wort zwar schon einmal gehört, kann mich aber nicht an dessen Bedeutung erinnern.

»Das Blut eines Toten«, wispert Milo neben mir und reißt entsetzt die Augen auf. »Das war in der Spritze.«

El Rojo seufzt genervt und erhebt sich von seinem Thron. »Hat aber lange genug gedauert, das zu begreifen.«

Langsam schlendert er auf Chase zu, mustert ihn eingängig, ohne ihm zu nahe zu kommen. Was auch immer ein Rogue ist, es muss gefährlich sein, vielleicht sogar tödlich. So, wie Chase mittlerweile aussieht, mit irrem Blick und Schaum, der ihm aus dem Mund tropft, scheint es, als würde er uns alle töten wollen. Wild reißt er an seinen Ketten, bricht sich bei seinem Versuch, freizukommen, am Ende noch die Knochen.

Reiß ihn in Stücke! Ich werfe Chase einen beschwörenden Blick zu. *Bring das Monster um, das dir das angetan hat.*

Mittlerweile ist es mir egal, dass die Agenten beim Institut erst Informationen zu El Rojo sammeln wollten, zu seinem Netzwerk und seinen Kontakten. Seit er uns aufgelauert und Chase das angetan hat, schwelt die Wut nur so in mir. Ich muss an Giana denken, an das Trauma, das er ihr verursacht hat. Und an all die furchtbaren Dinge, die Louise und sie unter El Rojos Gefangenschaft haben aushalten müssen. All die Leute, die wegen ihm gelitten, oder sogar ihr Leben gelassen haben.

Nun reiße auch ich an meinen Ketten, spüre den Schmerz in meinen Schultern und Armen, als ich verzweifelt versuche, sie freizubekommen. Vergeblich. El Rojo foltert lange genug, um zu wissen, wie er es anstellen muss.

»Spart euch die Mühe.« El Rojo dreht sich zu Milo und mir um. »Ich sagte doch, dass ihr hier nicht mehr rauskommt.«

Milo lacht neben mir. Ein tiefes, dröhnendes Geräusch, das für einen Moment den gesamten Raum ausfüllt. »Na, wenn du dich da mal nicht irrst.«

Mit einem wütenden Knurren stürzt sich El Rojo auf ihn, packt Milo am von Schweiß und Blut klebrigem Haarschopf und schlägt ihm mit der Faust ins Gesicht. Es knackt ekelhaft. Als Milo ausspuckt, landet nicht nur Blut, sondern auch ein Zahn auf dem Steinboden.

»Halt deine verdammte Fresse, Agentenschwein«, knurrt El Rojo und kickt Milos Zahn weiter in den Raum hinein, fort von der einzigen Tür. Der Zahn hüpft und kullert über den Boden, bis er vor dem Gleißen am anderen Ende der Halle liegenbleibt. Aber nur kurz. Der Sog des Rifts, der sich sehr zu unserer Überraschung unter El Rojos Festung befindet, zieht Milos Zahn an, bis er im Lichtglanz verschwindet. Der Boden vibriert einen Moment, dann ist es wieder vollkommen still.

»Bring mir mein Werkzeug, Brooks«, ruft El Rojo und reibt sich die Hände. »Es wird Zeit, ein bisschen Spaß mit euch zu haben. Eure Pein wird ein Festmahl für mich werden.«

Nichts tut sich. Keine Schritte, keine Handlanger. Absolute Stille, abgesehen von Chases klirrenden Ketten.

»Brooks?«, ruft El Rojo diesmal lauter, ungehaltener.

Wieder keine Reaktion.

Milo und ich sehen uns an. Obwohl sein Gesicht blutüberströmt ist, lächelt er und nickt mir zu.

Was soll das bedeuten?, denke ich und schaue ihn fragend an. Mit den aufgeplatzten Lippen formt er ein einziges Wort.

Giana.

»Brooks! Verdammt nochmal, wo bleibst du?«, ruft El Rojo jetzt so laut, dass sogar Chase einen Moment seinen Kampf gegen die Ketten aufgibt. Wütend stapft El Rojo auf die große Metalltür hinter seinem Thron zu und verschwindet in den Schatten. Die einzige Lichtquelle weit und breit ist der Rift selbst. Wenn Milo und ich uns von den Haken an den Wänden lösen könnten, dann könnten wir gemeinsam springen und würden mit etwas Glück in Castya landen. Die Schmiede dort könnten uns innerhalb von Minuten befreien.

Aber wir würden einige Tage warten müssen, um zurückzukehren, denke ich verärgert. Bis dahin hätte El Rojo längst das Weite gesucht und Chase zuvor getötet.

»Du?«, fragt El Rojo in diesem Moment überrascht und stolpert zurück in den Lichtschein. Leise, bedächtige Schritte sind hinter ihm zu hören. Als die Person in den Raum tritt, weiß ich trotz der Dunkelheit, die sie umhüllt, wer es ist.

»Giana«, wispere ich und mein Herz macht einen Satz. Erst vor Freude, dann vor Angst.

Was macht sie hier? Hat er sie wieder entführt?

Voller Entsetzen blicke ich zu Milo hinüber und erstarre. Er lächelt noch immer. Seine Müdigkeit scheint wie verflogen. Als Giana schließlich vor El Rojos Thron tritt fliegt ihr Blick kurz zu uns. Milo nickt ihr zu, aber ich kann mich nicht bewegen, zu groß ist meine Angst um sie.

Ich will ihr zurufen, dass sie wegrennen soll. Anders als Milo und ich trägt sie keine Fesseln. Sie ist unversehrt.

Aber wieso ist sie hier?

»Ich hätte dich töten sollen«, knurrt El Rojo, als er seine Überraschung überwunden hat, und baut sich vor ihr auf. Er ist so riesengroß im Vergleich zu ihr, aber Giana rennt nicht weg. Sie zuckt nicht einmal mit der Wimper, sondern macht noch einen Schritt auf ihn zu.

»Lange Zeit habe ich mir gewünscht, dass du genau das tust«, sagt sie mit fester Stimme. Überrascht saugt Milo neben mir die Luft ein. Wahrscheinlich ist es das erste Mal seit ihrer Freilassung, dass er seine Schwester sprechen hört.

»Aber jetzt bin ich froh, dass du es nicht getan hast«, fügt sie hinzu und blickt kurz in meine Richtung. Ein Lächeln umspielt Gianas Lippen und sie nickt, als wolle sie mir sagen, dass alles gut werden würde.

Aber das wird es nicht. Dafür hat El Rojo zu viele Männer in der Hinterhand. Milo, Chase und ich haben es dort unten in dem muffigen Kellergewölbe doch gesehen. Eine Handvoll von ihnen konnten wir ausschalten, aber durch die Tür zum unterirdischen Gang sind unablässig mehr gekommen. Auch zwei seiner engsten Vertrauten. Brooks und der mit dem Feuer.

»Sieh an, sieh an, sie spricht also wieder?«, sagt El Rojo und schnaubt amüsiert. »Ich habe mich immer gefragt, wie deine Stimme klingen würde. Deine Schreie, um genau zu sein.«

»Aber du hast es trotzdem nie gewagt, mich zu quälen, wie du es mit ihnen vorhattest«, entgegnet Giana und macht einen Schritt auf El Rojo zu. Die Schatten folgen ihr, als zöge sie die Dunkelheit mit sich in den Raum. »Weil du Angst hattest vor mir. Vor der Dunkelheit in mir.«

Gianas Lippen verzogen sich zu einem Lächeln, ein grimmiges Lächeln, nicht das, mit dem sie mich in der letzten Nacht angeschaut hat. Nicht das Lächeln, das jedes Mal mein Herz höher schlagen lässt. Dieses Lächeln lässt mir das Blut in den Adern gefrieren.

El Rojo stößt die Luft aus. »Angst? Vor einem Mädchen?«

»Ich muss sagen, ich bin enttäuscht«, sagt Giana und verschränkt die Arme vor der Brust. »Du machst doch sonst nicht den Fehler, deine Feinde zu unterschätzen. Oder wie viel Mann hat es gebraucht, um die drei hier unter Kontrolle zu bringen?«

»Ein paar«, sagt El Rojo unbekümmert und zuckt mit den Schultern. »Nicht der Rede wert.«

»Mhm«, macht Giana und wieder sieht sie zu mir hinüber. Kurz flackert etwas anderes in ihrem Blick auf. Sorge.

Mir geht es gut, denke ich und werfe ihr einen durchdringenden Blick zu. *Renn weg, Giana. Lauf!*

»Ah, ich sehe, wie es ist«, murmelt El Rojo, der ihrem Blick gefolgt ist. Ein boshaftes Lächeln umspielt seine Lippen. »Die Liebe kann uns viel Kraft verleihen ...«

Ganz langsam wie ein Raubtier, das mit seiner Beute spielt, kommt er auf mich zu und packt mich grob am Kinn. »Aber am Ende bleibt nichts als köstlicher Schmerz.«

»Nimm deine Finger von ihm«, knurrt Giana und macht einen Satz nach vorn. »Ich warne dich nur ein einziges Mal.«

»Oh, da habe ich aber Angst.« In El Rojos roten Augen blitzt es amüsiert, als er meine Kette von der Wand löst und mich mit sich reißt. Der Schmerz in meinen Schultern ist so stark, dass ich mich nicht wehren kann.

»Weißt du, was das ist?«, fragt er und zerrt mich mit sich zum Rift. Ich kann den Sog bereits spüren, meine Haare reißt er bereits mit sich, aber El Rojo hält mich fest, die Kette so weit zurückgezogen, dass er mir fast die Schultern auskugelt.

»Natürlich.« Giana macht ein paar Schritte auf uns zu.

»Dann weißt du auch, dass dein Geliebter einen unglücklichen Fall nicht überleben wird«, erwidert El Rojo und wirbelt mich herum. Jetzt stehe ich direkt vor dem Rift, den Rücken zu Giana gewandt.

Sie sagt nichts, aber ich spüre, wie sie zögert.

»Giana«, rufe ich und versuche, mich trotz der Fesseln und El Rojos eisernem Griff zu ihr umzudrehen. »Tu es.«

»Also lag ich richtig«, sagt El Rojo und lacht dunkel. Sein warmer Atem streicht mir über den Nacken. »Zwei verliebte Idioten, die ihr eigenes Leben geben würden, um einander zu beschützen. Wie romantisch!«

El Rojo zieht die Ketten fester und rammt mir das Knie in den Rücken, dass ich nach vorn stolpere. Jetzt kann ich die Magie des Rifts sogar auf meiner Haut spüren. Sämtliche Härchen stellen sich auf. Ein Schauder rinnt mir über den Rücken und mein Herz beginnt zu rasen wie jedes Mal vor einer Reise durch den Rift.

»Lass ihn gehen«, ruft Giana. Aus dem Augenwinkel sehe ich, wie sie einen Schritt auf uns zu macht. Ihre Magie folgt ihr, sodass es von Sekunde zu Sekunde dunkler wird im Raum. Ihre Schatten, die ich schon beim Ritual gesehen habe, scheinen das Licht des Rifts zu trinken und dadurch noch stärker zu werden.

»Tu es!« Wütend stemme ich mich gegen meine Ketten. »Beende es endlich, Giana.«

»Halt dein Maul«, knurrt El Rojo und schlägt mir in die Seite. Ich spüre es kaum, mache mir in diesem Moment mehr Sorgen um meine Seelenverwandte. Was ist, wenn El Rojos Leute gleich hier auftauchen? Wenn sie auch Giana in Ketten legen wie damals? Oder sie töten?

»Brooks komm endlich her und leg die Kleine um!«, brüllt El Rojo. »Ich hab' hier noch zu tun, verdammt.«

»Es wird niemand kommen.« Gianas Stimme ist ganz ruhig.

El Rojo wirbelt zu ihr herum und reißt mich mit sich, sodass ich Giana nun wieder anschauen kann. Schattenfäden haben sich um ihre Fäuste gesammelt. Sie zucken in der Luft wie Schlangen kurz vor dem Angriff. Vor dem tödlichen Biss.

»Was soll das heißen?«, fragt El Rojo. »Du hast sie doch wohl nicht mehr alle.«

Nun ist es Giana, die lacht. Ihre Schatten wachsen zu einer dunklen Wolke hinter ihr an. »Nein, wahrscheinlich nicht, aber das braucht dich nicht mehr zu kümmern.«

»Tu es«, sage ich, als ich begreife, was sie vorhat. Giana wird ihre Magie nutzen. Vielleicht wird sie ihre Schattenklingen heraufbeschwören oder El Rojo auf andere Weise stoppen, aber das ist unser einziger Ausweg.

Noch zögert Giana, blickt immer wieder von El Rojo und mir hinüber zum Rift dicht hinter uns. Sie weiß, dass El Rojo mich mit sich ziehen könnte, sollte er hineinfallen.

»Tu es, Giana«, sage ich und lege all meine Gefühle für sie in meine Worte. »Ich glaube an dich.«

Ihre Augen weiten sich und eine einzelne Träne rinnt ihr über die Wangen. Giana nickt und ich reiße an den Ketten, versuche, mich von El Rojo loszumachen, als Gianas Schatten auf uns zu rauschen.

El Rojo schreit auf, erst vor Schreck, dann vor Schmerz. Das Zischen und Knacken von Gianas dunkler Magie erfüllt die Halle, als sie El Rojo mit ihren Schatten einhüllt. Dann wird es urplötzlich still. El Rojo taumelt rückwärts, die Hände noch immer fest um meine Ketten geschlossen. Der Sog des Rifts wird stärker und reißt ihn schließlich mit sich. Aber die Kette lässt er nicht los. Ich stürze nach hinten und werde in den Wirbel aus Licht gezerrt.

»Tarr!«, höre ich Giana noch hinter mir schreien, dann verschluckt mich die wilde Magie des Rifts.

KAPITEL 34
FORT, ABER
LEBENDIG

GIANA

»Tarr!«, schreie ich und stürze auf den Rift zu, doch da ist es schon zu spät. Tarr ist zusammen mit El Rojo im hellen Gleißen verschwunden. Vor meinen Augen schrumpft der Rift zu einem kleinen Ball aus Magie zusammen und taucht die Halle in den Eingeweiden des *Purgatorio* in fast völlige Dunkelheit.

»Nein! Nein, bitte nicht. Bitte, bitte nicht«, wispere ich und schlage mir die Hände vors Gesicht. Ich wusste, dass das passieren könnte. Dass El Rojo trotz meines Zaubers Tarr nicht loslassen und ihn mit sich schleifen würde. Deswegen habe ich gezögert, weil ich Tarr nicht schon wieder verlieren konnte.

»Giana?«, fragt eine gequälte Stimme in der Dunkelheit. Sie klingt rau und älter, als ich es gewohnt bin, aber es ist Milo. El Rojo hat ihn an die Wand gekettet.

»Milo«, schluchze ich und mache mich mit zittrigen Fingern daran, ihn zu befreien. Die Magie, die in seinen Ketten ruht, lässt mich erschaudern, als ich sie aus den Halterungen in der

Wand nehme. Sie sind verdammt schwer, so schwer, dass ich sie gleich fallen lassen muss, als ich ihn losgemacht habe.

Seit ich El Rojo zusammen mit Tarr in den Rift habe stürzen sehen, ist meine Entschlossenheit, meine Wut mit einem Schlag verschwunden. Stattdessen machen sich Erschöpfung und Sorge in mir breit. Sie lassen mich taumeln, bis ich mich nicht länger auf den Beinen halten kann und mitten auf dem Boden zusammenbreche.

»Giana!« Ketten rasseln, schwere schlurfende Schritte und ein Ächzen erklingen, dann ist Milo bei mir und zieht mich in seine Arme. »Es wird alles wieder gut. Alles wird gut.«

Ich höre seine Worte, doch wollen sie nicht ganz zu mir durchdringen. *Wie soll denn alles gut werden, wenn Tarr ... Wenn er ...?*

»Schschsch«, macht Milo und streicht mir sanft durchs Haar. Seine Finger sind feucht und riechen nach Blut. Alles fühlt sich plötzlich schwer an, so weit weg. Als hätte ich meinen Körper verlassen und würde über dem Geschehen schweben, ohne zu sehen, was vor sich geht.

»Bestimmt kommen Grace und die anderen bald«, murmelt mein Bruder, klingt aber selbst so, als würde er zweifeln. »Wie hast du das nur gemacht, Gigi?«

»Ich ... weiß es nicht«, presse ich mit einem Schwall Luft hervor und rolle mich auf Milos Schoß zusammen. »Ich wollte einfach nur Tarr finden.«

Und jetzt habe ich ihn vielleicht für immer verloren.

Bei diesem Gedanken zieht sich mein Herz zusammen.

»Nur Tarr? Du verletzt mich, Schwesterherz«, sagt Milo mit gespieltem Ärger und stupst mich in die Seite. »Ihm wird schon nichts passieren.«

Langsam schüttle ich den Kopf, will noch etwas erwidern, aber die Worte kommen einfach nicht raus. Nicht weil ich an ihnen ersticke, sondern weil ich nicht länger die Kraft habe, meine Lippen zu bewegen.

»Mach dir um ihn keine Sorgen, Giana«, wispert Milo, während er beruhigend durch mein Haar streicht. »Das war nicht sein erster Fall durch den Rift. Tarr weiß, was zu tun ist und El Rojo kann ihm nicht mehr gefährlich werden, oder?«

Ich stoße einen Laut aus, der sich entfernt wie ein *Nein* anhört und zucke im nächsten Moment zusammen. Hinter uns in der Dunkelheit hat etwas zu knurren und zischen begonnen.

»Keine Angst. Das ist Nettleham«, wispert Milo, rückt aber trotzdem ein Stück von den wütenden Geräuschen ab.

Milo verlagert das Gewicht. Ich glaube, er guckt zum Rift. »Wer weiß, vielleicht ist Tarr ja wieder in Castya gelandet?«

Obwohl ich mir genau das sehnlichst wünsche, bleibt doch die Angst, dass es eben nicht so gekommen ist. Dass er in einer völlig fremden Welt angekommen ist, vielleicht sogar gerade von den Bewohnern dort gefangen genommen wurde. *Oder er ist für immer zwischen den Welten verloren.*

»Und selbst wenn nicht«, murmelt Milo und seine Finger verharren reglos auf meinem Kopf. »Er wird einen Weg zurück finden, da bin ich mir sicher.«

Bist du das wirklich?, denke ich und schließe die Augen. In meinem Kopf hämmert es, mein Herz gerät immer wieder ins Stolpern.

»Schau dir an, was du aus Liebe zu ihm geschafft hast«, sagt Milo und klingt nun ganz ehrfürchtig. »Er würde das Gleiche tun. Darin musst du Vertrauen haben.«

Tarrs letzte Worte an mich kommen mir wieder in den Sinn. *Ich glaube an dich.*

Und ich an dich, denke ich und verliere in Milos Armen das Bewusstsein.

»Giana? Wach auf, Gigi! Da kommt jemand«, reißt mich Milos panische Stimme aus dem Schlaf. Um uns herum ist es noch immer düster und doch blinzele ich, als mein Blick auf den Rift in einigen Metern Entfernung fällt. Er ist ganz schwach, kaum größer als ein Basketball.

»Das könnten El Rojos Leute sein. Los, komm, wir müssen uns verstecken.« Milo macht Anstalten, aufzustehen. Mit den Ketten und mir auf seinem Schoß kommt er jedoch nicht weit. Ich bin zu erschöpft, um auch nur einen Finger zu heben.

»Niemand von denen kommt«, murmele ich und sehe sie wieder vor mir. All die grimmigen Gesichter der Leute, die sich mir bei meiner Suche nach Milo und Tarr in den Weg gestellt haben. Daran, wie erschrocken sie dreingeblickt haben, als die Schatten sie ausgeschaltet haben.

»Hast du ... Hast du sie getötet?«, fragt Milo mit belegter Stimme. Sein Körper spannt sich plötzlich an.

»Sie schlafen«, murmele ich und schließe wieder die Augen. »Und sie werden erst aufwachen, wenn ich sie wecke.«

Dann hat mich die Dunkelheit wieder verschlungen.

Das nächste Mal wache ich auf, als Schritte um uns herum erklingen. So laut und zahlreich, dass sie von den Wänden des unterirdischen Raums widerhallen, ebenso die Stimmen, die nach Milo und Nettleham rufen.

»Hier! Wir sind hier!«, schreit mein Bruder. Unsanft werde ich hin und her gedrückt.

»O den Mächten sei Dank, ihr lebt!« Eine Frauenstimme.

Agent van Zicht. Der Name geistert durch meinen leeren Verstand und lässt mich erleichtert aufseufzen.

»Wir sind hier«, sagt Milo und zieht mich an den Schultern hoch. Schlaff hänge ich in seinen Armen und habe Mühe, die Augen aufzuhalten.

Plötzlich ist es ganz hell hier, aber nicht weil der Rift neue Magie dazugewonnen hat. Leute strömen mit Taschenlampen in den Raum und blicken sich wachsam um.

»Sauber«, sagt eine Stimme. Das Wort wird von anderen wiederholt, bis es in der Dunkelheit verhallt.

»Agent Alcari, was ist geschehen?«, fragt Dorians Mutter und taucht kurz darauf in meinem Sichtfeld auf. Ihre Gestalt ist verschwommen, aber ich spüre die beruhigende Aura ihrer Seele. Gerade ist sie aber sehr aufgeregt. Und auch ein bisschen verängstigt.

»Was ist da draußen verdammt nochmal passiert?« Agent Howard taucht neben seiner Kollegin auf.

»Keine Ahnung. Giana ...«, stammelt Milo, wird aber von einem wütenden Brüllen unterbrochen.

»Hier ist noch einer«, ruft ein Agent zu uns herüber. »Meine Güte? Das ist doch ... Nettleham?«

»Vorsicht, gehen Sie nicht zu nah ran«, warnt mein Bruder und dreht uns beide zu den übrigen Agenten um. »El Rojo hat ihn in einen Rogue verwandelt.«

»Das ist jetzt ein Scherz, oder?«, fragt Agent Howard hinter uns und klingt fast belustigt.

»Nein, aber El Rojo fand es ziemlich witzig«, murrt Milo. »Verdammtes Arschloch.«

»Und was ist mit ihm? Wo ist der Scheißkerl?«, fragt einer der Agents vor uns. Suchend blickt er sich im Raum um.

Agent van Zicht tritt dicht hinter mich und legt mir eine Hand auf die Schulter. »Und wo ist Tarr?«

Zur Antwort deute ich in Richtung des Rifts. Zu mehr bin ich nicht im Stande.

Geräuschvoll stößt Agent Howard die Luft aus. »Beide?«

»Leider«, sagt Milo und erzählt ihnen, was geschehen ist. Keiner will ihm so recht glauben, aber wie soll man sich sonst das Verschwinden von zwei Leuten erklären, wenn es nur eine einzige Tür in diesem Raum gibt.

»Okay. Hier ist der Plan«, sagt Agent van Zicht nach kurzem Schweigen und winkt ihre Leute näher heran. »Ich kontaktiere Cora Harrow. Sie soll mit den anderen Survivors Nettleham abholen und ihn im *Eternal Grace* auf Entzug setzen.«

»Das wird ihm nicht gefallen«, brummt jemand.

»Tja, da muss er durch«, entgegnet Agent van Zicht streng und wendet sich dann an Agent Howard. »Bring Agent Alcari und seine Schwester zurück ins Halfway House. Und sag Ian Benning Bescheid. Er soll sich ihre Verletzungen angucken.«

»Schon unterwegs«, sagt Agent Howard und kniet sich neben uns. »Darf ich Sie hochheben, Miss Alcari?«

Zögerlich nicke ich. Aus eigener Kraft werde ich El Rojos Club nicht verlassen können und Milo ist zu schwach.

»Hilf ihm«, sagt Howard zu einem seiner Kollegen. Milo kommt mit einem Ächzen auf die Füße und taumelt so arg, dass er gestürzt wäre, hätte ihm der Agent nicht geholfen.

»Sie sind ja 'ne echt starke Hexe«, höre ich Agent Howard sagen, als er mich durch das Treppenhaus in den Club bringt. Bevor ich das Meer aus reglosen Körpern auf der Tanzfläche sehe, schwindet mir erneut das Bewusstsein.

Als ich zu mir komme, weiß ich instinktiv, dass ich im Halfway House bin. Und dass einige Tage vergangen sein müssen.

Tarr ist nicht hier. Ich spüre ihn kaum, habe die Verbindung zu ihm aber noch nicht verloren. Er ist fort, aber lebendig.

Weil mein Hals so arg kratzt, stemme ich mich hoch und blicke mich nach einem Glas Wasser um. Ich entdecke eines neben meinem Bett auf dem Nachttisch und trinke es aus.

»Giana?«, fragt eine verschlafene Stimme.

Erschrocken fahre ich herum und sehe Daddy auf einem Sessel neben meinem Bett sitzen. Mit einem Gähnen reibt er sich den Schlaf aus den Augen. »Wie geht es dir?«

Ich zucke mit den Schultern. »Müde.«

Das ist das einzige Wort, das ich herausbekomme und selbst das strengt mich ungemein an. Als ich mir meinen Weg durch El Rojos Hölle erkämpft habe, habe ich nicht gespürt, wie sehr mir das zusetzt, aber jetzt macht sich der Preis meiner Taten deutlich bemerkbar.

»Nach allem, was passiert ist, bin ich überrascht, dass du überhaupt schon wach bist«, sagt Daddy und greift sanft nach meiner Hand. »Aber ich wusste, dass du es schaffen wirst. Du bist eine viel stärkere Kämpferin als wir alle zusammen.«

Ich schließe die Augen und nicke, werde plötzlich von einer Welle meiner Erinnerungen mitgerissen. Reglose Körper, wohin ich auch blicke. So viel Angst in der Luft.

Genau wie damals, als Onkel Bram die Beherrschung verloren hat.

»Ich ... Habe ich sie alle getötet?«, frage ich mit erstickter Stimme. Mir wird so schlecht, dass ich beinahe das Wasser erbrochen hätte.

»Was? Nein, nein, sie leben«, sagt Daddy und springt von seinem Sessel auf. Sanft drückt er mich zurück auf die Kissen. »So leicht entkommen sie diesmal nicht. Agent van Zicht wird dafür sorgen, dass sie lange für ihre Taten büßen müssen.«

»Und die ... Frauen?«, frage ich unsicher. Ich kann mich nicht an alles erinnern, es strengt mich zu sehr an.

»Man hat sie ins Krankenhaus gebracht und kümmert sich jetzt um sie«, erzählt Daddy und streicht mir übers Haar. »Sie sagen, dass sie friedlich schlafen.«

Eine Träne kullert mir über die Wange und tropft auf mein Kissen. Ich nicke langsam, beruhige mich und die Angst in meinem Inneren.

»Wenn du dich ein bisschen ausgeruht hast, kannst du sie besuchen«, verspricht Daddy und lächelt mich an genau wie Milo, als endlich alles vorbei gewesen ist.

»Milo!« Mit einem Ächzen richte ich mich auf und suche nach ihm. »Wo ist er? Wie geht es ihm?«

Wieder drückt mich Daddy sanft zurück auf mein Bett, ein schwaches Lächeln umspielt seine Lippen. »Nebenan. Er ruht sich aus. Mom kümmert sich um ihn.«

Beruhigt stoße ich die Luft aus und schließe die Augen. Es gibt also nur eine Person, um die ich mir Sorgen machen muss.

»Tarr ist leider noch nicht zurück«, sagt Daddy, als hätte er meine Gedanken gelesen. Wahrscheinlich spürt er es in meiner Seele, wie sehr ich ihn vermisse.

»Ich weiß.« Ich kralle die Finger in die Laken und versuche, mich zusammenzureißen. Tarr würde es nicht wollen, dass ich mich wegen ihm so verrückt mache.

»Earl und ein Agent, der sich damit auskennt, meinten, dass es dauern wird, bis er zurück kann«, sagt Daddy und lässt sich auf seinen Sessel fallen. »In der Zwischenzeit solltest du dich ausruhen. Es war verdammt knapp, Giana. Für euch beide.«

Es ist das erste Mal, dass ich etwas anderes in Daddys Stimme höre als Sorge. Er klingt verärgert, weil Milo und ich uns in solche Gefahr gebracht haben. Gerade habe ich aber nicht die Energie, es ihm zu erklären. Daddy scheint das zu spüren und lässt es vorerst auf sich beruhen.

»Tarr wird schon wieder zurückkommen, wenn er weiß, was gut für ihn ist«, grummelt er, als ich meine Augen schließe.

Auch wenn sich die Sorge weiter in mein Herz frisst, nicke ich. Ich werde auf Tarr warten, notfalls bis zu meinem Tod.

Und wenn er zu mir zurückkehrt, werde ich ihn nicht mehr gehen lassen.

KAPITEL 35
EIDBRÜCHE

TARRON

Als der Sog des Rifts nachlässt, spüre ich endlich festen Boden unter meinen Füßen. Stolpernd komme ich zum Stehen, werde aber beinahe von El Rojo umgerissen. Er hält sich krampfhaft an meinen Fesseln fest.

»Haltung annehmen!«, ruft eine mir vertraute Stimme in starkem Castya-Dialekt.

Laute Schritte hallen durch meinen Kopf und lassen mich schmerzerfüllt das Gesicht verziehen. Verletzt in den Rift zu stürzen, ist keine angenehme Art zu reisen.

Nicht, dass ein Fall durch den Rift je angenehm wäre.

»Wer seid ihr und was habt ihr hier zu suchen?«, donnert die Stimme und endlich sehe ich, zu wem sie gehört.

»Belek ... Ich ...«, stammele ich und sacke auf dem Boden zusammen. Tränen fluten meine Augen, als mir klar wird, dass ich es zurück nach Castya geschafft habe. »Ich bin wieder da.«

»Tarr?«, fragt der Wachmann mit der wulstigen Narbe am Kinn und befiehlt den anderen, die Speere herunterzunehmen.

»Mhm.« Ich zwinge mich, aufzublicken, obwohl ich mich am liebsten auf dem Boden zusammengerollt hätte. Sämtliche Knochen schmerzen. Ich glaube, meine Nase ist gebrochen, zumindest rinnt noch Blut daraus hervor und tropft mir auf meine aufgesprungenen Lippen.

»Mensch, du hast schon besser ausgesehen, alter Freund«, sagt Belek mit einem grollenden Lachen und klopft mir auf die Schulter. Ich verkneife mir ein Wimmern, wende mich stattdessen El Rojo zu.

»Und wer ist das?«, fragt Belek, als er sich neben uns auf den Boden kniet.

Jetzt sieht er kein bisschen mehr gefährlich aus, denke ich, während ich den Mann mustere, der meiner Giana und all diesen Leuten so viel Leid zugefügt hat. Die Augen hat El Rojo geöffnet, starrt in den Himmel hinauf, ohne zu blinzeln. Das unheimliche rote Leuchten darin ist verloschen. Jetzt wirken sie eher braun und trüb. Wie Schmutzwasser in den Kanälen Castyas. Aber El Rojo regt sich nicht. Als wäre er längst tot.

Ist er aber nicht, erkenne ich, als ich das schwache Heben und Senken seines muskulösen Brustkorbs sehe. Giana hat ihn nicht getötet, obwohl sie so viel Wut und Hass für ihn in sich getragen haben muss.

Aber was hat sie dann mit ihm gemacht? Und wie lange wird es anhalten?

»Bringt ihn in eine gesicherte Zelle«, sage ich, als ich mich erhebe und dabei mit der Kette zu kämpfen habe. El Rojo klammert sich daran fest, als hinge sein Überleben davon ab.

»Warte, ich mache das.« Belek löst El Rojos steife Finger vom magiegetränkten Metall.

»Meine Güte, du musst ja ganz schön was erlebt haben. Solche Fesseln habe ich noch nie gesehen«, murmelt er dabei und wirft mir einen neugierigen Blick zu. »Die Ablöse kommt bald. Ich geb' dir auch ein Bier aus, wenn du's uns erzählst.«

»Nein, ich muss sofort zu Königin Storm.« Suchend blicke ich mich nach den Treppen um, die zum Palast führen. Nach jedem Fall durch den Rift bin ich etwas desorientiert, doch heute ist es sehr schlimm. Die Verletzungen sind daran schuld. *Aber ich muss ihr erzählen, dass ich ihre Familie wiedergefunden habe. Das kann nicht warten!*

»Dann ... hat es funktioniert?«, fragt Belek.

Ich antworte nicht, stolpere lediglich auf die Treppen zu.

»Karlon, hilf ihm und bring ihn zu unserer Königin!«

Ein junger Wachmann, der mit großen Augen am Rand des Rifts steht, nimmt Haltung an. Den Speer hat er noch immer fest in der Hand und auf El Rojo gerichtet. »Wir kümmern uns so lange um den hier.«

»Seid vorsichtig«, sage ich zu Belek, als Karlon mir stützend einen Arm um die Schultern legt. »Er kann gefährlich werden, sollte er aufwachen.«

Belek runzelt die Stirn, wirkt aber nicht besonders besorgt. »Wird er das denn?«

Ich zucke mit den Schultern und stoße ein Wimmern aus. Irgendetwas stimmt mit meiner Schulter nicht. Vielleicht habe ich sie mir ja doch bei meinem Befreiungsversuch ausgekugelt. Durch meine Sorge um Giana habe ich die Schmerzen kaum bemerkt, jetzt werde ich mir ihnen jedoch stetig bewusster.

Egal, das muss warten, sage ich mir und steige die erste Stufe hinunter.

Über Castya ist längst die Nacht hereingebrochen, weshalb Karlon mich gleich zu den Gemächern der Könige bringt. Es dauert nicht lange, da öffnet Königin Storm persönlich die Tür. Ihre dunklen Locken hat sie in ein Tuch gewickelt wie immer vor dem Schlafen. Über dem Nachtgewand trägt sie einen hellblauen Morgenmantel.

»Tarr? O mein Gott, was ist denn mit dir passiert? Wieso bist du denn nicht zu den Heilern?«, setzt sie an.

Schritte erklingen hinter ihr, dann wird die Tür aufgezogen und die Könige erscheinen hinter ihrer Gemahlin.

»Ich musste vorher mit Euch sprechen. Bitte entschuldigt.« Trotz der Schmerzen bemühe ich mich, mich zu verbeugen, wie es sich gehört. Schwindel befällt mich und meine Knie werden ganz weich, aber als Königin Storm mich wieder zu den Heilern schicken will, lehne ich ab.

»Ich muss mit Euch sprechen«, wiederhole ich und nicke ihr mit einem bedeutungsvollen Blick zu. Noch möchte ich vor den anderen Wachen und Palastpersonal nicht erzählen, dass ich tatsächlich ihre Mission erfüllt habe. Belek, Karlon und die anderen Wachen vom Rift vermuten es zwar sicher schon, aber solange ich es nicht bestätige, hat das kein Gewicht.

»Komm rein«, sagt König Korren.

König Razyn weist Karlon an, die Heiler zu holen. »Sag dem Schmied Bescheid, damit er Tarr aus diesen Fesseln befreit.«

Die Könige stützen mich und führen mich zu einem Stuhl am Balkon. Die Türen sind offen und lassen laue Nachtluft, aber auch die vertrauten Geräusche meiner Heimat herein.

»Was ist nur mit dir passiert?«, fragt Königin Storm und schaut sich voller Sorge mein Gesicht genauer an, dann meine Schulter. Ein überraschtes Zischen entfährt ihr, als sie meine Kleider erkennt.

»Ash«, wispert sie und streicht über das Hemd. Als ich am Morgen das Halfway House verlassen habe, war es noch ganz und sauber. Jetzt ist es von Blut und Dreck beschmiert, an mehreren Stellen zerrissen.

»Ich habe sie gefunden«, presse ich hervor.

Königin Storm macht schon Anstalten, mich in die Arme zu schließen, lässt es dann aber bleiben, weil sie meinen leidenden Blick bemerkt haben muss.

»Tatsächlich?« König Razyn runzelt die Stirn, scheint mir nicht zu glauben. »Erzähl uns davon.«

Und das tue ich, lasse kein einziges Detail meiner Ankunft im Halfway House aus. Auch nicht, dass sie mich mit einem ganzen Heer erwartet haben, weil sie dachten, ich könnte einer dieser Dämonen sein.

»Aber warum ausgerechnet jetzt?«, murmelt König Razyn und reibt sich nachdenklich über die Wangen. »Davor hat es doch auch nicht geklappt. Warum jetzt?«

Ich taste meinen Hals entlang und muss feststellen, dass Königin Storms Kette verschwunden ist.

Nicht verschwunden. Ich habe sie zurückgelassen, fällt es mir wieder ein. *Als ich Giana die Nachricht geschrieben habe.*

Hoffentlich macht sie sich nicht zu viele Sorgen um mich. Und hoffentlich finde ich auch ohne die Kette meinen Weg zu ihr zurück.

Der Gedanke, ich könnte den einzigen Weg, Giana wiederzusehen, verloren haben, füllt mich mit Angst. Als ich mit Milo zu El Rojo aufgebrochen bin, habe ich angenommen, ich würde bald zum Halfway House zurückkehren. Aber jetzt ...

Königin Storm bemerkt meine Panik und legt mir sanft eine Hand auf die unverletzte Schulter. »Tarr? Was ist?«

»Eure Kette ... Earl dachte, dass sie der Schlüssel zu allem war.« Tränen brennen in meinen Augen, aber ich muss mich an meine Mission halten. Ich muss Bericht erstatten, statt mir Sorgen um Giana zu machen. Ich habe einen Eid geschworen, lange bevor ich ihr im Wachleben begegnet bin.

»Wegen der Erde darin«, sagt Königin Storm und saugt geräuschvoll die Luft ein, als sie es versteht.

»Aber jetzt habe ich sie im Halfway House zurückgelassen, weil ich nicht wollte, dass sie kaputt geht, wenn ich El Rojo ...«, stammele ich und fühle mich plötzlich schuldig, weil nicht nur ich damit den Weg zurück zum Halfway House verloren habe.

So wird es Königin Storm vielleicht nie wieder möglich sein, ihre Familie wiederzusehen.

»El Rojo?«, fragt sie überrascht. »Was hast du denn mit ihm zu schaffen?«

»Ich ... ähm ...«, stammele ich und lasse schuldbewusst den Kopf sinken. Als Riftspringer darf ich mich eigentlich nicht in das politische Geschehen fremder Welten einmischen.

Aber ich musste etwas tun, um Giana zu helfen. Und Milo.

»Wer ist das?«, fragt König Razyn und blickt misstrauisch zwischen seiner Königin und mir hin und her.

»Einer der schlimmsten Kriminellen meiner Welt«, sagt Königin Storm und reibt sich fröstelnd über die Arme. »Meine Stiefmutter hat lange Zeit nach ihm gesucht.«

»Und was hat das alles mit deiner Rückkehr zu tun? Wie bist du hier gelandet, noch dazu in Ketten, wenn du die Greys gefunden hast?«, fragt König Korren. Anders als Razyn klingt er nicht misstrauisch, sondern besorgt.

Tief atme ich durch und erzähle ihnen dann von den letzten Stunden. Davon, wie ich zusammen mit Milo Jagd auf El Rojo gemacht habe und dabei in einen Hinterhalt geraten bin.

»Aber Giana ... Sie ... Sie hat uns alle gerettet«, wispere ich und spüre wieder diese tiefe Ehrfurcht für sie. Sie ist in der Nacht erwacht, als ich sie bei ihrem Kampf gegen den Dämon beobachtet habe. *Oder vielleicht habe ich schon immer so für sie empfunden.*

»Giana?«, fragt Königin Storm überrascht und schaut mir direkt in die Augen. »Ist das ... Die Frau aus deinen Träumen? Hast du sie endlich getroffen?«

Ich nicke, traue mich nicht, es auszusprechen. Das würde den Königen bestätigen, was sie längst zu vermuten scheinen: dass ich meinen Eid gebrochen und ganz Castya verraten habe.

»Welche Frau? Welche Träume?« König Razyn verschränkt die Arme vor der Brust. »Ihr zwei habt einiges zu erklären.«

»Nicht jetzt, Raz«, brummt König Korren und deutet auf mich. »Er muss zu den Heilern, sonst kippt er noch um.«

»Nein, ich muss ...« Ich weiche König Korrens Versuchen, mich zur Tür zu bringen, aus.

»Du musst nur eines, Tarr«, höre ich Königin Storm hinter mir. »Du musst dich untersuchen und behandeln lassen.«

»Und dich ausruhen«, fügt König Korren hinzu.

»Aber das letzte Wort ist noch nicht gesprochen«, knurrt König Razyn, doch klingt auch er besorgt.

Wie mich einer der Wachen vor der Tür zu den Heilern bringt, bekomme ich kaum noch mit. Nur den heißen Schmerz, als sie mir die Schulter wieder einrenken oder meine Wunden mit scharfem Alkohol reinigen, spüre ich. Alles andere versinkt mehr und mehr in Dunkelheit. Einzig meine Angst will nicht von mir weichen. Angst um Giana und Milo, dass sie es doch nicht sicher aus El Rojos Festung geschafft haben. Angst davor, welche Konsequenzen mir drohen, nun da die Könige wissen, dass ich meinen Eid gebrochen habe. Und nicht nur einmal.

Am nächsten Morgen bleibe ich auf meinem Zimmer, statt zum Speisesaal zu gehen. Meine Ankunft hat sich sicher unter den Wachen herumgesprochen. Wäre ich zu ihnen gegangen, hätte ich mich vor Fragen nicht retten können.

Als es gegen die Tür klopft, springe ich von meiner schmalen Bettstatt auf und ignoriere den Schwindel, der sich dabei in mir ausbreitet. Ein Laufbursche steht vor der Tür und knetet seine Kappe unsicher in den Händen. Als er mich in meinem angeschlagenen Zustand sieht, weicht er keuchend zurück. El Rojos Leute müssen wahre Arbeit geleistet haben.

»Die Könige wollen mit Euch sprechen«, sagt der Junge und verschwindet gleich darauf hinter der Biegung des Korridors.

Ich schlucke vor Angst, will sie aber nicht zu lange warten lassen. König Razyn schätzt Pünktlichkeit sehr, auch wenn das in meinem Fall nichts ausrichten wird. Für den Bruch des Eids werden sie mich vermutlich für mindestens fünf Jahre in die Mienen zur Strafarbeit schicken.

Wenn sie mich nicht gleich enthaupten lassen, denke ich missmutig, füge mich aber meinem Schicksal. Obwohl meine Zeit mit Giana nur von kurzer Dauer gewesen ist, würde ich es jedes Mal wieder so machen. Von den Erinnerungen an sie, werde ich bis an mein Lebensende zehren können. Egal, wie lange dieses auf sich warten lässt.

Der Wachmann, der heute vor den Gemächern der Könige steht, nickt mir knapp zu, als ich gegen die Tür klopfe. Wir sind zwar dazu angehalten, starr nach vorn zu gucken, doch spüre ich, wie er mich aus dem Augenwinkel beobachtet. Er öffnet den Mund, wie um mir eine Frage zu stellen, aber da geht die Tür auf. König Korren erscheint dahinter und bedeutet mir mit ernster Miene einzutreten.

Mittlerweile tragen die Herrscher Castyas nicht mehr ihre Nachtgewänder und Morgenmäntel, sondern ihre alltägliche Kleidung. Vor allem Königin Storm hat sich heute herausgeputzt und trägt mehr Schmuck als sonst. Sie strahlt mit den Edelsteinen um die Wette, als ich vor sie trete.

»Das ist nicht nötig«, sagt König Korren, als ich Anstalten mache, mich niederzuknien, wie es sich für einen Straftäter vor der Verurteilung gehört.

»Setz dich«, sagt König Razyn und deutet auf den Stuhl, auf dem ich am Vorabend schon gesessen habe.

»Die Heiler sagen, dass die Verletzungen nicht so schlimm sind«, sagt Königin Storm. Sie klingt dennoch besorgt.

»Es ist auszuhalten«, erwidere ich, wage es aber nicht, sie anzusehen.

»Du weißt, dass wir jetzt darüber sprechen müssen, was du uns gestern erzählt hast, oder?«, fragt König Korren.

Ich nicke schwach, die Lippen fest zusammengepresst.

»Wir sollten dich wegen Eidbruchs verurteilen, Tarr«, sagt König Razyn, genau wie ich es befürchtet habe. »Wenn ich das richtig verstanden habe, hast du dich auf fremdem Boden nicht nur in politische Konflikte eingemischt und einen gefährlichen Kriminellen nach Castya gebracht, sondern dir auch noch eine Frau genommen.«

»Das sind schwere Vergehen«, merkt König Korren an.

Ich nicke wieder, halte aber den Kopf gesenkt. Als Straftäter habe ich es nicht verdient, hier mit ihnen zu sitzen. Eigentlich müssten wir das in einer Zelle besprechen und nicht in den königlichen Gemächern.

»Aber du hast unsere Königin so glücklich gemacht, wie nie zuvor.« König Razyn klingt darüber jedoch nicht sehr erfreut.

König Korren tritt neben mich. »Und dir ist etwas gelungen, das keiner vor dir je geschafft hat.«

»Aber das macht den Rest auch nicht ungeschehen«, bringe ich mit zittriger Stimme hervor.

»Stimmt. Deswegen wirst du deinen Posten bei den Wachen aufgeben«, sagt König Razyn mit strenger Stimme und tritt ebenfalls neben mich.

Ich nicke und zwinge mich dazu, Haltung zu wahren. Meine Anstellung zu verlieren, ist ein harter Schlag. Hier hatte ich genug zu essen, Kameradschaft und einen Lebenszweck.

Aber ohne all das ... Was wird dann aus mir werden?

»Dafür erhältst du eine neue Anstellung und neue Befehle«, fügt König Korren nach einer viel zu langen Pause hinzu.

»Wie bitte?«, frage ich überrascht und blicke doch zu ihnen auf. In ihren Gesichtern suche ich nach einem Anzeichen, dass das nur ein Scherz ist. Dass die beiden mit mir spielen, zur Strafe für meine Eidbrüche. Doch statt Verärgerung zeichnet sich Freude darin ab. Sogar König Razyn lächelt und kann ein Lachen kaum zurückhalten.

»Mensch, du solltest mal dein Gesicht sehen, Tarr!«, ruft König Korren und klopft so fest auf meine Schulter, dass ich ein Wimmern nicht zurückhalten kann.

»Wir ernennen dich zum königlichen Gesandten, Tarr«, sagt Königin Storm und lächelt mich anerkennend an.

»Von nun an wirst du zwischen dem Palast von Castya und dem Halfway House vermitteln«, erklärt König Razyn. »Sie hat darauf bestanden.«

»Weil wir das in den nächsten Monaten brauchen werden«, sagt Königin Storm und stupst ihren Gemahlen in die Seite. »Selbst werde ich vorerst nicht zur Erde reisen können.«

»Aber ich dachte, das wäre das Erste, was du tun willst, wenn wir ...«, setzt König Korren an und mustert sie verdutzt.

Auch ich bin überrascht. Wann immer ich mit ihr über ihr Leben auf der Erde gesprochen habe, konnte man spüren, wie gerne sie zurückgereist wäre, um ihre Familie wiederzusehen.

»In meinem Zustand wäre das ein bisschen heikel«, sagt sie und ihr Lächeln wird breiter.

»Zustand? Ja, welcher Zustand denn?«, fragt König Razyn und mustert sie ratlos. »Du bist doch nicht krank, oder?«

König Korren und ich tauschen einen besorgten Blick.

»Ihr seid wirklich schwer von Begriff«, sagt Königin Storm lachend und reibt sich über den Bauch. »Ich glaube nicht, dass ich unserem ungeborenen Kind diese Reise zumuten kann.«

König Razyn weicht abrupt zurück. »Unserem ...«

»... ungeborenen Kind?«, wispert König Korren und blickt sie aus großen Augen an. »Heißt das ...?«

»Ja, das heißt es«, sagt Königin Storm lachend und schließt ihre Gemahlen in die Arme.

»Ähm ... ich ... sollte jetzt wohl besser gehen.« Schwerfällig erhebe ich mich von meinem Stuhl. »Meinen herzlichen Glückwunsch. Ich ... Eure Geschwister werden sich sehr für Euch freuen, wenn sie davon erfahren.«

Königin Storm schiebt sich an ihren Gemahlen vorbei. »Du wirst derjenige sein, der die guten Nachrichten überbringt.«

Verlegen nicke ich und will mich schon zum Gehen wenden, als mich Königin Storm in die Arme schließt. »Du weißt, was diese neue Position für dich bedeutet, oder nicht? Für dich und die Frau aus deinen Träumen.«

Mit einem Schniefen löse ich mich von ihr und nicke. »Danke. Ich danke Euch. Ich weiß nicht, wie ich das je ...«

»Von nun an stehe ich in deiner Schuld, Tarr«, sagt Königin Storm und reicht mir ein Stofftaschentuch. »Dafür, dass du alles riskiert und meine Familie für mich gefunden hast.«

»Aber ich ... Ich weiß nicht, ob ich wieder zurückkehren kann«, wispere ich und denke an die Kette, die ich in meinem Gästezimmer zurückgelassen habe. »Was ist, wenn ...«

Mit einem sanften Lächeln schüttelt meine Königin den Kopf. »Hast du schon einmal daran gedacht, dass du wegen ihr zur Erde gefunden hast? Weil *sie* dort auf dich gewartet hat?«

»Nein ... Habe ich nicht«, wispere ich und plötzlich weicht die Angst von mir. Mein Herz blüht bei diesem Gedanken auf. Und er wird mich zu Giana zurückführen, egal wie turbulent und gefährlich die Reise durch den Rift auch sein mag.

KAPITEL 36
BIS ANS ENDE DES
UNIVERSUMS

GIANA

Eine Woche ist seit den Ereignissen im *Purgatorio* vergangen und mit jedem Tag schwinden meine Hoffnungen auf Tarrs Rückkehr, vor allem, wenn ich an Storm Greys Kette in seinem Gästezimmer denke. Wegen der Erde darin ist Tarr doch überhaupt erst hier gelandet.

Wird er auch ohne sie zu mir zurückfinden?

Dieser Gedanke drängt sich mir mit jedem verstrichenen Tag mehr und mehr auf. Er schmerzt in meinem Herzen, dass ich es kaum noch in meiner Haut aushalte.

In den ersten Tagen bin ich noch abgelenkt gewesen. Erst von meiner Erschöpfung, nachdem ich El Rojo ein für alle Mal gestoppt habe. Seit es mir wieder besser geht, bin ich non-stop in Begleitung von Agent van Zicht und meinem Bruder unterwegs gewesen. Beim Institut, um meine Aussage abzugeben und den Agenten haarklein zu erklären, was passiert ist. Dann um die drei Gefängnisse zu besuchen, in denen man El Rojos bewusstlose Handlanger untergebracht hat. Zuletzt bin ich in *Silverlock* gewesen, dem größten und am besten gesicherten Gefängnis für magische Schwerverbrecher in ganz America. Dort haben sie neben El Rojos engsten Vertrauten auch seine Männer untergebracht, die das Institut für am gefährlichsten eingestuft hat. Sie habe ich zuletzt aus dem Schlaf erweckt.

Ich will einfach nur Tarr zurück, denke ich, als ich nun erschöpft über die Wiese des Gasthauses schlendere, um zum Rift zu gelangen. Dort warte ich seitdem auf seine Rückkehr. Mittlerweile hat der Rift sich erholt und ist laut Earl und den Spezialisten vom Institut längst wieder zu seiner vollen Größe angeschwollen.

Aber warum kommt er dann nicht?, denke ich nicht zum ersten Mal, als ich durch die Hecken trete. Cassie und Liz, eine Wölfin aus dem Segona-Rudel, begrüßen mich herzlich.

»Leider keine Veränderung, Gia«, sagt Cassie und schließt mich in den Arm. Durch meine enge Freundschaft zu Louise sind Cassie und ich uns näher gekommen. Sie ist ein bisschen wie die nervige kleine Schwester, die Lou und ich nie hatten, uns aber immer gewünscht haben. Einzig Cassies und Liz' gute Laune halten mich beim Warten davon ab, verrückt zu werden. Das und der ganze Tratsch, den sie zu erzählen haben.

»Wo sind denn Tony und Sam? Ich dachte, sie hätten heute Dienst«, frage ich die beiden, als ich mich mit ihnen auf eine Steinbank setze. Jemand hat alte Gartenpolster mit Blumen darauf ausgebreitet, sodass sie nicht so ungemütlich ist.

»Unterwegs.« Cassie wackelt mit den Augenbrauen. Sie und Liz grinsen sich breit an.

»Zusammen«, fügt Tonys jüngere Schwester hinzu und klatscht sich mit Cassie ab. »Wieder ein Verkupplungserfolg.«

»Das ist schön«, sage ich, klinge aber weit weniger enthusiastisch als die beiden. »Hat ja lange genug gedauert.«

»Tante Alexia sagt: Was lange währt, wird endlich gut, oder so«, sagt Cassie und drückt meine Schulter. »Bei Ash war's doch auch so, und das gilt bestimmt auch für dich und Tarr.«

»Aber so was von sicher«, stimmt Liz mit einem Nicken zu und zieht mich in eine Umarmung. »Da wird man echt total neidisch bei den ganzen Pärchen, die sich hier in letzter Zeit gefunden haben ...«

»Ach, komm schon, Lizzy! Du wolltest doch auf keinen Fall so werden wie die«, protestiert Cassie und lehnt sich vor, um ihre Freundin finster anzugucken. »Lass mich nicht allein!«

Ich knuffe sie in die Seite. »Du bist doch nicht allein, Cass.«

Markos' kleine Schwester verdreht die Augen und starrt in den Rift. »Ihr wisst doch, was ich meine.«

Liz und ich nicken, dann verfallen wir in Schweigen.

Hoffentlich sind Tony und Sam lange Zeit glücklich miteinander, denke ich und blinzele heftig gegen die Tränen an. *Länger als Tarr und ich.*

»Dachte ich es mir doch, dass ich dich hier finde, Gia!«, ruft mir Louise zu, als sie zusammen mit Markos zwischen den Hecken auftaucht. Die beiden gehen Hand in Hand. Sie sind mittlerweile unzertrennlich. Lou hat sich praktisch nahtlos in das Rudel der Segona-Werwölfe eingefügt und dafür bin ich so dankbar. Sie hat es verdient, eine Familie zu finden.

»Hi«, sage ich, schaffe es aber kaum den Blick vom Rift zu lösen. Die bunten Wirbel aus Licht wirken fast hypnotisch. Sie lassen mich zumindest eine Weile den Schmerz vergessen, der sich seit Tarrs Sturz durch den Rift in meinem Herzen, meiner ganzen Seele ausgebreitet hat.

»Hat in *Silverlock* alles geklappt?«, fragt Lou, als sie uns erreicht. Demonstrativ stellt sie sich vor den Rift, sodass ich sie und nicht mehr die gewaltige Magie darin ansehen muss. Sie hält es für eine blöde Idee, hier auf Tarr zu warten. Dadurch wäre es fast zu einem Streit zwischen uns gekommen, aber am Ende hat sie mich gelassen.

»Alle wieder wach«, sage ich mit einem Seufzen und kicke einen Stein über den Boden. Er rollt zwischen Louises Beinen hindurch und bleibt kurz vor dem Rift liegen.

Ob ich einfach reinspringen und nach ihm suchen sollte?

Dieser Gedanke geistert mir schon seit meinem Erwachen durch den Kopf. Und ich glaube sowohl die Greys als auch die Segonas sehen mir genau das an. Sie haben in den letzten Tagen nichts unversucht gelassen, um mich abzulenken. Ein zweites Marmeladekochen bei den Wölfen, jede Menge Vorbereitungen für die Wiedereröffnungsfeier des Gasthauses mit Louise und Gartenarbeit mit Rose und Al.

»Ich könnte deine Hilfe brauchen. Die Tische decken sich nicht von selbst ein und Do ist mir mit den Tischtüchern keine große Hilfe«, sagt Lou und deutet in Richtung des Gasthauses. »Er wirft sie sich lieber über den Kopf und spielt Geist.«

»Typisch«, brummt Cassie und ich kann mir ein Grinsen nicht verkneifen.

»Ich bin ihr leider auch keine große Hilfe, fürchte ich«, sagt Markos und schenkt mir ein warmherziges Lachen.

»Hilfst du mir, Gia?«, fragt Lou und blickt mich aus großen Augen an. »Bitte, bitte, bitte, allerallerbeste Freundin in allen Welten?«

»In allen Welten?«, frage ich stirnrunzelnd. »Das ist neu.«

Louise lacht und zuckt mit den Schultern. »Früher wussten wir ja nicht, dass es noch mehr bewohnte Planeten gibt.«

Ich schon, denke ich, sage aber nichts.

»Also? Kommst du mit, bevor Do die Tischtücher durch den Dreck zerrt und wir von vorn anfangen müssen?« Als würde sie beten, hat Lou die Hände vor der Brust gefaltet. Ich weiß, dass sie nicht wirklich meine Hilfe braucht. Sie ist Profi und übertreibt wahrscheinlich maßlos, was Dorians Unfähigkeit angeht.

Armer Kerl, denke ich, gebe mir aber einen Ruck.

»Ist wahrscheinlich besser, als bis in alle Ewigkeit hier rum-zuhocken und zu warten«, murmele ich und verabschiede mich von Cassie und Liz.

»Wir sehen uns später«, ruft Liz mir fröhlich hinterher.

»Und dann machen wir drei die Tanzfläche unsicher!«, fügt Cassie lauthals hinzu.

»Na, das kann heiter werden«, brummt Markos und seufzt. Er und Lou gehen voran. Sie folgen dem Trampelpfad, der vom Rift quer über die Wiese zum Gasthaus führt.

Gerade, als ich mich zu der mit Girlanden geschmückten Fassade umdrehen und ihnen folgen will, geht ein Beben durch den Boden. Lou strauchelt und wird von Markos aufgefangen. Ich schaffe es gerade so, das Gleichgewicht zu halten.

»Was zum ...?«, entfährt es Markos.

Blitzschnell drehen wir uns in die Richtung, aus der wir gerade gekommen sind. Im ersten Moment kann ich gar nicht glauben, was ich jenseits der Hecken sehe. Der Rift wächst an und stößt eine zweite Druckwelle von sich, die uns fast von den Füßen reißt.

»Giana!« Cassie und Liz tauchen zwischen der Hecke auf. Sie deuten auf das Leuchten hinter ihnen, das von Sekunde zu Sekunde stärker wird, sich ausdehnt wie ein riesiger Ballon.

»Geht da weg, Mädels!«, ruft Markos, als wir drei zum Rift zurückrennen. Mit ausgebreiteten Armen stellt er sich vor uns.

»Haltet euch an mir fest«, fordert er uns auf.

»Wenn es so ist wie beim letzten Mal, nützt das nichts«, entgegne ich. Ich erinnere mich noch zu gut an Tarrs Ankunft hier. Daran, wie uns die Druckwellen vor dem Halfway House zu Boden gepresst haben. Wie alle plötzlich zum Rift gerannt sind und sich in Angriffshaltung begeben haben.

Auch heute kommen die Bewohner des Gasthauses ange-rannt, ebenso die Wölfe des Segona-Rudels, die nicht bei der

Wiederaufforstung zugange sind. Diesmal sind sie jedoch nicht verängstigt. Die meisten verwandeln sich nicht einmal.

Sie alle lächeln, genau wie ich, während wir von den Druckwellen durchgeschüttelt werden. Viele der Wartenden stürzen, können sich kaum auf den Beinen halten, aber meine Magie lässt mich sicher auf dem bebenden Boden stehen. Wie selbstverständlich schlingen sich die Schatten um meine Füße und halten mich aufrecht.

»Da, schaut doch!«, ruft Ash mit lauter Stimme, um das Dröhnen, das vom Rift ausgeht, zu überdecken.

Ich kneife die Augen zusammen und erkenne zwei Gestalten in dem Gleißen. Sie taumeln nach vorn, während der Rift eine letzte Druckwelle ausstößt und sich dann zusammenzieht. Wie bei Tarrs erster Ankunft oder seinem Sturz vor ein paar Tagen schrumpft der Rift auf die Größe eines Balls zusammen.

Das alles interessiert mich jedoch nicht länger, als ich erkenne, wer da auf mich zukommt.

Tarr.

Die zweite Person hat er von sich gestoßen. Sie liegt reglos auf dem Kies, der rings um den Rift verstreut ist. Ich brauche ihn nicht anzusehen, um zu wissen, wer es ist: El Rojo.

»Giana!«, ruft Tarr mit einer so dröhnenden Stimme, dass mein ganzer Körper zu beben beginnt. Als wäre der Rift noch immer aktiv und würde mich durchrütteln.

Meine Sorgen um ihn, die Angst ihn nie wieder zu sehen, sind vergessen, als ich auf ihn zu renne. Mit einem glücklichen Aufschrei stürze ich mich in seine Arme und küsse ihn.

»Lass mich niemals wieder allein«, wispere ich gegen seine Lippen, als ich ihn an mich ziehe.

»Nie wieder«, verspricht Tarr und drückt seine Lippen auf meine. Alles um uns herum verschwindet plötzlich, als wären wir in ein Vakuum gefallen. Nur Tarr in meinen Armen zählt jetzt noch, doch sehr zu meinem Ärger löst er sich nur allzu schnell wieder von mir.

»Milo?«, fragt er mit besorgtem Blick.

»Ihm geht's gut«, sage ich und mache Anstalten, ihn wieder zu küssen, als ich die Schritte vieler Füße hinter mir auf dem Kies höre: »Stört euch nicht an uns.«

Dorians amüsierte Stimme lässt Tarr räuspern. »Ich sollte vielleicht erstmal mit ihnen …«

»Es gibt nur eine Sache, die du jetzt tun solltest«, entgegne ich streng und greife nach seiner Hand. »Mitkommen.«

»Klar kümmern wir uns um den gefährlichsten Kriminellen, den ihr einfach so in unserem Garten liegen gelassen habt«, höre ich Dos Stimme hinter uns, als ich Tarr auf das Gasthaus zuziehe. »Bitte gern geschehen. Ist ja nicht der Rede wert.«

»Ach, halt doch die Klappe und lass sie gehen«, ruft Cassie verärgert. Während hinter uns ein regelrechter Streit zwischen den beiden ausbricht, habe ich jetzt wirklich nur noch eines im Sinn: Tarr so schnell wie möglich in mein Bett zu bekommen, um die verlorene Zeit aufzuholen.

»Sollten wir nicht doch lieber …?«, fragt Tarr atemlos, als wir endlich sein Zimmer im Gasthaus erreicht haben.

»Ich finde, wir haben schon genug getan«, entgegne ich und stoße die Tür hinter mir zu. Sicherheitshalber drehe ich auch den Schlüssel um. Ich will in den nächsten Stunden wirklich nicht gestört werden.

»*Du* hast mehr als genug getan, Giana. Du allein«, sagt Tarr und mustert mich mit einem Blick, der Hunderte Schmetterlinge in meinem Bauch freisetzt. So als wäre ich alles für ihn, genau wie er alles für mich ist.

»Ist doch jetzt egal! «, murre ich und ziehe ihn wieder an mich, zerre an seinem Hemd. Die letzten Tage ohne ihn waren furchtbar. Vor Sorge habe ich kaum ein Auge zugemacht und ihn deshalb nicht mal mehr in meinen Träumen gesehen.

»O Giana«, stöhnt Tarr, als ich die Finger unter sein Hemd schiebe und über seine Brust streiche. »Ich muss jetzt dringend in dir sein.«

Statt ihm zu antworten, küsse ich Tarr leidenschaftlich und stoße ihn aufs Bett. So schnell ich kann, reiße ich mir die Jeans herunter und hocke mich dann auf Tarrs Schoß. Er hat gerade so die Hose heruntergezogen und schiebt meinen Slip beiseite. Keiner von uns kann länger warten. Nicht, nachdem wir so lange voneinander getrennt gewesen sind.

Mit einem tiefen Knurren dringt Tarr in mich ein. Ich bin mehr als bereit für ihn und drücke mich ihm mit feurigem Verlangen entgegen. Meine Hände vergrabe ich in seinem Haar und stöhne auf, als er den Kuss vertieft. Als unsere Zungen miteinander ringen, während Tarr tief in mir verharrt.

»Endlich«, wispere ich mit erstickter Stimme, als ich mich auf ihm zu bewegen beginne. Mit jedem Stoß gleitet Tarr tiefer in mich hinein, bis ich kaum noch an mich halten kann.

Tarr schafft es, mir mein T-Shirt auszuziehen und zerrt am BH, bis er meine Brüste freigelegt hat. Tief schaut Tarr mir in die Augen, als er meine Brustwarzen in die Finger nimmt. Er zwirbelt sie sanft, was eine unendliche Hitze in mir auslöst. Ich meine, unter seiner Berührung verbrennen zu müssen.

»Tarr«, stöhne ich und winde mich auf ihm vor Lust. »Ich … kann nicht mehr.«

Von ihm kommt nur ein Brummen, dann wandern seine Hände tiefer, bis sie mein Zentrum erreichen. »Tarr, bitte!«

»Gleich«, knurrt er und zieht die Finger wieder zurück.

»Jetzt!«, keuche ich und versuche, seine Hand zu packen, doch weicht er mir aus.

»Wer hätte gedacht, dass du so ungeduldig bist«, sagt Tarr, als er mich an den Hüften packt und mühelos mit mir aufsteht, ohne unsere Verbindung zu trennen. Ein Schmunzeln umspielt seine Lippen.

»Das ist nicht lustig«, rufe ich wütend und schlage ihm gegen die Brust. »Gar nicht lustig!«

»Finde ich schon«, sagt er lachend und lässt mich sanft auf dem Bett ab, bis er über mir liegt.

»Wenn du jetzt nicht gleich ...«, setze ich wütend an, doch bringt er mich mit einem Kuss zum Schweigen. Und nicht nur das. Seine rechte Hand streicht sanft über meinen Schenkel und findet zielsicher meine Klitoris.

Tarr lacht, als ich einen quietschenden Schrei loslasse. »Das habe ich echt vermisst«, murmelt er gegen meine Lippen, als er sich langsam aus mir zurückzieht, um gleich wieder in mich zu stoßen.

»Nur das?«, frage ich atemlos und biege den Rücken durch. *Lange halte ich das wirklich nicht mehr aus, verdammt!*

»Das und so viel mehr«, wispert Tarr an meinem Hals. Er haucht federleichte Küsse auf meine Haut, während er das Tempo steigert. »Alles an dir, Giana.«

Ich kann nicht länger an mich halten. Ich ertrinke in den Gefühlen, die Tarr in mir auslöst. Der Liebe und der Lust. Dem Verlangen nach ihm, das nie wieder erlöschen wird, egal wie viele Welten zwischen uns liegen.

Stöhnend umfasst Tarr meine Hüfte und zieht mich an seine breite Brust. Der Schalk ist aus seinen Augen gewichen, als er mir dabei zusieht, wie ich mich unter ihm winde. Stattdessen leuchtet darin eine wilde Besessenheit, die er nicht länger unter Kontrolle halten kann. Das Bett quietscht und knarzt, als er heftig in mich stößt. Glücklicherweise sind die Greys viel zu sehr mit der Eröffnungsfeier beschäftigt, um sich darum zu scheren. Nicht dass es mich in diesem Moment interessiert hätte, wer uns hört. In diesem Moment zählen nur Tarr und ich. Um uns herum könnte die Welt untergehen und es wäre mir egal, so glücklich wie ich im Hier und Jetzt mit ihm bin.

Tarrs Finger graben sich in meine Haut. Sie werden Spuren hinterlassen, aber auch das ist mir egal. »Giana ... Verdammt, du fühlst dich so gut an.«

Ich bin zu überwältigt vom herannahenden Orgasmus, um ihm antworten zu können. Wahrscheinlich wäre kaum mehr als ein heiserer Schrei über meine Lippen gedrungen.

Morgen werde ich das wahrscheinlich überall spüren, denke ich in einem kurzen klaren Moment, doch da hat Tarr sich wieder über mich gebeugt und meine Brustwarze in den Mund genommen. Hart stößt er in mich hinein und hält einen Augenblick lang still, bevor er in mir explodiert und mich mit sich in den Abgrund reißt. Sein Kopf fällt an meine Brust. Heißer Atem streicht über meine Haut.

»Wehe, du lässt mich nochmal allein«, presse ich hervor, als er mich in seine Arme zieht und die Decke über uns ausbreitet.

»Nie mehr«, wispert Tarr. Er klingt erschöpft. Die Reise durch den Rift war sicher kein Zuckerschlecken. Plötzlich fühle ich mich furchtbar, weil ich ihn wie eine sexbesessene Irre mit mir gezerrt habe.

»Wenn das dabei rauskommt ...«, murmelt er gegen meine Stirn, als ich mich bei ihm entschuldige.

Der Rest seines Satzes geht in einem seligen Seufzen unter, als Tarr in meinen Armen einschläft, noch immer in mir.

»Du bist genau rechtzeitig gekommen, weißt du?«, sage ich, als wir Stunden später aufwachen. Lächelnd drücke ich mich an seine Brust. Das Hemd und die Hose hat Tarr mittlerweile ausgezogen. So ist es einfach viel bequemer.

Tarrs Augen blitzen auf. »So? Hättest du es nicht mehr ohne mich ausgehalten?«

»Haha«, sage ich und knuffe ihn in die Seite. »Als ob es dir nicht anders gegangen wäre.«

»Stimmt. Ich wäre fast durchgedreht, während ich warten musste, dass der Rift wieder stark genug ist«, gibt er zu und haucht mir einen Kuss auf die Schulter. Mein ganzer Körper erschaudert unter seiner Berührung.

»Das meinte ich aber nicht«, sage ich und robbe ein Stück zurück, weil ich mich sonst allzu schnell vergessen hätte. Nach allem, was er in El Rojos Versteck durchgemacht hat, kommt es mir jetzt ziemlich leichtsinnig vor, gleich wieder so in die Vollen zu gehen.

»Was dann?« Tarr stützt sich auf den Ellenbogen auf, um mich besser ansehen zu können.

»Heute findet die Wiedereröffnungsfeier statt«, erkläre ich, was ihn schmunzeln lässt: »Scheint so, als würde jedes Mal gefeiert werden, wenn ich hier auftauche. Daran könnte ich mich gewöhnen.«

Er zieht mich auf sich und gibt mir einen Kuss. »Aber das ... Das fühlt sich immer noch an wie ein Traum.«

»Ist es aber nicht«, sage ich und streiche ihm das Haar aus dem Gesicht. »Nicht mehr.«

»Trotzdem kann es nicht schaden, das nochmal ganz genau zu überprüfen«, sagt er mit einem verschmitzten Grinsen.

»Ich weiß nicht, ob wir es dann rechtzeitig zur ersten Rede schaffen«, erwidere ich, mache mir aber nicht viel daraus. In Tarrs Armen zu liegen, ist mir tausendmal lieber als jegliches Fest. Mit den Händen fahre ich tiefer unter die Decke, bis ich seine Hüften erreicht habe.

Tarr stößt ein Knurren aus. »Wenn das so ist ... Können wir ruhig zu spät kommen.«

»Schön, dass wir einer Meinung sind.«

»Trotzdem sollte sich der neue königliche Gesandte Castyas früher oder später dort blicken lassen, zumindest kurz«, sagt er und grinst mich an. Ein Gefühl unglaublichen Glücks geht von ihm aus, als er mir über meine Wange streicht und mein Kinn zu sich anhebt. »Weißt du, was das bedeutet?«

Überrascht reiße ich die Augen auf. »Dass du jetzt häufiger die Erde besuchen wirst?«

Tarrs Lippen verziehen sich zu einem Lächeln, als er nickt. »Oder du Castya, wenn du mich begleitest.«

Tränen füllen meine Augen und ich habe fast das Gefühl, mein Herz würde platzen vor Freude. »Ich würde dir bis ans Ende des Universums folgen, nur um dich nicht zu verlieren.«

»Jetzt könntest du mir erstmal unter die Dusche folgen«, sagt Tarr lachend. Er drückt mir einen schnellen Kuss auf den Mund und schlägt dann das Laken zurück.

»Nichts lieber als das«, sage ich und hoffe, dass mir Lou und die Greys nicht allzu böse sind, wenn wir zu spät kommen. Viel zu spät.

E N D E

LUST AUF WEITERE MAGISCHE ABENTEUER?

Die Geschichte der Greys und ihrer Gäste ist mit diesem Buch vorerst beendet!

Weitere Informationen zur Reihe findest du hier:

www.katesstark.com/greyshalfwayhouse

Ich kann mir vorstellen, dass es ein Wiedersehen mit einigen der Charakteren geben wird.

Du willst das nicht verpassen?
Dann abonniere meinen kostenlosen Newsletter und bleibe immer auf dem Laufenden, was meine Bücher und Rabatt-Aktionen angeht!

www.katesstark.com/newsletter

NACHRICHT DER AUTORIN

wir haben es tatsächlich geschafft. Mit diesem letzten Buch ist die *Grey's Halfway House Serie* offiziell beendet. Verrückt!

Mir hat es unglaublich viel Spaß gemacht, diese Geschichten zu erzählen, und gelernt habe ich dadurch auch ungemein viel. Dieses Wissen will natürlich angewendet werden, am liebsten in einer Spin-Off-Serie. Mir schweben schon einige Ideen im Kopf herum, bisher aber noch nichts Konkretes. Wünsche und Vorschläge sind gerne gesehen!

Wenn ihr live dabei sein wollt, während ich an diesen (und anderen) Geschichten arbeite, solltet ihr meinen Newsletter abonnieren: www.katesstark.com/newsletter

Dafür, dass ihr es bis hierher geschafft habt, gebührt euch mein größter Dank! Danke von Herzen, dass ihr mich durchs Lesen meiner Geschichten so sehr unterstützt. Durch euch und eure Bewertungen und Empfehlungen ist es mir überhaupt erst möglich, so viel zu schreiben.

Auf ein baldiges Wiedersehen!

Eure Kate

(und die Greys)

ÜBER DIE AUTORIN

Kate S. Stark hatte schon immer ein Faible für alles Übersinnliche und Magische. Als Kind war sie fest überzeugt, eines Tages auf einem Besen durch die Weltgeschichte fliegen und mit Tieren sprechen zu können. Weil sie mittlerweile eingesehen hat, dass ihr das wohl nicht vergönnt sein wird, hat sie zunächst eine Ausbildung bei einem Verlag abgeschlossen, im Online-Marketing gearbeitet und konzentriert sich nun aufs Schreiben. Wenn man schon nicht hexen kann, erschafft man eben Charaktere, die diese Fähigkeiten besitzen, und einen ganzen Haufen gefährlicher magischer Wesen.

Website: www.katesstark.com

WEITERE BÜCHER

WITCH'S WORLD SERIE

Hexen, Nachtwesen und jede Menge gefährliche Intrigen an einer Akademie für junge Hexen in Schottland.

www.katesstark.com/witchsworld

DEINE SEELE TRILOGIE

Seelenführer, gefährliche Geheimnisse und ein alter Konflikt, der über das Schicksal aller Seelen entscheiden könnte.

www.katesstark.com/deineseeletrilogie